Marina Mare
Giertochter, Gespensterkind

AF236221

Books

Marina Mare

Giertochter, Gespensterkind

Ein Binge-Eating-Roman

M
Books

Impressum

Bibliografische Information der Deutschen Nationalbibliothek:
Die Deutsche Nationalbibliothek verzeichnet diese Publikation in
der Deutschen Nationalbibliografie; detaillierte bibliografische
Daten sind im Internet über http://dnb.dnb.de abrufbar.

Erste Auflage August 2021
© **2021 Marina Mare**
Covergestaltung: Vera Cort
Coverfoto: Agenturfoto, mit Model gestellt.
Buchsatz: Werbetext Wuppertal
Lektorat: Lucien Deprijck

Herausgeber:
ML Books, Bad Aibling & Wuppertal
Herstellung und Verlag:
BoD – Books on Demand, Norderstedt
ISBN: 978-3-7543-1519-4

Für ECR,
die jahrelang auf dieses Buch gewartet hat.

Vorbemerkung

Dieser Roman spielt kurz nach der Jahrtausendwende, als der Begriff der Binge Eating Disorder gerade erst nach Deutschland kam. Damals kannte kaum jemand diese Form der Essstörung, sie fand sowohl bei den ärztlichen Diagnosen als auch in der öffentlichen Wahrnehmung wenig Platz.

Seitdem sind fast zwanzig Jahre vergangen.
Etwa zwei Prozent der deutschen Bevölkerung leiden unter Binge Eating und dies ist damit die häufigste Essstörungsform.
Trotzdem ist die Ess(anfalls)sucht, wie sie auf Deutsch heißt, nach wie vor in der gesellschaftlichen und medialen Wahrnehmung kaum ein Thema.

Dieses Buch möchte dazu beitragen, dass sich das ändert.

Triggerwarnung

Das vorliegende Buch beschreibt eine behandlungsbedürftige Essstörung mit all ihren Tiefpunkten, Ursachen und Begleiterscheinungen, damit Menschen verstehen können.

Inhalt

Vorspann

Die Schwebebahn ratterte um die Kurve, aber Lena war, als führe sie direkt durch ihren Magen. Unter ihr krallten sich die Stahlgerüstbeine des Tausendfüßlers ins Wupperufer. Doch tausend Füße waren nicht genug, um ihr Halt zu geben. Sie klammerte sich krampfhaft an einer Stange fest. Die Bahn schwankte und Lena mit ihr.

Noch hätte sie umkehren können.

Sie wünschte sich, dass die Schwebebahn den Hauptbahnhof nie erreichen würde. Doch sie hörte schon das Quietschen der Bremsen und sah den Schwebebahnhof. Der Geräuschteppich schien plötzlich weit weg zu sein und in ihr war alles dumpf.

Einfahren ... Anhalten ... das Rollen der sich öffnenden Schiebetüren wie aus der Ferne – die Bahn pendelte und Lena stieg aus. Es war die Angst. Die Angst, die sich in ihr ausbreitete und die jeden Schritt zu einer Weltreise machte. Die ihr ein »Kehr um!« in den Kopf hämmern wollte und ihren Beinen Puddingknie verpasste. Sie tätowierte ihr ein »Ich will nicht!« ins Gehirn und ließ Lenas Herz laut pochend in die Magengegend rutschen.

Doch irgendetwas war da, das sie dazu brachte, die Treppen aus dem Gebäude hinunterzulaufen. Vielleicht war es ein kleiner Rest Vernunft, vielleicht war es auch die Angst davor, nicht zu gehen. Denn vor dem, was sie beim Umkehren erwarten würde, fürchtete sie sich noch viel mehr.

Am Eingang zum Bahnhofstunnel die Zeugen Jehovas. Mahnend ihre Wachttürme hochhaltend, um den verlorenen Schiffen den Weg zu weisen, standen sie jeden Tag da, bald selbst zu Türmen erstarrt. Vielleicht sollte Lena sich von ihrem Gott erzählen lassen, dann müsste sie nur dastehen, zuhören und nichts von sich selbst preisgeben.

Aber was würde Achim sagen, wenn sie jetzt nicht weiterginge? Wenn sie ihren Termin einfach so verstreichen ließe?

Der Gedanke, Achim schon wieder etwas beichten zu müssen, trieb Lena weiter. Vor dem Ausgang zu den Bussteigen saß der alte Mann mit der blauen Schirmmütze, dem kleinen Rollkoffer und der Margarinedose auf seinem abgenutzten Klappstuhl, in der Hoffnung auf ein bisschen Kleingeld. Sie wusste nicht, wie oft sie schon an dem Alten vorbeigelaufen war, ohne ihm etwas zu geben.

Diesmal blieb sie stehen, kramte eine Münze aus ihrem Portemonnaie und zauberte damit ein kleines Mundwinkelzucken zwischen den weißen Bartstoppeln hervor. Wenn sie jetzt weiterhin Münzen in die Margarinedose werfen würde, dann wäre dieser Mann ihre Rechtfertigung, ihr Alibi, und sie könnte einfach hier stehen bleiben und den Weg nicht fortsetzen.

Menschen strömten an ihr vorbei, den Fußgängertunnel hoch in Richtung der Gleise. Lena besann sich – sie hatte es Achim versprochen – und ließ sich von dem Strom der Bahnhofsmenschen mitschleppen. Vorbei an dem Lottogeschäft, vorbei an dem Obstladen, vorbei an der alten Türkin, die auf einer Decke ausgebreitet Schmuck anbot, und vorbei an den Pennern, die von Bierdose zu Bierdose lebten, die Rolltreppe zum Bahnhofsvorplatz hinauf.

Wovor hatte sie eigentlich Angst? Davor, dass man ihr nicht glauben könnte, oder etwa davor, dass man ihr glauben könnte? Sie wusste es nicht.

Oben angekommen öffnete sich der Blick auf den Bahnhofsvorplatz, die Taxistände und die Hähnchenbude. Der Geruch von fettigem Geflügel drang in ihre Nase.

Die große Uhr zeigte drei Minuten vor halb.

Lena beschleunigte ihren Schritt. Die Aufregung in ihrem Bauch überschlug sich. Ihre Schritte. Und eins, und zwei, und drei, und vier. Immer weiter. Am großen Hotel vorbei. Schritt für Schritt. Die Eisdiele. Weiterlaufen. Die Berufsschule. Auf die Füße gucken. Einfach nicht drüber nachdenken. Nur an die Füße denken, nicht an die Angst.

Das gekachelte Haus.

Hier war es. Sie blieb stehen. Etwas in ihr sträubte sich gegen dieses Gebäude. Ein Blick auf die Uhr.

Es war halb.

Lena stieg zwei Stufen hoch und betrachtete die Klingelschilder. Sie las dieses Wort.

Dieses abschreckende Wort.

Lena atmete tief durch. Noch konnte sie zurück. Nein, dachte sie und drückte die Klingel. Nie im Leben hätte sie gedacht, dass sie mal ein Klingelschild mit einem solchen Wort drücken würde. Nun hatte sie es getan. Eigentlich betätigte sich diese Klingel wie jede andere auch. Ihr Herz überschlug sich trotzdem.

Ein Summen. Lena schob die Tür auf. Sie betrat das Haus, sah sich im Flur um und entdeckte eine Frau, die in der geöffneten Tür neben der Treppe stand.

»Sie wollen zu uns?«

»Ich ... ich habe einen Termin«, sagte Lena leise.

»Setzen Sie sich bitte noch kurz in den Warteraum? Der ist eine Etage tiefer.«

Lena nickte und ging die Treppe hinunter. Der Raum war leer. Sie atmete auf. Die Jalousien waren heruntergelassen, das Licht fahl. An der Wand hingen Plakate, darunter Stühle und ein Regal mit Informationsbroschüren. Sie setzte sich auf einen Stuhl und starrte auf den Teppich. Ihr Blick verlor sich in einem dunklen Fleck vor ihren Füßen.

Die Angst drückte jetzt penetrant gegen ihre Magenwand, sie hatte Bauchschmerzen, ihr war schlecht und sie wurde das Gefühl nicht los, dringend aufs Klo zu müssen. Sie hatte den Weg bis zu dem Klingelschild mit diesem furchtbaren Wort darauf geschafft, sie hatte sich überwunden, die Klingel zu drücken, und nun saß sie sogar schon im Warteraum. Und den Rest würde sie auch noch überstehen.

»Hallo.« Eine schlanke Frau um die fünfzig stand in der Tür. Sie reichte Lena die Hand und sagte ihren Namen.

Lena stand auf. »Lena«, sagte sie leise, »ich heiße Lena Pfannkuch.«

Sie erwartete, dass die Frau lachen würde, aber sie lachte nicht.

»Kommen Sie bitte mit«, erwiderte sie stattdessen, und Lena folgte ihr in einen Raum, wo die Frau ihr mit einer Handbewegung zu verstehen gab, dass sie sich einen Platz aussuchen konnte. Lena wählte den Stuhl am Fenster und setzte sich. Die Frau ließ sich auf dem anderen Stuhl nieder.

Und dann kam die Frage, auf die Lena die ganze Zeit gewartet hatte.

Die Frage, die sie zu Hause für sich selbst schon hundertfach beantwortet hatte, deren Antwort sie immer wieder variiert und sich dann so oft vorgesprochen hatte. Die Frage, die ihr in den letzten Tagen ständig im Kopf herumgespukt war und die sich schließlich festgesetzt hatte, gemeinsam mit ihren Antworten, um auf Abruf bereitzustehen. Die Frage versteckte sich in einer Aufforderung, ganz einfach und klar, und doch war es Lena, als käme sie völlig unerwartet.

»Dann erzählen Sie mal, warum Sie hier sind«, sagte die Frau freundlich, aber bestimmt.

Lena schluckte. Plötzlich schien ihr Kopf leer zu sein. Vollkommen leer. Nichts war mehr da, nichts von dem, was sie sich zurechtgelegt hatte.

Sie atmete tief durch.

Ihr Blick schweifte durch den Raum und blieb an dem Beistelltisch mit dem Häkeldeckchen kleben, auf dem eine kleine, violette Primel stand. Wo sollte sie anfangen zu erzählen? Wie sollte sie ihre Gedanken ordnen? Und sollte sie wirklich alles erzählen?

Lena schloss die Augen. Ganz fest. Vor ihrem inneren Auge sah sie auf einmal Bilder.

Bekannte Bilder.

Lena öffnete die Augen wieder, aber die Bilder verschwanden nicht. Sie blieben und reihten sich aneinander. Bekamen Form und Farbe. Wurden lebendig. Lebten. Wie ein Film liefen sie in ihrem Inneren ab.

1. Als die Leere kam

»Den leeren Stuhl können wir noch wegstellen«, sagte der Fotograf, während er seine beschirmten Studioblitzleuchten zurechtrückte.

Lena blickte vorsichtig zu ihrer Mutter, die sich auf die Lehne des Stuhls gestützt hatte, sich nun aufrichtete und dabei nervös eine Haarsträhne aus ihrem Gesicht strich.

»Ich dachte zum Aufstützen. Sieht das nicht lockerer aus, als wenn wir alle so gerade stehen?«

»Christa, lass uns doch lieber …« Der Vater versuchte zu lächeln. Es gelang ihm nicht.

Der Fotograf justierte die Scheinwerfer. »Wie wäre es, wenn Sie sich an Ihren Mann lehnen, dann haben wir nicht so einen leeren Stuhl im Bild.«

Die Mutter schluckte. Das letzte Familienfoto lag schon viele Jahre zurück; wahrscheinlich bereute sie es in diesem Moment, sich wieder zu einem Fotografen gewagt zu haben.

Onkel Jürgen und Tante Sylvia standen ungerührt da und Lena konnte an ihren Gesichtszügen nicht erkennen, was sie dachten. Vielleicht waren sie genervt, weil der Mutter ein leerer Stuhl noch immer so viel bedeutete. Ihre Cousine Claudi saß neben ihr und stieß sie unbemerkt ans Bein. Achim, ihr Cousin, hatte den Kopf auf seine Hände gestützt – er war am Abend zuvor auf einer Party gewesen und sah alles andere als ausgeschlafen aus.

»Wenn Sie das besser finden«, sagte die Mutter, »dann lehne ich mich eben an meinen Mann.«

Lena atmete auf. Der Vater stellte den Stuhl beiseite und platzierte sich wieder neben der Mutter. Jetzt war er selbst wie ein schmales Sitzmöbel, steif und gerade hielt er dem angelehnten Gewicht seiner Frau stand. Lena wandte ihren Blick nach vorne und strich sich mit gespreizten

Fingern durch ihre schulterlangen Haare. Sie hatte die braunen, glanzlosen Haare ihrer Mutter geerbt, aber jetzt mit Stufenschnitt und Strähnchen gefielen sie ihr richtig gut.

»Bitte noch ein bisschen mehr zusammenrücken«, sagte der Fotograf.

»Meine Frau macht sich so dick«, scherzte Onkel Jürgen. Tante Sylvia lachte – sie war immer schlank gewesen. Lena drehte sich um. Ihre Mutter, die stets mit ihren Pfunden zu kämpfen hatte, lachte nicht. Nervös rückte sie näher an den schlaksigen Vater, der dem Witz seines Bruders ein höfliches Lächeln zollte. Der Fotograf deutete mit seiner Hand auf die vordere Reihe. »Die jungen Herrschaften bitte auch.«

Lena, Claudi und Achim rückten zusammen. Ihre Oberschenkel stießen aneinander und Lena betrachtete zufrieden ihre neue Jeans neben Claudis neuer Cordhose. Das Abnehmen hatte sich gelohnt. Ihr Bauch fühlte sich flach an und ihre Taille schmiegte sich zurückhaltend, aber formschön an ihr enges T-Shirt. Nur viereinhalb Kilo weniger, doch sie kam sich um das Zehnfache attraktiver vor. Auch Claudi standen ihre knapp vier abgenommenen Kilo gut. Jetzt konnte der Sommer kommen. Und der Blitz des Fotografen ebenso.

»Der junge Mann da – könnten Sie bitte die Hand aus dem Gesicht nehmen und nicht so zusammengefallen sitzen?«

Achim seufzte, richtete sich dann aber auf.

»So ist es besser. Eine schöne Familie.«

»Wir sind ja eigentlich noch mehr«, sagte die Mutter. Lena schielte zu ihren Eltern und sah, dass der Vater blass wurde. Die Mutter fuhr unbeirrt fort: »Unser Sohn ist momentan in Amerika. Für den ist auch das Foto. Zum Geburtstag.«

Lena musste an Holger denken und überlegte, was er zu dem Foto sagen mochte. Sie war sich nicht sicher, ob er sich freuen oder es spießig finden würde.

»Eine nette Idee.« Der Fotograf verschwand hinter seiner Kamera. »So und jetzt bitte alle einmal lächeln!«

Lena lächelte und weil sie ein hübsches Lächeln für ihren Bruder haben wollte, dachte sie an das erste Semester, das sie erfolgreich hinter sich gebracht hatte, an die entspannte Zeit mit Claudi in den Semesterferien, die gemeinsam verlorenen Kilos und an die Vorfreude auf Patrick, ihren Freund. Sie legte all ihr Glück in dieses Lächeln, warm durchströmte es ihren Körper und voller Erwartung blickte sie in die Kamera.

»So ist es schön«, sagte der Fotograf und hielt den Moment fest.

Der Zug hielt mit einem Quietschen. Endlich! Lena öffnete die Zugtür. Die vertraute Stimme der Ansagerin. »Meine Damen und Herren an Gleis 16, willkommen in Düsseldorf, Ihre weiteren Reisemöglichkeiten ...«

Nein, dachte Lena. Jetzt brauchte sie keine weiteren Reisemöglichkeiten mehr. Sie brauchte nur noch den Einen, brauchte seine Hand, die ihr so vertraut war, seit sie im letzten Sommer auf der Oberkasseler Brücke das erste Mal nach ihrer Hand gegriffen hatte, seine Lippen, die sie abends auf den linksrheinischen Wiesen das erste Mal berührt hatten, seine Ohren, die ihr damals zugehört hatten, als sie ihm mit Blick auf den Medienhafen von Frank O. Gehry erzählt hatte. Seine Arme, die ihr in den letzten Monaten Heimat geworden waren ebenso wie diese wunderbare Stadt, die sich ihrer Attraktionen mit einer sympathischen Hochnäsigkeit bewusst war.

Lena lief die Treppe hinunter in die Bahnhofshalle. Ihr Gepäck war schwer, aber sie merkte es nicht. Mit dem Kribbeln in ihrem Bauch fühlte sich alles leicht an. Patricks Hand auf ihrem flachen Bauch, sein Duft, seine Küsse.

Der Bahnhofsvorplatz. Patrick wohnte ganz in der Nähe. Lena beschleunigte ihren Schritt, beinahe rannte sie. Du benimmst dich wie ein Kind, ermahnte sie sich. Sie lief, nahm ihre Umgebung nicht wahr, so, wie man etwas nicht wahrnimmt, an dem man schon tausendmal vorbeigegangen ist. Patrick. Sie lief. Alles in ihr sehnte sich nach ihm, ihr Körper schrie förmlich nach Umarmung, nach seinem Körper.

Plötzlich blieb sie stehen. Das ist doch kindisch, dachte sie. Ihr Blick fiel in ein Schaufenster. Ihre Wangen waren gerötet, ihre Haare zerzaust. Selber schuld, wenn man so infantil durch die Gegend rennt. Lena betrachtete streng ihren Körper. Sie tastete mit der Hand über ihren Bauch. Er war flach. So fühlte er sich an, so spiegelte er sich im Schaufenster und Lena spürte dabei so etwas wie Stolz. Sie trennte sich von ihrem Spiegelbild, ging weiter und fühlte sich gut.

Endlich. Das Mehrfamilienhaus. Graue Fassade, Hausnummer fünf. Lena kramte den Schlüssel aus ihrem Rucksack und schloss die Haustür auf. Im Treppenhaus roch es nach Mittagessen. Dabei war es schon Nachmittag. Der Fußboden schien frisch gewischt zu sein. Lena ging die Treppe hoch bis in den zweiten Stock. Die Tür ganz links. Sie atmete tief durch, um ihre Aufregung im Zaum zu halten. Klingeln wollte sie nicht, dann wäre die Überraschung umso größer. Leise steckte sie den Schlüssel ins Schloss, drehte um, öffnete die Tür. Sie trat in den dunklen Flur. Durch die Wohnzimmertür fiel Licht. Sie hörte Stimmen. Bestimmt sah er fern. Behutsam stellte Lena ihr Gepäck ab und hängte ihre Jacke an die Garderobe. Wenn Patrick es sich auf dem Sofa bequem gemacht hätte, säße er mit dem Rücken zur Tür. Er würde sie nicht hereinkommen sehen und sie könnte ihn erschrecken. Ein prüfender Blick in den Flurspiegel. Sie sah gut aus. Nur die Haare strich sie noch glatt.

Aus dem Wohnzimmer die Fernsehstimmen. Eine Frauenstimme. Vielleicht ein Liebesfilm. Vermisste Patrick sie so sehr?

Lena schlich sich zur Wohnzimmertür und öffnete sie einen Spalt. Sie schluckte.

Der Fernseher lief nicht. Patrick hatte Besuch. Lena hörte eine Frau hinter der Sofalehne kichern. Sie sah Patricks Haarschopf. Er betrügt mich, schoss es ihr durch den Kopf. Quatsch, das würde er nie tun. Vermutlich gab es eine Erklärung. Lautlos betrat sie das Zimmer.

Nein, bitte nicht.

Das war ein böser Traum. Lena stand da und starrte. Blond war die andere. Und dick. Bestimmt neunzig Kilo. Sie hatte die Augen geschlossen. Und kicherte. Ihr Oberkörper war entblößt. Riesige Brüste. Patrick beugte sich über sie. Er küsste ihre Brüste. Lena hielt die Luft an. Sie bemerkten sie nicht. Es war, als sei sie unsichtbar. Reglos stand sie vor dieser Szenerie.

Blond und dick.

Patricks Mund glitt über ihre Brüste. Lena bewegte sich nicht, atmete kaum. Ein Stechen in ihrer Brust, ein ganzer Topf voller Kartoffelklöße im Hals. Sie hätte nicht wegfahren dürfen.

Plötzlich hob Patrick seinen Kopf und blickte sie mit großen Augen an. »Äh, Lena ...« Schnell setzte er sich aufrecht hin.

Die Blonde schreckte hoch und als sie Lena sah, hielt sie sich ein T-Shirt vor ihre Brüste. »Du hast doch gesagt, die kommt erst morgen wieder«, zischte sie Patrick zu.

Jetzt hätte Lena schreien müssen, ausflippen müssen, ihm eine Szene machen müssen. Sie hätte Sachen durch die Gegend werfen, Patrick ohrfeigen oder wenigstens in Tränen ausbrechen können. Alles Recht der Welt hätte sie dazu gehabt.

Aber sie stand nur da, leblos wie eine Marionette, der der Puppenspieler fehlte.

»Lena, ich kann dir das erklären.« Patrick stammelte und blickte zwischen den beiden Frauen hin und her. »Es ist nicht so, wie es aussieht.«

Die Blonde zog sich lässig ihr T-Shirt über und grinste. »Natürlich ist es so, wie es aussieht.«

Lena stand da und wünschte sich, dass ihr Körper endlich irgendeine Reaktion zeigen und sie den Mund aufmachen würde. Aber es tat sich nichts.

Der Puppenspieler ließ sie im Stich.

Sie konnte nur starren, selbst ihr Atem war kaum spürbar, es war, als hielte ihr ganzer Körper die Luft an und wartete auf das Klingeln des Weckers.

Die Blonde war inzwischen angezogen und nahm ihre Jacke.

»Warte!«, flehte Patrick.

»Klär das erst.« Sie ging an Lena vorbei, ohne sie anzusehen, und kurze Zeit später hörte man die Wohnungstür zuschlagen.

Es würde kein Wecker klingeln, es würde verdammt noch mal kein Wecker klingeln. Sie stand in Patricks Wohnung, in der sie die letzten neun Monate fast täglich gewesen war, und befand sich mitten in der Realität.

Patrick starrte auf das Sofakissen. »Setz dich doch.«

Lena schüttelte den Kopf. Sie wollte nicht dort sitzen, nicht dort, wo *Blond-und-dick* ... Prüfungsvorbereitungen, das waren also Prüfungsvorbereitungen.

»Es war doch nur Sex«, sagte Patrick.

Lena drehte sich um. Sie befahl ihren Körper in den Flur und er gehorchte. Ihre Hand nahm ihre Jacke von der Garderobe, Lena beobachtete sie dabei und fühlte nichts.

Patrick kam hinter ihr her und stellte sich in den Türrahmen.

»Es tut mir leid. Ich bin da einfach so reingeraten.«

Lena zog sich ihre Jacke an. *Einfach so reingeraten.* Sie war auch nicht gefragt worden, ob sie in diese Szenerie geraten wollte. *Blond und dick.* Und Patrick. Verdammt. Prüfungsvorbereitungen. Kein Liebesfilm. *Es war doch nur Sex.*

Sie griff nach ihrem Gepäck, öffnete die Wohnungstür und lief, ohne sich noch einmal umzusehen, hinunter auf die Straße. Vielleicht rief er irgendetwas hinter ihr her, vielleicht war er auch froh sich nicht weiter erklären zu müssen, sie wusste es nicht, denn in ihr war alles dumpf und geräuschlos. Der Bürgersteig verschwamm vor ihren Augen. *Blond und dick.* Das Bild hämmerte in ihrem Kopf, es war wie ein starker Kopfschmerz, der sie einnahm, ihren ganzen Körper vereinnahmte.

Lena versuchte, mit dem Ärmel ihr Gesicht trocken zu wischen. Diesmal sah sie nicht in das Schaufenster hinein und sie bemerkte nicht, dass es trotz ihrer Verzweiflung eine schöne Silhouette spiegelte.

Der Bahnhof nahm Lena auf. Sie schleppte ihr Gepäck die Treppe zu Gleis 13 hoch. Die Taschen waren schwer und sie hatte das Gefühl, dass nicht nur ihr Gepäck, sondern auch ihr eigener Körper sie nach unten zog. Ein Blick auf die Anzeigetafel. Die S 8 hatte Verspätung. Irgendwo zwischen den wartenden Massen stellte Lena ihr Gepäck ab und sich mit ihrem ungehorsamen Körper daneben.

Ihr Körper hatte versagt.

War reaktionsunfähig gewesen, hatte die Flucht ergriffen. Da half ihm auch der flache Bauch nichts. Sie war unfähig, hätte Patrick anschreien, wenigstens irgendetwas sagen müssen. Die Stimme der Ansagerin schien ihr weit weg. Menschen drängten sich an ihr vorbei. Sie wurden unscharf, zerflossen zu Silhouetten. Alles wurde wässrig. Verschwamm. Lena wischte sich die Tränen aus dem Gesicht. Sie wollte weg hier. Nur noch weg.

Die Bahnhofsuhr zeigte kurz nach halb fünf. Lena blickte in die Richtung, aus der der Zug kommen musste. Sie beschwor ihn, sich zu beeilen und sie aus diesem Bahnhof fortzubringen. Diesem Bahnhof, den sie doch eigentlich lieb gewonnen hatte mit seinen Bahnsteigen, Geschäften und U-Bahnschächten, den vielen Pendlern, den japanischen Messebesuchern, den Pfandflaschensammlern und den Tauben in den Balken des Daches. Sie mochte ihr Bahnhofsbild, weil es für sie Ankunft, Abfahrt, Wiedersehen, Vorfreude bedeutete. Weil in diesem Bahnhofsbild manchmal jemand stand, der auf sie wartete oder sie verabschiedete. Der sie in die Arme schloss und ihr das Gefühl gab zu Hause zu sein.

Und nun stand sie plötzlich an diesem Bahnhof und er war ihr fremd. Unangenehm und zuwider. Nichts war mehr vertraut, alles verschwamm zu bedeutungslosen Umrissen. Leere Menschenhüllen liefen an ihr vorbei und sie hatte das Gefühl, selbst leer und bedeutungslos zu sein. Alles war nur noch Schema, nichts mehr klar. Und sie blickte den Zügen hinterher und wünschte sich fort.

»Meine Damen und Herren, auf Gleis 13 erhält jetzt Einfahrt die verspätete S-Bahn nach Hagen. Bitte Vorsicht bei der Einfahrt.« Endlich. Die Bahn fuhr ein, öffnete ihre Türen. Menschen drängelten sich. Lena irgendwo dazwischen. Die Leute strömten und Lena mit ihnen. Sie suchte sich einen Platz am Fenster, setzte sich auf einen von diesen schmuddeligen, braunen Sitzen und wandte ihren Blick nach draußen. Niemand sollte sie sehen.

Ein Piepen ertönte. Die Türen schlossen sich. Ein Ruck. Die Bahn setzte sich in Bewegung. Der fremde Bahnhof schlich erst, dann strömte er, bis er verschwand. Wechselte in Stadtbilder, später Landschaft. Wie oft war sie diese Strecke gefahren? Fast jeden Tag. Felder und Häuser rasten vorbei. Lenas Blick verlor sich darin. Die Landschaft bewegte sich. Wurde schneller. Raste. Ihr Blick wurde wässrig. Verschwamm.

Lena schloss die Haustür auf. Ihr Briefkasten quoll über, auf dem Treppenabsatz lagen mehrere Exemplare der kostenlosen Wuppertaler Wochenzeitung. Davon unbeeindruckt lief sie die Stufen der alten Holztreppe bis nach oben. Dritter Stock. Sie öffnete ihre Wohnungstür und schloss sie hastig. Geschafft! Endlich zu Hause. Endlich allein.

Sie ließ ihr Gepäck fallen und rutschte mit ihrem Rücken langsam an der Wohnungstür hinunter, bis sie auf dem Holzfußboden saß. Lena wollte heulen, nun war sie schließlich unbeobachtet, aber sie fühlte sich leer und tränenlos. Sie heulte trocken, sie heulte Tränen, die keine waren, denn Marionetten weinen nicht. Blond-und-dick hämmerte es in ihrem Kopf, sie war blond und dick. Warum hatte er das getan? Sie war doch nur drei Wochen fortgewesen. Nie im Leben hätte sie damit gerechnet, dass er ...

Sie versuchte sich zu erinnern, wie der Abschied von Patrick gewesen war.

Patrick hatte in seiner gelben Jacke in ihrem Bahnhofsbild gestanden. Lena hatte das Zugfenster geöffnet, sich hinausgelehnt und Patricks Hand gehalten. Während sich die Zugtüren schlossen, hatten sich Patricks Finger von ihren gelöst, um sich anschließend zu einem kindlichen Winken zu formieren. »Und schreib mir nicht wieder fünfzig Nachrichten am Tag und ruf dauernd an, du sollst Urlaub machen und dich entspannen.«

Lena hatte gelacht. »Keine Angst, du wirst in Ruhe lernen können.«

Dann hatte sich der Zug in Bewegung gesetzt, beschleunigt und Patrick kleiner werden lassen. Ein gelber Fleck mit einem winkenden Arm, der immer winziger geworden und schließlich ganz aus Lenas Blickfeld verschwunden war.

Für drei Wochen war sie eingetaucht in Claudis Musikstudentenleben in Detmold. Wie früher zu Schulzeiten hatten sie gemeinsam abgenommen, waren kilometerweit durch den Teutoburger Wald gejoggt und hatten abends stundenlang in den Fachwerkhaus-Kneipen der Innenstadt geredet.

Zwischen all den Unternehmungen war nicht viel Platz gewesen, ihn zu vermissen, aber in Bielefeld beim Fotografen hatte das Verlangen nach Patrick sie plötzlich überfallen.

So hatte sie beschlossen, schon einen Tag früher nach Düsseldorf zu fahren und Patrick zu überraschen.

Die Überraschung war ja toll gelungen, dachte Lena. Der Regisseur ihres Lebens hatte zu viele klischeehafte Filme geguckt. In Hollywoodstreifen erwischten Frauen ihre Männer mit anderen Frauen im Bett, aber doch nicht im wahren Leben. *Blond und dick.* Dick – das fand sie am schlimmsten.

Lethargisch saß Lena an der Tür und starrte vor sich hin. Schon ziemlich lange verharrte sie in dieser Position. Auf einmal fühlte sich alles seltsam an. Ihre wirren Gedanken, ihr ganzer Körper kam ihr eigenartig vor. Alles in ihr war durcheinander, und ihr Körper schien keine Bewegung als Konsequenz auf dieses merkwürdige Gefühl gespeichert zu haben. Reaktionslos hockte er auf dem Boden, als ob ihm der Puppenspieler fehlte. Lass dich nicht hängen, befahl Lena ihm. Steh auf und pack deine Sachen aus!

Sie raffte sich auf und trug ihr Gepäck ins Zimmer. Beim Öffnen der Reisetasche fielen ihr ihre neuen Klamotten in die Hände und ihre Digitalkamera mit Fotos von den drei Wochen. Sie klickte sich durch das Ansichtsmenü und blieb an einem Foto hängen, das sie mit Claudi zeigte – ein anderer Student hatte sie fotografiert. Sie sahen aus wie Schwestern und so hatten sie sich auch immer gefühlt. Claudi. Sie musste sie anrufen. Doch die war noch bei ihren Eltern. Und Lena wollte nicht, dass die Tante etwas mitbekam.

Es war das erste Mal, dass sie ihre Cousine nicht sofort anrief. Aber was hätte sie Claudi auch sagen sollen? Sie fand schließlich selbst keine Worte für das, was sich ihr in Patricks Wohnzimmer geboten hatte. Hatte ja nicht einmal vor Ort irgendetwas dazu sagen können.

Dabei hätte sie ihn anschreien müssen. Eigentlich.

Als sie ausgepackt und die Reisetaschen wieder verstaut hatte, blickte sie sich im Zimmer um. Alles ausgeräumt, alles weggeräumt. Sie ging in die Küche. Auch hier fand sie keine Arbeit. Ihre Wohnung war ordentlich. Nirgendwo Arbeit, nirgendwo Beschäftigung. Nirgendwo Patrick. Leere. Öde Leere. Nichts, womit sie sich die Zeit vertreiben konnte. Lena ging zurück ins Zimmer, schaltete den Fernseher an und zappte durch. Nichts, was sie interessieren oder ablenken konnte. Sie schaltete den Fernseher aus.

Leere.

Lena fühlte sich total leer. So leer hatte sie sich noch nie gefühlt. Sie war sich nicht mal mehr sicher, ob das überhaupt ein Gefühl war, denn sie spürte nichts.

Vielleicht sollte sie etwas essen, überlegte sie, auch wenn sie keinen Appetit hatte. Sie ging zurück in die Küche. Frisches hatte sie nicht im Haus. Deshalb: Tiefkühlpizza. Als Lena die Pizza in den Ofen schob, bekam sie sogar etwas Appetit darauf. Das konnte sie sich jetzt auch mal leisten, fand sie. Nach drei Wochen Diät, jeden Tag nur 900 Kalorien und Sport ohne Ende. Von einer einzigen Pizza wurde man nicht dick. Sie hatte ja an diesem Tag auch noch nicht viel gegessen.

Als sie ihr Abendessen aus dem Ofen nahm, hatte sie richtig Hunger. Die Pizza war mit Salami und Champignons belegt und ihr Duft füllte die ganze Küche. Lena setzte sich an den kleinen Küchentisch und genoss die Pizza.

Nachdem sie aufgegessen und Teller und Besteck in die Spüle gestellt hatte, war da plötzlich wieder diese Leere.

Sie wunderte sich. Eigentlich machte so eine Pizza doch satt. Aber ein kleiner Nachtisch? Warum nicht. Im Kühlschrank entdeckte sie einen Tetrapack mit Vanillepudding. Lena liebte Pudding. Sie holte sich ein Schälchen und gab die gelbweiße Speise hinein. Der Pudding schmeckte. Sehr gut sogar. Er schmeckte nach mehr. Na ja, dachte sie, so groß war die Packung nun auch nicht. Sie gab den Rest in ihr Schälchen. Es war doch noch eine ganze Menge. Umso besser. Von Pudding wurde ihr nie schlecht.

Nach dem Essen ging sie zurück ins Zimmer und setzte sich auf ihr Bett. Blond und dick. Nein, nicht daran denken. Sie nahm sich die Architekturzeitschrift von ihrem Nachttisch und begann zu blättern. Angestrengt bemühte sie sich, dem Inhalt der Sätze zu folgen und die beschriebenen Gebäude als Bilder in sich aufzubauen. Doch sie sah immer nur das eine Bild. *Blond und dick*. Nicht daran denken. Die Buchstaben begannen zu tanzen. Sie legt die Zeitschrift zur Seite.

Lena stand auf und ging in die Küche. Im Schrank waren noch Schokoladenkekse. Einen nur. Oder zwei. Bloß ein bisschen Nervennahrung. War ja auch viel heute. Der vierte Keks. *Blond und dick.* Und hässlich war sie, fand Lena. *Warum? Warum verdammt?* Die Kekspackung halb leer. Egal. Das brauchte sie heute. *Jetzt bist du ganz alleine.* Pochte es in ihrem Kopf. Fast täglich hatte sie in den letzten Monaten Patrick besucht. Plötzlich war die Kekspackung leer. Nur noch ein paar Krümel. Das waren dreihundert Gramm.

Lena betrachtete die Krümel – sie musste bescheuert sein. So viele süße Kekse, das war ekelhaft. Ihr war übel.

Was hatte sie getan? Wollte sie den ganzen Erfolg der Diät wieder kaputtmachen? War sie eigentlich blöd?

Die ganze Zeit hatte sie Süßem und Fettigem widerstanden. Und jetzt sündigte sie. Ihr schossen Tränen in die Augen. Das waren Hunderte von Kalorien, die sie verschlungen hatte. Das durfte nicht sein. Sie machte sich alles kaputt. Bald würde sie so dick sein wie Patricks Neue. Alles, nur das nicht. Sie musste irgendetwas tun. Aber was?

Kotzen, kam es ihr in den Sinn. Kotzen. Das war die Lösung. Lena rannte ins Bad und beugte sich über die

Toilette. Als Kind hatte sie einmal ausprobiert, wie weit sie ihre Finger in den Hals stecken konnte und daraufhin erbrochen. Das versuchte sie jetzt auch. Sie steckte ihre Finger in den Mund und es fühlte sich widerlich an. Noch weiter, befahl sie sich. Es ging nicht. Sie hatte Hemmungen. Du wirst doch wohl noch kotzen können, dachte sie. Sie stand auf und holte sich einen Löffel aus der Küche. Vielleicht würde sie mit ihm weiter kommen als mit dem Finger. Sie kam weiter. Aber sie erbrach nicht. Es sammelte sich nur ein bisschen Spucke, mehr nicht.

Sie war zu doof zum Kotzen.

Lena probierte es lange. Aber da war eine Hemmschwelle, die sich zwischen ihr und der Möglichkeit, sich zu übergeben, aufbaute und immer größer wurde. Es klappte einfach nicht. Ewigkeiten hockte sie über der Toilette. Es ging nicht. Sie konnte nicht erbrechen. Vielleicht ekelte sie sich zu sehr davor.

Die Kalorien und das schlechte Gewissen verließen sie nicht.

Am nächsten Tag wählte Lena Patricks Nummer. Ihr Herz raste, aber sie musste es versuchen. Vielleicht könnten sie noch einmal über alles reden.

Das Freizeichen. Dann Patricks Stimme. »Ja?«

»Hi, ich bin's.« Ihre Stimme zitterte und sie wusste nicht, was sie sagen sollte.

»Gut, dass du anrufst«, sagte Patrick, »wir müssen reden.«

Lena spürte ein kleines bisschen Hoffnung zwischen all der Ausweglosigkeit vom Tag zuvor. »Ja, das müssen wir wohl.«

»Bist du heute Abend zu Hause? Kann ich vorbeikommen? So gegen sieben?« Patricks Stimme klang fremd.

»Ja«, sagte sie, »ich bin den ganzen Abend zu Hause.«

»Okay, dann bis nachher.«

»Bis nachher.« Sie legte den Hörer auf. Ihr Magen

fühlte sich an, als würden sich in ihm kleine Männchen Bälle zuwerfen. Ein Männchen warf mit Liebe, ein anderes mit kribbeliger Aufregung, ein drittes schmetterte wütend einen Ball in die Mitte, ein viertes fing ihn verletzt auf und ein fünftes Männchen schmiss voller Hoffnung einen weiteren Ball in die Runde. Die Bälle flogen durcheinander und Lena konnte unmöglich erkennen, welcher Ball am höchsten flog.

Sie hatte das gewollt mit dem Reden. Aber was nun? Würde Patrick sich erklären, um Verzeihung bitten, sie behalten wollen? Was sollte aus ihrer Beziehung werden? *Blond-und-dick* stand ab jetzt zwischen ihnen.

Lena erhob sich. Sie wollte nicht den ganzen Tag herumsitzen und warten, deshalb beschloss sie, einzukaufen und für abends etwas zu kochen. Patrick hatte es nicht verdient, dass sie für ihn kochte, aber in ihr machte sich das Gefühl breit, um ihn kämpfen zu müssen. Und Liebe ging schließlich durch den Magen.

Als sie das Haus verließ, schien die Aprilsonne scheinheilig vom Himmel. Lena hasste sie dafür. Sie musste die ganze Zeit an *Blond-und-dick* denken. Das Bild verschwand nicht aus ihrem Kopf, sondern setzte sich dort umso hartnäckiger fest. Sie ekelte sich vor diesem Bild. Sah immer wieder Patricks Lippen über die riesigen Brüste gleiten.

Draußen war es mild und die reichen Stuckverzierungen der Gründerzeithäuser leuchteten in der Sonne. In jedem verdammten 20.15-Uhr-Film hätte es jetzt in Strömen geregnet. Tränen wären ihr die Wangen hinuntergelaufen und hätten sich mit dem Regen vermischt. Die Straßen wären menschenleer gewesen. Es hätte nur Lena und den Regen gegeben. Er hätte sie durchnässt, doch sie hätte es nicht gemerkt und sich gewünscht, von dem Regen für immer fortgespült zu werden.

Aber Lena war nicht in einem 20.15-Uhr-Film. Es fiel nicht ein Tropfen vom Himmel, sie selbst hatte keine Tränen und die Sonne erdreistete sich, ihr eine heile Welt vorzuspielen. *Blond und dick.* Sie sah das Bild der anderen genau vor sich. Das war kein Film. Das war Wahrheit, Realität.

Ein Supermarkt nahm Lena auf. Sie lief durch die Gänge, rechts und links türmten sich volle Regale vor ihr in die Höhe; ihre Hände packten Lebensmittel in den Korb, von denen sie meinte, daraus am Abend etwas kochen zu können oder in den nächsten Tagen darauf Appetit zu haben. Falls sie überhaupt jemals wieder essen könnte. Denn in ihrem Magen breitete sich ein Gefühl aus, das für Essen keinen Platz zu lassen schien. Sie hatte keinen Hunger, erst recht nicht nach den Mengen, die sie am Abend zuvor vertilgt hatte.

Es war alles egal. Welche Marmelade, welches Obst, welches Abendessen. Ob die Kassiererin zwei Euro mehr oder weniger von ihr haben wollte. Ob der Autofahrer anhielt, um sie über die Straße zu lassen oder nicht. Alles erschien ihr bedeutungslos. Vollkommen irrelevant. *Blond-und-dick* nahm ihr ganzes Denken ein, fühlte sich schwerer an als die Einkaufsbeutel in ihrer Hand und blond und dick schien die Sonne vom Himmel und grinste. Lena wollte verschwinden aus ihrem Blickfeld, verschwinden aus diesem sonnigen Apriltag, den sie für seine Scheinheiligkeit hasste.

Der Duft von Nudelauflauf drang aus dem Backofen. Gleich käme Patrick. Lena war schlecht. Um nichts in der Welt würde sie jetzt Essen hinunterkriegen. Einen kurzen Moment überlegte sie, ob sie ein paar Kerzen anzünden sollte, aber sie entschied sich dagegen. Schließlich wollte sie Patrick nicht verführen. Sie wollte nur mit ihm reden, eine Erklärung hören, eine Entschuldigung.

Es klingelte. Sie stellte den Ofen auf Null, drückte den Türöffner und lief ins Bad vor den Spiegel, um ihre Haare zurechtzurücken. Ihre blauen Augen sahen traurig aus, aber ihr Gesicht war schmal. Sie war schlank geworden – vielleicht würde Patrick das heute bemerken.

Das Klopfen an der Wohnungstür riss Lena aus ihren Gedanken. Sie strich sich ihre Bluse glatt, ging in den Flur, atmete noch einmal tief durch und öffnete die Tür.

Patrick stand da, in der Hand eine Tasche, und er wich ihrem Blick aus. Lena hätte ihn gerne umarmt, sie hätte am liebsten den vergangenen Tag aus ihrem Kopf gelöscht und einfach da weitergemacht, wo sie vor ihrer Reise zu Claudi aufgehört hatten.

»Hallo, komm rein«, sagte sie gedrückt und schielte auf sein Gepäck.

»Hallo.« Er ging zwei Schritte nach vorne und stand unentschlossen im Flur.

Lena versuchte, ihre Mundwinkel ein Stückchen nach oben zu ziehen. »Na los, geh schon mal ins Zimmer. Du wirst doch wohl noch wissen, wo es ist.«

Patrick nickte, ging in den Raum und setzte sich auf Lenas Sofa.

»Was trinken?«, rief Lena hinter ihm her.

»Nein, danke.«

Lena schloss für einen Moment die Augen, holte tief Luft, öffnete sie wieder und folgte Patrick ins Zimmer. Dort setzte sie sich auf ihr Bett und sah ihn an. Das gelbkarierte Hemd hatte sie immer so an ihm gemocht. Sein blaues T-Shirt lugte darunter hervor, sie beobachtete seinen Adamsapfel, seine feinen, aber unauffälligen Gesichtszüge.

Patrick wich Lenas Blick aus und schwieg. Dann öffnete er seine Tasche.

»Hier, ich hab dir deine Sachen mitgebracht.«

Lena schluckte. »Was soll das heißen? Ich dachte, du erklärst mir erst mal ...«

»Ich hab doch schon gesagt, dass es mir leidtut. Ich wollte dir nicht wehtun. Es ist einfach so gekommen. Schade, dass das mit uns jetzt so enden musste.«

Lena hörte Patricks Worte wie durch Watte.

Enden musste. Enden. Ende, aus. Was sollte das?

Was war mit den warmen Sommernachmittagen auf den Oberkasseler Wiesen? Mit den stürmischen Herbstspaziergängen auf der Rheinpromenade? Mit den kuscheligen Winterabenden mit Rotwein und DVDs in Patricks Wohnung? Das hatte sie sich doch nicht alles eingebildet. Seine warmen Hände, seine Kussspuren auf ihrer Haut, sein Blick. Und jetzt der Frühling? Der Frühling war der Anfang, nicht das Ende.

Der Raum füllte sich mit peinlich berührtem Schweigen. Ihr schossen tausend Gedanken durch den Kopf, Patrick blickte beschämt auf den Boden. Das Ende stand im Raum, aber Lena konnte es nicht greifen und Patrick schien sie wortlos anzuflehen, es doch endlich in Empfang zu nehmen.

»Wieso?«, fragte sie schließlich in die Stille des Raumes hinein.

Er zuckte mit den Schultern. »Ich weiß nicht. Das ist einfach passiert.«

»Aber wir waren doch glücklich. Oder nicht?«

»Ja, schon.« Patrick zögerte, bevor er leise weitersprach. »Nur warst du ständig bei mir. Ich hatte meine Wohnung gar nicht mehr für mich. Du hast zu viel Raum eingenommen. So richtig ist mir das erst aufgefallen, nachdem du weggefahren bist.«

Lena spürte Stiche in ihrer Brust. »Aber du hättest doch etwas sagen können. Und wieso musst du deswegen gleich ...«

Patrick zeichnete mit seinem Zeigefinger unsichtbare Linien in ihren Sofabezug. »Und dann warst du weg und ich fühlte mich auf einmal nicht mehr so erdrückt.«

»Und deshalb steigst du gleich mit der erstbesten Tussi ins Bett?« Sie spürte, dass ihr Körper zitterte, obwohl ihr nicht kalt war.

Patrick konnte ihren Blicken nicht standhalten. »Sari

ist mir in der Uni über den Weg gelaufen, wir kennen uns schon länger.«

Lena ballte ihre Hände, die sie auf dem Schoß liegen hatte, zu Fäusten. Ihre langen Fingernägel bohrten sich in ihre Handinnenflächen, aber sie spürte nichts.

»Sari?«

»Sie heißt eigentlich Sarina.«

Lena schluckte. Ihr saß ein Kloß im Hals, ein blonder, dicker Kloß. Sie durfte nicht heulen. Nicht vor Patrick.

»Und diese Sarina nimmt nicht zu viel Raum in deinem Leben ein?« Wo sie doch körperlich bestimmt doppelt so viel Raum einnehmen müsste, dachte sie.

Patrick malte weiter unsichtbare Figuren und Formen in die Sofabezüge. Dann blickte er auf. »Es tut mir wirklich leid, aber ich habe mich in Sarina verliebt.«

»Und wie lange hast du schon was mit ihr?«

»Erst seit ein paar Tagen. Sie ist in meiner Statistik-Arbeitsgruppe.«

»Und wann hättest du es mir gesagt?«

»Ich hätte es dir noch gesagt.«

Lena drückte die Fingernägel fester in ihr Fleisch. »Hat dir das mit uns denn gar nichts bedeutet?«

»Doch, schon.«

»Aber?«

»Kein Aber.«

Lena löste die verkrampfte Haltung ihrer Hände. »Patrick, das kann doch nicht dein Ernst sein. Bevor ich gefahren bin, war schließlich alles in Ordnung!« Ihre Stimme hatte ein Crescendo vollführt.

»Es ist aus.« Patrick beugte sich über seine Tasche, zog Stück für Stück von ihren Klamotten heraus und legte sie neben sich auf das Sofa. Jedes Teil, das aus seiner Tasche zum Vorschein kam, fühlte sich für sie an wie eine Faust im Bauch. Eine Hose, ein Pulli, Unterwäsche, Shampoo, eine Bürste, all das stapelte Patrick sorgfältig und legte schließlich noch einen Stapel Briefe, ein gerahmtes Foto und ein paar andere Gegenstände, die er in den letzten Monaten von ihr bekommen hatte, dazu.

»Was soll das?«

»Deine Geschenke. Die brauche ich nicht mehr.«

Lena schüttelte fassungslos den Kopf. »Und du meinst, du kannst das alles bei mir abladen und mich einfach so aus deinem Leben löschen? Was soll ich denn damit?«

»Ich dachte, du könntest vielleicht noch etwas davon gebrauchen«, sagte Patrick kleinlaut.

»Nimm den Kram bitte wieder mit.«

»Mensch, Lena. Du musst mir glauben: Ich wollte nicht, dass das so endet mit uns.«

In ihr verkrampfte sich alles. *Dass das so endet mit uns.* Es schien Lena, als würde ihr ganzer Körper gegen die Bedeutung des Wortes Ende ankämpfen, dieses Wort, das sie einfach nicht mit Patrick in Verbindung bringen konnte.

Patrick war der Anfang gewesen, der Anfang ihres Studentenlebens, der Anfang ihres Erwachsenenlebens, der Anfang nach ihrem Auszug von Zuhause. Sie hatte gedacht, dass es mit Patrick immer nur Anfänge geben würde und nie ein Ende. Nun sah sie ihre Chancen dahinschwinden und die Enttäuschung darüber spürte sie in jeder Pore ihres Körpers. Sie wollte ihn nicht mehr sehen, sie ertrug seinen Anblick nicht, wollte allein sein und um ihn weinen.

»Lad dein schlechtes Gewissen woanders ab. Bitte geh jetzt.«

»Kann ich dich denn so alleine lassen?«

»Tust du doch eh.«

»Ja, aber ...«

»Bitte geh, Patrick.«

Geh zu deiner fetten Schlampe, dachte sie. Ihr fielen die Schlüssel ein, sie holte den Bund aus ihrer Tasche, machte sie ab und hielt sie ihm wortlos hin. Er nahm sie, seine Hand berührte kurz ihre, dann verschwanden die Schlüssel in seiner Hosentasche.

»Ich wollte wirklich nicht, dass es so kommt. Pass auf dich auf.« Er stand auf, nahm seine Tasche, ließ ein gedrücktes »Tschö« im Raum, ging in den Flur und kurz darauf fiel die Wohnungstür hinter ihm ins Schloss.

Lena spürte, wie sich mit jedem Schritt, den sie Patrick die Holztreppe hinunterpoltern hörte, der Schmerz in ihr ausbreitete. Er ging, das tat weh – sie sank in sich zusammen und Tränen bahnten sich den Weg über ihr Gesicht. Sie strömten ihre Wangen hinunter, ließen sich lebensmüde fallen und markierten ihren Pullover und ihre Hose mit Verzweiflung.

Irgendwann fiel ihr das Essen ein, das sie noch im Ofen hatte. Sie stand auf, ging in die Küche und holte den Auflauf heraus. Nachdem sie den ganzen Tag vor Aufregung nichts gegessen hatte, durfte es wenigstens jetzt ein bisschen sein. Sie setzte sich an den Küchentisch, nahm etwas davon und aß. Der Auflauf war nur noch lauwarm, aber das war ihr egal.

Nach dem Essen rief Lena ihre Cousine an und erzählte ihr alles. Sie schluchzte und konnte selbst nicht glauben, was sie Claudi da gerade mitteilte. Es war aus. Patrick hatte Schluss gemacht. Schluss Ende Aus. Nach neun Monaten. Als wäre das nichts.

»Soll ich zu dir kommen?«, fragte die Cousine.

Lena dachte an die teure Zugfahrt, an Claudis Orchesterproben, die sie sicherlich nicht gerne absagte, und daran, dass sie doch eigentlich erwachsen war und damit klarkommen musste. »Danke, aber ich schaffe das schon.«

»So ein Arschloch«, schimpfte Claudi. »Sei froh, dass du den los bist.« Lena war nicht froh.

Nach dem Telefonat fühlte es sich nicht besser an.

Sie ging zurück in die Küche und aß noch etwas Auflauf. Und noch etwas mehr. Eigentlich war sie satt, aber der Vorgang des Essens beruhigte sie. Es war eine bekannte Handlung, eine Handlung, die ihr Sicherheit gab, während ihr der Gedanke an ihr neues Singleleben Angst machte.

Sie beruhigte sich mit dem Auflauf, schaufelte die ganze Schale leer und fühlte sich danach noch mieser.

Was hatte sie getan? Das war ein ganzer Auflauf gewesen. Sie machte sich ihre mühsam erarbeiteten Abnehmerfolge kaputt. Verdammt, wie konnte sie so gedankenlos einen ganzen Auflauf in sich hineinschaufeln?

Lena legte sich in ihr Bett und wartete darauf, dass der Schlaf sie von ihren Selbstvorwürfen und ihren Gedanken an Patrick erlöste.

Die nächsten Tage standen grau und zäh in ihrer Wohnung und Lena wusste nichts mit ihnen anzufangen. Die Zeit schlabberte an ihr vorbei, die Tageszeiten verloren ihre Bedeutung, alles erschien ihr belanglos und ohne Kontur – vielleicht lag es auch an den Tränen, die ihr immer wieder über das Gesicht liefen, selbst wenn sie nicht weinen wollte.

Nur zum Einkaufen verließ sie das Haus, aber jedes Mal, wenn ihr die Aprilsonne einen warmen Vorgeschmack auf den Sommer gab, fühlte es sich falsch an. Sobald sie zurück in ihre Wohnung kam, ließ sie den Frühling vor der Tür stehen. Dann konnte sie in Ruhe fernsehen, nachdenken, schlafen, die Wände anstarren. Und essen. Das brauchte sie zurzeit. Ihre Diät hatte sie abgebrochen und sie aß viel. Aber sie versuchte auch, sich so weit unter Kontrolle zu halten, dass sie nicht zunahm.

Am Ende der Woche rief Claudi an. »Lena, komm, steig in den Zug und fahr nach Bielefeld, ich bin am Wochenende auch dort. Das kann doch nicht gut sein, wenn du so alleine mit dem Ganzen bist.«

Lena tat, was die Cousine ihr sagte, sie war froh über diesen Vorschlag, denn sie selbst fühlte sich vollkommen handlungsunfähig. Mechanisch packte sie irgendwelche Klamotten in ihre Tasche und nahm den nächsten ICE nach Bielefeld.

Claudi holte sie mit dem Auto ihrer Eltern vom Bahnhof ab. Als sie ausstiegen und gemeinsam vor dem Doppelhaus standen, im heimischen Vorgarten mit den Fliedersträuchern, der blühenden Lavendelheide und den kleinen Rosenstämmchen vor den beiden Küchenfenstern, hinter denen sie früher, wenn sie aus der Schule gekommen waren, ihre Mütter beim Kochen gesehen hatten, wartete Lena auf das vertraute Gefühl der Sicherheit, Claudi an ihrer Seite zu haben – Claudi, ihre Cousinenfreundin, ihre Herzensschwester, ihre Zwillingscousine – aber das Gefühl kam nicht.

Die Eltern freuten sich über den spontanen Besuch, auch der Onkel und die Tante im Nachbarhaus begrüßten sie herzlich, und Lena lächelte.

Es war, als hätte sie sich aus einem Hochglanzmagazin ein Werbelächeln ausgeschnitten und vor ihren Mund geklebt, so fühlte es sich an, wie ein klebriger roter Lippenstiftmund mit weißen Zähnen, der nur lächeln und nicht sprechen konnte.

»Willst du reden oder lieber abgelenkt werden?«, fragte Claudi, als sie später in deren altem Kinderzimmer zwischen abgeliebten Teddybären und Teenie-Idol-Postern saßen.

»Ich fühle mich so unvollständig ohne Patrick«, hätte Lena gerne gesagt. »Ich habe Angst vor der Stadt, in der ich zwar die letzten Monate studiert, aber kaum gelebt habe, weil ich immer nur bei Patrick war. Die Uni, ein paar Lebensmittelgeschäfte, mehrere Modellbaugeschäfte, ein bis zwei Kneipen – das ist alles, was ich von Wuppertal kenne. Seit neun Monaten wohne ich in einer Stadt, die mir total fremd ist und ich habe es nicht einmal gemerkt. Ich habe in den letzten Tagen ganz viel gegessen, obwohl ich gar keinen Hunger hatte. Ich bin zu blöd zum Kotzen. Ich weiß nicht, was gerade mit mir passiert.«

Aber Lena behielt das alles für sich, es war, als würde sie die Worte dafür gar nicht kennen, als ließe das Papierlächeln diese Worte nicht zu, und sie sagte: »Ablenkung wäre toll.«

»Jetzt sind wir beide wieder solo«, bemerkte Claudi, als sie am Abend auf Barhockern in der »Hechelei« saßen. Das Nebengebäude der alten Spinnerei war seit vielen Jahren ein Club und an den Wochenenden zu Schulzeiten ihr zweites Zuhause gewesen.

Lena ließ ihren Blick über die Tanzfläche gleiten, auf der sich die schlanken Pfeiler der Industriearchitektur von fröhlichen Wochenendmenschen umtanzen ließen, während ihre stählernen Kollegen am Rand die umlaufende Empore stützten. Oben an der Brüstung standen die Obergeschossmenschen und warfen ihre Blicke auf die tanzenden Untergeschossmenschen. Lena und Claudi waren die Randpersonen im Untergeschoss, saßen unweit der Theke im Schutz der Emporendecke. Claudi nippte an ihrem Cocktail und schaute sich herausfordernd Männerhintern an; Lena hielt sich unsicher an ihrem Glas fest, weil ihr das Wort »solo« fremd geworden war.

Sie versuchte sich zu erinnern, wie es sich das letzte Mal angefühlt hatte, solo zu sein. Es gelang ihr nicht.

Sie war nach dem Abi von zuhause ausgezogen und direkt in das Düsseldorfer Leben, in Patricks Leben eingetaucht. Kinoabende, Wohnzimmerpartys, Treffen in Altstadtkneipen – es waren immer *seine* Schulfreunde oder *seine* Kommilitonen gewesen, mit denen sie sich getroffen hatten. Und sie hatte das nie hinterfragt. Düsseldorf war die aufregendere Stadt und Patrick hatte die größere Wohnung gehabt.

Lena musste an Nicola denken, an ihre Cappuccinonachmittage im »Café Uferlos«, sie hatte gehofft von Nicola wenigstens eine bedauernde Nachricht zu bekommen, aber ihr Handy war stumm geblieben.

Und sie würde auch nichts mehr hören, denn Nicola war die Freundin von Patricks bestem Freund.

Wahrscheinlich trank Nicola längst mit *Blond-und-dick* Cappuccino; vielleicht saßen sie im Café mit Blick auf den Rhein und Patricks Neue erzählte immer wieder belustigt, wie dämlich Lena dagestanden und gestarrt hatte; möglicherweise machten sie schon zu viert DVD-Abende und planten, im Sommer ein paar Tage zu zelten. Es war, als hätte Patrick ihr mit dem Ende der Beziehung auch das Privatleben gestrichen.

»Unser Abi-Lied! Lena, wir müssen tanzen!« Claudi zog sie vom Barhocker und schob sie zwischen fremde Körper in flackernde Lichtprojektionen. Lena hörte das eingängige Synthesizer-Intro des Liedes, aber der Beat erreichte nicht ihren Körper. Sie musste an ihre gemeinsame Abizeit denken. Wie oft hatten sie »*The Final Countdown*« von *Europe* in dieser Zeit gehört, obwohl das Lied bereits in ihrer Kindheit in den Achtzigern herausgekommen war?

Sie begann sich zu bewegen, doch ihr erschien es, als wären die Obergeschossmenschen Marionettenspieler, die die Fäden zogen und ihren Körper ein bisschen hampeln ließen. Die Musik floss an Lena vorbei, da war nichts in ihr, was sie aufzunehmen vermochte. Doch dann kam der Refrain, Claudi stieß ihre Cousine in die Seite und sang lachend den Text mit.

Plötzlich überkam Lena die Unbeschwertheit von damals, sie fühlte wieder, riss sich von den Fäden der Marionettenspieler los, begann ebenfalls zu singen und spürte, wie ihr Körper sich neu mit Leben füllte, wie er sich die Musik einverleibte, wie die Drums in ihrem Bauch widerhallten und da wusste sie, dass das Leben weitergehen würde. Dass sie noch Claudi hatte und ihr Studium und einen flachen Bauch. Dass Patrick ihr nicht alles genommen hatte.

Von bunten Lichtern getragen tanzte sie nun selbst mit Claudi zwischen den stählernen Pfeilern und die Obergeschossmenschen blickten gnädig auf zwei euphorische Cousinenfreundinnen.

Am nächsten Vormittag saß Lena mit ihrer Mutter am Küchentisch und half beim Kartoffelschälen. Die Mutter hatte eine unsanfte energische Art das Messer unter der Schale hergleiten zu lassen und die Kartoffel anschließend in den Topf zu werfen. Trotzdem war ihr Schalenabfall dünner als Lenas, die das Messer stumpf fand und deren Kartoffeln eckig wurden. Kleine braune Kartoffelerdekrümel blieben an den Ecken hängen, der erdige Geruch der rohen Knolle stieg ihr in die Nase und plötzlich sah Lena Patrick, wie er ein paar Monate zuvor in dieser Küche gestanden hatte.

Selbstbewusst hatte er sich ihren Eltern gegenüber gezeigt, mit dem Vater über seine betriebswirtschaftlichen Zukunftspläne gesprochen und mit der Mutter, die in einer Bank arbeitete, über Aktien.

Doch plötzlich stand Patrick an dem leeren Stuhl vor End, hatte seine Hand schon an der Lehne, wollte ihn zurückziehen, Lena sah das entsetzte Gesicht der Mutter und sagte schnell: »Hier, setz dich neben mich auf Holgers Platz.«

Patrick ließ von dem Stuhl ab, Lena atmete auf, die Mutter hatte wässrige Augen, Patrick setzte sich neben seine Freundin, in dem Moment kam der Vater hinzu und Lena begann über Architekturgeschichte zu sprechen.

Sie erzählte einfach von den alten Ägyptern, die es schafften, die Steine für ihre Pyramiden trotz der primitiven Bauwerkzeuge äußerst präzise aufeinanderzusetzen; die statt eines Baugerüstes eine Rampe errichteten, die sich mit dem Rohbau erhöhte und mit der Verkleidung wieder niedriger und schließlich abgebaut wurde; sie dachte daran, dass das Totenarchitektur war, aber das sagte sie nicht. Lena redete immer weiter über das, was sie sich zum Bau von Pyramiden aus den Vorlesungen gemerkt hatte, bis sie sah, dass die Mutter sich wieder gefangen hatte und wieder zu der Frau wurde, die sie Patrick präsentieren wollte.

»Deine Kartoffeln werden eckig!« Der Tadel der Mutter

holte Lena in die Gegenwart zurück. Sie starrte auf die Knolle in ihrer Hand.

»Das Messer ist stumpf.«

»Dann nimm meins.« Die Mutter reichte ihr das Küchenmesser, Lena nahm es und schnitt ihre Knolle in zwei Hälften.

»Patrick und ich haben uns getrennt.«

»Hm.« Die Mutter versuchte, mit Lenas stumpfem Messer die geringe Dicke ihrer Schalenabfälle aufrecht zu erhalten, was ihr sogar halbwegs gelang. »Schade.«

Lena wusste, dass die Mutter keine Abschiede mochte, deshalb ersparte sie ihr die Details.

Die Mutter ließ eine Kartoffel in den Topf plumpsen. »Na ja, andere Mütter haben auch schöne Söhne.«

Lena schluckte. »Ja, hoffentlich.«

»Vielleicht findest du ja bald wieder einen netten Freund hier bei uns aus der Gegend. Damals mit Florian, das war doch prima!«

»Mama, da war ich sechzehn! Außerdem wohne ich nicht mehr in Bielefeld.«

»Ja, eben, dann kämst du mal wieder öfter zu uns.«

Lena biss sich auf die Lippen und schwieg. Die Mutter bearbeitete weiter die Kartoffeln und fragte dann versöhnlich: »Freust du dich, wenn du bald wieder Uni hast?«

Lena nickte. Ja, sie freute sich. Sie sehnte das Ende der Semesterferien geradezu herbei.

Denn mit dem Beginn des neuen Semesters würde auch ihr Alltag wieder beginnen und ihr Leben eine neue Rechtfertigung bekommen.

2. Sommer wartet nicht, bis du endlich so weit bist

Montagmorgen sind immer der Anfang von etwas, dachte Lena. Und der erste Tag im neuen Semester war ohnehin etwas Besonderes. Sie saß in der TWL-Vorlesung. Alles war wie immer. Der Professor sprach über Einwirkungen auf Bauwerke, über Körper und Kräfte im Gleichgewicht.

Sie liebte das mathematische und physikalische Wissen, das es ihr irgendwann ermöglichen würde, den wunderbarsten Bauwerken Standfestigkeit zu verleihen. Das sie verstehen ließ, wie auch völlig asymmetrisch wirkende Baukreationen in ihrem Inneren statisch abgesichert sein konnten. So wie Gehrys tanzende Häuser. Und das ihr die Möglichkeit gäbe, die Konstruktion im Inneren in eine eigene Ästhetik nach außen zu übersetzen.

Lena saß in ihrer Bank und saugte euphorisch das Wissen auf, das, wäre es sichtbar gewesen, durch den Raum direkt zu ihr geflogen wäre und sich dort niedergelassen hätte. Sie sah sich um. Die Plätze neben ihr waren frei, vor und hinter ihr saßen kleine Grüppchen, die sich leise über Tragwerkslehre oder Privates unterhielten.

Sie war umgeben von ihren Kommilitonen, aber hätte genauso gut in einem leeren Raum sitzen können, das wäre aufs Gleiche rausgekommen. Denn niemand drehte sich zu ihr um und stellte ihr eine Frage, niemand wollte wissen, wie ihre Semesterferien gewesen waren.

»Du sitzt hier so verloren.« Das war der allererste Satz gewesen, den Patrick zu ihr gesagt hatte, damals auf der Party. Um sie herum hatten mindestens zwanzig Leute gesessen, deshalb hatte sie erst gar nicht verstanden, was er meinte, auch wenn sie die anderen Partygäste nicht kannte.

»Meinst du nicht, dass man auch inmitten von Leuten verloren sein kann?«, hatte er gefragt, sie waren ins Gespräch gekommen und am Ende des Abends hatte Lena sich alles andere als verloren gefühlt.

Heute bemerkte niemand ihre Verlorenheit. Nur sie selbst. Sie fühlte sich alleine zwischen ihren Kommilitonen. Wieso war ihr das im letzten Semester nicht aufgefallen? War sie so ignorant gewesen, hatte sich nur auf die Architektur konzentriert und auf die Abende mit Patrick? Hatte sie nicht gemerkt, dass sie in dieser Stadt keine Wurzeln geschlagen hatte? Jetzt fühlte sie sich wie ein junger Baum, der keinen Halt hatte im Boden und Angst vor dem Wind. Sie hätte nicht nur Architekturmodelle, nein, sie hätte auch Freundschaften aufbauen müssen.

Sie klammerte sich an das Wissen, das der Professor in den Raum warf, verleibte es sich ein und baute es um sich. Setzte es auf die freien Plätze neben sich. Versuchte, sich voll und ganz auf die Tragwerkgeometrie zu konzentrieren und alles andere auszublenden. Tragesysteme und Lasten und Berechnungsverfahren und wirkende Kräfte und Beanspruchung der Bauwerksmaterialien und Lastabtragungen und Flächenstatik. Aber das Wissen nahm nicht genug Raum ein, konnte die leeren Plätze neben ihr nicht ausreichend füllen.

Sie wünschte sich einen Regisseur herbei, der riefe: »Halt! Nochmal zurück! Diese Szene bitte noch einmal.«

Dann würde er alle noch mal neu positionieren, die Kommilitonen vielleicht etwas näher an sie heranrücken und sie würden es erneut probieren.

Aber es gab keinen Regisseur, sie würde selbst die Regie für ihr Leben übernehmen müssen.

Nach der Vorlesung gab Lena sich einen Ruck und ging auf Rita zu, die mit ein paar anderen im Flur stand. Sie fühlte sich wie beim Völkerball. Wie jemand, der als Erstes abgeworfen wird, nun im Außenfeld steht und erst durch einen gezielten Wurf wieder beweisen muss, dass er zurück ins Innenfeld kommen darf.

»Ihr geht doch jetzt in die Mensa, oder? Ist es okay, wenn ich mitkomme?«

»Klar kannst du mitkommen. Aber seit wann isst du in der Mensa? Ich dachte, du würdest immer abends mit deinem Freund warm essen.«

Lena sah zu Boden. Man trägt Privates nicht nach außen, hatte ihre Mutter früher immer gesagt. Sie besann sich, hob ihren Blick und lächelte. »Ich habe mir vorgenommen, dass ich jetzt mal öfter in der Uni mittagesse. Man kommt abends ja doch nicht immer zum Kochen.«

Zehn Minuten später saß sie mit fünf Kommilitoninnen in der Mensa. Es gab Auflauf. Alle redeten über die Aufgaben in TWL und Lena erklärte, wie sie die Aufgabenstellung verstanden hatte. Erleichtert klammerte sie sich an das Fachwissen, das sie wie ein unsichtbares Seil mit ihren Kommilitoninnen verband. Das sie mit ihnen teilen konnte und sie genoss es zu teilen, sich mitzuteilen, bis Britta sie unterbrach.

»Bleibt es dabei, dass wir heute Abend im Pavillon auf das neue Semester anstoßen?« Die anderen bejahten.

»Zwanzig Uhr hatten wir gesagt, oder?« – »Ja, um acht davor.« – »Wie seid ihr eigentlich nach der Party am Freitag noch zurückgekommen?« – »Michael hat uns gefahren.« – »Der Abend war echt super witzig. Ich hätte mich weghauen können, als Michael die Story von seinem Bruder erzählt hat.«

Die anderen lachten.

Lena hielt ihr Tragwerkslehrewissen wie abgerissene Fäden in der Hand und fühlte sich fehl am Platz. Sie wäre auch gerne am Abend in den Pavillon gekommen. Aber sie traute sich nicht zu fragen. Außerdem hätten sich die anderen dann denken können, dass sie keinen Freund mehr hatte.

Eigentlich war es ihr egal, wenn sie das wussten. Vielleicht sollte sie doch fragen. Die anderen sprachen gerade von dem Videoabend am Samstag und von dem notorischen Fremdgeher im Film. Lena schluckte das letzte Stück Auflauf mitsamt ihrer Frage hinunter.

Die Leere glotzte vorwurfsvoll, beinahe gehässig. Lena saß in ihrer Wohnung und starrte die Wand an. Die Nacht zeichnete sich auf der Raufasertapete ab, Lena hatte kein Licht angemacht. Tagsüber in der Uni ging sie mit ihren Kommilitonen Mittagessen, redete mit ihnen über Studieninhalte, gab sich gesprächig und kommunikativ. Aber wenn sie in ihre Wohnung kam, lauerte dort die Leere. Oft sah sie fern oder lenkte sich mit ihren Architekturplänen ab. Doch an diesem Abend saß sie einfach da und hielt sie aus.

Zweieinhalb Wochen waren seit der Trennung von Patrick vergangen. Sie vermisste ihn. Manchmal dachte sie, dass er vielleicht anriefe, um ihr zu sagen, dass es ihm leidtäte und er nur sie liebe. Dann stellte sie sich vor, wie sie in Windeseile zur S-Bahn rennen und nach Düsseldorf fahren könnte und er sie in seine Arme schließen würde. Sie konnte einfach nicht glauben, dass alles vorbei sein sollte.

Lena blickte aus dem Fenster. Der Mond schien direkt in ihr Zimmer.

Sarah hat das Licht angeknipst, kam es ihr in den Sinn. Das tat sie jeden Abend, um ihrer Familie eine gute Nacht zu wünschen. Lena glaubte schon lange nicht mehr an die Engelmärchen der Mutter.

Der Mond war keine Nachttischlampe. Es war ein ganz normaler Vollmond. Wie ein großer runder Käse auf einem dunklen Tablett.

Sie wusste nicht, was sie dazu trieb, das Telefon zu nehmen und seine Nummer zu wählen. Es war vorbei – und doch wollte sie Patricks Stimme hören, ihn fragen, wie es ihm ging, oder auch einfach wieder auflegen. Das Freizeichen versetzte ihren Körper in Anspannung.

»Hallo?«, rief es am anderen Ende der Leitung.

Sie hielt die Luft an.

»Hallooo?«, kam es durch den Hörer.

Lena legte entsetzt auf. Das war nicht Patricks Stimme gewesen, sondern eine Frauenstimme. *Blond-und-dick.* Jetzt ging sie sogar schon bei ihm ans Telefon. Da war er wieder: der dicke blonde Kloß in ihrem Hals.

Sie trat zurück ans Fenster. Als sie den Mond sah, fiel ihr plötzlich auf, dass er aussah wie sie. Blond-und-dick. Der Mond war blond und dick. Vielleicht war sie auch selbst der Mond. Denn sie hatte den schrecklichen Nachnamen Pfannkuch. Und der Mond sah aus wie ein großer Pfannkuchen.

Hör auf mit dem Unsinn! Lena wandte sich vom Fenster ab. Es war nur der Mond und nichts weiter.

Sie fühlte sich nutzlos. Vollkommen leer. Und auf einmal überkam sie der Gedanke, dass sie vielleicht nicht genug gegessen haben könnte und Hunger hätte. Zwar hatte sie zu Abend gegessen, aber es war wohl nicht genug gewesen. Sie ging in die Küche, schaltete das Licht an und schmierte sich ein Käsebrot. Sie aß und es schmeckte.

Danach hatte sie jedoch nicht das Gefühl, satt zu sein. Sie holte den Käse nochmals aus dem Kühlschrank. Ein halbrundes Stück Mondseer. Ihr Lieblingskäse, obwohl er eigentlich zu viel Fett hatte. Sie nahm das Messer, schnitt ein Stückchen ab und schob es sich in den Mund. Lecker. *In der allergrößten Not schmeckt der Käse auch ohne Brot.* Dann das zweite Stück. Und dann noch eins. *Zwischen Zahn und Hand geht viel zuschand.* Lena rammte das Messer in den Käse.

»Stopp!«, schrie es plötzlich in ihr. Nicht schon wieder! Sie durfte sich nicht wegen Patrick vollstopfen. Schluss damit! Der Käse starrte sie flehend an, aber sie sperrte ihn zurück in den Kühlschrank und sprang auf.

Sie musste ihr Traumhaus umbauen! Sofort. Alle Zimmer, die sie für Patrick eingeplant hatte, mussten weg. Das Modell ihres Traumhauses stand auf einem kleinen Tisch neben ihrem Schreibtisch und sie änderte mindestens einmal pro Woche etwas daran. Als sie im Herbst mit dem Architekturstudium begonnen hatte, waren die ersten Entwürfe für das Traumhaus entstanden. Bald darauf hatte Lena das Modell gebaut. Und seitdem unzählige Male umgebaut, was man dem Modell inzwischen auch ansah. Wenn sie später einmal viel Geld verdienen würde, wollte Lena die Entwürfe verwirklichen und ihr Haus bauen. Solange hatte sie einen Traum aus Graupappe und immer neue Ideen, mit denen sie ihn ausschmücken konnte.

Sie studierte die Pläne und betrachtete das Modell. Das Unternehmensberatungsbüro musste weg. Sie hatte es für Patrick, der sich nach seinem BWL-Studium selbstständig machen wollte, in die Entwürfe aufgenommen. Und die zweite Garage – das war auch seine Idee gewesen. Vielleicht sollte sie statt der Garage einen Fitnessraum und anstelle des Büros ein kleines Schwimmbecken planen? Claudi fände das sicher gut, wenn sie zu Besuch käme. Dann könnten sie zusammen trainieren. Aber womöglich war das auch etwas übertrieben. Lena betrachtete lange ihre Pläne und das Modell. Zwischendurch machte sie ein paar Skizzen auf Transparentpapier. Schließlich entschied sie sich, das Büro ganz wegzulassen und anstelle des Baus einer zweiten Garage die Küche noch etwas zu vergrößern, sodass eine gemütliche Wohnküche entstand.

Der Mond schien durch das hohe Altbaufenster auf eine junge Frau, die voller Energie umdisponierte. Mit dem Zeichnen der neuen Pläne und dem Umbau des Modells war Lena lange beschäftigt. Danach ging es ihr besser.

Patrick war nun aus ihrem Traumhaus verbannt. Und aus ihrem Kopf würde sie ihn auch noch vertreiben.

Lena verließ die Fachbereichsbibliothek mit einem schweren Rucksack voll ausgeliehener Bücher. An den einsamen Abenden hatte sie viel Zeit für Fachliteratur. Und je mehr sie sich in die Architekturtheorie hineinlas, desto weniger musste sie über ihr Leben nachdenken. Die Bücherbeute war ihr exklusives Unterhaltungsprogramm für die Abende und fürs Wochenende. Die Flure des Unigebäudes waren nachmittagsleer, aber die Cafeteria hatte noch geöffnet. Sie beschloss, sich einen Cappuccino zu gönnen und den Heimweg hinauszuzögern. Schließlich mussten die Bücher bis Montag reichen.

In der Cafeteria war am Nachmittag kaum etwas los. Sie zahlte ihren Cappuccino und sah sich nach einem Platz um. Hinten am Fenster entdeckte sie Hanna, allein mit einer Flasche Cola light über ein gelbes Heftchen gebeugt, und beschloss spontan, sich zu ihr zu setzen. Hanna studierte Architektur als Nebenfach, war nur in »Grundlagen des Entwerfens« und Architekturgeschichte dabei. Lena kannte sie kaum, aber sie spürte so etwas wie Semesteranfangsmut, eine Sehnsucht nach Neubeginn und deshalb steuerte sie auf Hannas Tisch zu.

»Hallo, darf ich mich zu dir setzen?«

Hanna blickte hoch. »Ja, klar, komm her.« Sie schien unschlüssig, ob sie weiterlesen oder ihr Heft zuklappen sollte, entschied sich dann für eine Unterbrechung und legte einen bunten Flyer als Lesezeichen in das Heftchen.

Lena stellte ihren Cappuccino ab und setzte sich. »Ich wollte dich nicht beim Lesen stören.«

Hanna lächelte und nahm einen Schluck von ihrer Cola light. »Schon okay, ich muss das für Germanistik lesen, das ist Kleist, ›*Die Marquise von O.*‹.«

Lena nickte, obwohl ihr der Titel nichts sagte. Hanna trug ihre langen Haare offen, die Wimpern hatte sie getuscht, aber sie sah müde aus, gestresst irgendwie, dabei war doch erst Semesteranfang.

»Ist das nicht total viel, wenn man drei Fächer studiert?«

Hanna zuckte mit den Schultern. »Ich studiere ja nicht drei Fächer Vollzeit. Wobei es in Architektur mit den Modellen und Referaten schon ab und zu ne Menge Arbeit ist.

Und manchmal reicht die Zeit kaum, um zwischen zwei Vorlesungen vom Uniberg in euren Fachbereich hier unten zu kommen. Aber es ist abwechslungsreich.«

Lena überlegte, dass sie sich demnächst in den Architekturgeschichtsvorlesungen vielleicht einfach neben Hanna setzen könnte. Denn als Nebenfachstudentin saß die auch meist etwas abseits.

Hanna nahm ihr gelbes Heftchen, wollte es in ihre Tasche stecken und hielt inne. »Hörst du Punkrock?«

Lena zuckte mit den Schultern. »Ich höre eigentlich fast alles, ich bin da nicht so festgelegt.«

»Ein Bekannter von mir hat eine Band und gibt am Wochenende ein Konzert in Düsseldorf. Vielleicht hast du Lust?«

Hanna holte den Flyer aus ihrem Heftchen, schob stattdessen ihren Daumen als Lesezeichen hinein und reichte der Kommilitonin den Zettel.

Lena überflog das Blättchen. »Da sein wo was los ist« stand dort und das klang für sie nach einer guten Alternative zu einem Wochenende alleine in ihrer Wohnung.

»Die Innung? Lustiger Bandname. Ich denke, das höre ich mir mal an.«

»Super, ich werde auch da sein.«

Hanna schob eine weiße Mensa-Serviette als Lesezeichenersatz in das Heftchen und packte es in ihre Tasche. Dann trank sie einen letzten Schluck, öffnete eine Packung Kaugummis und schob sich einen Streifen davon in den Mund. »Ich muss jetzt los, ich bin studentische Hilfskraft bei meinem Kunstprofessor und es wartet noch ein bisschen Büroarbeit auf mich.«

»Alles klar, dann sehen wir uns ja vielleicht am Samstag.«

Hanna stand auf, nahm die leere Flasche, ließ ein »Tschüss« da und ging.

Lena rührte Hannas »Tschüss« in ihren Cappuccino, fügte die kribbelige Vorfreude auf das Konzert hinzu, und als sie den Cappuccino trank, wurde ihr wohlig warm.

Lichter flackerten im Rhythmus der Drums, Gitarre und Bass schrubbten um die Wette, ihre Klänge rauschten aus den Lautsprechern, der Sänger – der Lena mit seinen kurzen dunklen Wuschelhaaren und seinem Gesichtsausdruck wie eine Mischung aus Campino, Henry Maske und ihrem Cousin Achim erschien – sprang mit seinem Mikro auf der Bühne herum.

Lena wippte vorsichtig zur Musik mit. Es war das erste Mal, dass sie seit der Trennung wieder in Düsseldorf war, aber sie wusste, dass sie auf einem Punkrock-Konzert keine Gefahr lief, Patrick zu begegnen. Neben ihr stand Hanna in Band-Shirt und roter Cord-Schlaghose. Sie sang die Texte mit, headbangte und ihre langen Haare flogen durch die Luft.

Die meisten anderen Konzertbesucher hielten sich an ihren Zigaretten oder Bierflaschen fest und nickten anerkennend zur Musik. Lena fühlte sich ein bisschen zu schick angezogen in ihrer Jeans und dem rotglänzenden Shirt, aber wenigstens hatte auch sie ein Radler zum Festhalten. Hanna hatte nichts zum Festhalten, sie hangelte sich an den Liedtexten entlang und tanzte einfach, als ob es kein Morgen gäbe.

Der Frontmann sang zu schrubbeligen Gitarren ins Mikrofon: »*Das Licht, das den Tag erwärmt, fällt auf harten Grund, Kinderschreie auf dem Hof, die Sonne macht die Häuser bunt, Lärm dringt durch die Fensterritzen, auf das Bett, auf dem du liegst, es ist Zeit rauszugehen, bevor dich niemand mehr vermisst.*« Schlagzeug und Bass drehten auf, der schnelle Rhythmus pochte durch Lenas Körper und der Sänger röhrte: »*Sommer wartet nicht, bis du endlich soweit bist, Sommer wartet nicht, er nimmt dich einfach mit.*«

Die Köpfe wackelten, die Körper sprangen und irgendwann hüpfte auch Lena und spürte die Drums in ihrem Bauch. »*Die kalten Tage waren dunkel, deine Hoffnung grau, ein alter Vorhang, der zerreißt, ein Himmel klar und blau.«* Lena ließ sich mitreißen von der Musik, hätte sich gerne forttragen lassen von ihr. *»Sommer erinnert nicht, kein Blick zurück im Zorn, Sommer kümmert sich, er blickt für dich nach vorn.«* Schließlich schüttelte auch sie ihre schulterlangen Haare, ließ sie durch die Luft fliegen, ja, verdammt, bald war Sommer, sie wollte nicht mehr zurückblicken, nein, sie wollte die Wärme spüren, wollte die Musik nicht mehr loslassen, sie in ihren Alltag mitnehmen und sich von ihr tragen lassen. *»Sommer bettet dich, lass dich einfach fall'n, Sommer rettet dich, du bist nicht mehr allein.«*

Nach dem Konzert kam der Sänger zu Hanna und umarmte sie. Hanna stellte Lena vor und er fragte, ob es ihr gefallen habe. Sie nickte. Besonders das Sommerlied. Hanna begrüßte noch ein paar andere Bekannte, während Lena sich an ihrem leeren Radler festhielt.

Später saß sie mit Hanna in der S-Bahn. Noch immer spürte sie eine leise Sommereuphorie in ihrem Bauch. Und als sie Düsseldorf hinter sich gelassen hatten, überkam Lena das Gefühl, auch Patrick wieder ein Stück mehr loslassen zu können. Sie genoss es, durch die Nacht zu fahren mit einer Kommilitonin an ihrer Seite. Hanna war jedoch schweigsam und wirkte, als wolle sie sich hinter ihren langen, durchs Headbangen zottelig gewordenen Haaren verkriechen.

»Alles okay bei dir? Du siehst so traurig aus.«

Hanna versuchte ein Lächeln. »Schon okay, ich habe nur darüber nachgedacht, dass es vielleicht sehr lange dauern wird, bis ich das nächste Mal auf ein Konzert gehen kann. Ist egal, vergiss es, ich hänge einfach grad meinen Gedanken nach.«

Lena hätte gerne nachgehakt, warum Hanna meinte, dass es lange dauern könnte bis zu ihrem nächsten Konzert, sie kannte ja scheinbar genug Musiker. Aber sie verkniff sich ihre Neugier, offensichtlich wollte Hanna lieber in Ruhe gelassen werden.

Stattdessen summte der Sommer warm in ihrem Kopf und begleitete sie bis in ihre nachtdunkle Wohnung.

Es war Sonntag. Sonntage waren tote Tage, das hatte Lena schon immer so empfunden. Häufig verschlief sie den halben Tag und dann langweilte sie sich. Als Kind hatte sie sonntags immer früh aufstehen müssen, weil sie jeden Sonntag zum Friedhof gegangen waren und danach manchmal zu ihren Großeltern zum Mittagessen. Ihre Lust, Blumen zum Grab zu bringen, war nie groß gewesen. Sie hatte das auch gar nicht eingesehen, zumal Claudi sonntags nie zum Friedhofsgang gezwungen worden war. Das hatte Lena als ungerecht empfunden, doch ihre Eltern hatten auf den sonntäglichen Trauergang bestanden.

Mit sechzehn hatte sie dann eine riesige Auseinandersetzung mit ihren Eltern gehabt.

»Ich will nicht mehr jeden Sonntag meine Zeit auf dem Friedhof totschlagen!«, war es aus ihr herausgebrochen.

Die Mutter war entsetzt gewesen. »Du weißt überhaupt nicht, was Tod bedeutet.«

»Doch«, hatte Lena ihr ins Gesicht geschrien. »Keine normale Familie zu sein!«

Die Mutter hatte geschluchzt, der Vater vor sich hingestarrt, aber danach hatten sie ihr erlaubt, sonntags auch mal häufiger zu Hause zu bleiben.

Auch heute hatte sie lange geschlafen, aber der Tag fühlte sich nicht tot an. Die Sonne fiel durchs Fenster und brachte den alten Holzboden zum Leuchten. Lenas Körper schien die Musik vom Vorabend noch gespeichert zu haben, denn sie fühlte sich leicht. So leicht wie die Staubpartikel, die durch den Sonnenstrahl tanzten. Sie stellte ihr Traumhaus auf den Boden in den Schein. Vielleicht würde sie die Lichtführung nochmal überarbeiten. *»Sommer bettet dich, lass dich einfach fall'n«*, sang es in ihr. Sie dachte an das Konzert und die Drums in ihrem Bauch. Und dann nahm sie Transparentpapier und zeichnete

Entwürfe für einen neuen Partykeller. Schalldicht, sodass man dort richtig laut würde Musik hören können.

Die Schwebebahn legte sich ratternd in die Kurve. Lena lehnte sich ans Fenster und blickte hinunter in den Fluss. Manchmal stellte sie sich vor, was wäre, wenn die Schwebebahn wieder abstürzen würde. Dabei war sie erst einmal abgestürzt. Sie war das sicherste Verkehrsmittel der Welt. Aber was wäre, wenn?

Vielleicht würde sie tot sein. So wie Sarah.

Dann könnte sie keine Architektin mehr werden. Dann würde nie ein Entwurf von ihr verwirklicht. Nie ein Haus von ihr gebaut. Ihr ganzes Leben wäre bedeutungslos. Diesen Gedanken fand sie schrecklich.

Am Hauptbahnhof ließ die Bahn einen Großteil der Menschen aussteigen und nahm neue Fahrgäste in sich auf. Sitzplätze wurden frei, aber Lena blieb stehen, bis zur Uni waren es nur noch zwei Stationen.

Plötzlich sah sie weiter vorne Hanna einsteigen. Die Kommilitonin hatte ein Roggenbrötchen in der Hand und bemerkte sie nicht, schien vielmehr darauf konzentriert zu sein, ihr Brötchen stückchenweise zu essen. Lena schob sich durch die Stehenden nach vorne und grüßte. Hanna erschrak, dann lächelte sie und packte ihr Brötchen zurück in die Tüte.

»Bist du nachher in der Architekturgeschichtsvorlesung?«, fragte Lena.

Hanna nickte. »Ja, aber ich muss vorher noch zu meinem Kunstprofessor. Ich habe ein Gespräch mit ihm.«

Lena betrachtete Hanna, ihre langen Haare, die Augen, die sie immer mit Wimperntusche betonte, ihre geschlossene Kapuzenjacke aus dunklem Nickistoff, obwohl T-Shirt-Wetter war. Sie wäre gerne nochmal mit Hanna auf ein Konzert gegangen. Oder in eine Kneipe. Egal wohin. Hanna war immer freundlich zu ihr, aber dann erschien sie ihr wieder so unnahbar, dass sie sich nicht traute zu fragen. Schließlich studierte Hanna drei Fächer und kannte überall Leute.

Manchmal saß Lena in den Architekturgeschichtsvorlesungen neben Hanna. Dann unterhielten sie sich ein bisschen. Mittags ging sie mit Rita und den anderen in die Mensa. Dann unterhielten sie sich ein bisschen. Ab und zu rief sie Claudi an. Dann unterhielten sie sich ein bisschen.

Lena wusste nicht, ob sie undankbar war, doch ihr war ein bisschen zu wenig. Aber das sagte sie nicht Hanna, nicht Rita und den anderen Kommilitoninnen; und auch Claudi verriet sie nicht, dass sie die Cousine am liebsten durchs Telefon zu sich gezogen und sie wie früher als beste Freundin neben sich gebaut hätte. Lieber versuchte sie tagsüber, so gut es ging, von dem Bisschen zu zehren.

An den Abenden gab es kein Bisschen.

Wenn Architekturpläne, Bücher und Fernsehen nicht mehr genug ablenken konnten, kam das Essen. Und wenn sie damit begann, wurde es immer wieder zu viel. Auch wenn sie sich jedes Mal aufs Neue vornahm, sich zu zügeln.

Später im Hörsaal saß Hanna neben ihr und sortierte Zettel, die lose in ihrem Studienordner gelegen hatten. Auf einem Blatt waren zwei Gedichte von Georg Trakl zu lesen. Lena überflog die Zeilen und blieb an der letzten Strophe eines Sonetts hängen:

»Indes wie blasser Kinder Todesreigen
Um dunkle Brunnenränder, die verwittern,
Im Wind sich fröstelnd blaue Astern neigen.«

Blasser Kinder Todesreigen. Sarah. Ihr lief es kalt über den Rücken, wie konnte man solche scheußlichen Texte schreiben? Im Gedicht darunter sprangen ihr *»Sterbeklänge von Metall«* und *»Schatten drehen sich am Hügel von Verwesung schwarz umsäumt«* entgegen.

»Macht ihr das in Germanistik?«, fragte sie Hanna, die grad mit anderen Texten beschäftigt war.

»Ja, das sind expressionistische Gedichte.«

»Das ist ja gruselig, ich glaube, so etwas könnte ich nicht studieren.«

Hanna legte die Zettel, die sie grad in der Hand hatte, beiseite. »Ich finde Trakl toll. ›*Stirne Gottes Farben träumt, spürt des Wahnsinns sanfte Flügel.*‹ Das ist doch hochpoetisch. Die Bilder, die Metaphorik ...«

»Ist das nicht hochdepressiv?«

Hanna zuckte mit den Schultern. »Auch vor hundert Jahren kannten die Menschen schon Rauschmittel und Depressionen. Aber darum geht es doch nicht. Diese Worte, ihr Klang und wie sie über sich selbst hinausdeuten ...«

Lenas Blick klebte immer noch auf dem Todesreigen der blassen Kinder. »Ich weiß nicht, das mag ja literarisch sein, aber so düster?«

»Es muss dir ja nicht gefallen, doch der Tod ist nun einmal ein wichtiges Thema der Menschheit. Und Literatur kann dich Düsteres nachempfinden lassen, was das Leben dir vielleicht nie zumuten wird. Außerdem: Wenn ich mich recht erinnere, hat unser lieber Architekturgeschichtsprofessor da vorne auch mehrere Stunden über Pyramiden und Totenarchitektur gesprochen.«

Ja, das hatte er. Und Lena war dabei ebenso unwohl gewesen wie beim Lesen der Gedichtzeilen. Aber dann hatte sie ihren Blick auf die Geometrie und auf die Bauweise geheftet und die Grabkammern in ihrer vollständigen Bedeutung ausgeblendet. »Du hast ja recht«, sagte sie. »Ich finde solche Gedichte trotzdem deprimierend.«

An der Leinwand vorne erschienen Fotos des Aachener Münsters und der Torhalle des Klosters Lorsch. Der Professor begann seine Vorlesung. Hanna ließ die blassen Kinder wieder in ihrem Ordner verschwinden, aber Lena hing den Gedanken an sie noch eine Weile nach, bevor der Professor sie mit seinen Erzählungen über die Karolingische Baukunst überschrieb.

Der Frühsommer lag warm und wolkenlos über der Nordstadt. Lena saß mit ihrem Skizzenbuch in einer der steilen Altbaustraßen und zeichnete die Fassade eines Hauses aus der Gründerzeit, vor der gerade zwei Schulkinder mit Eistüten in der Hand vorbeiliefen. Der Bleistift tanzte über das Papier.

Ihr Dozent in Freihandzeichnen hatte angekündigt, vor der Prüfung die Skizzenbücher einzusammeln, deshalb zeichnete sie häufig historische und moderne Gebäude, die ihr ins Auge fielen. Die Nordstadt bot schöne Motive und Lena mochte sie. Von der geschäftigen Innenstadt treppauf stand man auf einmal mitten zwischen fünfstöckigen Gründerzeitfassaden. Hier wohnten Menschen verschiedener Nationalitäten, Studenten und Künstler unter hohen Stuckdecken, feierten sich mit bunten Straßenfesten und belebten abends die kleinen Eckkneipen des Viertels. Sie selbst wohnte unten in der Stadt an einer vielbefahrenen Straße.

Lena zog den letzten Strich mit ihrem Bleistift. Vielleicht würde sie die Zeichnung zu Hause noch aquarellieren. Sie packte ihre Sachen zusammen und machte sich den Berg hinunter auf den Heimweg. Ihre Schritte trugen sie durch die Altbauschluchten. Die schattenwerfenden Häuser zu ihrer Linken ließen sie die Straßenseite wechseln. Hier fiel Sonne auf den Bürgersteig. Lena sah die Gründerzeitfassaden hinauf bis zum Himmel und blinzelte. Sie erreichte die Geschäftsstraße.

Die Sonne brannte auf den Asphalt, die Kleidung klebte an ihrer Haut. Lena strich sich ihre verschwitzten Strähnen aus dem Gesicht und erblickte plötzlich Hanna, die ihr entgegenkam. Sie trug trotz der Hitze ein Langarmshirt und ihre Haare offen. Lena fragte sich, wie sie das aushielt. Jetzt entdeckte auch Hanna die Kommilitonin. »Hi, was machst du denn hier?«

»Ich habe oben in der Nordstadt gezeichnet. Und du?«

Hanna lächelte, aber sie blickte Lena nicht an.

»Ich hatte einen Arzttermin.«

Lena blinzelte in die Sonne. »Ich hoffe, nichts Schlimmes?«

Hanna schüttelte den Kopf. »Alles okay.«

»Ganz schön warm, oder? Hast du vielleicht Lust, mit mir da vorne in die Eisdiele zu gehen?« Lena atmete tief durch. Nun hatte sie gefragt, endlich hatte sie sich getraut! Wenn sie sich schon zufällig trafen, da könnten sie doch spontan ...

»Tut mir leid, normalerweise gerne, aber ich muss noch hoch zur Uni wegen einer Hausarbeit. Ich hab grad ziemlich viel um die Ohren. Vielleicht sehen wir uns ja nächste Woche.«

»Okay«, lächelte Lena tapfer, »dann stress dich nicht zu sehr. Bis nächste Woche!«

Hanna ging. Lena spürte die klebrig-nasse Kleidung an ihrer Haut. Sie würde nach Hause gehen und Mineralwasser mit Zitronensaft trinken. Das erfrischte.

Die Eisdiele. Nein, nicht alleine. Seit es so mild war, hatte sie schon viel zu viel Geld dort gelassen. Sie hatte bereits gestern Eis gegessen und vorgestern und vorvorgestern und davor auch. Aber musste sie sich jetzt dafür bestrafen, dass Hanna keine Zeit hatte? Mit der Kommilitonin zusammen wäre sie doch auch gegangen. Und es war so warm. Diese Hitze hielt man wirklich nicht aus. Nur eine Kugel. Nein, geh vorbei! Sieh nicht hin! Denk nicht dran! Einfach weitergehen ...

Lena ging nicht vorbei. »Ich hätte gerne eine Kugel Vanille und eine Kugel Stracciatella und eine Kugel Banane.«

Warum bestellte sie drei Kugeln? Eine oder zwei hätten es schließlich auch getan. Sie bezahlte, nahm ihr Eis, probierte und ging langsam weiter.

Eine sehr schlanke Frau in einem kurzen Sommerrock kam ihr entgegen. Sie hatte nur eine Kugel Eis und leckte ganz vorsichtig daran. Erst da bemerkte Lena, dass sie selbst an ihrem Eis so gierig schleckte, wie der Dackel ihrer Großeltern seinen Futternapf mit seiner Zunge bearbeitete, wenn man ihm sein Fressen gab. Sie schämte sich, war aber froh, dass sie gehend ihr Eis aß und ihr dadurch niemand über längere Zeit dabei zusehen konnte.

Das Eis war viel zu schnell vertilgt. Vielleicht hätte sie doch vier Kugeln nehmen sollen? Nein, das waren so schon zu viele Kalorien. 125 g Vanilleeis hatten 260 Kalorien, dieselbe Menge an Stracciatellaeis sogar 275 Kalorien und Bananeneis 245 Kalorien. Aber wie viel Gramm hatte eine Kugel? Und wie viele Kalorien hatte die Waffeltüte?

Sie hatte lange nicht mehr über so etwas nachgedacht. Dabei hatten Claudi und sie früher lieber Kalorientabellen auswendig gelernt als ihre Englischvokabeln. Sie hatten alles darüber gewusst und sich gegenseitig mit ihrem Wissen zu übertreffen versucht.

Zuhause zog es sie vor den Fernseher. Manchmal gefiel es Lena, sich für eine Weile aus ihrem Leben zu zappen. Sie blieb an einer Talkshow hängen. Thema: *»Sieh dich doch mal an – du musst endlich abnehmen!«*

Bärbels Mann fand Bärbel zu dick. Sie hatte seit der letzten Schwangerschaft zwanzig Kilogramm zugenommen und war damit sehr unglücklich. Bärbels Mann schwärmte, dass Bärbel vor den Kindern total attraktiv gewesen sei. Jetzt wollte er jedoch keinen Sex mehr mit ihr, wenn sie ihre Cellulite-Berge nicht loswürde. Die Diätberaterin, eine knochenschlanke Mittvierzigerin, gab Bärbel Tipps, wie sie ihre Ernährung umstellen könnte. Bärbel versprach abzunehmen, und ihr Mann überreichte ihr für ihren guten Willen einen Rosenstrauß.

Als Nächstes kam Angela. Angela wog 150 Kilo und fühlte sich damit wohl. Ihre Freundin fand es abartig, dass Angela ihren Speck ständig zur Schau stellte und plädierte dafür, dass Angela in Zukunft nicht mehr so enge, aufreizende Kleidung tragen sollte. Angela ließ sich davon jedoch nicht beirren und präsentierte sich dem Publikum selbstsicher in roten Dessous. Ihre Freundin verließ daraufhin das Studio, weil sie sich das nicht mehr länger mit ansehen wollte.

Günther bevorzugte dicke Frauen und zeigte sich begeistert von Angelas Auftritt. Die Moderatorin hatte inzwischen Angelas Freundin dazu überredet, wieder ins Studio zu kommen. Nun beschimpfte die Freundin Günther, dass er Angela in ihrem peinlichen Auftreten noch bestärke.

Lena zappte weiter. Auf einem Privatsender lief eine Gerichtsshow. »Und wie sind Sie darauf gekommen, dass Ihr Freund Sie betrogen hat?«, fragte die Richterin eine junge Frau. Lena schaltete schnell um.

Die Musiksender spielten Videoclips mit schlanken, vollbusigen Frauen, die halbnackt an paradiesischen Stränden herumliefen. Auf einem anderen Kanal lief eine US-Serie.

Sie fand eine weitere Talkshow und guckte eine Weile zu. Das Thema war ähnlich wie das der ersten Talkshow: *»Hilfe, der Sommer kommt und ich bin meinen Winterspeck noch nicht los!«*

Sabrina hatte Angst vor der Badesaison und suchte dringend Tipps zum Abnehmen. Yilmaz war der Meinung, dass Frauen über 65 Kilo sich nicht im Badeanzug zeigen sollten. Monika hatte durch mentales Schlankheitstraining abgenommen. Jeden Tag hatte sie eine CD gehört, auf der ihr eine monotone Stimme einredete, dass Gemüse viel besser schmecke als Kuchen. Außerdem hatte sie trainiert, sich ihren Körper dünn vorzustellen, und jetzt hatte sie genau die Figur, die sie sich vorgestellt hatte, und freute sich auf die Badesaison. Am Ende der Sendung präsentierte sich Monika im gewagten Badeanzug und lächelte glücklich in die Kamera.

Die Moderatorin wollte die Zuschauer verabschieden, aber plötzlich hielt sie inne.

»Halt, da haben wir ja noch jemanden, der in unsere Sendung passt. Lena, kommen Sie doch mal bitte einen

Moment in den Fernseher.« Lena zögerte und fuhr sich nervös durch die Haare.

Yilmaz musterte sie. »Bestimmt über 65 Kilo«, sagte er angewidert und schüttelte sich.

Die Moderatorin lächelte. »Sag ich doch, sie passt genau in unsere Sendung, wenn das kein Winterspeck ist!«

»Vielleicht ja auch Kummerspeck«, sagte Monika im Badeanzug.

Sabrina musterte Lena ebenfalls. »Ich glaube, ihr ist noch gar nicht klar, wie dick sie geworden ist.«

Die Talkshowfiguren glotzen, sie starrten, fast sprangen sie ihr vom Bildschirm entgegen. Lena schaltete den Fernseher aus. Der Bildschirm schwarz. Ruhe.

Aber in ihrem Kopf schrie es weiter. Du musst abnehmen! Abnehmen. *Ab-neh-men.* Bevor du deinem Namen wirklich alle Ehre machst.

Sie stand auf und ging zum Bücherregal. »*Wähle deine Schlankdiät*«, »*Erfolgreich abnehmen*«, »*365 Schlankheitstipps*« – alles Bücher, die sie in ihrer Pubertät gekauft hatte. Irgendwann mit dreizehn, als die ersten weiblichen Formen ihren Hosenhintern rund und die Jeans an den Hüften hatten breit werden lassen, hatte sie beschlossen, nie so dick zu werden wie ihre Mutter. Claudi hatte zwar keine übergewichtige Mutter gehabt, aber trotzdem meist gerne die Diäten mitgemacht, um in eine kleinere Hosengröße zu passen.

Bis jetzt hatte Lena es immer geschafft, ihr Gewicht unter Kontrolle zu halten. Warum sollte sie es dieses Mal nicht schaffen?

Zwischen den Büchern drängte sich ihr eine Kalorientabelle inklusive einem Kalorienanzeiger aus Pappe auf, mit dem man die täglichen Kalorien zusammenzählen konnte. Sie ballte ihre Fäuste und bohrte dabei ihre Fingernägel so in die Handflächen, dass es beinahe wehtat.

Jetzt würde sie endgültig abnehmen!

Lena lief durch die Fußgängerzone. Die Häuser türmten sich zu beiden Seiten auf, Menschen strömten bunt an ihr vorbei und die Schaufenster drängelten sich um ihre Aufmerksamkeit. Aufwändig dekoriert schienen sie ihr die neuesten Sommertrends und Schnäppchenpreise entgegenzuschreien. Lena warf verstohlene Blicke auf die mageren Schaufensterpuppen.

Schicke Kleidung auf leblosem Plastik. Blasser Kunststoff mit formschönem Busen und Wespentaille. Starre Hände, sinnlicher Mund, kühler Plastikblick.

Lenas Körper spiegelte sich in den Schaufensterscheiben und kontrastierte den Magerlook. Sie war bestimmt doppelt so dick wie die Schaufensterpuppen.

Das Kleiderschrankdrama vom Morgen hatte sich in ihrem Kopf festgesetzt. Die zu enge Jeans, der Reißverschluss, der sich kein Stück weiterbewegte, das sich abzeichnende T-Shirt – hatte sie wirklich so sehr zugenommen? War das die Quittung dafür, dass sie sich in letzter Zeit immer häufiger zwischen den Mahlzeiten vor ihrem Kühlschrank wiedergefunden hatte?

Nun trug sie ihren Lieblingsrock, aber sie spürte ihre Hüften eng an seinem Bund. Sie fühlte, wie sich das schwarze Shirt über ihrem dicker gewordenen Bauch wölbte. Eigentlich hatte sie gehofft, die letzten Zweifel an ihrem Outfit überschminkt zu haben. Doch ihr Make-up schien nicht dick genug zu sein, um alle Unsicherheit von ihr abprallen zu lassen, um den perfekten Schaufensterpuppen etwas entgegenzusetzen. Sie gaben ihr das Gefühl der Unzulänglichkeit und die Gewissheit zugenommen zu haben. Dabei waren die Puppen früher nie gehässig gewesen – wenn Claudi und Lena von ihren Müttern Kleidungsgeld bekommen hatten, waren sie euphorisch den verlockenden Einladungen der beleuchteten Modeschaufenster gefolgt, ohne sich an kühlen Plastikblicken zu stören.

Lena versuchte, sich den unbefangenen Blick von früher zu vergegenwärtigen, denn sie brauchte neue Klamotten.

Ein Modegeschäft, ein Schaufenster, ein schicker Sommerrock in Bleistiftform. Den musste sie anprobieren.

Sie betrat den musikbeschallten, bunten Modekettenkasten voller Stofffetzenbügel, T-Shirt-Stapel und Preishinweise. Eine junge Verkäuferin sonnte sich desinteressiert im Neonlicht. Lena fand den Rock mehrfach auf einer Kleiderstange neben anderen Röcken. Welche Größe sollte sie nehmen? 38. Vielleicht vorsichtshalber noch 40. Sie trug die beiden Röcke zu den Umkleidekabinen, wo sich mehrere Teenager kichernd im Spiegel betrachteten. Ein paar Jahre zuvor hätte man Claudi und sie daneben stellen können – herumalbernde Cousinenfreundinnen in figurbetonten Jeans und luftigen Oberteilen, die im Spiegel zusahen, wie sie zur Frau wurden. Lena drängte sich an den Mädchen vorbei und verschwand hinter der Schwingtür der letzten freien Umkleidekabine.

Die Kabine war zweiseitig verspiegelt. Der dicke Hintern da – war das wirklich ihrer? Oder verzerrte der Spiegel? Sie wollte sich einreden, dass es am Spiegel lag, und wusste gleichzeitig, dass das Unsinn war. Ihre Hose gab den Blick auf einen Unterhosenhintern frei, von dem sie sich schnell wieder abwandte.

Sie griff zuerst nach der 40, um das gute Gefühl zu haben, in eine Nummer kleiner zu passen, falls ihr der Rock zu weit wäre. Sie stieg hinein. Er saß ziemlich eng. Lena versuchte, den Reißverschluss an der Seite zuzumachen. Keine Chance, er war zu eng. Hatte sie etwa doch den 38er erwischt? Nein, es war der richtige. Dann fiel er aber wirklich klein aus. Da musste sie wohl nach Größe 42 gucken. Sie zog ihre Hose wieder an und ging zurück zum Kleiderständer. 40, 38, 38, 36, 34 (wer sollte da denn bitteschön hineinpassen?), 38, 36, 38. Das konnte nicht sein, die mussten doch 42 haben! Sie sah sich nach der Verkäuferin um, die inzwischen gelangweilt zur Musik wippte. Lena bemerkte, dass sie genau den gleichen Rock trug – wahrscheinlich in Größe 36. »Haben Sie diesen Rock auch in 42?«

Die Verkäuferin schenkte ihr ein Kaugummilächeln. »Nein, den haben wir leider nur bis Größe 40.«

Lena schluckte und dachte an den dicken Unterhosenhintern, der sich ihr in der Umkleidekabine dargeboten hatte. Sie verließ das Geschäft.

Im nächsten Laden fand sie eine sommerliche Five-Pocket-Jeans mit Blütenstickerei auf den Taschen, die sich knieabwärts in einem vorgewaschenen Used-Look präsentierte. Sie probierte sie an. Diese Umkleidekabine hatte gar keine Spiegel, nur einen schäbigen Hocker und einen muffig riechenden Vorhang. Von draußen rief die Verkäuferin: »Und, passt die Hose?«

Lena trat aus der Umkleidekabine und betrachtete sich im Spiegel. Die Jeans saß nicht. Sie fühlte sich darin wie eine Presswurst.

»Mensch, die Hose ist ja wie für Sie gemacht. Ich hätte da noch ein passendes T-Shirt für Sie.«

Lena sah die Verkäuferin irritiert an. »Also ich finde, dass mir die Hose überhaupt nicht steht.«

»Ach nein, das können Sie so nicht sagen.«

»Sie gefällt mir nicht, ich ziehe sie wieder aus.«

Lena verschwand hinter dem muffigen Vorhang. Sie spürte, wie die Verkäuferin draußen lauerte. Wie ein hungriges Tier, das auf seine Beute wartete. »Ich hätte hier noch drei andere Sommerhosen. Vielleicht möchten Sie die mal anprobieren?« Eine Hand mit drei Bügeln und irgendwelchen Stofffetzen daran schob sich in die Kabine.

Schnell nahm Lena ihre Tasche und zog den Vorhang auf. »Nein, danke, ich möchte doch keine Hose.« Eilig ging sie zur Ausgangstür.

»Dankeschön. Wiedersehen,« rief die Verkäuferin hinter ihr her. Hoffentlich nicht, dachte Lena und trat auf die Straße.

Das große Kaufhaus empfing sie mit blankgeputzten Wegen durch die Sortimente, dekorativ aufgetürmten Waren auf Sonderangebotstischen und Rolltreppen zu weiteren Angeboten. Sie fuhr nach oben. Hier waren ringsherum Spiegel. Überall ihr Spiegelbild. Spiegel-Lenas glotzen sie vorwurfsvoll an. Ein dicker Bauch, ein fetter Po, ein Doppelkinn, verblasste Strähnchen. Hämisches Spiegellachen an jeder Ecke begleitete sie in die Bekleidungsabteilung mit ihren lockenden Sommerangeboten. Lena suchte sich ein paar Hosen und Oberteile und probierte sie an. Durch das Kaufhaus-Radio spie Bruce Springsteen »*Hungry Heart*« in die Umkleidekabine.

In luftiger Dreiviertel-Jeans und T-Shirt trat Lena hinter dem Vorhang hervor und betrachtete sich. Sie versuchte, ein Lächeln in den Spiegel zu werfen, damit sie sich wieder selbst mochte. Damit sie merkte, dass sie gar nicht so unattraktiv war. Dass sie die Kombination durchaus tragen konnte. Das Lächeln wirkte gequält und dadurch sah man ihr Doppelkinn nur noch mehr. Lena wandte ihren Blick ab und atmete durch.

Verdammt, hör auf mit diesen Gedanken! Du weißt genau, dass das Unsinn ist. Du hast ein bisschen zugenommen, aber dick ist das noch nicht.

Keiner wolle alleine sein und ein jeder habe ein hungriges Herz, sang Springsteen aus den Lautsprechern. »Ein hungriges Herz«, höhnte die Spiegel-Lena, »ein hungriges Herz!«.

Kühles Kaufhauslicht beschien ihre blasse Haut, ihr dickes Gesicht, ihren Bauch unter diesem langweiligen T-Shirt und ihre Beine in dieser unvorteilhaften Jeans. Angewidert wandte sie sich ab.

Ihr Vorhaben, sich mit Sommerkleidung einzudecken, schien ihr plötzlich sinnlos zu sein. Vollkommen unnütz. Sie ging wieder in die Umkleidekabine, zog sich um, hängte die Kleidungsstücke zurück und verließ das Kaufhaus, ohne noch einmal in die Spiegel zu blicken.

Normalerweise hätte sie sich auf dem Nachhauseweg von der Eisdiele verschlingen und ihren Frust erkalten lassen. Doch gerade, als sie automatisch diesen Weg einschlagen wollte, kam ihr eine Idee und ihre Füße trugen sie bereitwillig in die entgegengesetzte Richtung. Sie würde ins Kino gehen, dort war sie seit Ewigkeiten nicht gewesen. Lena spürte ein freudiges Kribbeln in ihrem Bauch. Ein netter Film würde sie ablenken, der dunkle Kinosaal ihre Figur verbergen und sie in eine andere Welt tauchen lassen.

Eine Dreiviertelstunde später fand sie sich auf den blauen, durchgesessenen Sesseln eines Programmkinos wieder. Sie hatte sich für einen norwegischen Film entschieden. Er erzählte die Geschichte von zwei Männern, die sich in einer psychiatrischen Klinik angefreundet hatten, nach ihrer Entlassung eine Männer-WG bezogen und gemeinsam versuchten, den Weg zurück ins normale Leben zu finden. Lena saß in ihrem Kinosessel, lachte und litt mit ihnen, sah die verschwommenen Grenzen zwischen Verrücktheit und Normalität und fühlte sich nach 85 Minuten seltsam beglückt.

Lena hatte das mit dem Wenigeressen versucht. Es klappte nicht. Sie konnte sich nicht erklären, warum es ihr einfach nicht mehr gelang. Jeden Morgen nahm sie sich vor, wenig zu essen, und jeden Abend stelle sie fest, dass es schon wieder zu viel gewesen war.

Strenge Diäten einzuhalten funktionierte nicht mehr, erst recht nicht, wenn sie die langen Einkaufslisten dafür sah. Also versuchte sie, im Freestyle abzunehmen.

Doch wann immer sie tagsüber wenig aß oder nur Buttermilch trank, bekam sie abends Heißhunger. Sobald sie das Frühstück wegließ, weil sie morgens sowieso am wenigsten Hunger verspürte, aß sie mittags umso mehr. Das Abendbrot zu streichen hielt sie gar nicht aus, da sie sich ohne Essen abends in ihrer Wohnung noch einsamer fühlte.

Je mehr sie versuchte, ihr Essen zu zügeln, desto mehr kreisten ihre Gedanken um den Kühlschrank.

Nach etlichen misslungenen Abnehmversuchen hatte Lena die Schnauze endgültig voll. Sie kaufte sich für viel Geld eine CD, mit deren Hilfe man ohne Diät abnehmen sollte. Mentales Schlankheitstraining nannte sich das. Damit hatte die Frau aus der Talkshow neulich auch abgenommen.

Zu der CD gab es ein Buch, in dem stand, wie man bei einer »geistigen Diät« vorgehen sollte. Das Buch behauptete, dass Lena selbst durch die Programmierung ihres Unterbewusstseins die Ursache für ihr Gewichtsproblem sei. Und sie könnte erst abnehmen, wenn sie sich aus dem Gefängnis ihres Geistes befreien und ihr Unterbewusstsein umprogrammieren würde.

Lena nahm sich vor, kurzfristig drei, mittelfristig sechs und langfristig zehn Kilo abzunehmen. Das Buch sagte ihr, dass sie sich ihren Körper nicht mehr so vorstellen dürfte, wie er wirklich war, sondern sie sollte sich ihren Idealkörper imaginieren, so, wie sie ihn haben wollte. Sollte sich das Bild fest einprägen und dazu die Musik von der CD anhören.

Diese Musik enthielt unterschwellige Suggestionen, die so mit den Tonfolgen verbunden waren, dass sie akustisch und bewusst nicht mehr wahrgenommen werden konnten und somit nur ins Unterbewusstsein eindrangen. Es waren Suggestionen wie »Ich mag mich selbst«, »Ich esse langsam«, »Ich sehe gut aus und fühle mich großartig«, »Ich bin voller Willenskraft und Selbstbeherrschung«, »Ich bin meinem Idealgewicht so nah wie nie zuvor« und »Ich esse gerne Gemüse«.

Überall in ihre Wohnung klebte Lena Zettel mit ähnlichen Suggestionen, damit ihr Unterbewusstsein langsam umprogrammiert werden konnte. Die Musik sollte sie so oft wie möglich hören und auch Meditationen dazu machen.

Außerdem musste sie lernen zu verzeihen, denn eine Ursache für ihr Übergewicht sollte darin bestehen, dass sie nicht vergeben konnte und sie das blockierte. Auch dazu gab es eine Meditation auf der CD, bei der sie sich die Person, der sie verzeihen wollte, ganz genau vorstellen sollte, um ihr dann in Gedanken zu vergeben.

Wichtig war, dass sie dies alles streng befolgte, sonst funktionierte die Technik nicht. Das Buch hatte sie sich jetzt schon zweimal durchgelesen. Dort standen auch noch geistige Übungen gegen Süßigkeiten und Kohlenhydrate drin.

Sie stellte sich vor den Spiegel und sprach: »Ich mag mich selbst bedingungslos!« Sie betrachtete ihr Spiegelbild. »Ich mag mich selbst bedingungslos!«

Sie mochte sich überhaupt nicht bedingungslos.

Und Patrick vergeben wollte sie auch nicht. Die süßliche Musik konnte sie erst recht nicht mehr hören. Vor allem ging ihr der Zettelterror in ihrer Wohnung total auf den Geist. Das war doch krank, was sie hier machte. Mochte ja sein, dass ihr Essverhalten mit ihrem Unterbewusstsein zusammenhing, aber sie kam sich vor, als würde sie einer geheimen Sekte angehören. Und abgenommen hatte sie in der knappen Woche auch noch kein Gramm.

So ein Scheiß. Und dafür gab sie so viel Geld aus. Lena öffnete ihren Kühlschrank. Dort hingen zwei Zettel. »Gemüse schmeckt toll!« und »Ich werde mein Idealgewicht erreichen!«. An ihrer Klotür stand: »Mein Idealkörper ist schon bald meine Wirklichkeit.« Auf ihrem Nachttisch klebte: »Es ist toll, weniger zu essen.« Und an ihrer Wohnungstür prangte groß ein Pappschild mit der Aufschrift: »Ich tue alles, um meinen Idealkörper zu erreichen.« Scheißzettel. Sie konnte diesen ganzen Unsinn nicht mehr sehen.

Würde sie nach dem Buch gehen, sollte sie sich über diese Zweifel, über diese »Barriere des Geistes« freuen, weil gerade das nämlich zeigte, dass sie tatsächlich Fortschritte gemacht hatte. Jetzt müsste sie nur mit Beharrlichkeit den geistigen Widerstand überwinden und bei dem

Programm bleiben, dann würde bald ihr Unterbewusstsein von Grund auf neu programmiert sein. Sie dachte gar nicht daran, ihren geistigen Widerstand zu überwinden.

In dem Buch stand, dass Beharrlichkeit der Schlüssel sei. Lena riss mit Beharrlichkeit sämtliche Zettel von ihren Möbeln und Wänden und warf sie weg. Dann nahm sie die CD und das Buch und wollte dasselbe damit tun, aber sie schaffte es nicht, weil sie so viel Geld dafür ausgegeben hatte. Sie verstaute das Material in der hintersten Nische ihres Kleiderschranks, wo es dem Vergessen geweiht sein würde.

Schließlich nahm sie ihr Portemonnaie und ging zu dem kleinen Lebensmittelladen um die Ecke. Sie kaufte sich Chips und Schokolade, eine Tiefkühlpizza und ein Fladenbrot. Hastig rannte sie zurück in ihre Wohnung. Sie rannte wirklich, weil sie es kaum erwarten konnte, das Gekaufte zu vertilgen.

Oben angekommen riss sie die Chipstüte auf und aß schon ein paar Chips, während sie die Pizza in den Ofen schob. Dann nahm sie das Fladenbrot, aß mehrere Stückchen trocken und belegte den Rest mit Krautsalat, Gouda und Schinken. Danach leerte sie die Chipstüte. Die Pizza war genau rechtzeitig fertig, als sie gerade die letzten Chips hinunterschluckte. Sie stopfte die Pizza in sich hinein, obwohl sie eigentlich schon voll war, aber das merkte sie nicht. Um den würzigen Nachgeschmack der Pizza zu verdrängen, zwang sie noch die Tafel Schokolade hinterher.

Und danach war ihr schlecht. Total schlecht.

Ihr Bauch tat weh und sie hatte Durst. Erst da fiel ihr auf, dass sie bisher nichts getrunken hatte. Doch da sie eine Flasche Wasser aus dem Keller hätte holen müssen und dazu zu faul und auch kaum noch in der Lage war, aß sie einfach etwas Obst, um den Durst zu stillen.

Anschließend hatte Lena das Gefühl, dass sie gar nicht mehr richtig lebte. Zumindest befand sie sich nicht mehr in einem lebenswerten Zustand. Sie wankte zu ihrem Bett und sank auf die Matratze. Ihr Bauch drückte, als würde er jeden Moment explodieren wollen. Lena versuchte sich auf ihre Atmung zu konzentrieren, aber eigentlich war sie so voll, dass man von Atmung kaum noch reden konnte.

Sie bekam fast keine Luft.

Warum tat sie sich das an? Das war die reinste Quälerei. *Du warst das selbst, du warst das selbst, du warst das ganz allein*, pochte es in ihr.

Sie wünschte sich einen Chirurgen herbei, der das drückende Essen aus ihrem Bauch operierte, sie aus diesem Zustand erlöste. Aber es kam niemand.

Erst nach Stunden körperlicher Beschwerden gepaart mit Schuldgefühlen und Gewissensbissen übermannte sie endlich der Schlaf.

Am nächsten Tag saß sie mittags mit Rita und den anderen im Kastanienhof vor der Mensa. Die Julisonne ließ sich von den dichten Kastanienblättern nicht beirren, sodass die Studenten auch im Halbschatten noch schwitzten.

»Sagt mal, habt ihr in letzter Zeit Hanna gesehen?«, fragte Lena in die Runde. Hanna war in den beiden Wochen zuvor nicht zu den Architekturgeschichtsvorlesungen erschienen und zu »Grundlagen des Entwerfens« auch nicht. Der Platz neben ihr war wieder frei gewesen, sie machte sich Sorgen.

»Diese Nebenfachstudentin?«, fragte Serpil. »Keine Ahnung.«

Auch die anderen zuckten mit den Schultern. Wahrscheinlich hatten sie Hannas Fehlen gar nicht bemerkt. Würde ihnen Lenas Abwesenheit auffallen?

Sie starrte auf ihr Tablett. Sicherlich bemerkten auch die Kommilitoninnen ihre große Portion. Trotz der Hitze und des vielen Essens am Abend zuvor hatte Lena das warme Essen genommen. Gratiniertes Hähnchenfilet »Bavaria« mit Wirsing, Putenspeck und Käse. Dazu Kroketten, Krautsalat und hinterher Vanillecreme mit Frucht-salat.

Anne und Serpil aßen Pfannkuchen mit Vanillequark. Britta hatte sich ein Körnerbrötchen geholt und Rita trank nur Buttermilch. Lena starrte schuldbewusst auf ihr Tablett. Warum konnte sie sich nicht auch mit einem Brötchen oder Buttermilch begnügen?

Sie war verfressen, total verfressen.

Trotz ihrer Abnehmversuche war sie dicker geworden. Deshalb traute sie sich bei dieser Hitze auch nicht, etwas Ärmelloses anzuziehen. Sie fand, dass ihre Oberarme inzwischen richtig fett waren und es unmöglich aussah. Sie spürte Schweißperlen auf ihrer Haut, fühlte sich nackt und klebrig.

Anne und Serpil trugen Spaghettiträger-Tops. Serpil hatte ihre dunklen Haare kunstvoll hochgesteckt, sodass ihre schmalen Schultern gut zur Geltung kamen. Anne hatte sehr schlanke, muskulöse Arme und auf ihrem linken Oberarm ein kleines Tattoo. Ritas Top war auf dem Rücken geschnürt. Sie war leicht gebräunt und ihre Locken hatte sie mit einer Sonnenbrille gebändigt. Brittas Shirt war schlicht, aber beulte sich wenigstens nicht aus.

Lena saß daneben in ihrem weiten T-Shirt. Ihre Haare hingen herunter wie Bindfäden. Sie schwitzte und fühlte sich unattraktiv.

Anne schob ihr Tablett – auf ihrem Teller war noch die Hälfte des Pfannkuchens – von sich weg.

»Bei dem Wetter müssten wir doch eigentlich heute Nachmittag schwimmen gehen. Bauko können wir auch noch heute Abend oder morgen erledigen. Was meint Ihr?«

Rita nahm den letzten Schluck ihrer Buttermilch und nickte.

»Freibad klingt super, das machen wir«, sagte Britta, während sie ihre Sonnenbrille aus ihrer Tasche kramte und sich aufsetzte. Die anderen stimmten zu.

»Kommst du auch?« Serpil blickte sie fragend an.

Lena zögerte. »Ähm nee, ich kann nicht.«

»Warum denn nicht? Baukonstruktion kannst du doch morgen machen.«

»Nee, nicht wegen Bauko. Ich habe meine Tage.«

»Ach so, nimmst du keine Tampons? Außerdem musst du ja nicht schwimmen – kannst dich ja auch in die Sonne legen.«

»Ich fühle mich einfach nicht so wohl. Unterleibsschmerzen und so. Ich fahre jetzt lieber gleich nach Hause. Aber trotzdem danke.«

Damit war das Thema erledigt. Lena stand auf, nahm ihr Tablett und wünschte den anderen viel Spaß. Drinnen stellte sie das Geschirr in den Wagen. Dann machte sie sich auf den Weg zur Schwebebahn. Sie dachte an Hanna. Ob sie zu viel Stress in Germanistik hatte? Oder mitten im Sommer krank war?

Lenas Weg führte am Wupperufer entlang bis zum Landgericht. Als sie die Wupper sah, diesen kleinen beschaulichen Fluss, der sich durch die Innenstadt schlängelte, musste sie an das Freibad denken. Die Luft stand, es war stickig und heiß. Sie wäre auch gerne geschwommen. Diese Hitze war kaum auszuhalten. Gelogen hatte sie. Sie hatte gar nicht ihre Tage. Und Unterleibsschmerzen erst recht nicht.

Eigentlich hätte sie mitkommen können.

Wenn sie sich getraut hätte, sich vor ihren vier schlanken Kommilitoninnen im Badeanzug zu zeigen.

In ihrer Wohnung war es schön kühl. Lena warf ihre Tasche neben den Schreibtisch und ging in die Küche. Schokomüsli mit Milch. Nur ein bisschen. Sozusagen als Nachtisch. Sie nahm sich ein Schälchen und schüttete es randvoll mit Müsli, sodass sie Schwierigkeiten hatte, überhaupt noch die Milch unterzukriegen. *Glücklich ist, wer verfrisst, was nicht zu versaufen ist.* Sie ging mit dem

Schälchen zurück ins Zimmer und setzte sich auf ihr Bett. Monoton löffelte sie das Müsli in sich hinein. Sie fühlte sich leer. Leer, allein, nutzlos, unattraktiv. Alles zusammen. Und löffelte und schaufelte. Wie ein Bagger.

Plötzlich fiel ihr Blick auf das Traumhaus, auf ihre Architekturmodelle und auf die zusammengerollten Pläne. Sie schob die Müslischale beiseite.

Und auf einmal wusste sie, was zu tun war.

Ihr Traumhaus. Es schrie förmlich nach Veränderung. Lena wollte schon lange die Dachkonstruktion nochmals überdenken. Sie hatte mal an Gauben gedacht. Und die Wegführung im Garten, überhaupt die Gartengestaltung – da ließ sich noch einiges verbessern. Die Rasenfläche war sehr großzügig bemessen. Noch genug Platz für ... Ja, wofür eigentlich?

Plötzlich wusste sie es. Für einen Swimmingpool. Ja, ein Swimmingpool. Der könnte die gleichen Ausmaße haben wie die Terrasse auf der Südseite und parallel zur Terrasse gesetzt werden. Das ergäbe dann zusammen mit dem ebenso großen Autostellplatz auf der Nordseite einen schönen Rhythmus. Aber vielleicht war das auch Schwachsinn. Eventuell würde eine Südwestlage besser sein. Dann hätte sie zudem die Korrespondenz mit dem Wohnzimmer. Aus dem Wohnzimmerfenster auf den Swimmingpool zu blicken, war sicherlich nicht schlecht. Ein angenehmer Gedanke.

Zumal sie dann die Gewissheit hätte, nie wieder in ein öffentliches Freibad gehen und sich dort vor anderen Leuten im Badeanzug zeigen zu müssen.

In der alten Mensa, die als Seminarraum genutzt wurde, hängten die Studenten ihre Pläne mit Heftzwecken an die Wand und stellten die Modelle zur Präsentation davor auf. Heute war Abgabe. Die fünfte und letzte Abgabe für das Fach »Grundlagen des Entwerfens«.

Lena hatte alles in dieses Modell gesteckt. Alles, was sie sonst in eine Beziehung, eine Freundschaft, ein Hobby oder was auch immer investiert hätte. Tage- und nächtelang hatte sie sich mit der Aufgabe beschäftigt. Ihre Wohnung sah fürchterlich aus, sie fühlte sich total übermüdet und das Einzige, was gut aussah, war ihr Modell. Das Gebäude war aus edlem Holz gebaut auf einer hellen Platte. Man sah keine Klebestelle mehr, alles war auf den Millimeter genau einander angepasst.

Auch die anderen hatten teilweise sehr präzise Modelle und gute Entwürfe abgeliefert. Manche gefielen Lena aber überhaupt nicht, waren schlampig geklebt und schlecht gezeichnet.

Hanna fehlte. Lena hatte gehofft sie wenigstens bei der Abgabe zu treffen, denn Hanna brauchte das fünfte Modell, um den Schein zu bekommen. Aber sie war nicht da. Hoffentlich würde sie deswegen nicht die ganzen zwei Semester wiederholen müssen.

Der Prof kam mit den Lehrbeauftragten. Alle stellten sich um die Modelle herum und dann sollte jeder etwas zu seinem Modell sagen. Eigentlich musste man nur betonen, dass verschiedene Details in dem eigenen Entwurf besonders archaisch oder dramatisch anmuten. Da standen die Dozenten total drauf.

Als Lena an der Reihe war, präsentierte sie das Innenleben ihres Modells und die feine Ausarbeitung der einzelnen Elemente, während sie mit Fachbegriffen nur so um sich warf. Keine Rückfragen. Sie trat zurück und hoffte, dass das positiv zu werten war.

Später mussten sie alle den Raum verlassen, damit die Dozenten sich beraten konnten. Das dauerte lange, die Studenten liefen währenddessen nervös im Flur herum oder versuchten sich abzulenken.

Als sie wieder in den Raum gerufen wurden, standen die Modelle alle in einer Reihe. Diese Reihe führte immer von den schlechtesten zu den besten Modellen, nur dass man manchmal nicht genau wusste, wo welche Seite war. Lena blickte sich suchend nach ihrem Modell um.

Dann sah sie es. Triumph. Es stand ganz am Ende. Und dieses Ende konnte nur das der Besten sein, musste es sein.

Der Prof verlas dem Alphabet nach die Noten. »... Oppendorf, Felix: 1,3; Pauls, Johanna: 2,3; Pellmann, Björn: nicht anerkannt; Peters, Jochen: 3,0; Pfannkuch, Lena: 1,0 ...«

Sie spürte ein Freudenkribbeln in der Magengegend. Das beste Modell! Die anderen Arbeiten waren nicht besser als mit 1,3 bewertet worden. Die Anstrengung hatte sich gelohnt. Sie fühlte sich beschwingt, vielleicht sogar ein bisschen glücklich. Das erste Mal seit Langem. Sie hatte ihre Heimat gefunden.

3. Backe, backe Kuchen und andere Drogen

Lena tauchte die ungebackenen Brötchen kurz ins Wasser und wälzte sie danach in dem großen Topf mit Sesam. Die hellen Körner blieben am Teig haften, anschließend legte sie Brötchen für Brötchen auf das breite Blech. Aus dem Bahnhofstunnel drang die Stimme einer Gitarrenspielerin. Lena konnte den Text nicht genau verstehen, aber sie sang von Gott. Ihre Musik gelangte bis in die Bäckerei am Bahnhof zu Lena, die seit vier Tagen ihre Semesterferien mit Sesamwälzen und Brötchenverkaufen verbrachte. Sie hatte einen Aushang gesehen, weil die Bäckerei für zwei Monate eine Aushilfe suchte, und sich überlegt, dass ihr der Job Geld und sie vielleicht auf andere Gedanken bringen würde.

Sie starrte in den Sesamtopf, aber ihre Überlegungen gingen immer wieder nach Bielefeld zu ihren Eltern, wo sie die ersten zwei Wochen der Ferien verbracht hatte.

»Hast Du zugenommen?«, war die sofortige Frage der Mutter gewesen, kaum dass sie das Haus betreten hatte. Die Frage hatte sich durch ihren Körper gebohrt und wehgetan. Und sie schmerzte immer noch. Ja, sie hatte zugenommen. Ja, verdammt! Und sie war bestimmt nicht stolz darauf.

Ein Piepen ertönte. Lena öffnete die Ofentür. Wärme und der Duft von frischen Brötchen strömten ihr entgegen. Sie nahm die Bleche nacheinander heraus und schüttete die Brötchen in die dafür vorgesehenen Körbe im Regal. Immer wieder hatte die Mutter in den zwei Wochen das Gesprächsthema in Richtung Figur und Diät gelenkt, schließlich war sie gerade selbst mal wieder damit beschäftigt gewesen, eine neue Diät auszuprobieren, bei der man garantiert mindestens acht Pfund in zwei Wochen verlieren sollte. »Willst du nicht auch mitmachen, Lena?« Sie hatte abgelehnt. Aus Trotz. Obwohl sie gerne versucht hätte ein paar Kilo abzunehmen. Aber nicht, wenn ihr die Mutter so kam. »Ich will doch nur dein Bestes. Ich wollte immer, dass es dir nicht so ergeht wie mir. Dass du schlank bleibst und nicht dein Leben lang um dein Gewicht kämpfen musst.«

Lena stapelte die heißen Bleche wütend in den Wagen. Ihre Mutter konnte ihr mit ihrem Ich-will-doch-nur-dein-Bestes-Gefasel gestohlen bleiben.

»Ist dir auch schon aufgefallen, dass Lena so zugelegt hat?«, hatte sie sogar den Vater gefragt, als sie ihre Tochter außer Hörweite geglaubt hatte. Lena hatte schlucken müssen. Obwohl sie zugenommen hatte, war sie sich dünnhäutig und fragil vorgekommen.

»Ach, Christa, lass doch«, hatte der Vater gesagt. »Du weißt schließlich, dass ich dich so mag, wie du bist. Und bei Lena ist das natürlich genauso. Macht euch doch um Himmels Willen nicht so viele Gedanken um euer Gewicht. Dieses ständige Gerede. Das macht einen ja ganz krank.« Dann hatte er demonstrativ seine Zeitung aufgeschlagen.

Die Mutter war beleidigt gewesen. »Es ist nun mal nicht jeder von Natur aus so eine Bohnenstange wie du. Manche Leute müssen eben auch etwas für ihre Figur tun!«

Lena legte die letzten Sesambrötchen aufs Blech. Ihre Kollegin Simone nahm es ihr ab und schob es in den Ofen; anschließend wischte sie sich die Hände an der Schürze ab und ging zur Theke, um die Kunden zu bedienen. Lenas Gedanken verloren sich wieder im Sesamtopf.

Claudi war ebenfalls eine Woche lang bei ihren Eltern gewesen.

»Mensch, Lena, die Pfunde von unserer letzten Diät hast du aber auch wieder drauf. Okay, ich muss zugeben, dass auch ich wieder drei Pfund zugelegt habe. Aber sobald ich wieder in Detmold bin, mache ich sowieso Diät.«

Lena hatte gewusst, dass so ein Kommentar von Claudi kommen würde. Sie hatte versucht zu lächeln, um ihrer Antwort etwas Beiläufiges zu geben. »Ach, das kommt bei mir nur von dem ganzen Stress im Semester. Jetzt in den Ferien werde ich auch wieder weniger essen.«

Während sich nun der Duft von frischen Brötchen überall ausbreitete und ihr das Wasser im Mund zusammenlief, stiegen plötzlich Zweifel auf, dass das mit dem Wenigeressen gelingen würde.

Sie hörte den Bäckerwagen vorfahren, strich sich eine Haarsträhne hinters Ohr und drehte sich um. Chris, der jeden Tag die Backwaren aus der Zentrale lieferte, stieg aus dem Wagen wie ein Cowboy von seinem Pferd. »Morgen, die Damen!«, rief er.

Simone ging zu Chris und half ihm, ihre ältere Kollegin Frau Varg bediente weiter die Kunden, und Lena schielte zum Bäckerwagen, während sie die Sesambrötchen aus dem Ofen holte. Chris schob den Wagen mit den Kuchenblechen zu dem Halleluja der Gitarrenspielerin und Simone trug zwei Brotkörbe hinter ihm her. Heißer Dampf stieg Lena ins Gesicht. Sie schüttete die frischgebackenen Brötchen in die Körbe. Und schielte zu dem klappernden Kuchenblechwagen. Schlank war Chris mit kurzen sesamblonden Haaren. Sie wischte sich mit dem Ärmel den Schweiß von der Stirn und wandte sich wieder dem Sesamtopf zu.

Plötzlich stand Chris in der Tür zum Hinterraum. »Alles klar bei dir?« Seine Augen waren blaugrau und musterten Lena so intensiv, dass sie ihren eigenen Blick senkte.

»Alles klar im Sesamtopf«, sagte sie, weil ihr nichts Besseres einfiel.

Chris grinste. Senkrecht über seiner linken Augenbraue erstreckte sich eine kleine Narbe – offensichtlich hatte er mal ein Piercing gehabt, das herausgewachsen war. »Brötchenwälzen ist wohl nicht deine Lieblingsbeschäftigung. Was machst du denn sonst so?«

Lena tunkte ein neues Brötchen ins Wasser. »Brötchen-wälzen ist schon okay, aber normalerweise studiere ich Architektur.«

»Echt? Ich wollte früher mal Bauingenieur werden. Doch dann hab ich mich für das freiere Leben entschieden.«

Er lachte und ihr fielen seine weißen Zähne auf. »Na ja, ich muss mal weitermachen. Wir sehen uns. Tschö!«

»Tschüss«, gab sie zurück und spürte ein leises Krib-beln in ihrem Bauch, das auch nicht verschwand, als der Bäckerwagen davonfuhr.

»Sag mal, Lena, hat Chris dir so den Kopf verdreht, dass du gar nichts mehr geregelt kriegst?« Simone stand grinsend in der Tür. »Du solltest Mohnbrötchen machen und du tunkst die Brötchen immer noch in den Sesam-topf.«

»Oh, 'tschuldigung.« Lena holte den Mohntopf und setze ihre Arbeit fort. Nein, Chris hatte ihr nicht den Kopf verdreht. So ein Quatsch. Aber immerhin war er in dieser Stadt der erste Mensch seit Monaten, der sie beachtete. Sie fand ihn attraktiv, das konnte sie nicht leugnen. Doch mehr war da nicht.

Die runden blaugrauen Mohnsamen hefteten sich an den Brötchenteig. Lena reihte die Brötchen auf das Blech und schob sie vorsichtig in den Ofen. Sie blickte sich um. Simone hatte kurz etwas erledigen wollen und war noch nicht zurück. An der Theke bediente Frau Varg. Lena ging zu ihr nach vorne.

»Entschuldigungen Sie, auf welche Stufe muss ich die Mohnbrötchen stellen?«

»Sie sehen doch, dass ich hier gerade bediene. Außer-dem bin ich nicht dafür zuständig, Sie einzuarbeiten. Kann Simone Ihnen das nicht erklären?«

»Die ist grad kurz weg.«

»Dann warten Sie eben so lange. Ich bin hier gerade mitten am Bedienen. Gucken Sie sich mal die Schlange an.«

»Ich wollte ja nur die Gradzahl wissen, also welche Stufe ...«

»Jetzt reicht's aber. Sind Sie so schwer von Begriff? Ich dachte, Sie wären Studentin. Bitteschön, was darf's denn sein?«

Frau Varg wandte sich wieder den Kunden zu. Lena ging zurück in den Hinterraum. Blöde Kuh! Die Schlange bestand gerade mal aus drei Leuten. Frau Varg hätte ihr die Gradzahl doch bloß zu nennen brauchen.

Als Simone zurückkam, zeigte sie ihrer neuen Kollegin, auf welche Stufe sie den Ofen stellen musste.

»Sag mal, ist Frau Varg immer so?«, fragte Lena vorsichtig.

Simone grinste. »Die ist etwas cholerisch, die grummelt alle an. Nur zu den Kunden ist sie freundlich. Mach Dir nichts daraus. Ich glaube, die ist einfach mit ihrem eigenen Leben unzufrieden. Vielleicht wäre sie auch gerne noch einmal so jung wie wir.«

Jung, dachte Lena, ja verdammt, sie war jung. Wieso kam sie sich eigentlich manchmal so alt vor? Auf einmal hörte sie wieder die Gitarrenklänge aus dem Bahnhofstunnel und spürte das Kribbeln in ihrem Bauch. Sie dachte an seinen blaugrauen Blick und an die kleine Piercingnarbe über seinen Augenbrauen.

Ein paar Tage später tauchte die morgendliche Augustsonne den Hauptbahnhof in ein warmes Licht. Es sah beinahe schön aus. Lena lief durch den Bahnhofstunnel. Ihre Schritte hallten wider. Sie trug einen schicken Rock, den sie sich zuvor in Bielefeld gekauft hatte, Schuhe mit Absätzen und ihre Haare hatte sie hochgesteckt. Heute würde sie Chris fragen, ob er sich auch privat mal mit ihr treffen wollte. Denn jeden Tag brachte er ihr neben den Kuchenblechen aus der Zentrale einen netten Satz mit und ein Lächeln. Immer blieb ihr Blick an der Piercingnarbe hängen und das Blaugrau seiner Augen streute Kribbeln in ihren Bauch. In dieser Stadt gab es endlich jemanden, der sie beachtete und das fühlte sich gut an.

»Morgen«, sagte sie zu ihrer Kollegin.

Simone grüßte zurück. »Du siehst ja heute so schick aus.«

»Ja, ich gehe nachher noch weg.« Vielleicht hatte Chris ja schon an diesem Abend Zeit, dachte sie.

Lena fegte die Backstube, sie wischte über die Arbeitsflächen, sie polierte die Glasscheiben der Theke. Aber eigentlich wartete sie nur auf Chris.

Als der Bäckerwagen vorfuhr, zupfte sie ihren Rock und die Bäckerschürze zurecht und tat dann so, als hätte sie die Ankunft des Wagens gar nicht bemerkt. Erst als sie hinter sich Simone grüßen hörte, drehte sie sich um. Wo war Chris? Den Mann, der heute die Backwaren lieferte, kannte sie nicht.

»Was ist denn mit Chris?«, fragte Simone und Lena war ihr dankbar für diese Frage.

Der Mann antwortete genervt: »Ach der, der feiert mal wieder krank. Jetzt kann ich seine Fahrten noch mitmachen – toll.«

Lena spürte, wie sich in ihr Enttäuschung ausbreitete und die Leichtigkeit vom Morgen verdrängte. Wenn er krank war, wie lange würde sie ihn dann nicht sehen? Sie kam sich in ihrem schicken Rock plötzlich lächerlich vor.

Zum Glück hatte Frau Varg diese Woche Urlaub, so blieben ihr wenigstens die Auseinandersetzungen erspart. Weil sie nicht da war, durfte Lena jetzt die ganze Zeit vorne die Kunden bedienen. Dabei musste sie sich ständig vor den Wespen in Acht nehmen, die sich hinterhältig zwischen Kaffeestriezeln und Rosinenschnecken versteckten und sie schon zweimal gestochen hatten.

»Bittesehr, was hätten Sie gerne?« Immer schön freundlich sein zu den Kunden. Immer brav lächeln.

»Ähm, ich nehme drei normale und drei Mehrkorn- und ein Käsebrötchen.«

Lena griff nach einer Tüte und füllte sie den Wünschen der Kundin entsprechend mit Backwaren.

»Ach nee, geben Sie mir doch nur zwei Normale und dafür zwei Käse.«

Immer schön lächeln. »Sonst noch was?«

»Nein, danke, das wär's.«

Lena tippte Nummern in die Kasse ein, die ihr die Summe anzeigte und gierig ihr Geldfach öffnete.

»Ach, ich sehe hier grad den Apfelkuchen. Geben Sie mir doch noch drei Stückchen davon.«

Immer brav lächeln.

»Und was ist das hier für Kuchen?«

Immer schön freundlich sein zu den Kunden ... Lena erklärte die Kuchensorten und dachte dabei an Chris.

Gegen Nachmittag kam der Chef.

»Fräulein Pfannkuch, kommen Sie mal mit hier vorne hin, vor die Theke.«

Immer schön den Chef anlächeln. Sie hasste es, wenn jemand Fräulein zu ihr sagte. »Gucken Sie sich das mal an! Sie müssen die Auslagen auch mal aus der Sicht des Kunden betrachten. Hier mit den Plunderteilchen – so geht das auf keinen Fall. Und hier die Rosinenschnecken – wie sieht das denn aus? Das müssen Sie aber noch lernen. Ein bisschen ästhetisches Empfinden braucht man dazu schon.«

Wie bitte? Lena schluckte. Ästhetisches Empfinden? Wer studierte denn hier Architektur? Als ob sie kein ästhetisches Empfinden hätte!

Immer schön dem Chef zustimmen. Lieb lächeln. Ja natürlich, sie würde demnächst darauf achten. Sie kleines, neues Dummchen. Immer brav lächeln und freundlich bleiben.

Das Bedienen konnte einem ziemlich schnell auf die Nerven gehen. Nicht, dass Lena Probleme damit gehabt hätte, geduldig und höflich zu sein; daran gewöhnte man sich bald. Aber das viele Essen, das die ganze Zeit durch ihre Hände wanderte, machte sie fertig. Und wenn sie Feierabend hatte, aß sie natürlich auch nichts Vernünftiges, sondern Backwaren. Und stillte damit den Heißhunger, der sich den Tag über beim Verkaufen angesammelt hatte.

»Bitteschön, wer ist als Nächstes dran?«

Eine Mutter mit einem blondgelockten, etwa zweijährigen Mädchen meldete sich.

»Ich hätte gerne ein Sonnenblumenkernbrot und für die Kleine eine Rosinenschnecke auf die Hand.«

Das Mädchen glubschte Lena erwartungsvoll an und patschte mit seinen Händen an die Scheibe. Es trug ein buntes Kleidchen und hatte die Haare zu Zöpfen gebunden. Die Mutter reichte ihm liebevoll die Rosinenschnecke.

»So, Lisa-Charlotte, guck mal, hier hast du deine Rosinenschnecke.«

Lisa-Charlotte biss in das Gebäck. Lena schluckte.

»Was macht das jetzt?«, fragte die Mutter ungeduldig.

»Vier fünfundvierzig bitte.«

Sie reichte das Geld über die Theke. Lena fiel es schwer, den Blick von Lisa-Charlotte abzuwenden. Sie gab der Frau das Wechselgeld und wandte sich dem nächsten Kunden zu, beobachtete aber aus dem Augenwinkel, wie Lisa-Charlotte mit ihrer Mutter in Richtung der Gleise verschwand.

Als Lena endlich Feierabend hatte, nach einem Tag voller Lächeln und Freundlich-Bleiben, nach einem Tag voller Enttäuschung darüber, dass Chris krank war, nach einem Tag voller Backwarenduft und Wasser im Mund, ließ sie ihren Blick über die nicht losgewordenen Backwaren streifen und überlegte, was sie sich mitnehmen sollte.

Ihre Wahl fiel auf die Rosinenschnecken. Die hatten sich heute ungewöhnlich schlecht verkauft. Fünf Stück waren noch übrig. Lena beobachtete ihre linke Hand dabei, wie sie nach einer großen Tüte griff, ihre rechte, wie sie alle fünf in die Tüte packte und ihren Rucksack, wie er die Beute in sein Inneres aufnahm.

Die Wohnungstür fiel hinter ihr ins Schloss. Lena war durch das Treppensteigen außer Atem. Es war furchtbar schwül. Sie stellte ihren Rucksack ab. Ihr T-Shirt war auf dem Rücken klatschnass. Ihre Füße schmerzten. Sie zog ihre Schuhe aus. Drei Blasen. Kein Wunder bei den hohen Schuhen. Wie konnte sie auch nur so dumm sein und sich zur Arbeit derart schick machen?

Sie zog ihren neuen Rock aus und feuerte ihn auf ihr Bett. Warum musste Chris ausgerechnet an diesem Tag krank sein?

Auf dem Couchtisch stand eine Flasche Mineralwasser vom Vortag. Sie trank davon. Das Wasser war lauwarm und enthielt kaum noch Kohlensäure.

Ihr Rucksack wartete in der Ecke. Es war, als würden die Rosinenschnecken nach ihr rufen. Nein, natürlich riefen sie nicht. Aber es war so, als ob, weil Lena die ganze Zeit an sie denken musste und unruhig wurde.

Sie befreite die Rosinenschnecken aus ihrer Gefangenschaft und führte sie ihrer Bestimmung zu. Alle fünf. Dabei musste sie an das blondgelockte Mädchen denken. Wie hieß sie doch gleich? Leonie-Charlotte? Oder Lisa-Charlotte?

Lena starrte auf die leere Tüte. Fünf Rosinenschnecken. Sie musste bescheuert sein. Ihr war schlecht. Jetzt hätte sie kotzen können müssen. Jetzt hätte sie aufs Klo gehen und sich den Finger in den Hals stecken müssen. Jetzt, genau jetzt, hätte sie es rückgängig machen müssen.

Sie tat es nicht. Sie konnte es nicht. Lena lag auf ihrem Sofa und fühlte sich, als müsste sie platzen. Wenn sie so weitermachte, sähe sie bald so ausgebaucht aus wie eine dorische Säule. Entasis nannte man das.

Chris war wieder da. Frau Varg leider auch. Aber durch das Erste ließ sich das Zweite besser ertragen. Denn mit einem Kribbeln im Bauch fühlte sich trotz des abendlichen Zuvielessens alles leicht an.

Lena polierte die Scheiben und schielte nach dem Backwagen. Sie konnte es kaum erwarten, Chris zu sehen. Frau Varg war schon wieder genervt und niemand wusste, wovon.

»Die Scheiben sind jetzt blank genug. Nehmen Sie sich lieber mal die Backstube vor. Boden kehren und Arbeitsflächen abwischen. Ich kann nicht alles alleine machen.«

Lena ging nach hinten. Das machte die extra, die blöde Kuh. Frau Varg wollte nur nicht, dass sie sich mit Chris unterhielt. Verärgert nahm Lena Handfeger und Kehrblech und wandte sich dem Boden zu. Vorne hörte sie den Bäckerwagen. Das ließ sie sich nicht gefallen. Sie würde da jetzt hingehen. Eilig strich sie sich ihre Schürze glatt und ging zur Theke.

»Ich mache das schon, wollten Sie nicht fegen?« Frau Varg lief zum Auto.

Lena ging zurück nach hinten. So eine intrigante Kuh. Sie hörte, wie Chris den Wagen mit den Backwaren auf die Theke zurollte und mit Frau Varg sprach. In ihr staute sich die Wut. Wahrscheinlich meinte Frau Varg es nur gut mit ihr, man sollte sich schließlich rar machen. Haha. Sie kam sich vor wie Aschenputtel, das kehren musste und nicht mit auf den Ball durfte. Nur fehlte ihr das Haselbäumchen, das ihr Schuhe und ein Kleid herabwarf oder doch wenigstens Frau Varg wegzauberte. *Rucke di guh, rucke di guh, Frau Varg war eine blöde Kuh.*

Lena wurde aus ihren Gedanken gerissen, als Chris seinen Kopf durch die Tür steckte. »Das Schokocroissant vorne links!«, rief er ihr mit gedämpfter Stimme und einem Augenzwinkern zu. Dann war sein Kopf wieder verschwunden.

Sie verstand nicht. Was war mit dem Schokocroissant? Erneut streckte sich ein Kopf durch die Tür. Diesmal der von Frau Varg. »Herr Picard ist weg, die Backwaren sind da, würden Sie die bitte einsortieren oder soll ich das etwa auch noch selbst machen?«

»Nee nee, ich erledige das schon.« Lena ging nach vorne und tastete mit ihren Blicken die Bleche ab. Das mit den Schokocroissants zog sie heraus. Vorne links sah ganz normal aus. Was sollte damit sein? Sie hob es hoch. Darunter lag ein kleiner gelber Zettel. »Chris« stand darauf und eine Handynummer.

Nun, manchmal war ein kleiner Zettel ebenso viel wert wie Kleider und Schuhe für einen Ball. Lena triumphierte. Schnell ließ sie das Papier in ihrer Hosentasche verschwinden.

Später musste sie an ihren früheren Religionslehrer denken. Der hatte sich damals vor jeder Stunde Mut angetrunken. Wahrscheinlich hätte er sich sonst gar nicht getraut, vor eine Klasse zu treten, deren Schüler zur Hälfte nicht mal wussten, dass die Jesusgeschichten im Neuen Testament zu finden waren, und deren letzter Bezug zur Kirche die vom Konfirmationsgeld finanzierte Stereoanlage war.

Als sein Alkoholismus dann öffentlich geworden war und er sich zu einem Entzug entschlossen hatte, waren die Stimmen der Empörung laut. Ein Lehrer, der sich Mut antrank, bevor er ihre Kinder unterrichtete, das war für die meisten Eltern unvorstellbar gewesen. Und auch die Schüler hatten entsetzt reagiert.

Das war viele Jahre her und Lena hatte sich seitdem nie mehr darüber Gedanken gemacht. Doch nun saß sie auf einmal vor ihrem Telefon und hatte im Nachhinein Verständnis für diesen Lehrer. Vor ihr lag der Zettel mit der Nummer von Chris – schon seit zwei Stunden. Daneben ein Teller mit Brotkrümeln, an denen Honigreste klebten – fünf Scheiben waren es gewesen, vielleicht auch sechs –, das lilafarbene, zusammengeknüllte Papier einer 100-Gramm-Tafel Schokolade und eine Tüte Haribo Colorado mit ein paar Restlakritzen darin.

War *sich Mut anessen* das Gleiche wie *sich Mut antrinken*? Vielleicht. Mit ihrem übervollen Magen fühlte sie sich träge, aber auch beruhigt. Sie war gar nicht mehr aufgeregt, sie spürte eine vollkommene Ruhe und wählte Chris' Nummer. Das Freizeichen. Lena atmete durch.

»Hallo?«

Ihr Herz schlug bis zum Hals.

»Chris? Hallo, hier ist Lena.«

»Lena. Wie sieht's aus?«

»Gut. Ähm, die Idee mit dem Schokocroissant war echt witzig.«

Der Satz klang richtig bescheuert. Sie biss sich auf die Lippen.

»Ja, cool, dass du anrufst. Ich wollte morgen Abend mit einem Freund in den U-Club. Hast du Lust mitzukommen?«

Vielleicht war der Satz doch nicht so bescheuert gewesen.

»Ja klar. Wann denn?«

»22 Uhr davor?«

Wow, das ging ja einfacher, als sie gedacht hatte.

»Ja, gut. Dann komme ich morgen zum U-Club.«

»Okay, Lena. Also bis morgen. Tschö.«

»Ciao.« Sie legte den Hörer auf und sprang hoch. Plötzlich hatte sie ziemlich viel Energie. Sie hüpfte durch ihr Zimmer, in ihre Küche und wieder zurück, sodass die alten Holzdielen nur so bebten. Ihr ganzer Körper füllte sich mit Euphorie und sie spürte aufkommende Nervosität. Sie erwischte sich noch rechtzeitig bei dem Gedanken, sich zur Beruhigung beim Italiener um die Ecke ein Eis zu holen.

Nach einem dreistündigen Kleiderschrankdrama stand Lena vor dem U-Club und wartete. Immerhin in der Überzeugung, die richtige Kleiderwahl getroffen zu haben. Sie war zu früh.

Der U-Club war in einem ehemaligen Brauereigebäude aus der Gründerzeit untergebracht und besaß dicke massive Außenwände, die früher der Kühlung des Biers und später der optimalen Lagerung des Weins einer Weingroßhandlung gedient hatten. Sie betrachtete den Quaderputz und die historistischen Stilformen auf den dicken Mauern. Heute hielten die massiven Wände die Musik im Club. Sie blickte auf die Uhr. Hoffentlich würde Chris bald kommen. Vor dem Eingang unterhielten sich ein paar Leute und rauchten. Das Gebäude stand direkt an der Wupper, über die sich das krakenartige Schienengerüst der Schwebebahn spannte. Auf der anderen Seite des Flusses ragte der lange Schornstein des Heizkraftwerkes in einen kitschigen, rosafarbenen Abendhimmel.

Als Lena sich wieder zum Club drehte, sah sie Chris mit einem Begleiter um die Ecke biegen. Sie atmete tief durch und zog ihren Bauch ein. Chris und der andere kamen auf sie zu. »Hi, wartest du schon lange?«

»Bin auch grad erst gekommen«, behauptete sie und senkte dabei ihren Blick.

»Das ist Kelle, das ist Lena«, stellte Chris sie gegenseitig vor und Lena sah sich Kelle an, während sie zu dritt zum Eingang stiefelten. Kelle war lang und schmächtig, die Farbe seiner Haare war ebenso undefinierbar wie seine Frisur und seine Unscheinbarkeit führte dazu, dass ihr Chris mit seinem blonden Haarschopf und einem schwarzen T-Shirt mit gelbem Smiley vorne drauf noch attraktiver erschien.

Drinnen war – wie es um diese Uhrzeit, vor allem im Sommer, zu erwarten war – kaum etwas los. Sie setzten sich auf die Empore in alte Kinosessel und Kelle und Chris zündeten sich Zigaretten an. Chris hielt Lena auch eine hin. Sie lehnte ab.

»Nichtraucher?«, fragt Kelle ungläubig. Sie nickte.

Kelle nannte Chris die ganze Zeit Picker und sie war sich nicht sicher, ob das wirklich ein Spitzname war oder ob Kelle einfach nur nicht Chris' Nachnamen Picard aussprechen konnte.

»Scheiße, hier ist ja echt gar nichts los«, sagte Chris.

Kelle nickte. »Und die Musik ist auch doof.«

»Das wird bestimmt gleich voller, ist ja noch früh«,

versuchte sie die beiden zu motivieren. Ihr gefiel die Musik.

Chris zog an seiner Zigarette. »Nee, hier kann man nicht mal in Ruhe rauchen, wenn es so leer ist. Zu auffällig. Das ist echt scheiße. Lass mal zu Kelle fahren.«

»Jo, lass mal fahren.« Kelle drückte seine Zigarette auf dem Boden aus.

Chris tat es ihm gleich und wandte sich Lena zu: »Kommst du mit?«

Die beiden standen auf.

Lena sah Chris ungläubig an. »Wir sind doch grad erst gekommen.« Was auch immer den Jungs für eine Laus über die Leber gelaufen war, sie empfand es als Verschwendung, Eintritt zu zahlen und dann gerade mal zehn Minuten in der Disco zu sein.

»Na, komm schon mit. Hier ist doch echt nichts los.« Chris blickte sie auffordernd an.

Lena stand auf. »Also gut.« Alleine wollte sie schließlich auch nicht bleiben, deshalb folgte sie den beiden nach draußen.

Als sie in Chris' altem, klapprigen Mercedes saßen und stadtauswärts Richtung Gruiten fuhren, waren die Jungs wieder bester Laune. Das nahm ihr ein bisschen das Gefühl des Überflüssigseins, das sie in der Disco verspürt hatte.

In Kelles Wohnung setzten sie sich ins Wohnzimmer auf den Boden. Möbel gab es nicht. Nur eine alte Matratze und ein Regal, in dem verschiedene Bongs standen. Die Anlage war auf dem Teppich platziert, der Fernseher auf einer Bananenkiste. An der Wand hingen Poster von Bands, die Lena nicht kannte.

Während Kelle Getränke holte, nahm Chris eine Bong aus dem Regal und kramte aus seiner Tasche Gras hervor. Lena sah ihm dabei zu. Sie mochte ihn wirklich, aber irgendwie war er ihr zusammen mit diesem Kelle auch sehr fremd.

Kelle kam mit Cola und Fanta wieder. »Sorry, ich hab kein Bier mehr.«

»Ich muss eh noch fahren«, sagte Chris, während er an der Bong bastelte.

Lena nahm ein Glas und schüttete sich Cola ein, auch wenn es keine Cola light war. Denn eigentlich hatte sie sich angewöhnt, wenigstens durch Getränke keine Kalorien aufzunehmen, da sie das durch ihr immer wieder ausuferndes Essverhalten schon zur Genüge tat.

Kelle und Chris kifften. Chris reichte ihr die Bong.

»Nee, danke, ich kiffe nicht.«

Kelle sah sie an, als säße vor ihm eine Außerirdische. »Wieso das denn nicht?«

Chris nahm die Bong zurück. »Echt nicht? Ist aber guter Stoff.«

Lena schüttelte den Kopf.

»Du rauchst nicht, du kiffst nicht, ist das nicht langweilig? Oder nimmst du härtere Sachen?«

Schulterzuckend nahm Lena einen Schluck von ihrer Cola. Sie konnte den beiden ja nicht sagen, dass sie sich in letzter Zeit mit Essen berauschte. Dass sie die Gedanken ans Essen vollkommen einnahmen. Dass es ihr wie eine Sucht erschien und sie wahrlich keine anderen Drogen mehr brauchte.

Sie redeten über Haschisch und Chris erzählte, dass er während seines Zivildienstes in einem Heim für geistig Behinderte mit den Bewohnern in einem Kleinbus Ausflüge nach Holland gemacht und den Stoff tütenweise in den Windeln, die die Bewohner trugen, über die Grenze geschmuggelt hatte.

Lena hoffte, dass er übertrieb, denn sie fand es widerwärtig, in den Windeln Schutzbefohlener Haschisch zu transportieren. Chris und Kelle lachten sich darüber halb tot. Chris hatte einige solcher Geschichten auf Lager und Kelle noch viel schlimmere. Die beiden kifften in einer Tour. Das Fenster war geschlossen und das kleine Wohnzimmer bald total zugequalmt. Langsam bekam Lena das Gefühl, auch leicht benebelt zu sein. Sie hatte tagsüber vor Aufregung kaum etwas gegessen, nun trank sie die ganze Zeit zuckrige Cola und atmete Kifferqualm ein.

Chris erzählte ziemlich seltsame Geschichten, aber vielleicht machte ihn gerade das interessant. Er hatte etwas Verruchtes an sich, was ihr während der Arbeit nie aufgefallen war. Er war nicht so aalglatt wie Patrick und das imponierte ihr.

Später schob Kelle ein Kiss-Konzert-Video in den Recorder. Langsam kam auch Lena in Stimmung. Irgendwie schien ihr das, was sie hier tat, plötzlich so absurd, dass sie einfach gut drauf sein musste.

Sie lachte über Chris' Geschichten, wenngleich sie objektiv gesehen gar nicht lustig waren. Und sie erzählte selbst irgendwelche albernen Partygeschichten aus ihrer Schulzeit und sang lauthals »*Detroit Rock City*« mit.

Später war Kelles Wohnzimmer so zugenebelt, dass sie den Fernsehbildschirm mit den Bandmitgliedern in ihren unverkennbaren Kostümen kaum noch erkennen konnten.

Es war zwanzig nach drei, als Chris und Lena in seinem alten Mercedes saßen und zurück Richtung Wuppertal fuhren. Für einen kurzen Moment hatte Lena sich gefragt, ob Chris überhaupt noch fahren konnte, nach fast fünf Stunden Dauerkiffen. Aber er schien einiges gewöhnt zu sein. Und schließlich war es ihr dann auch egal. Es hätte um die Uhrzeit sowieso keine Möglichkeit mehr gegeben, mit öffentlichen Verkehrsmitteln aus Kelles Wohngebiet nach Hause zu kommen.

Chris hielt vor ihrer Haustür, sie bedankte sich und wollte gerade aussteigen, als er den Motor ausschaltete.

»Darf ich vielleicht bei dir mal für kleine Jungs?«

»Klar.«

Lena schluckte. Eigentlich sprach es gegen das Sich-rar-Machen, ihn gleich am ersten Abend mit nach oben zu nehmen. Aber den Klogang konnte sie ihm wohl schlecht verwehren. »Komm mit hoch.«

Sie stiegen aus dem Auto. Lena schloss die Haustür auf. Chris folgte ihr in die Wohnung. Sie schaltete das Licht an, legte ihre Sachen ab und deutete auf die Badezimmertür. Chris verschwand und sie hoffte, dass er Sitzpinkler war. Weil sie nicht kontrollierend vor der Badezimmertür warten wollte, ging sie ins Zimmer, räumte ein paar Kleidungsstücke vom Stuhl. Sie hörte die Klospülung, kurze Zeit später stand er im Türrahmen.

»Danke, bis zuhause wäre knapp gewesen.«

»Kein Problem.«

Jetzt schien Chris ihre Anlage und das CD-Regal neben der Tür zu bemerken. »Oh, cool, was hast du denn so für Musik?«

Lena war hin- und hergerissen, ob sie es gut oder schlecht finden sollte, dass er nicht sofort fuhr.

Sein Blick tastete ihre CDs ab. Sie sprachen von Konzerten und Lieblingsbands. Dabei beobachtete sie die Piercingnarbe, die sich über seine Augenbraue zog und ihr noch immer viel interessanter erschien, als ein Piercing es gewesen wäre.

»Kann ich da mal reinhören?«, fragte Chris und hielt eine CD hoch. Sie kam auf ihn zu, war jedoch zu aufgeregt, um wahrzunehmen, welche CD er hören wollte. Als sie das CD-Fach der Anlage öffnete und er die Scheibe hineinlegte, war sein Kopf ganz nah an ihrem.

Sie ahnte, dass er das extra tat.

Und als sie ihn so nah bei sich spürte, überkam es sie und sie küsste seinen Hals.

Er schien nur darauf gewartet zu haben. Sie fielen übereinander her und küssten sich stürmisch. Seine Zunge schob sich feucht in ihren Mund. Sie wechselten vom Sofa zum Bett, umarmten und küssten sich. Chris fuhr mit seiner Hand unter Lenas Bluse, berührte ihren Busen. Dann ließ er kurz von ihr ab, zog sein Smiley-T-Shirt aus und warf das gelbe Grinsegesicht in die Ecke. Sein Oberkörper war stämmig und gut durchtrainiert.

Lena tat es ihm gleich und knöpfte ihre Bluse auf. Chris öffnete eilig den Reißverschluss ihrer Hose. Er knetete ihren Hintern. Sie musste daran denken, wie dick der sich ihr im Kaufhausspiegel dargeboten hatte. Und jetzt fühlte Chris ihren Speck und das schien ihm sogar zu gefallen. Die Musik dröhnte aus den Lautsprechern. Lena küsste seine Schulter. Der Bass wummerte durch den Raum. Seine Hand bahnte sich den Weg zu ihrem Slip und griff ihr in den Schritt.

Plötzlich musste sie an Patrick denken.

Sie wusste nicht wieso, aber auf einmal kam ihr in den Sinn, dass sie vor ein paar Monaten noch mit Patrick geschlafen hatte. Chris erschien ihr plötzlich fremd und unheimlich mit seinem bekifften Blick. Was machte sie hier eigentlich?

»Bitte lass das.« Lena zog seine Hand aus ihrem Slip. Sie hatte überhaupt keine Lust mehr auf ihn. Chris wandte sich wieder ihrem Busen zu. Von dort glitten seine Hände langsam bauchabwärts zwischen ihre Beine.

Sie schluckte. »Lass das bitte.«

Chris blickte sie aus großen Pupillen an. Er streichelte ihre Brüste, dann küsste er sie und fuhr mit seinen Lippen den Bauch hinunter zwischen ihre Beine. Lena sprang auf. »Lass das, ich kann nicht.«

Chris richtete sich auf. »Aber du hast mich doch geküsst.«

Lena zog sich ihre Bluse über. »Das heißt ja nicht gleich, dass wir miteinander schlafen müssen.«

»Was ist denn los mit dir? Erst machst du mich heiß und dann ...« Chris starrte sie verständnislos an.

Lena hatte keine Lust, ihm irgendwas offenzulegen, sie wusste auch gar nicht, wie. Sie wollte nichts von Chris und sie konnte sich auf einmal nicht mehr erklären, warum sie ihn mit in ihre Wohnung genommen hatte. Zumindest hätte sie ihn nach dem Klogang direkt bitten müssen zu gehen.

»Was ist denn los?«

Lena drehte sich weg.

»Ich versteh dich nicht. Ich meine, du hast mich doch ...«

»Mann, Chris, hör auf, ich hänge einfach noch zu sehr an meinem Ex. Deshalb wollte ich nicht, okay?«

»Aber ...«

Chris stand da, fassungslos. Er hatte ja auch nichts Schlimmes gemacht. Sie hatte ihn schließlich selbst hereingebeten. Nun war sie der Buhmann, nein, die Buhfrau und Spielverderberin sowieso. Dann war sie es eben.

»Ich schmeiße dich jetzt raus. In fünf Minuten hast du meine Wohnung verlassen.«

Chris sah Lena ungläubig an. »Das kannst du nicht machen!«

»Natürlich kann ich das.«

»Aber ich hab gekifft. Ich darf gar nicht Autofahren.«

»Eben konntest du auch fahren«, sagte sie kühl.

»Gehst du immer so mit Männern um?«

Sie antwortete nicht.

Chris stellte sich vor ihr auf. Er war größer und kräftiger als sie. Lena wich seinem Blick nicht aus.

»Du bist doch echt nicht ganz normal«, sagte Chris, nahm seine Jacke und ging zur Wohnungstür.

Sie folgte ihm in den Flur und lehnte sich an die Wand.

Chris drehte sich um, schaute sie an und in seinem Blick war nichts Freundliches mehr. Lena sah ihm hinterher, trotzig, und sagte nichts. Er ging wortlos und ließ die Tür hinter sich ins Schloss fallen.

Sie atmete auf. Dann eilte sie zurück ins Zimmer und stellte die blöde Musik aus.

Von dort führte ihr Weg direkt in die Küche, sie sah in den fast leeren Kühlschrank, in ihren Vorratsschrank und fand nichts, was sie hätte erfüllen können. Schließlich erblickte sie die Dose mit dem Kakaopulver auf dem Regal.

Sie holte sich einen Löffel und schaufelte Kakaopulver in sich hinein. Es schmeckte fürchterlich süß, trocken und staubte, aber sie spürte nichts.

Am Montagmorgen stand Lena gerade hinter der Theke, als der Bäckerwagen vorfuhr. Sie nahm sich einen Lappen, wischte über die Arbeitsfläche und versuchte, nicht hinzusehen.

Von Chris kam nur ein kurzes Hallo, dann ging er sofort zu Simone und regelte mit ihr den Rest. Er würdigte Lena keines Blickes. Sein »Tschö« galt Simone und ihr zusammen, vielleicht auch nur Simone.

»Was ist denn mit dem los?«, fragte ihre Kollegin.

Lena zuckte mit den Schultern.

Die Tage darauf war es das Gleiche. Chris beachtete sie kaum noch und eigentlich wollte sie auch gar nicht mehr von ihm beachtet werden. Die Arbeit machte ihr überhaupt keinen Spaß mehr. Frau Varg piesackte sie, wo sie konnte. Und obwohl Lena die blöden Backwaren nicht mehr sehen konnte, wanderten sie regelmäßig nach Feierabend in ihren Rucksack.

Der Kühlschrank brummte monoton vor sich hin. Eine Fliege krabbelte an der Scheibe. Durch das gekippte Fenster hörte man Autos vorbeifahren und Kinder rufen. Draußen war es warm, aber zwischen den hohen Altbauwänden hielt sich die Kühle.

Lena saß in der Küche. Vor ihr ein 1000-ml-Eiskarton mit Walnusseis, aus dem der Esslöffel in ihrer Hand monoton die kalte Masse schaufelte und in ihren Schlund beförderte. Sie konnte diesen Vorgang nicht unterbrechen. Musste weiterlöffeln. Die Kälte in ihrem Hals spüren. In sich. Das Eis war hart und gefroren. Lena kaute es und das, was sie nicht kauen konnte, schluckte sie in ganzen Stücken hinunter. Sie spürte nichts. Außer der Kälte.

Erst als die Packung leer war, löste sie sich aus ihrer

Monotonie. Weder Chris noch Patrick waren es wert, dass sie sich wegen ihnen mit Eis vollstopfte. Sie war echt bescheuert. So konnte es nicht weitergehen. Sie musste mal wieder raus und etwas anderes sehen.

Doch was? Sie überlegte. Eigentlich hätte sie lieber ihrer Antriebslosigkeit nachgegeben, aber so konnte sie nicht ewig weitermachen. Was könnte sie unternehmen? Sie kannte bisher nur wenig von der Stadt, obwohl sie nun schon ein Jahr hier lebte. Wuppertal sollte einen schönen Zoo haben. Dort war sie noch nie gewesen. Vielleicht wäre das eine gute Ablenkung. Auch wenn Zoobesuche eher etwas für Kinder waren.

Sie starrte auf den leeren Eiskarton – alles war besser als das hier – und stand auf.

Sie fuhr mit der Schwebebahn bis zur Haltestelle Zoo/ Stadion. Die Sonne beschien triumphierend ihren Ausflug, als habe sie Lena persönlich aus ihrem Schneckenhaus gelockt. Hinweisschilder führten durch eine Allee den Berg hinauf. Lena tastete mit ihrem Blick die alten Jugendstilhäuser und vornehmen Villen ab. Und staunte. Sie kannte diese Stadt viel zu wenig.

Am Eingang zum Zoo hatte sich eine kurze Menschenschlange gebildet. Sie wollte sich einreihen und kramte schon nach ihrem Portemonnaie, da entdeckte sie ein kleines, blondes Mädchen an der Hand seiner Mutter und zuckte zusammen.

Das Gespenst Sarah, dachte sie.

Lena widerstand dem Drang, umzukehren, und stellte sich in die Schlange. Das Mädchen war genau vor ihr. Es drehte sich um und guckte sie mit seinen großen, blauen Kulleraugen an. Lena schluckte. Und sie dachte daran, dass sicherlich viele solcher Mädchen im Zoo sein und ihre Nasen an den Gehegen plattdrücken würden. Das Mädchen grinste Lena mit seinen weißen Milchzähnen an und musterte sie.

Sie kannte diesen Blick aus dem Bilderrahmen auf dem Kamin ihrer Eltern. *Das Gespenst Sarah!*

Süßes Milchzahngrinsen. Lena wich dem Blick des Mädchens aus. Etwas in der Magengegend ließ sie umdrehen und ehe sie sich's versah, ging sie wieder Richtung Schwebebahn. Ihr war die Lust auf den Zoo vergangen.

Sie lief im Schatten der Bäume, die die Straße säumten, und ihr Schritt beschleunigte sich. An den kleinen, alten Kassenhäuschen des Stadions blieb Lena stehen. Hier war sie ebenfalls noch nie gewesen. Der Vorplatz des Stadions wirkte verlassen. Sie schlenderte zwischen den Kassenhäuschen hindurch auf den Vorhof. Die Stadiongaststätte sah verwaist aus. Neben dem verfallenen Gebäude fand sie einen Aufgang zur Tribüne. Sie ging die Stufen hoch bis nach oben. Vor ihr erstreckte sich das leere Stadion. Sie setzte sich auf eine Treppenstufe und starrte auf den Fußballrasen.

Das Gespenst Sarah. Wie sie es hasste. Sie hatte es immer gehasst. Schon seit sie klein war.

Auch das Stadion war gespenstisch. Die leeren Tribünen glotzten sie vorwurfsvoll an. Hier fanden zwar noch Veranstaltungen statt, trotzdem sah alles verlassen aus. Leblos. Vereinzelt waren Spuren der alten Schönheit der Sportstätte zu sehen, zeugten von besseren Zeiten, aber die Stadiongaststätte war nicht mehr in Betrieb und dem leeren Fußballfeld hatte die Sommerhitze braune Brandwunden zugefügt. Lena wischte sich den Schweiß von der Stirn.

Den letzten Arbeitstag in der Bäckerei hatte sie hinter sich gebracht – und war erleichtert, Frau Varg und Chris nicht mehr sehen zu müssen; nur um Simone tat es ihr ein bisschen leid. Nun hatte sie noch zwei Wochen Semesterferien vor sich.

Claudi wollte sie besuchen und Lena freute sich auf ihre Cousine. Sie wünschte sich ein paar Tage, die so sein würden wie früher, als Claudi nebenan gewohnt hatte und sie gemeinsam zur Schule gegangen waren. In dieser Stadt hätte sie gerne jeden Tag jemanden wie Claudi gehabt, eine beste Freundin, die ihr zuhörte und mit der sie etwas unternehmen konnte. Im letzten Semester hatte sie diese Hoffnung in Hanna gesetzt, aber die war auch zum Semesterende nicht mehr aufgetaucht.

Lena sah sich in ihrer Wohnung um. Sie war in den vergangenen Wochen nicht besonders ordentlich gewesen. Was sollte Claudi von ihr denken? Sie begann aufzuräumen und zu putzen. Es musste schön sein, wenn ihre Cousine käme. Dann ging sie einkaufen und füllte ihren Kühlschrank, der meistens leer war, weil sie sich gar nicht mehr traute, etwas einzukaufen, aus Angst, es sofort aufzuessen.

Als ihr Kühlschrank mit neuen Lebensmitteln bestückt und ihre Wohnung ordentlich war, beschloss Lena, für Claudi einen Kuchen zu backen, dann könnten sie Kaffee trinken, Kuchen essen und ganz lange quatschen – so wie früher.

Es war Abend, als sie die Kuchenform mit dem flüssigen Teig in den Ofen stellte. Claudi wollte am nächsten Tag gegen Nachmittag kommen. Lena leckte die Rührschüssel aus. Als Kind hatte sie das nie gedurft. Wegen der Salmonellen. Sie spülte ab, während aus dem Backofen langsam der Duft von Kuchen stieg.

Backe, backe Kuchen, der Bäcker hat gerufen. Es würde bestimmt schön werden mit ihrer Cousine. Endlich jemand zum Reden. Und ein paar Tage keine Einsamkeit. Alles sollte perfekt sein für Claudi. *Wer will guten Kuchen backen, der muss haben sieben Sachen: Eier und Schmalz, Zucker und Salz, Milch und Mehl, Safran macht den Kuchen gel!* Lieblicher Kuchenduft drang aus dem Ofen und lullte die ganze Küche ein. Es roch nach Kindergeburtstag und nach Mama-beim-Backen-Helfen. Lena stellte den letzten Teller auf das Abtropfgestell und ließ das Spülwasser ab. Der

Abfluss gluckste, als wolle er ihre Aufmerksamkeit auf sich lenken. Doch Lena sog den Backduft in sich und schenkte dem verschwindenden Spülwasser keine Beachtung. Der Kuchen ist aufgegangen, die Zuckerstreusel prangen, im Ofen hell und klar. Sie nahm eine Gabel, öffnete die Ofentür und stach in den Kuchen – es blieb kein Teig an der Gabel hängen. Sie stellte den Ofen ab und holte die Kuchenform hinaus. Hitze strömte ihr entgegen und verteilte den Backduft in ihrer Wohnung. Sie gab den Kuchen zum Abkühlen auf ein Gitter – bestimmt würde es morgen schön werden mit Claudi – und ging ins Bett.

Lena wälzte sich hin und her. Sie konnte nicht einschlafen. Er rief sie. Rief sie zu sich. Seinen Duft schickte er von der Küche über den Flur bis in ihr Zimmer an ihr Bett und versuchte, sie damit zu locken. Keine Tür hielt ihn auf. Lena zog sich die Bettdecke über den Kopf, um ihn nicht zu riechen. Aber die Gedanken an ihn hatten sich bereits in ihrem Gehirn festgesetzt. Da half es nicht, den Geruchssinn austricksen zu wollen. Nein, dachte sie. Nein, nein und nochmal nein! Der Kuchen war für morgen. Für Claudi. »Nein!«, schrie es in ihr, während sich gleichzeitig ihr ganzer Körper nach dem süßen Duft in der Küche verzehrte. Sie wünschte sich einzuschlafen und diese Nacht zu überstehen, aber sie war überhaupt nicht müde. Lena schlug die Bettdecke zurück und stand auf. Sie folgte dem Duft in die Küche.

Ein Stückchen nur. Dann würde der Kuchen zwar nicht mehr ganz sein, aber es wäre ja noch genug übrig für Claudi und sie. Und wenn sie den Kuchen in Stückchen schneiden und kunstvoll auf eine Platte legen würde, könnte Claudi gar nicht sehen, dass ein Stück fehlte. Ihr lief das Wasser im Mund zusammen. Hastig nahm sie ein Messer aus der Schublade und schnitt den noch warmen Kuchen an. Sie gönnte sich ein großes Stück und biss gierig hinein. Ihre Zunge tastete kurz den süßen Geschmack, bevor die Zähne begannen, den Kuchen zu zermalmen, bis er sich schlucken ließ, um schnell Platz für den nächsten Bissen zu schaffen. Tränen stiegen ihr in die Augen, weil sie diesen Kuchen angerührt hatte, der eigentlich für Claudi gedacht war. Ob ein oder zwei Stückchen war nun auch egal, fand sie, und nahm sich ein zweites Stück. Es war doch schön, dass Claudi kam, und sie konnte sich gar nicht erklären, warum sie diesen Drang verspürte zu essen. Das Essen beruhigte sie und sie fühlte sich besser. Gleichzeitig setzte sich mit jedem Bissen das schlechte Gewissen in ihr fest und ließ ihren Hass gegen sich selbst wachsen.

Als Lena kurze Zeit später zurück ins Bett ging, nahm sie das schlechte Gewissen und den Hass mit und ließ in der Küche einen nur noch halben Kuchen zurück.

Am nächsten Morgen starrte sie der halbe Kuchen vorwurfsvoll an. Die Krümel auf der Arbeitsplatte neben ihm erhoben stille Anklage. So einen unvollständigen Kuchen konnte sie Claudi unmöglich servieren. Wie sah das denn aus?

Sie musste die Beweise für ihr nächtliches Fressen vernichten. Lena riss die Fenster auf, damit der Kuchenduft sich verflüchtigen konnte, hinaus in die Straßen der Stadt. Sie aß ein paar Stückchen Kuchen zum Frühstück, dann ging sie zum Bäcker um die Ecke und kaufte einen fertigen Kuchen für Claudi. Zum Mittagessen musste das verbliebene Viertel ihres Kuchens dran glauben. Mit drückendem Magen und verzweifelter Übelkeit spülte sie die letzten Beweisstücke sauber, um Claudi zwei Stunden später mit einem Kuchen vom Bäcker in einer perfekt aufgeräumten Küche empfangen zu können.

Als sie nachmittags am Küchentisch saßen und Lena aufstand, um noch Kaffee nachzuschenken, zog sie den Bauch ein. Sie hatte sich extra schwarze, kaschierende Klamotten angezogen, damit Claudi ihre Disziplinlosigkeit der letzten Wochen nicht so sehr auffiele.

»Hast du den Kuchen selbst gebacken?«, fragte Claudi.

Lena schluckte. »Nein, der ist vom Bäcker. Ich hatte leider nicht so viel Zeit.«

Sie schenkte ihrer Cousine Kaffee nach und spürte, wie diese auf ihren Bauch starrte. Lena versuchte, ihn weiter einzuziehen.

Sie war eine Diätversagerin. Das war sicherlich das, was Claudi von ihr dachte. Als sie sich zurück auf ihren Platz setzte und spürte, wie ihr Bauch sich zwischen ihren übereinandergeschlagenen Beinen und ihrem Busen quetschte, fühlte sie sich wie der personifizierte Jo-Jo-Effekt.

»Isst du keinen Kuchen?«, fragte Caudi.

»Doch, natürlich«, sagte Lena und gab ein kleines Stückchen auf ihren Teller. Sie war noch immer total satt und wenn sie nur den Kuchen ansah, wurde ihr schon übel, aber Claudi durfte nichts merken, deshalb zwängte sie sich auch dieses Stückchen noch hinein.

Claudi aß langsam und genussvoll. Sie hatte ihr Gewicht gehalten, trug eine neue, enge Jeans und war beim Friseur gewesen. Und obwohl Lena dieser Vergleich schmerzte, war sie unendlich froh, die Cousine zu sehen.

Diese erzählte von ihrem Musikstudium, von ihren Kommilitonen und von den gemeinsamen Großeltern, die sie ab und zu besuchte. Lena berichtete von der Geschichte mit Chris und sie lachten gemeinsam, alberten herum wie früher. Da wusste Lena, was sie vermisst hatte, genoss es und vergaß ihren dicken Bauch.

Zwei Tage später schlenderten sie durch die Stadt. Begeistert lief Claudi von einem Klamottenladen in den nächsten, durchforstete die Kleiderstangen, tastete mit ihrem Blick die Auslagen ab, verschwand mit einem halben Dutzend Kleidungsstücken in der Kabine, um sich anschließend Lena in den neuesten Kollektionen zu präsentieren.

»Hey, probier doch auch mal was an!«

Lena schüttelte den Kopf. »Ich hab gar kein Geld dafür.«

»Ach komm, ein bisschen was wirst du wohl noch übrighaben.«

Lena zuckte mit den Schultern. Sie hatte nicht im Geringsten vor, auch nur einen Cent für neue Kleidungsstücke in ihrer derzeitigen Größe auszugeben. Sie wusste ihre aktuelle Größe zwar ebenso wenig wie ihr Gewicht – und vor beidem fürchtete sie sich –, aber das war kein Zustand, mit dem sie sich jemals würde zufriedengeben können.

Das war nicht ihre Figur.

Das war eine vorübergehende Gewichtszunahme, weil sie etwas viel gegessen hatte seit der Sache mit Patrick. Bald würde sie abnehmen und dann könnte sie sich wieder in ihrer alten Größe Kleidung kaufen. Bis dahin mussten sich ihre Oberteile eben leicht wölben und sie musste sich mit zwei Hosen, die sie derzeit noch zur Auswahl hatte, begnügen. Aber wenn sie erst wieder dünner wäre, würde ein ganzer Kleiderschrank mit tollen Klamotten auf sie warten. Und auf diese Zeit freute sie sich.

»Wieso willst du denn gar nichts kaufen? Nicht mal etwas anprobieren?« Claudi riss Lena aus ihren Gedanken.

»Ich hab wirklich kein Geld. Du glaubst ja gar nicht, wie teuer so ein Architekturstudium ist. Das ganze Material für die Modelle und Pläne – das kostet echt 'ne Menge. Da will ich erst gar nicht in Versuchung kommen, Geld, das ich nicht habe, auszugeben.«

Mit dieser Antwort, die immerhin die halbe Wahrheit war, gab ihre Cousine sich zufrieden und legte zwei T-Shirts und eine Hose auf den Kassentisch.

Als sie den Laden verließen und durch die Fußgängerzone gingen, Claudi glücklich ihre Einkaufstüte schwenkend, spielte es in Lenas Kopf verrückt. Plötzlich sah sie nur noch die schlanken Schaufensterpuppen, das Schild einer Dönerbude, sie nahm den Duft von Pommes wahr, Bäckereien reihten sich aneinander, Eiscafés ließen Menschen mit gefüllten Waffelhörnchen ausschwärmen, in einem Schaufenster das riesige Bild einer strahlenden, schlanken Frau, alles strömte auf Lena ein, sie hörte Claudi reden, aber erfasste ihre Worte kaum, denn die Fressbuden und Modeboutiquen der Stadt hämmerten sich in ihr Hirn. Sie konnte sich diese plötzliche selektive Wahrnehmung nicht erklären, sie wusste nur, dass sie quälend war, sie einnahm und in ihr das Bedürfnis nach etwas Essbarem auslöste. Aber sie hatten gerade erst gefrühstückt. Sie konnte unmöglich vor Claudi zugeben, schon wieder Hunger zu haben. ›Schokolade!‹, schrie es in ihr. ›Schokolade!‹

Sie gingen in die Rathausgalerie und der Drang wurde schlimmer. »Claudi!«, hätte sie rufen wollen. »Claudi, ich werde gerade verrückt!« Aber sie schämte sich viel zu sehr für ihren Hunger und wer sollte auch verstehen, was sie selbst nicht verstand? Dass sie eine Diätversagerin war, keine Disziplin mehr hatte und Essen plötzlich ihr ganzes Denken einnahm?

»Mensch, die haben hier ja schicke Oberteile, da müssen wir mal rein!« Claudi hatte ein neues Geschäft entdeckt und Lena folgte ihr zwischen Kleiderständern hindurch zu den Blusen.

Schokolade! Lena starrte auf die Klamotten, die Claudi sich begeistert an ihren Körper hielt. Sie verspürte eine innere Unruhe. Schokolade!

»Du, Claudi, ich glaube, ich gehe mal eben eine Etage höher, ich brauche noch etwas aus der Drogerie. Ich komme gleich wieder hier hin, okay?«

Claudi nickte. »Alles klar, ich probiere jetzt diese Bluse an und dann gucke ich hier noch durch.«

Lena verließ das Geschäft. Ihre Füße trugen sie wie automatisch. Schnell ging sie die Treppe hinauf ins Obergeschoss. In der Drogerie schnappte sie sich eine Packung Tampons zur Tarnung und griff an der Kasse in das Süßigkeitenregal – Kinderriegel, Duplo, Kindercountry, Raffaello. Sie bezahlte, ließ die Süßigkeiten hastig in ihrer Tasche verschwinden und nahm das Wechselgeld entgegen.

»Hier bist du!« Plötzlich stand Claudi hinter ihr.

»Nimm mal bitte.« Lena drückte ihr die Packung Tampons in die Hand, steckte das Wechselgeld ein und schloss schnell ihre Tasche, um ihrer Cousine keinen Blick auf die Süßigkeiten zu gewähren.

»Ach so«, sagte Claudi, »ich hätte auch noch Tampons dabeigehabt.«

Lena versuchte zu lächeln. »Na ja, die werden ja nicht schlecht.«

Sie nahm Claudi die Tamponpackung ab. »Ich müsste dann jetzt auch mal verschwinden.«

Claudi nickte. »Okay, ich warte hier.«

Lena atmete erleichtert auf, dass die Cousine nicht mitkommen wollte.

»Soll ich deine Tasche nehmen?«

Lena schüttelte den Kopf und folgte den WC-Schildern. In dem gekachelten Gang saß die Klofrau und grüßte freundlich. Lena nickte kurz und steuerte auf die Toiletten zu. Sie betrat eine der beiden Kabinen und schloss die Alutür hinter sich ab. Schwarzlicht schien von oben auf sie, auf die Toilette, den Hygieneeimer und die Klobürste. Lena riss ihre Tasche auf, holte das Duplo heraus und stopfte es sich in den Mund.

Endlich! Der ersehnte süße Geschmack. *Morgenstund hat Schokolade im Mund.* Sie würgte es hinunter. Dann riss sie die anderen beiden Schokoriegel auf und verschlang sie. Die Süße, die sich in ihrem Mund ausbreitete, passte nicht zu dem herben Geruch der Toilette und auch nicht zu den kalten Fliesen. Aber sie tat gut.

Triumphierend sah Lena zu der Schwarzlichtlampe hoch. Sie vermochte es vielleicht, Drogenabhängige von der Toilette fernzuhalten, weil sie bei diesem Licht ihre Venen nicht finden konnten. Doch Lena hätte ihren Mund auch im Dunkeln gefunden – sie konnte niemand aufhalten.

Als sie sich schließlich der Raffaellos bemächtigte, war sie hin- und hergerissen zwischen dem Ekel über ihre Gier an diesem widerwärtigen Ort und dem Hochgefühl, Claudi und das Schwarzlicht ausgetrickst zu haben.

Sie übergab das Süßigkeitenpapier dem Hygieneeimer, fügte einen sauberen Tampon hinzu und verließ die Kabine. Am Waschbecken wusch sie ihren Schokoladenmund sauber und steckte sich ein Kaugummi in den Mund. Sie gab der Klofrau fünfzig Cent und ging mit einem freundlichen Maskengesicht zu Claudi.

Lena saß in der Küche. Geigengejammer ertönte aus ihrem Zimmer. Claudi übte. Es wäre undenkbar für sie gewesen, einmal ein paar Tage ohne ihre Geige wegzufahren. Dann würde sie danach um Längen schlechter spielen und wäre sofort aus der Übung, behauptete sie. Also hatte Lena sich ihren Skizzenblock genommen, sich an den Küchentisch gesetzt und zeichnete nun vor sich hin.

Eigentlich war es kein Geigengejammer. Soweit sie das hören konnte, war es nahezu perfekt. So wie alles an Claudi nahezu perfekt war. Lena wusste, dass auch sie auf ihrem Gebiet, der Architektur, gut war. Dass ihre Wohnung vorbildlich aufgeräumt war und sie vor Claudi und ihren Eltern keinen Zweifel daran ließ, dass sie ein zufriedenstellendes Leben führte.

Aber ihre Figur durchbrach diese Perfektion, drohte an, sie zu enttarnen, und wölbte sich mit Lenas ganzer empfundener Unzulänglichkeit gegen die Außenwelt.

Irgendwas war anders zwischen ihr und Claudi geworden. Sie konnte zwar immer noch mit niemandem so sehr lachen wie mit ihrer Cousine, aber sie hatten sonst immer über alles reden können. Klar redeten sie auch über Patrick, doch seit Ende der Beziehung waren nun schon mehr als fünf Monate vergangen. Lena erzählte von ihren Kommilitoninnen, von der Uni und der Stadt, aber ihre ganzen Gefühle der letzten Monate konnte sie Claudi nicht offenbaren. Sie führte sich immer wieder ihr eigenes Diät-versagen vor Augen.

Wenn sie endlich abgenommen hätte, dann könnte sie vielleicht mit Claudi reden. Doch momentan empfand sie ihre Einsamkeit als peinlich und ihr ständiges Essen wäre für Claudi nicht zu verstehen gewesen. Sie schämte sich. Erst recht nach ihrer Aktion in den Rathausgalerietoiletten. Das Hochgefühl hatte nicht lange angehalten.

Ihr Blick fiel auf das Familienfoto, das sie im April für Holger gemacht hatten und das gerahmt an der Wand über ihrem Küchentisch hing. Da lachte eine andere Lena in die Kamera, eine, die es nicht mehr gab.

Was war mit ihr los? Das war doch nicht mehr normal, was sie tat. Was war das für eine Gier gewesen, die sie am Morgen in der Stadt überfallen hatte?

Wurde sie verrückt?

Es hörte sich so belanglos an: Sie war nicht in der Lage, seit der letzten Diät ihr Gewicht zu halten. Der Jo-Jo-Effekt hatte sich ihrer bemächtigt und es war ihr zurzeit nicht möglich, weniger zu essen. Das klang unglaublich lächerlich! Dabei beschäftigte sie der Gedanke an ihr eigenes Versagen Tag und Nacht.

Claudi geigte auf den Höhepunkt zu. Vielleicht würde es nie wieder so werden wie früher, kam es Lena in den Sinn. Ihr schossen Tränen in die Augen.

4. Binge Eating oder Bist du wieder dicker geworden?

Mit dem neuen Semester kam neue Hoffnung. Der veränderte Stundenplan bescherte ihr ein paar Seminare, in denen auch Studenten aus anderen Jahrgängen waren, und die neuen Dozenten und der Lernstoff sorgten erst einmal für Spannung. Lena war sogar froh, ihre Kommilitonen wiederzusehen. Die Semesterferien waren lang und zäh gewesen, die freien Tage hatte sie häufig genug in Überessen erstickt und der Beginn des Semesters erschien ihr nun wie eine Erlösung.

Sie stürzte sich auf die neuen Aufgaben – alles war gut, was sie vom Essen abhielt. Und tatsächlich gelang es ihr, in den ersten Tagen normale Portionen zu essen und auch ihren Süßigkeitenkonsum einzuschränken.

Nur abends überkam es sie manchmal und dann aß sie alles, was sie in ihrer Küche fand. Es war, als gäbe es den Eklektizismus nicht nur in der Architektur, sondern auch beim Essverhalten. Denn sie aß in solchen Momenten rein sammelnd, vermengend und gedankenlos alles, was sie aufstöberte, suchte aus dem Vorhandenen heraus, was ihr geeignet schien die plötzliche Leere zu füllen. Dabei trafen Marmeladenbrote auf gefüllte Peperoni, Stracciatellajoghurt auf Käsecracker und Dosenananas auf Salami. Ihr Magen war dann ein einziges eklektizistisches Werk und so fühlte er sich auch an: wahllos durcheinander und überladen.

Mit ihren Kommilitonen redete Lena weiterhin hauptsächlich über Fachliches, weil der private Bezug zueinander fehlte, und sie glaubte auch nicht, dass sich das noch einmal ändern würde. Die Karten waren schon lange gemischt, sie hatte sich selbst in diese Rolle katapultiert und ihr widerstrebte es, sich irgendwem aufzudrängen. Da nahm sie lieber die Situation hin, stürzte sich in Arbeit und sog ihre Motivation aus ihren Studiumserfolgen.

Als Lena zur ersten Architekturgeschichtsvorlesung Mitte Oktober den Hörsaal betrat, saß Hanna plötzlich wieder in der mittleren Reihe, in der sie im letzten Semester öfter zusammengesessen hatten. Lena ging auf sie zu. »Darf ich mich zu dir setzen?«

»Klar.« Hanna nahm ihre Jacke von dem Platz neben sich.

Als Lena sich gesetzt, ihren Rucksack abgestellt und die Jacke ausgezogen hatte, musterte sie Hanna. Die sah nicht so gestresst aus wie sonst, aber es waren schließlich Ferien gewesen.

»Wo warst du Ende letzten Semesters? Ich habe dich vermisst.«

Hanna lächelte. »Ich war drei Monate nicht in der Stadt, doch jetzt bin ich wieder da und ich freue mich auf das neue Semester!«

Lena hätte gerne gefragt, wo Hanna gewesen war, aber Hannas Lächeln schuf eine Mauer, gegen die sie sich nicht anzufragen getraute.

»Und dein Schein in ›Grundlagen des Entwerfens‹?«

»Das hole ich nach, ich habe das mit den Dozenten geklärt. Und wie waren deine Semesterferien?«

Lena spürte Hannas Blick auf ihrem Körper. Sie hatten sich fast vier Monate nicht gesehen, Hanna musste bemerken, dass sie zugenommen hatte.

»Gut«, log Lena. »Ich hatte einen Ferienjob und habe etwas Geld verdient. Außerdem war ich bei meinen Eltern und hatte Besuch von meiner Cousine.«

Sie überlegte, wie sie das Gespräch fortführen könnte, da unterbrach sie der Professor mit dem Beginn seiner Vorlesung. Er führte sie in die Zeit der Renaissance, zeigte ihnen Bilder vom »Hospital der unschuldigen Kinder«, vom Florentiner Dom und von der Basilica San Lorenzo – Lena dachte sich in Grundrisse und Abbildungen hinein, lief durch das Florenz des 15. Jahrhunderts, stand staunend unter Brunelleschis gewaltiger Kuppel mit ihren Fresken, und plötzlich wusste sie, wie sehr sie das in den Semesterferien vermisst hatte.

Im dritten Semester bekamen sie nun auch das Fach Städtebau hinzu. Lena lieh sich aus der Uni-Bibliothek Bücher zum Thema und verbrachte ihre Abende mit Fachliteratur, da sie sonst niemanden hatte, mit dem sie sie hätte verbringen können. Die Hausaufgaben erledigte sie gründlich und häufig auch umfangreicher, als es verlangt wurde. Und mit ihrem Übereifer fühlte sie sich zumindest in Bezug auf ihr Studium nicht so unzulänglich wie sonst in ihrem Leben.

Doch dann kam der Donnerstag, der ihr den Boden unter den Füßen wegriss. Lena hatte sich sehr viel Mühe mit den ersten Städtebauentwurfsskizzen gegeben. Ihre Zeichnungen bildeten mit exakt gesetzten Linien auf dem Transparentpapier eine eigene Vorstellungswelt. Sie hatte lange gebraucht für diese Idee und dafür, sie auf Papier zu bringen.

Und morgens in der Uni starrte dann die Lehrbeauftragte auf ihre Skizzen und sagte: »Das ist überhaupt nicht durchdacht. Das müssen Sie noch einmal neu machen.«

Lena versuchte, sich zu rechtfertigen und ihre Konzeption zu erklären, aber die Dozentin schien sich das gar nicht anhören zu wollen und beugte sich schon über die Skizzen eines Kommilitonen. »Versuchen Sie es nochmal mit einem neuen Konzept.«

Fassungslos starrte Lena auf ihre Skizzen. Sie fand das alles logisch und gut durchdacht. Dass man etwas überarbeiten sollte, sah sie ja ein, aber die komplette Idee zu verwerfen und ganz neu zu beginnen? Sie hatte einen Kloß im Hals. Es war normal, dass die Lehrbeauftragten ihre Entwürfe kritisierten – das war immer so. Nur war Lena bis jetzt noch nicht in die Situation gekommen, starke Kritik zu erhalten. Meistens war man mit ihren Arbeiten zufrieden gewesen und hatte wenig auszusetzen gehabt. Nun fühlte sie sich wie vor den Kopf gestoßen und gedemütigt. Es war nur ein dummer Entwurf, aber Lena erschien es, als hätte man ihr ihre Lebensgrundlage entrissen.

Sie hatte doch außer der Architektur nichts, woran sie sich festhalten konnte.

Ihr Verstand sagte ihr, dass sie mit dieser Kritik professionell umgehen und sie hinnehmen musste, aber in ihr sammelten sich quälende Gedanken. Vielleicht war sie doch nicht gut genug, um Architektin zu werden? Vielleicht griff ihre Unfähigkeit, normal zu essen, nun auch auf weitere Lebensbereiche über? Wenn sie in Architektur plötzlich nicht mehr gut war, was hatte sie dann noch?

Wie in Trance folgte Lena mittags den anderen in die Mensa. Es gab Reibekuchen mit Apfelmus. Sie trug das Tablett zu dem Tisch, an dem die Kommilitonen schon Platz genommen hatten. Vier Reibekuchen, zwei Schälchen Apfelmus und zwei Scheiben Schwarzbrot mit Butter, wie man sie im Rheinland dazu aß. Lena nahm den ersten Bissen. Der fettig-herbe Geschmack der Reibekuchen vermischte sich mit der Süße des Apfelmuses. Es schmeckte beinahe wie früher, wenn sie bei ihrer Großmutter zu Besuch war. Kartoffelpuffer sagten ihre Großeltern dazu und das Apfelmus machte die Großmutter selbst.

Das Essen schob ihre Zweifel beiseite, schien ihr eine größere Berechtigung zu geben, sich in den Räumen der Uni aufzuhalten, als die Kritik vom Vormittag. Die anderen unterhielten sich über Städtebau und später über das Kinoprogramm, aber Lena hörte nicht zu, sie war abgedriftet in die Welt der Reibekuchen, in der es nur Lena gab und den vertrauten Geschmack und nichts sonst.

Nach dem Essen kam die Leere.

Sie hatten gerade ihre Tabletts in den Geschirrwagen gestellt, als ein Kommilitone zu ihnen kam und verkündete, dass die Veranstaltung am Nachmittag ausfiele. Die anderen waren erfreut, nur Lena sah ihre Chance auf wenigstens ein Erfolgserlebnis an diesem Tag schwinden. Die Kritik der Dozentin und die Enttäuschung über den freien Nachmittag legten sich schwer auf ihren Kartoffelpufferbauch und setzten sich dort hartnäckig fest.

Lena wollte sie bekämpfen, ersticken, zustopfen und verspürte plötzlich das Verlangen nach mehr Kartoffelpuffern. Sie schmeckte schon das Apfelmus und blickte sehnsüchtig zur Essensausgabe. Aber sie konnte sich unmöglich ein zweites Mal hier in dieser kleinen Fachbereichsmensa ein Mittagessen kaufen. Das würde sofort jeder merken. Ihre Kommilitonen schwirrten zwar gerade auseinander in die Unbeschwertheit eines freien Nachmittags, aber selbst das Personal würde sie blöd angucken. Es war ja auch nicht normal, dass etwas in ihr nach einem zweiten Mittagessen gierte.

Lena wusste nicht, wovor sie sich am meisten fürchten sollte: Vor der Leere in ihr, die mehr Kartoffelpuffer verlangte, vor der Leere, die sie in ihrer Wohnung erwartete mit den Städtebau-Vorskizzen auf ihrem Schreibtisch, die sie vorwurfsvoll anstarren würden, oder vor der Leere und Strukturlosigkeit, die ein unifreier Nachmittag mit sich brachte.

Als sie später in der Schwebebahn saß, ließ sie ein innerer Drang am Hauptbahnhof aussteigen – zwei Stationen zu früh –, ließ sie zum Busbahnhof laufen und sich dort mit anderen Studenten zusammen in den Bus schieben, der zum Hauptcampus auf die Südhöhen der Stadt fuhr. Die Hauptgebäude der Universität erhoben sich mit graugesichtigem 70er-Jahre-Charme auf einem Berg über der Stadt, während der Fachbereich Architektur im Tal untergebracht war – mitten in der Stadt zwischen der Wupper und der verkehrsreichen Bundesstraße.

Der Bus, der Lena in sich aufgenommen hatte, erklomm über steile Straßen den Berg und ließ die Studenten am Haupteingang der Uni raus. Hier überspannte ein Gebäudekomplex der Hochschule die Straße und nahm der Haltestelle das Tageslicht. Lena folgte dem Strom der Aussteigenden ins Freie. Die letzte Oktobersonne tauchte die Zweckarchitektur in ein freundliches Licht. Sie stieg die Treppen hinab Richtung Bibliothek und Hauptmensa – das erste Mal war sie hier zur Immatrikulation gewesen und dann noch zweimal mit Patrick auf einer Asta-Party.

»Hey, was machst du denn hier?« Eine Kommilitonin, deren Name ihr nicht einmal einfiel, stand plötzlich vor ihr und riss sie aus ihren Gedanken.

»Ähm, hallo«, Lena versuchte ein Lächeln. »Ich, also ich wollte mal zum Asta. Ich muss da was fragen. Und du?«

»Ich komme grad aus der Mensa. Mein Freund studiert hier oben und wir haben uns getroffen. Na ja, dann viel Spaß noch!«

»Tschüss«, sagte Lena und stieg weiter die Treppen hinab. Zu ihrer Rechten erstreckte sich der grüne Hang des Uniberges beziehungsweise das, was davon übrig geblieben und noch nicht mit Unigebäuden bebaut war. Studenten hatten sich auf die Wiese gesetzt, genossen die letzten Sonnenstrahlen und blickten auf die Stadt herab. Auf den Terrassen vor dem Mensaeingang saßen ebenfalls ein paar Studenten; einer von ihnen hatte eine Gitarre auf dem Schoß und spielte. Die anderen hockten um ihn herum, ließen sich die Sonne ins Gesicht scheinen, hingen einfach rum und vertrieben sich gut gelaunt ihre Mittagspause. Lena ging an ihnen vorbei und die Gitarrenklänge ließen Sehnsucht in ihr aufkommen. Genauso hatte sie sich das Studentenleben immer vorgestellt. Alternativ und unbeschwert. Dann hatte sie mit Patrick in Düsseldorf ein ganz anderes, schon sehr erwachsenes Leben geführt und nun schien es ihr zu spät, um noch einzusteigen in die studentische Sorglosigkeit, von der sie immer geträumt hatte. Dabei hätte sie sich gerne einfach zu den fremden Studenten gesetzt und über die Kritik an ihren Städtebauskizzen gelacht.

Stattdessen ging sie in die Mensa, nahm sich ein Tablett mit Reibekuchen aus dem Essenskarussell, bezahlte und setzte sich zwischen fremde Menschen an einen langen Tisch. Endlich hatte sie wieder den Geschmack von Reibekuchen und Apfelmus. In ihrem Magen begann es zwar zu drücken, aber Lena aß weiter, als könne sie damit die morgendliche Kritik ersticken. Sie ließ nichts übrig. Man warf kein Essen weg und außerdem hatte die Mahlzeit sie so lange verführerisch angestarrt, bis sie sie vollends vertilgt hatte. Die Kartoffelpuffer hatten es geradezu darauf angelegt, restlos von ihr einverleibt zu werden.

Sie schob das Tablett weg und hielt sich ihren Bauch. Das waren acht Kartoffelpuffer gewesen, vier Schälchen Apfelmus und vier Scheiben Schwarzbrot mit Butter. Sie war ein Schwein! Ein verfressenes Schwein! Damit sie das leere Tablett nicht weiter still anklagen konnte, gab sie es auf das Fließband und überließ es seiner Reise in die Spülmaschine.

Sie verließ die Mensa, lief eine Etage höher in die Cafeteria, um sich etwas zu trinken zu kaufen, und weil es ihr sowieso schon beschissen ging, nahm sie gleich noch einen Schokoriegel und ein Eis mit zur Kasse. Mit dieser verhängnisvollen Beute setzte sie sich in die hinterste Ecke der Cafeteria an einen Computer, der zusammen mit anderen Rechnern das Internetcafé bildete.

Hinter dem Bildschirm konnte sie niemand beim Essen beobachten und sie konnte dabei sogar noch im Internet surfen. Sie meldete sich am Uni-Server an und rief die Seite eines Architekturforums auf. Währenddessen biss sie von ihrem Eis ab, kaute es und schlang es hinunter. Sie überflog die einzelnen Rubriken des Forums, ihr Blick tastete die Beiträge nach interessanten Themen ab. Dem

Eis folgte der Schokoriegel; süß und klebrig legte er sich in den vollen Magen und drückte gemeinsam mit Eis und Kartoffelpuffern gegen die Magenwand. Als Lena in dem Architekturforum auf das Wort »Städtebau« stieß, verging ihr die Lust. Sie holte tief Luft. So vollgefressen fiel ihr das Atmen schwer.

Das war doch krank, was sie seit Monaten machte. Es konnte nicht normal sein, sich vollzufressen, bis man keine Luft mehr bekam. Sie fühlte sich süchtig. Süchtig nach Essen. Sie war dem Essen vollkommen ausgeliefert. Esssüchtig. Aber Essen war doch keine abhängig machende Droge. Man brauchte schließlich Nahrung.

Aus Langeweile und Neugier surfte sie auf die Seite einer Suchmaschine und gab den Begriff »Esssucht« ein. Sie erwartete nicht, dass dieser Begriff ernst zu nehmende Treffer ergeben würde. Klar, jeder sagte mal, dass er esssüchtig sei, wenn er zu viel gegessen hatte oder nicht aufhören konnte, Schokolade zu essen.

Aber Lena fühlte sich von den Gedanken ans Essen so sehr eingenommen, dass sie das unmöglich noch vor sich selbst als normales Überessen oder Nervennahrung rechtfertigen konnte.

Fast 90.000 Treffer! Lena starrte auf den Bildschirm. Die Suche nach Esssucht hatte so viele Treffer ergeben?

Sie überflog die Einträge. »*Esssucht-Forum. Austausch für Menschen, die an Essstörungen leiden*« stand dort. Na ja, die meinten wohl Bulimie, dachte sie. Beim nächsten Treffer stand in der Beschreibung »*Esssucht (Binge Eating Disorder) ist eine durch Heißhungeranfälle gekennzeichnete Essstörung*«.

Lena schluckte. Eine Essstörung?

Verstohlen blickte sie sich um, ob sie auch kein anderer Student beim Surfen beobachtete. Tausend Gedanken schossen ihr durch den Kopf. Klar, sie wusste von Magersucht und Bulimie. Aber sie fraß ja, ohne zu erbrechen. Sie klickte auf den Link.

*»Binge Eating Disorder ist eine durch Heißhunger-
attacken charakterisierte Essstörung. ›Binge‹ bedeutet
›schlingen‹ oder ›sich vollstopfen‹. Während eines Anfalls nehmen die Betroffenen große Mengen an Lebensmitteln zu sich. Sie erleben dabei häufig Kontrollverlust
und haben das Gefühl, mit dem Essen nicht mehr aufhören und die Menge nicht begrenzen zu können.«*

Ja, dachte Lena, das traf auf sie zu. Genau das war es.
Sie hatte schon lange das Gefühl, dass ihr Essverhalten
ihrer Kontrolle entglitt.

*»Die Essattacken finden in der Regel heimlich statt.
Typischerweise wird hastig, wahllos und ohne körperli-
ches Hungergefühl gegessen. Die dabei in kurzer Zeit
verzehrte große Menge an Nahrungsmitteln übertrifft bei
Weitem die Menge, die gesunde Menschen in einer ver-
gleichbaren Situation essen würden. Im Anschluss sind
die Betroffenen oft niedergeschlagen und kämpfen mit
Schuld- und Schamgefühlen.«*

Lenas Herz schlug bis zum Hals. Sie konnte kaum
glauben, was sie da las. Das beschrieb sie. Das beschrieb
ihr Verhalten der letzten Monate ganz genau.

*»Die Binge-Eating-Störung unterscheidet sich von der
Bulimie durch das Fehlen der für bulimische Personen
nach einem Essanfall typischen Gegenmaßnahmen wie
selbst herbeigeführtes Erbrechen, extremer Sport oder
Missbrauch von Abführmitteln.«*

Genau das war ihr auch schon in den Sinn gekommen.
Dass sie wie eine Bulimikerin fraß, nur zu blöd zum Erbrechen war. Aber sie hätte nie im Leben gedacht, dass
das eine Essstörung ist. Irgendwie hatte sie Essstörungen
immer mit Untergewicht in Verbindung gebracht.

*»Etwa zwei Prozent der Bevölkerung leiden an der
Binge Eating Disorder (BED). Ein Großteil der Betroffenen ist übergewichtig. Das bedeutet aber nicht, dass
Übergewichtige automatisch an einer Binge-Eating-Störung leiden. Das Krankheitsbild kann auch bei Menschen*

mit Normalgewicht auftreten. Unter den psychogenen Essstörungen ist Binge Eating das bislang am wenigsten erforschte Krankheitsbild. Daher steht eine abschließende Definition der Diagnosekriterien noch aus.«

War sie noch normalgewichtig? Oder war sie schon übergewichtig? Lena wusste es nicht. Sie wusste nur, dass sie im letzten halben Jahr sehr in die Breite gegangen war. Und obwohl ihr dies bewusst war, hatte sie Angst, diese Wahrheit auch noch in Form von Zahlen auf einer Waage an den Kopf geknallt zu bekommen.

»Viele Betroffene geben als Auslöser für einen Essanfall negative Gefühle wie Stress, Langeweile, Traurigkeit, Wut oder Einsamkeit an. Internationale Studien lassen vermuten, dass ein streng kontrolliertes Essverhalten und ständiges Diäthalten Essattacken begünstigen.«

Lena nahm die Cafeteria um sich herum gar nicht mehr wahr. Sie hatte das Gefühl, dass diese Seite im Internet sie genau kannte. Dass sie nicht irgendeine Binge-Eating-Störung, sondern sie selbst, Lena, beschrieb.

Sie las sich die Liste von Merkmalen, die zur Binge-Eating-Störung gehören sollten, durch. Sie hatte regelmäßig Essanfälle und nahm dabei große Mengen an Nahrungsmitteln zu sich, sie hatte währenddessen ein Gefühl des Kontrollverlustes, sie aß deutlich schneller als gewöhnlich, sie aß bis zu einem unangenehmen Völlegefühl, sie aß ohne Vorliegen eines physiologischen Hungers, sie aß aus Scham alleine, nach dem übermäßigen Essen verspürte sie Ekel gegen sich selbst, Niedergeschlagenheit und Schuldgefühle und sie wandte keine Gegenmaßnahmen wegen der erhöhten Kalorienzufuhr an.

Es traf alles auf sie zu. Schwarz auf weiß stand es da.

Binge Eating Disorder – wie das klang.

Hallo, ich bin Lena und habe eine Binge-Eating-Störung. Wie sich das anhörte! Das würde doch kein Mensch ernst nehmen. Und vielleicht war diese Homepage ja auch gar nicht seriös. Vielleicht dachten die sich solche Störungen nur aus. Lena surfte auf die Seite eines Online-Lexikons und gab dort »Esssucht« ein.

»Ess-Sucht. Ess-Süchtige essen zwanghaft zu viel oder kontrollieren ihr Gewicht mit komplizierten Systemen von Ernährungsplänen, Diäthalten und Sport. Ihre Gedanken drehen sich von morgens bis abends um Essen und die Auswirkungen auf ihre Figur. Die Folgen von Ess-Sucht sind oftmals Übergewicht bis hin zur Adipositas, was wiederum zu gesundheitlichen Folgeschäden und sozialer Ausgrenzung führt.«

Das klang ähnlich. Lena scrollte weiter herunter und stieß wieder auf den Begriff Binge Eating: »Eine Binge-Eating-Störung liegt vor, wenn innerhalb von sechs Monaten an zumindest zwei Tagen pro Woche ein Anfall von Heißhunger auftritt, bei dem außergewöhnlich große Mengen an meist süßen oder fettreichen Lebensmitteln in kürzester Zeit verzehrt werden. Entscheidend ist dabei der Kontrollverlust über die Nahrungsaufnahme. Die Betroffenen erleben sich als süchtig, wobei der Suchtcharakter der Essstörung umstritten ist.«

Es folgten wieder die Diagnosekriterien und Lena konnte alle Kriterien bejahen. Aber, versuchte sie sich einzureden, in Online-Lexika durfte jeder schreiben. Was dort aufgeführt wurde, musste noch nichts heißen.

Sie surfte weiter, durchforstete verschiedene Homepages. Als sie schließlich auch auf der Internetseite der Bundeszentrale für gesundheitliche Aufklärung auf die Bezeichnung Binge Eating Disorder stieß, bestand für sie kein Zweifel mehr. Offensichtlich litt sie unter einer Essstörung, die in der Gesellschaft weitgehend unbekannt war. Zumindest hatte sie selbst bisher noch nie etwas davon gehört. Sie hatte zwar die letzten Monate sehr gelitten, aber sie wäre nie auf die Idee gekommen, dass es dafür einen Namen gab.

Seelisch bedingt stand dort. Ja, dachte Lena, sie hatte auch nicht das Gefühl, ein reines Ernährungsproblem zu haben. Das hier war mehr. Und wieder eine Liste von Kriterien, die für diese Essstörung typisch sein sollten. Lena starrte fassungslos auf den Bildschirm. Sie konnte beinahe jedem dieser Punkte zustimmen.

Und das war nicht irgendeine Homepage, auf der sich jemand Modekrankheiten ausdachte, das war die offizielle Internetseite der BZgA.

Gebannt surfte sie von Information zu Information. Vielleicht erwartete sie doch noch eine Seite, die ihr ein »War alles nur ein Scherz!« entgegenrief und die sich langsam festigende Gewissheit einer Essstörung ins Gegenteil verkehrte. Stattdessen verstärkten die meisten Homepages ihre Annahme und bombardierten sie noch zusätzlich mit neuen Informationen. Manche Internetseiten sprachen von psychischen, biologischen oder kulturellen Ursachen, andere vermuteten die Ursachen in Familien, in denen Probleme nicht offen ausgetragen werden. Häufig wurde Binge Eating als Suchtkrankheit bezeichnet. In den USA war die Krankheit offensichtlich bereits seit Mitte der 80er-Jahre bekannt, als festgestellt wurde, dass viele Probanden Essanfälle ohne gegensteuernde Maßnahmen hatten. Schätzungsweise sollten rund 1,5 bis zwei Millionen Deutsche unter diesen Fressanfällen leiden, allerdings würde die Esssucht meist als »nicht näher bezeichnete Essstörung« klassifiziert, wenn sie überhaupt von Ärzten als Essstörung erkannt und anerkannt würde.

Lena konnte das kaum glauben. Wieso um alles in der Welt sprach niemand darüber, wenn so viele Menschen damit zu kämpfen hatten? Warum wurden die Suchtfaktoren von Nikotin, Alkohol und Drogen als vollkommen selbstverständlich hingenommen, während man esssüchtige, dicke Menschen für disziplinlos hielt?

Irgendwann löste sie sich von dem Computer, nahm ihre Sachen und verließ die Cafeteria.

Sie hatte also eine Essstörung. Und jetzt?

Ihr Wissensdurst trieb sie in die Bibliothek. Sie wollte sich vergewissern, dass auch Wissenschaftler in einem richtigen Buch über das Problem geschrieben hatten, dass es die Krankheit nicht nur als Null- und Einserfolgen im virtuellen Raum gab, sondern gedruckt zwischen zwei Buchdeckeln. Lena brauchte eine Weile, bis sie sich zurechtgefunden und die Etage mit der Psychologieliteratur entdeckt hatte.

Sie schlich sich zwischen den braun-beigen Regalen hindurch über den grünen Teppich zu den Computern. Der Bibliothekskatalog versprach ihr einige Werke zum Thema Essstörungen, Lena suchte sie aus den Regalen und setzte sich an einen Tisch. Verstohlen blickte sie sich um und legte die Bücher so, dass ihre Buchrücken mit den Titeln zur Wand lagen und von niemandem gelesen werden konnten. Es musste ja keiner wissen, in was für Themen sie hier blätterte. Die meisten der Werke waren leider schon älter und schienen den Begriff Binge Eating noch nicht zu kennen. Das Phänomen des süchtigen Essens gegen schlechte Gefühle beschrieben sie trotzdem. Ein Buch sprach davon, dass Essen der sichtbare Ausdruck von Problembewältigung sei, ein anderes nannte es einen Abwehrmechanismus für negative Emotionen.

Lena blätterte durch die Seiten, blieb immer wieder an Aussagen hängen, in denen sie sich wiederfand, aber merkte irgendwann, dass sie begann, sich unwohl zu fühlen zwischen den mächtigen Regalen und dem 70er-Jahre-Teppich, der sämtliche Geräusche schluckte und die Stimmung in der Bibliothek bedrückend schweigsam machte.

Deshalb stellte sie die Bücher zurück ins Regal, wenngleich sie sie gerne ausgeliehen hätte, aber sie traute sich nicht. Von den vielen neuen Informationen war sie so durcheinander, dass sie sich nicht danach fühlte, sich an der Ausleihe wie eine Psychologiestudentin zu verhalten, die ein Referat zum Thema Essstörungen halten musste. Sie hätte die Bücher zitternd über die Theke gereicht und vielleicht vor lauter Aufregung vergessen, ihren Ausweis dazuzulegen. Nein, sagte sie sich – sie wollte die Informationen erst einmal verdauen – und verließ die Bibliothek.

Sie ging zu Fuß den Uniberg hinunter. Die Oktobersonne war schon dabei, sich langsam hinter den Hügeln im Westen zu verstecken, und die spätnachmittägliche Stadt lag ihr zu Füßen. Diese Stadt, die ihr immer noch so fremd, ja beinahe verhasst war. Diese Stadt, die ihr nicht die Freunde und die Anerkennung geben konnte, die sie sich so sehr wünschte. Von oben sah sie eigentlich ganz friedlich aus mit ihren Kirchtürmen, die zwischen den engstehenden Häusern emporragten. Aber Lena stieg hinab – in die tiefen Häuserschluchten hinein – und wusste, dass ihr Blick von dort unten wieder ein anderer sein würde. Es lag ja auch nicht an der Stadt.

Sie hatte eine Essstörung, das konnte sie immer noch nicht glauben. Essgestörte Menschen, das waren doch magere Mädchen mit eingefallenen Wangen, die mit allen Mitteln versuchten, noch dünner zu werden.

Aber sie, Lena? Die zwar ihre ganze Pubertät lang zusammen mit Claudi immer wieder Diäten gemacht und für ihr dadurch erlangtes Idealgewicht bewundert worden war, es jedoch nie damit übertrieben hatte. Am meisten beschäftigte sie eine Aussage: Sie hatte gelesen, dass eine Heilung ohne fachliche Behandlung in der Regel unmöglich sei. Das konnte sie nicht glauben. Fachliche Behandlung. Allein wie das schon klang. Nein, sie hatte das Problem schließlich erst ein halbes Jahr lang, und jetzt wusste sie ja, was es war – da würde sie es bestimmt schaffen, irgendwie alleine wieder da heraus zu finden. Vielleicht musste sie einfach versuchen, keine negativen Gefühle mehr zu haben und glücklich zu werden, dann würde sich dieses Binge Eating, oder wie auch immer man es bezeichnen wollte, möglicherweise von ganz alleine erledigen.

Die Tage vergingen und Lena wusste nicht, was sie dazu getrieben hatte, davon auszugehen, dass mit der Erkenntnis, eine Essstörung zu haben, alles besser würde. Es änderte sich gar nichts. Jeden Abend nahm sie sich vor, am nächsten Tag weniger zu essen, und am Abend des nächsten Tages musste sie feststellen, dass sie es wieder nicht geschafft hatte.

Am meisten Angst hatte sie vor dem Dicksein. Sie glaubte sehen zu können, wie sich ihre Speckrollen mit jedem Fressanfall weiter ausbeulten. Und sie wusste nicht, wie sie sie aufhalten sollte. Es hatte sich alles verselbstständigt. Sobald sie ein Problem oder oft auch nur eine negative Empfindung hatte, aß sie etwas dagegen, und wenn das Problem davon nicht wegging, aß sie noch mehr und mehr und mehr.

Am Ende war das Problem immer noch da und sie hatte sogar noch ein zusätzliches Problem: die vielen Kalorien. Hinterher war sie dann unzufriedener als vorher, aber trotzdem machte sie es das nächste Mal wieder genauso. Sie hatte sich in solchen Momenten einfach nicht unter Kontrolle.

Und es war egal, ob es Frust war, Stress, Langeweile, Ärger, Müdigkeit, Traurigkeit, Einsamkeit oder der Wunsch nach Belohnung – mittlerweile musste beinahe jedes Gefühl als Auslöser herhalten.

Hunger und satt gab es nicht mehr, es gab nur noch diese Gier!

»Bist du wieder dicker geworden?«, war der erste Satz, mit dem ihre Mutter sie begrüßte. Lena zuckte mit den Schultern und zog sich die Jacke aus, die die Sicht auf ihren Oberkörper freigab. Sie spürte, wie die Blicke ihrer Mutter sie abtasteten.

»Hast du dich mal gewogen?«

Lena schüttelte den Kopf. »Nein, wieso?«

»Du solltest dich mal wiegen!«

Schnell nahm Lena ihre Tasche und ging an der Mutter vorbei in ihr altes Kinderzimmer. Sie hatte schon morgens überlegt, was für Klamotten sie am besten anziehen sollte, damit der Mutter ihre Figur nicht zu stark auffiele. Aber es gab keine Kleidung, die so sehr kaschierte, die ihre nach außen sichtbar gewordenen Fressanfälle zu verbergen vermochte.

Ihr Körper war ein Verräter!

Lena stellte sich ans Fenster und sah hinaus in den Garten. Ihr Blick fiel auf die schmalen Blumenbeete, die das Grundstück ihrer Eltern von dem ihres Onkels und ihrer Tante trennten.

Sie dachte an das Blumenbeethüpfen.

Als sie in der Grundschule gewesen waren, hatten Claudi und sie jeder zwei Mark Taschengeld pro Woche bekommen. Manchmal hatten sie ihr Geld zusammengelegt und sich auf dem Schulweg an einem kleinen Kiosk Erfrischungsstäbchen, Maoam oder Mausespeck gekauft. Nach dem Mittagessen trafen sie sich im Garten hinterm Schuppen und Claudi teilte auf. Zwischen Löwenzahn und Giersch hockend aßen sie dann ihren Nachtisch.

Einmal sah Claudi sie plötzlich ganz erschrocken an. »Und wenn wir davon dick werden?«

Lena spuckte entgeistert die Überreste eines Erfrischungsstäbchens auf die Erde. »Meinst du wirklich, dass man davon dick wird?«

»Ich glaube schon.«

»Und was machen wir jetzt?«, fragte sie Claudi ängstlich. »Wir haben doch bereits so viele davon gegessen.«

»Ich glaube, wir müssen nur ganz viel laufen, dann geht das wieder weg.«

Claudi und sie verbrachten daraufhin den gesamten Nachmittag damit, über das schmale Blumenbeet zwischen den beiden Gärten zu springen. Sie nahmen in einem Garten Anlauf, landeten im anderen, und dann nahmen sie wieder Anlauf und sprangen in den ersten Garten zurück. So lange, bis sie davon überzeugt waren, nicht mehr dick werden zu können.

Später beim Abendessen aß Lena extra wenig und kalorienarm, weil sie genau wusste, dass die Mutter jeden ihrer Bissen registrieren würde. Sie fühlte sich beobachtet. In Gedanken zählte sie jeweils dreißig Sekunden ab, bis sie sich erlaubte, das nächste Stück Brot in ihren Mund zu schieben und langsam zu kauen. Sie schielte zu ihren Eltern. Der Vater hatte sich Kartoffelsalat auf den Teller gehäuft und aß ein Brot mit der fettesten Wurst – er hatte sich noch nie von Mayonnaise oder anderen Dickmachern beeindrucken lassen und seine Figur tat es auch nicht. Die Mutter aß fettreduzierten Käse aufs Brot und löffelte anschließend lustlos einen Diätjoghurt leer. Ein Essverhalten, auf das ihre ausladende Figur nicht schließen ließ. Lena zählte und aß und zählte mehr, als dass sie aß, um die Abendbrotzeit herumzubekommen, ohne sich irgendwie verdächtig zu verhalten. Sie spürte die musternden Blicke der Mutter. Es waren Röntgenblicke, die sie abtasteten, die ihr zu nahe kamen, die sie durchleuchten wollten, und Lena fühlte ihren dicken Bauch, die Oberschenkel, den Hintern, als wären sie durch die kritische Begutachtung sichtbarer geworden. Das Brot war alle, aber sie zählte noch, wollte sich am liebsten von den Eltern fortzählen, den Blicken entfliehen in die Welt der Zahlen.

Ihre Mutter schob ihr die Wurstplatte herüber. »Nimm dir.«

»Ich hab keinen Hunger«, sagte sie und schob die Wurstplatte zurück.

»Das kann ja wohl nicht sein!«, empörte sich die Mutter.

Der Vater sah von seinem Kartoffelsalat auf.

»Was kann nicht sein?«, fragte Lena.

»Na, dass du so wenig isst und davon so zunimmst!«

Der Vater seufzte und wandte sich wieder seinem Kartoffelsalat zu.

Lena schluckte. »Was geht dich mein Gewicht an?«

»Sehr viel! Ich bin schließlich deine Mutter!«

»Und ich bin volljährig.«

»Mensch Lena, ich mache mir doch nur Sorgen. Ich will doch nicht, dass du mal solche Figurprobleme bekommst wie ich.«

Lena schwieg. Sie wollte weiter zählen, sich auf die Zahlen in ihrem Kopf konzentrieren, so lange, bis die Mutter aufhörte, aber sie suchte die Zahlen vergeblich, fand sie nicht mehr, denn da war nur noch die Mutter, die sie durchdrang und an den Dicke-Tochter-Pranger stellte.

»Gerd, sag du doch auch mal was!«

Der Vater schob mit dem Messer das restliche Häuflein Kartoffelsalat auf seine Gabel. »Du weißt doch, dass ich solche Themen für überflüssig halte.«

Die Mutter warf ihm einen bösen Blick zu. »Es wäre mir eben lieber, wenn Lena figurmäßig nach dir kommen würde.« Sie legte eine Pause ein. »So wie Holger und Sarah.«

Lena verspürte eine leise Wut, die gegen ihre Magenwand drückte. Der Vater platzierte sein Besteck auf dem Teller, stand auf, murmelte etwas und verließ den Raum. Lena hörte die Tür schlagen und wusste, dass er hinunter in den Keller zu seiner Modelleisenbahnlandschaft ging. Das tat er immer, wenn es ihm hier oben zu viel wurde. Dann flüchtete er sich in seine kleine Eisenbahnwelt, die so überschaubar war und in der er bestimmen konnte, was geschah. Früher hatte sie ihm geholfen, die Landschaft zu planen und die vielen kleinen Häuser und Bahnhofsgebäude zusammenzubauen. Aber irgendwann hatte sie begonnen, seine Eisenbahn zu hassen, weil er immer dann bei ihr unten war, wenn Lena ihn oben gebraucht hätte.

»Na toll«, murmelte die Mutter und begann das Geschirr zusammenzuräumen.

Lena starrte auf die leeren Stühle. Auf den Stuhl vor End, der immer leer war, auf den zurückgeschobenen Stuhl des Vaters und auf Holgers Platz neben ihr, der schon monatelang nicht mehr besetzt war, seit ihr Bruder es vorzog, in Amerika zu studieren.

»Lena, ich möchte dir nur sagen«, begann die Mutter, »also, wenn du irgendwelche Abnehmtipps oder so brauchst, kannst du jederzeit zu mir kommen. Du weißt ja, dass ich viel Material darüber habe.«

Lena nickte nur. Als ob sie selbst nicht genug Diätbücher besäße. Sie wusste, dass ihre Mutter es versöhnlich meinte, aber sie wünschte sich doch nur, dass ihre Eltern sie einmal danach fragen würden, wie es ihr ging. Nicht, wie es im Studium lief, was für Noten sie für ihre Entwürfe erhalten hatte, ob die Züge nach Bielefeld Verspätung hatten und wie sie gedachte, abzunehmen.

Sie wünschte sich doch einfach nur gefragt zu werden, wie sie sich fühlte.

Als Lena ins Bett ging und das Licht ausknipsen wollte, grinste sie ihre einstige Lieblingsbarbiepuppe im Prinzessinnenkleid vom Regal aus hämisch an. Ihr Haar war goldglänzend und lang, ihr rosafarbenes Kleid bis zur Wespentaille schmuckvoll verziert, um sich danach wie über einem riesigen Reifrock aufzubauschen. Ein perfekter Busen, ein reiner Teint, strahlende Augen und ein kitschiges Perlweißlächeln.

Lena nahm die Puppe kurzerhand herunter und warf sie wütend in den Papierkorb. Ein paar Minuten später tat es ihr leid – immerhin hatte sie sie mal sehr gemocht. Sie rettete sie aus dem dunklen Eimer und stellte sie zurück ins Regal. Dann schaltete sie das Licht aus und verkroch sich unter ihrer Decke. Es pochte in ihrem Kopf und sie hoffte, dass der Schlaf kommen und diese Gier in ihr auslöschen würde. Aber der Schlaf kam nicht. Sie wälzte sich hin und her, wurde unruhig und ging in Gedanken bereits die Essensvorräte ihrer Eltern durch. Nein, das durfte sie nicht. Sie versuchte sich ihr Traumhausmodell vorzustellen und wollte überlegen, was sie als Nächstes daran verändern könnte, aber sie schaffte es nicht, sich selbst zu überlisten. Die Gier pochte in ihr, nahm sie ein und verhinderte jeglichen entspannten Gedanken, der ihr die Flucht in den Schlaf ermöglicht hätte.

Sie fühlte sich machtlos, gehorchte und schlich aus ihrem Zimmer. Die Küche war zu gefährlich, da würde die Mutter sofort merken, wenn etwas fehlte. Deshalb ging sie leise im Dunkeln hinunter in den Keller und knipste erst im Vorratsraum das Licht an. Ihr Blick überflog die Regale. Von manchen Dingen kaufte die Mutter so viele Vorräte, dass sie sich unmöglich die jeweilige Anzahl der einzelnen Lebensmittel merken konnte. Zumindest hoffte Lena das.

Süße Birnen im Glas, wahrscheinlich von ihrer Großmutter eingemacht. Lena löste das Gummi, hob hastig den Glasdeckel, trank dann den Birnensaft zur Hälfte aus, bevor sie mit ihrer Hand nach den Birnenhälften fischte. Käsecracker. Die gab es bei den Eltern nur, wenn Besuch kam. Lena riss eine der Packungen auf und machte sich über ihren Inhalt her. Anschließend öffnete sie ein Glas Gurken und leerte es. Dann durchforstete sie die Regale und stieß auf eine große Dose. Sie blickte hinein und fand offensichtlich vergessene Plätzchen vom letzten Jahr darin. Es war Anfang November und die Weihnachtskekse somit elf Monate alt, aber darüber machte sie sich keine Gedanken. Zwar waren sie schon ziemlich hart, doch gaben ihr einen flüchtigen Geschmack in den Mund, ließen sich hinunterwürgen und stopften ihren Bauch. Mehr mussten sie gar nicht können.

Lena spürte, wie ihr Magen sich ausdehnte und das unangenehme Drücken begann, wie ihr schlecht wurde, und ihr das Atmen schwerer fiel, aber sie vertilgte die Plätzchen, bis die Dose leer war. Anschließend ließ sie sich auf die kalten Kellerfliesen sinken. Ihr war zum Heulen zumute und sie hatte einen Kloß im Hals, doch die Tränen blieben – genau wie das Essen – irgendwo in ihr und lösten sich nicht.

Sie stand auf, schob mit dem Fuß alle verdächtigen Krümel unter das Vorratsregal, nahm die beiden Gläser und die leere Verpackung (die würde sie mit in ihre Wohnung nehmen und dort entsorgen, damit ihre Eltern keinen Verdacht schöpften) und schleppte sich zurück in ihr Zimmer, wo sie freudestrahlend von Prinzessin Barbie empfangen wurde.

Wieder einmal war sie so voll, dass sie nicht einschlafen konnte. Erschöpft ließ sie ihren Blick durch den Raum gleiten und blieb am Regal hängen. Prinzessin Barbie lachte. Neben ihr saß Kändy, ihr alter Känguru-Teddybär. Sie hatte ihn zur Geburt bekommen. Sein Teddykopf war abgelebt, sein braunes Fell abgenutzt, er besaß ein Ohr aus dunkelrotem Sweatshirt-Stoff, einen Flicken am Arm und vor sich im Bauchbeutel trug er den kleinen dunkelroten Babyteddy. Vielleicht war dieses Kuscheltier das Gegenteil von Barbie. Der arme Kändy hatte schon viel mitgemacht. Sie holte ihn vom Regal, betrachtete den Weggefährten ihrer Kindheit und steckte ihn dann in ihre Reisetasche. Was sollte er hier mit Barbie seine Zeit verbringen, er könnte ihr doch in ihrer Wohnung Gesellschaft leisten. Das hatte er früher schließlich auch getan.

Der Sonntag dehnte schwerfällig die Zeit. Lena lag auf dem Bett in ihrem ehemaligen Kinderzimmer und starrte an die Decke. Das schlechte Gewissen wegen des abendlichen Fressanfalls im Haus der Eltern lag wie ein schwerer Stein in ihrem Magen und die Familienurlaubsbesprechung, die sie am Nachmittag erwartete, drückte noch hinzu. Ihre Eltern waren zum Friedhof gegangen. Dass ihre Tochter doch auch mal wieder mitkommen könnte, hatten sie gesagt. Lena hatte abgelehnt. Was sollte sie am

Grab von jemandem, den sie nicht kannte? Das hatte sie schon früher nicht verstanden. Sollten die Eltern doch alleine ihren sonntäglichen Trauergang absolvieren. Sie war lange volljährig und nun endlich nicht mehr gezwungen, diesem wöchentlichen Ritual beizuwohnen.

Durch die Wand zum Nachbarhaus hörte sie Klavierspiel. Ihre Tante übte. Die Akkorde riefen Erinnerungen in ihr wach.

Lena sah sich als Kind am Klavier ihrer Tante sitzen, neben sich Claudi mit ihrer Geige, deren Spiel sie begleiten sollte. Ihre Finger quälten sich unter den kritischen Blicken ihrer Tante, die an einer Grundschule Musik unterrichtete, über die Tastatur. Lena saß krumm und verkrampft auf dem Klavierhocker, schaffte es kaum, den Takt zu halten. Claudis Geigenbogen dagegen strich mit einer Selbstverständlichkeit über die Saiten, ihre Finger tanzten wie kleine Trolle auf dem Griffbrett und ihr Gesicht zeigte nicht die geringste Spur von Anstrengung.

Noch heute sah Lena ihre verzweifelte Klavierlehrerin, während sie sich mit Beethovens »Für Elise« abquälte, genau vor sich. Wieder hatte sie zu wenig geübt. Wie immer hatte sie lieber in ihrem Zimmer gesessen und Legostädte gebaut anstatt im Nachbarhaus das Klavier zu malträtieren. Sie sehnte sich danach, an der Modellbau-AG der Schule teilnehmen zu dürfen, doch die Mutter war der Ansicht, dass das nur etwas für Jungen sei.

Lena erinnerte sich an das enttäuschte Gesicht ihrer Mutter, die stets betonte, wie froh sie selbst gewesen wäre, wenn ihre Eltern es ihr hätten ermöglichen können, ein Instrument zu lernen. Sie war ein undankbares Kind. Einmal entfuhr es der Mutter in einer Auseinandersetzung: »Sarah hätte bestimmt gerne Klavier gespielt!«

Da beschloss Lena, sich diesem Instrument erst recht zu verweigern. Doch erst viele Streits und eine verweigerte Schulaufführung später (die Mutter wollte, dass Lena beim Sommerkonzert vor der halben Schule »Für Elise«

spielte) gab die Mutter auf. Sie meldete ihre Tochter vom Klavierunterricht ab und erlaubte ihr die Modellbau-AG.

Am Sonntagnachmittag ging Lena mit ihren Eltern hinüber ins Nachbarhaus. Tante Sylvia hatte Kuchen gebacken und den Kaffeetisch dekorativ gedeckt. Im Haus ihrer Tante war immer alles schmuckvoll aufeinander abgestimmt und perfekt platziert. Auch, wenn es teilweise überladen wirkte, hatte Lena das früher sehr gemocht. Sie hatte das Haus, in dem Claudi wohnte, meist als freundlicher empfunden als ihr eigenes Elternhaus.

Claudi war ebenfalls gekommen, nahm Lena kurz in den Arm und ließ ihren Blick prüfend über die Figur ihrer Cousine schweifen. Lena versuchte, den Bauch einzuziehen, versuchte, durch ein maskenhaftes Lächeln von Beinen, Hüften und Po abzulenken.

»Alles klar bei dir?«, fragte Claudi.

Lena nickte. »In der Uni wird's die nächsten Wochen ein bisschen stressig. Aber sonst ...«

»Und was ist mit deinen Kommilitoninnen?«

»Ich hab neulich mit Rita und Britta eine Gruppenarbeit gemacht. Das war echt nett, wir haben uns ganz gut verstanden.« *Du Lügnerin, du feige Lügnerin!* Sie hatten zwar tatsächlich in Gruppen arbeiten müssen, aber sie hatte sich mit den Kommilitoninnen die Aufgaben aufgeteilt und sich lediglich einmal deswegen in der Bibliothek getroffen. Das war alles gewesen.

Als sie später am Kaffeetisch saßen, stieß Onkel Jürgen Lena von der Seite an. »Mensch, euer Mensaessen scheint ja richtig gut zu sein.« Er sagte das nett und Lena wusste, dass er es auch so meinte, aber sie verspürte augenblicklich das Bedürfnis, über die Kuchen auf dem Tisch herzufallen.

Tante Sylvia nahm den Kuchenheber in die Hand. »Also der Kuchen hier ist extra leicht mit Joghurt zubereitet, der ist mit Schokolade und Kirschen und das ist Marmorkuchen, wie man sieht.«

»So viel? Da hast du dir aber Arbeit gemacht!«, rief Lenas Mutter.

Die Tante hielt noch immer den Kuchenheber in der Hand, unschlüssig, in welchen Kuchen sie ihn zuerst rammen sollte. »Was möchtet ihr denn?«

Lenas Mutter nahm die Serviette von ihrem Teller und zeigte auf den Joghurtkuchen. »Den da, aber nur ein kleines Stückchen.«

Claudi und Lena hielten ebenfalls ihre Teller hin und auch die Tante selbst nahm ein Stückchen Joghurtkuchen.

Die Männer amüsierten sich über die Kuchenwahl der Frauen und baten um große Stücke von dem Schoko-Kirsch-Kuchen. Lena hätte auch lieber von dem Schoko-Kirsch-Kuchen gegessen, aber sie wollte sich nicht als einzige Frau die Blöße geben und den kalorienbombigen Männerkuchen essen.

Onkel Jürgen nahm einen großen Bissen, kaute und schluckte. »In sechs Wochen sind wir schon in der Sonne! Das ist jetzt gar nicht mehr lang.«

Tante Sylvia gehörte zu den Menschen, die nach jedem Minibissen Kuchen die Gabel auf den Teller legten und warteten, ohne dabei nervös zu werden. »Ich hab schon geguckt, was wir alles unternehmen können. Puerto de Mogan muss malerisch sein und die Dünen hier – guckt euch mal diese Fotos an.«

Sie stand auf und holte einen Reisekatalog, den Lenas Mutter ihr dankbar entriss, schaffte sie es doch mit Ablenkung in den Händen besser, bei dem langsamen Kuchenverzehrtempo ihrer Schwägerin mitzuhalten.

»Meint ihr, wir können auch richtig baden? Oder ist das Meer zu kalt?«, fragte Claudi.

»Ausprobieren«, murmelte Lenas Vater und der Onkel fügte hinzu: »Im Dezember sind durchschnittlich 21 Grad. Whirlpooltemperaturen kann man da wohl nicht erwarten, aber möglich ist Baden auf jeden Fall.«

»Mensch, sind das tolle Fotos!« Lenas Mutter blätterte

in dem Prospekt. »Wie heißt der Ort nochmal, wo wir sind?«

»Maspalomas.« Onkel Jürgen gab sich und seinem Bruder noch Kirschkuchen auf.

Lena saß da, beobachtete die Urlaubsvorfreude ihrer Familie und spürte selbst überhaupt nichts davon. Ihre Eltern hatten im März und ihr Onkel und ihre Tante im Sommer Silberhochzeit gehabt. Gemeinsam hatten sie beschlossen, statt einer großen Feier einmal über Weihnachten und Silvester ins Warme zu fliegen und es sich so richtig gut gehen zu lassen. Die Wahl war auf Gran Canaria gefallen. Claudi und Lena hatten zugesagt, ihre Eltern zu begleiten, Holger und Claudis Bruder Achim zeigten kein Interesse an diesem Familienurlaub.

Wenn Claudi und sie gemeinsam mitkämen, könnten sie sich von den Eltern abseilen und alleine etwas unternehmen, hatten sie überlegt. Das war vor Monaten, als sie den Urlaub gebucht hatten, eine schöne Vorstellung gewesen.

Aber jetzt saß Lena da und spürte, dass sich in ihrem Magen etwas gegen diesen Urlaub wehrte. Allein bei dem Gedanken, sich vor ihrer Familie im Badeanzug zu zeigen, wurde ihr schon unwohl. Und dann zwei Wochen lang bei jeder Mahlzeit den prüfenden Blicken von ihrer Mutter und ihrer Cousine ausgesetzt zu sein. Sich mit Claudi ein Zimmer zu teilen ... Vielleicht würde der Urlaub ja schön werden und sie auf andere Gedanken bringen, aber was, wenn nicht? Dann würde sie ihre deprimierte Stimmung und ihr suchtartiges Essen vor Claudi kaum verbergen können oder zwei Wochen lang ein ständiges Versteckspiel treiben. Und je mehr sie ihre Familie am Kaffeetisch sitzen und die Urlaubstage verplanen sah, desto bewusster wurde ihr, dass das nicht gut gehen konnte.

Plötzlich war sie sich sicher, eine Belastung für die Eltern zu sein. Wer wollte sich schon mit einer so dick gewordenen Tochter am Strand zeigen? Sie wusste, dass ihre Mutter zwei Wochen lang den Vergleich zwischen Claudi und ihrer eigenen Tochter vor Augen hätte. Und wenn Lenas unnormales Essverhalten auffiele, würde sie ihren Eltern damit vielleicht den Urlaub verderben. Sie konnte sich einfach nicht vorstellen, dass auf Gran Canaria plötzlich all ihre Probleme wie weggeblasen wären und sie in der Lage sein würde, dort den perfekten Urlaub zu erleben.

»Die Höhlen von Artenara müssen wir uns unbedingt angucken.«

»Ja, die interessieren mich auch.«

»Möchte noch jemand von dem Joghurtkuchen? Oder etwas anderes?«

Allgemeines Kopfschütteln und demonstratives Bauch-halten. Dann gesättigtes Schweigen.

»Ich komme nicht mit«, sagte Lena in die Stille hinein.

»Was?«, rief die Mutter.

»Ich komme nicht mit nach Gran Canaria. Ich weiß nicht, wie ich das mit den ganzen Architekturabgabeter-minen schaffen soll.«

»Das kann ja wohl nicht sein«, empörte sich die Mut-ter, »wir haben für dich gebucht und dann kommst du auch mit, da gibt es überhaupt keine Diskussion.«

Claudi sah Lena entsetzt an. »Du kannst mich doch nicht alleine lassen! Schaffst du deine Modelle nicht auch vorher oder nachher, wenn du dich anstrengst?«

Lena schüttelte den Kopf.

»Lena, wenn dir das Studium zu viel wird ...«, begann der Vater.

»Mir wird das Studium nicht zu viel! Aber von nichts kommt nichts. Oder glaubst du, mir fliegen die guten No-ten mal eben so zu?«

Onkel Jürgen grinste. »Ich wusste gar nicht, dass du so eine Streberin bist. Ich dachte immer, nur wir hätten so 'ne Strebertochter.«

Claudi warf ihrem Vater einen bösen Blick zu.

Tante Sylvia stellte die Kuchenteller übereinander. »Aber Lena, Claudi kommt ja auch nur eine Woche mit, dann könntest du mit ihr zusammen nach Hause fliegen und hättest noch Zeit zum Lernen. Das wäre doch besser als gar nichts.«

»Nein, ich komme überhaupt nicht mit.« Ihre Worte prallten gegen Wände aus Unverständnis und Enttäuschung und sie hasste sich dafür, dass sie ihre Familie so vor den Kopf stoßen musste. Aber wenn sie mitkäme, würde alles nur noch schlimmer, würde die Enttäuschung ihrer Familie noch viel größer sein – da war sie sich sicher.

»Warum hast du das denn nicht schon früher gesagt?« Die Mutter blickte ihre Tochter vorwurfsvoll an.

Lena drückte ihre Fingernägel in die Handinnenflächen, bis es wehtat. »Ich konnte ja vorher nicht wissen, dass das dritte Semester noch schwieriger wird.«

»Wenn die Reiserücktrittsversicherung das nicht zahlt, dann kannst du die Stornogebühren aber selber tragen, das sag ich dir.« Die Mutter blickte zum Vater. »Oder nicht, Gerd? Sag du doch auch mal was!«

»Ich finde es ja auch schade, aber unsere Tochter ist alt genug, das selbst zu entscheiden. Und das Studium geht nun mal vor.«

Lena blickte ihren Vater dankbar an.

»Och Mann, das find ich jetzt echt doof irgendwie!« Claudi verschränkte ihre Arme vor der Brust.

»Aber du kommst doch trotzdem mit, oder?« Tante Sylvia blickte fragend zu Claudi herüber.

»Ja. Ich hab mich schließlich auch schon gefreut.«

Onkel Jürgen lehnte sich zufrieden zurück. »Na, dann ist ja alles geklärt.«

»Nichts ist geklärt«, murmelte die Mutter und sah ihre Tochter wütend an.

Lena spürte, wie sie innerlich zitterte. Sie hatte sie alle enttäuscht. Erst nahm sie so zu, dann sagte sie den Urlaub ab – Unverständnis lag in der Luft. Ihr Körper, der dabei war, sich immer weiter auszubeulen, war zu viel. Ihre Urlaubsabsage war zu viel. Sie, Lena, war zu viel.

Sie wünschte sich fort aus diesem Körper, der verzweifelt nach Nahrung schrie, um den Selbsthass und die Enttäuschung der anderen, die sich schwer auf ihren Magen gelegt hatten, zustopfen zu können. Aber sie wusste, dass sie diesem Körper nicht entfliehen konnte und seiner Gier gehorchen würde. Im Gegensatz zu ihrer Familie wäre die Gier am Ende des Tages nicht enttäuscht.

Es war früher Abend, als Lena am Wuppertaler Hauptbahnhof ausstieg, beinahe froh, von der novemberdunklen Stadt empfangen zu werden und die Tage bei ihren Eltern mit all der Enttäuschung auf beiden Seiten endlich hinter sich gebracht zu haben. Der Bahnhofstunnel schleuste sie an seinen unterirdischen Geschäften vorbei und leitete sie in die Innenstadt. Sie steuerte auf einen Mülleimer zu, öffnete ihren Rucksack und übergab ihm die Beweismaterialien ihres nächtlichen Fressanfalls bei den Eltern. Ein kleiner weißer Elefant auf blau-gelbem Aufkleberuntergrund blickte sie vorwurfsvoll an. *Tuffi bittet Lenalein, lass endlich das Fressen sein!* Lena schluckte. Der kleine Zirkuselefant, der durch seinen Sprung in die Wupper 1950 Berühmtheit erlangt hatte, warnte an jedem Abfalleimer: *»Tuffi bittet Groß und Klein, unsere Stadt soll sauber sein.«* Er meinte gar nicht sie, er wollte nur keinen Müll in der Fußgängerzone. Trotzdem fühlte Lena sich auf seltsame Art erwischt.

»Laterne, Laterne, Sonne, Mond und Sterne ...« Lena hörte Kinderstimmen aus dem Neonlichtinneren eines Geschäftes kommen. Es war Martinstag. Kurze Zeit später traten mehrere Kinder aus dem Laden. Nur ein Kind hatte eine Laterne, die anderen trugen lediglich die Laternenstäbe mit der Leuchtschnur vor sich her oder hatten gleich auf jegliche Beleuchtung verzichtet und stattdessen eine zweite große Tasche für die Süßigkeitenbeute mitgenommen. Lena lief durch die Stadt und traf auf weitere Kinder, deren Plastiktüten prall gefüllt waren, ihre Laternen dagegen mickrig oder gar nicht vorhanden. Manche hatten sogar eine schmucklose Taschenlampe dabei. »Singen müsst ihr wenigstens!«, hörte sie eine Verkäuferin in einem der Geschäfte zu den Kindern sagen. Ein schnelles »Laterne, Laterne« im Neonlicht des Ladens, dann ab ins nächste Geschäft. Lena blickte den Kindern hinterher.

Sie dachte an das Martinssingen in dem beschaulichen Vorort, in dem sie aufgewachsen war. Es hatte immer einen Martinsumzug gegeben mit einem Mann im Mantel, der mit seinem Pferd vorausgeritten war, und die Kinder und Eltern waren ihm mit ihren Laternen gefolgt. Begleitet worden waren sie von der freiwilligen Feuerwehr. Ein paar Tage später war dann das Martinssingen gewesen. Ihre Laternen hatten sie selbst gebastelt und sie waren nur in der eigenen Straße und in zwei Nachbarstraßen von Haus zu Haus gezogen. Es war bis auf die spartanische Straßenbeleuchtung und die Lichter in den Hauseingängen dunkel gewesen, sodass man überall die bunten Laternen hatte sehen können. Lieder hatten sie viele gekannt und manche Nachbarn hatten eigens für die Kinder ihrer Straße kleine Kuchen oder Stutenkerle gebacken.

Wenn ihr Bruder Holger und sie dann rotbäckig und mit gefüllten Stoffbeuteln nach Hause gekommen waren, hatten sie ein paar Süßigkeiten aus ihren Beuteln essen dürfen, den Rest hatte die Mutter in eine große Schüssel gegeben und sie ganz oben auf den Küchenschrank gestellt. Dort hatten die Süßigkeiten dann bis in den Dezember hinein gestanden und waren genau eingeteilt worden. Holger, der ja schon älter war, hatte sich öfter einen Stuhl geholt, mit dessen Hilfe die Arbeitsplatte erklommen und sich so auch außerhalb der Zuteilungen der Mutter Zugang zu seinen Süßigkeiten verschafft. Lena war noch zu klein gewesen, um es ihm gleichtun zu können, aber manchmal hatte er ihr ein Bonbon oder ein Maoam heruntergeworfen.

Von der novemberlichen Vorortromantik am Martinstag war im Neonlicht der Innenstadt nichts übrig geblieben. Als Kind hatte sie ab dem Martinstag auf Weihnachten hingefiebert. Zwar grinsten sie jetzt aus den Schaufenstern schon genug Weihnachtsmänner an, aber sie hielten Superschnäppchenpreise in den Händen oder wollten mit albernen, mechanischen Bewegungen auf die Produkte des jeweiligen Geschäfts aufmerksam machen – von Beschaulichkeit war dabei nichts zu spüren.

Lena war froh gewesen, die Tage bei ihrer Familie hinter sich gebracht zu haben, aber nun – auf dem Weg durch die Innenstadt – sehnte sie sich plötzlich sehr nach kindlicher Geborgenheit. Nach bunten Laternen, Martinsliedern und der großen Süßigkeitenschale auf dem Schrank. Besonders nach der Süßigkeitenschale. Mit so unterschiedlichen Schokoladen, Bonbons und Nüssen, dass die Auswahl immer enorm schwerfiel.

Ich geh mit meiner Laterne und meine Laterne mit mir. Da oben leuchten die Sterne und unten leuchten wir. Ein Kuchenduft liegt in der Luft, Rabimmel, Rabammel, Rabumm!

»Zwei Stutenkerle, bitte!« Lena deutete auf die Auslagen der Bäckerei.

»Die Weckmänner meinen Sie?«

Lena nickte, bezahlte und ging. Sie dachte an die große Süßigkeitenschale und ließ sich in das hell erleuchtete Kaufhaus treiben. *Laterne, Laterne, Schokolade mochte sie gerne ...* In der Süßigkeitenabteilung gab es fast alles, was man beim Martinssingen auch bekommen hätte. Verschiedene Schokoriegel, Kaubonbons, kleine Gummibärchentüten, Lutscher und vieles mehr. *Durch die Regale auf und nieder leuchten Süßigkeiten wieder. Rote, gelbe, grüne, blaue, lieber Martin, komm und schaue.*

»Na, Sie sind aber ziemlich spät dran. Ob da noch Kinder kommen?«, sagte der Verkäufer freundlich, als Lena ihm einen Süßigkeitenberg auf den Kassentisch schüttete. Dass auch Kinder bei ihr klingeln könnten – darüber hatte Lena gar nicht nachgedacht. Und nein, sie hatte keine

Paybackkarte, aber bald darauf eine Tüte in der Hand, voll mit verschiedenen Süßigkeiten und ihre beiden Stutenkerle legte sie oben drauf.

Sankt Martin, Sankt Martin, und Lena lief durch Schnee und Wind, der Hunger trug sie fort geschwind. Und Lena lief mit schwerem Mut, schon bald wäre ihr nicht mehr gut ...

Je mehr sich die geschäftebelebte Innenstadt in ein Wohngebiet wandelte, desto mehr kleine Kinder mit richtigen bunten Laternen und ihren Müttern neben sich begegneten ihr. An einer Hausecke saß ein Penner.

Sankt Martin hätte ihm die Hälfte seines Mantels gegeben. Lena spürte die Tüte in ihrer Hand schwerer werden. Sie wendete ihren Blick von dem Mann ab und trug ihre Beute eilig nach Hause.

5. Der Architekt und das Mädchen

Die Tage wurden kürzer und regnerischer. Wolkenbruch-nachmittage gingen über in düstere Abende und finstere Nächte, um am nächsten Tag wieder von einem verregneten, trüben Morgen abgelöst zu werden. Die Weihnachtsbeleuchtung, die sich in der ganzen Stadt bemühte, Heimeligkeit in das Dunkel zu bringen, erschien ihr wie pure Ironie. Und je dunkler die Tage wurden, desto mehr Schokolade stopfte Lena in sich hinein. So oft sie sich vornahm, der braunen Süße zu widerstehen, so oft gab sie ihrer unbändigen Gier dann doch wieder nach. Die Schokolade ließ den Serotoninspiegel in ihrem Gehirn ansteigen und gab ihr für einen Moment das Gefühl, alles besser aushalten zu können, um sie kurze Zeit später in verzweifelte Selbstanklage und ein alles beherrschendes schlechtes Gewissen zu stürzen.

Wenn Lena abends überlegte, was sie tagsüber gegessen hatte – einmal waren es drei Tafeln Schokolade zusätzlich zu den normalen Mahlzeiten gewesen –, ekelte sie sich vor sich selbst. Manchmal ließ sie das Mensaessen ausfallen und ernährte sich nur von Schokolade, an anderen Tagen versuchte sie, normale Mahlzeiten zu essen, aber spätestens am frühen Abend überkam sie der Schokoladenheißhunger dann doch. Dabei gab sie sich alle Mühe, nur gesunde Lebensmittel im Haus zu haben und erst gar nichts Verführerisches einzukaufen. Aber wenn sie die Gier packte, zog sie los zum Lebensmittelladen um die Ecke, zum nahe gelegenen Aldi und am Wochenende oder abends sogar zur Tankstelle oder zum Hauptbahnhof, weil man dort immer Schokolade bekam.

Kein Weg war zu weit, um diesen quälenden Heißhunger zu befriedigen, denn erst, wenn sie seinen bohrenden

Befehlen das Maul gestopft hatte, gab er Ruhe. Hinterher lag sie dann auf ihrem Bett und klagte dem Känguru-Teddy ihr Leid.

An einem Samstagabend saß Lena in ihrer Wohnung und arbeitete die Architekturgeschichtsvorlesungen nach. Sicherlich hätte sie sich schönere Beschäftigungen für einen Samstagabend vorstellen können, aber alleine machten andere Beschäftigungen keinen Spaß, deshalb tauchte Lena tief ein in die Zeit der Renaissance und hoffte, dadurch wenigstens für einen Moment der Gegenwart entfliehen zu können.

Die Einwohner Roms um 1400 hatten die antiken Bauten in ihrer Stadt gar nicht gekannt, das konnte Lena kaum glauben. Die alten Bauwerke waren teilweise neun bis zehn Meter tief in der Erde verborgen gewesen und nur ihre Spitze hatte herausgeragt. Die Römer hatten das so hingenommen, hatten jahrhundertelang über den antiken Gebäuden gelebt, ohne sie zu kennen. Erst in der Renaissancezeit entdeckten sie sie wieder, legten sie frei, renovierten sie und schufen daneben neue Bauten. Ihre Architekten tauchten nicht mehr namenlos, sondern als Individuen und alles beherrschende Künstler auf. Sie erfanden die Zentralperspektive, unzählige Baumaschinen, das Lateinische Kreuz bei Kirchenbauten und verhalfen der antiken Villa zu einer Wiedergeburt.

Das musste ein seltsames Bild gewesen sein: Spitzen antiker Bauten, die aus dem Boden ragten, und keiner interessierte sich vor 1400 für das, was darunter war. Die an der Oberfläche sichtbaren Gebäudeteile nahmen die Römer hin, aber was sich darunter im Untergrund verbarg, erforschte lange Zeit niemand. Lena seufzte leise. Irgendwie sahen doch immer alle nur die Oberfläche.

Es war schon spät, aber plötzlich überfiel sie die Gier. Lena dachte an Brunelleschi, Alberti, Bramante, da Vinci und Raffael. Doch die Gier kam mit einer solchen Wucht, dass Lena sofort wusste, dass weder Michelangelo Buanarotti noch Andrea Palladio imstande wären, sie abzulenken. Sie würde sich weder weiter in die Renaissance vertiefen noch später ein Auge zumachen können, wenn sie diesen Hunger nicht zuvor befriedigt hätte. Der geringe Lebensmittelvorrat in ihrer Küche bot nichts, was sie auch nur ansatzweise hätte zufriedenstellen können.

Lena kämpfte nicht mehr. Sie gab nach, zog sich ihre Jacke an und ging hinaus in die Dunkelheit. An der nahe gelegenen Tankstelle war sie bereits am Abend zuvor gewesen, dort konnte sie sich nicht schon wieder mit Süßigkeiten eindecken. Also stieg sie in die Schwebebahn und fuhr die zwei Stationen zum Hauptbahnhof.

Es war kurz nach 22 Uhr, als sie dort ankam und die große Drogerie, die den Bahnreisenden überteuerte Süßigkeiten für die Fahrt bot, hatte gerade zugemacht. Lena ging auf den Bahnsteig, wo gut gelaunte Wochenendmenschen auf den Zug in Richtung des Düsseldorfer Disconachtlebens warteten. Sie steuerte auf den grauklotzigen Süßigkeitenautomaten zu. Durch die vergitterte Scheibe starrten die Süßigkeiten sie an und am meisten starrte das Snickers. Sie bereicherte den Automaten mit Münzen, tippte die zweistellige Ziffer des gewünschten Faches ein und wartete. Das Snickers setzte sich in Bewegung, wurde nach vorne geschoben und blieb, kurz bevor es hätte herunterfallen müssen, stehen. Es blieb in seiner Verankerung hängen, verließ das Fach nicht und beehrte somit auch nicht den tiefen Schacht, aus dem Lena ihren Kauf hätte in Empfang nehmen sollen. »Scheiße!«, entfuhr es ihr. Dieser verdammte Automat konnte doch nicht einfach IHR Snickers, das sie bezahlt hatte, behalten. Das war Betrug!

Sie trat gegen den Automaten, in der Hoffnung, dass das Snickers sein Gleichgewicht verlieren würde, aber es bewegte sich nicht und der Automat stand stur da wie zuvor. Sie hämmerte mit ihren Fäusten gegen den metallenen Kasten, drückte die verschiedenen Tasten, damit der verdammte Automat wenigstens ihr Geld wieder herausgeben konnte, aber er dachte überhaupt nicht daran und verbarg ihre Münzen schützend hinter dem Panzergehäuse. Lena wurde immer wütender auf diesen Automaten, der sich erdreistete, sie zu betrügen, ihr Geld einfach zu behalten, ohne ihr das Snickers, das durch die Bezahlung zu IHREM Eigentum geworden war, herauszugeben. Sie trat noch einmal mit dem Schuh gegen den unverschämten Dieb, aber alles, was er von sich gab, war ein dumpfer, metallener Klang.

Plötzlich stand ein junger Mann neben Lena. Er hielt sein Portemonnaie in der Hand und schien nach Kleingeld zu suchen. »Wollen Sie auch ein Snickers?«, fragte Lena.

»Nein, aber ich kann Sie hier nicht mehr länger leiden sehen.« Er gab dem Automaten einen Euro, drückte die Nummer des Snickers, das Fach setzte sich in Bewegung und diesmal fiel der Schokoriegel – und zwar nur der eine – hinab in den Schacht. Lena nahm das Snickers heraus und reichte es ihm.

»Nein, das ist für Sie. Sie wollten es doch haben.« Er steckte sein Portemonnaie ein, drehte sich um und verschwand zwischen den Wartenden.

»Danke!«, rief Lena hinter ihm her und hielt fassungslos das ersehnte Snickers in der Hand. Jetzt bezahlte ihr schon ein wildfremder Mensch Essen, weil er sie nicht leiden sehen konnte? Und sie umfasste mit ihren Fingern einen Schokoriegel, der doppelt so teuer gewesen war wie normal – zwei Euro für ein dummes Snickers. Sie war gerührt, dass der Mann einfach so für sie bezahlt hatte, und wünschte sich gleichzeitig, dass er es nicht getan hätte. Dann wäre das Snickers vor ihrer Gier sicher gewesen. Und nun hatte der freundliche Mann sie unwissentlich dabei unterstützt, ihrer Esssucht nachzukommen. Eigentlich hatte sie nicht nur einen Riegel kaufen wollen, aber nun gönnte sie dem Automaten nicht noch mehr Geld. Er war schon gefräßig genug gewesen (und sie selbst ebenso). Deshalb machte sie sich zu Fuß auf den Nachhauseweg, aß dabei das Snickers und musste an die Hilfsbereitschaft des jungen Mannes denken.

Auch wenn ihr die Sache mit dem Süßigkeitenautomaten peinlich war: Sie hatte sich das erste Mal seit Langem in dieser Stadt von jemandem beachtet gefühlt.

»Hier spielt das Leben« stand in Weiß auf Pink an der Außenmauer des Multiplexkinos, an dem Lena jeden Tag mit der Schwebebahn auf dem Weg zur Uni vorbeifuhr. Auch jetzt fuhr sie zur Uni – dort fand ein Vortrag über Le Corbusier statt, den Lena sich anhören wollte. Der Filmpalast leuchtete in der abendlichen Dunkelheit – hier spielt das Leben. Lena ärgerte dieser Spruch jedes Mal und ihr gelang es einfach nicht, an ihm vorbeizufahren, ohne darüber nachzudenken. In den Blockbustern, die in solchen Kinos liefen, war die Welt doch immer nach neunzig Minuten wieder in Ordnung. Die schlanken, schönen, makellosen Menschen in den Filmen taumelten zwar manchmal etwas, aber nur, um anschließend selbstsicher ihrem Happy End entgegenzutreten. Am Ende des Filmes waren sie immer alle glücklich, hatten ihre Traummänner gefunden, ihre Wünsche waren in Erfüllung gegangen ... Lena wollte auch gerne glücklich sein. Doch sie hatte das Gefühl, gar nicht richtig zu leben. Sie wollte so gerne Menschen finden, die ihr wichtig werden würden und denen sie wichtig werden würde. Die Einsamkeit und ihre Esssucht zerfraßen sie. Je später der Tag, umso schlechter wurde ihre Laune und umso mehr musste sie essen.

Ihr Leben war schon seit Monaten nicht mehr in Ordnung und jeden Tag wartete sie auf das Ende dieses Films. Doch dieser Film ging nicht zu Ende. Sie hatte das Gefühl, in einem Kino zu sitzen und popcornessend auf die Leinwand zu starren – auf einen Film, der nicht aufhörte, der sich in seiner Handlung immer weiter verstrickte, ohne dass ein Ende in Sicht war. Sie war nicht imstande, dieses Kino zu verlassen, sondern starrte gebannt auf die Leinwand und konnte sich nicht von ihr losreißen.

Als Lena den Vortragssaal betrat, waren noch nicht viele Menschen da. Sie entdeckte ein paar Kommilitonen in der ersten Reihe und nickte ihnen zu; die anderen Besucher waren ihr fremd und sie suchte sich einen Platz etwas weiter hinten. Sie legte ihre Jacke neben sich, kramte verstohlen schokoladenüberzogene Erdnüsse aus ihrer Tasche und ließ sie in ihrem Mund verschwinden. Der Raum füllte sich in der gleichen Geschwindigkeit wie ihr Magen. Um sich irgendwann selbst in dieser auf den Beginn der Veranstaltung wartenden Monotonie zu zügeln, steckte sie sich ein Kaugummi in den Mund, ließ den Schokoerdnussgeschmack langsam von dem Pfefferminzgeschmack überdecken und versuchte, nicht mehr an die angebrochene Tüte in ihrer Tasche zu denken.

»Ist der Platz hier noch frei?«

»Ja, natürlich.« Lena blickte auf und sah in ein freundliches Männergesicht, das ihr sofort bekannt vorkam. Und auch in der Mimik des jungen Mannes konnte sie den kurzen Moment des Wiedererkennens beobachten.

»Das gibt's ja nicht«, sagte er grinsend und setzte sich neben sie. »Die Frau mit dem Süßigkeitenautomaten. So ein Zufall. Ich hoffe, Sie haben dem armen Automaten nicht mehr allzu sehr zugesetzt.«

Lena schüttelte den Kopf. »Nein, Sie haben den Automaten ja vor mir gerettet.« Vielmehr hatte er sie selbst gerettet, überlegte Lena. Hatte ihr unwissentlich geholfen, der Gier zu gehorchen. Sie war plötzlich sehr erleichtert, sich ein paar Minuten vorher das Kaugummi in den Mund geschoben und die Schokoerdnüsse weggepackt zu haben. Wie hätte das denn ausgesehen? Die Frau, die wegen eines lächerlichen Snickers Süßigkeitenautomaten malträtierte, stopfte sich vor einem Architekturvortrag Schokoerdnüsse

in den Mund. Aber es war ja nochmal gut gegangen. Sie
musterte ihn. Für einen Studenten sah er vielleicht schon etwas zu alt aus. »Und Sie interessieren sich für Architektur?«

»Ich bin Architekt. Und Sie?«

»Ich auch. Irgendwann. Hoffentlich.«

»Studieren Sie hier?«

Lena nickte. Sie schlug ihre Beine übereinander, fand
sie doch, dass ihre Oberschenkel so besser und vor allen
Dingen nicht ganz so dick aussahen.

»Ich hab auch ein paar Semester hier studiert, ist aber
schon 'ne Weile her.« Er hatte eine offene, wache Art zu
sprechen und Lachfältchen um die Augen, die seinen
blaugrünen Blick humorvoll ummalten. »Wenn Sie wollen, können wir du sagen. Also, ich bin Lorenz.«

Sie lächelte und es war seit langer Zeit mal wieder ein
ehrliches Lächeln. »Ich heiße Lena.«

Sie begannen, über Le Corbusier zu sprechen und Lorenz erzählte, dass er schon einmal in dem Kloster La
Tourette in Ostfrankreich übernachtet und das als ein
ganz besonderes Raumerlebnis empfunden habe und vor
allen Dingen die Lichtführung Le Corbusiers für Architekten interessant sei.

Der Architekturgeschichtsprofessor ließ sie ihr Gespräch
unterbrechen, indem er den Referenten vorstellte, der
bald darauf begann, über die wegweisenden Werke Le
Corbusiers zu sprechen. Er skizzierte dessen »Fünf Punkte
einer neuen Architektur«, projizierte Fotos seiner Gebäude an die Wand und zeigte, wie Le Corbusier Stützen,
Dachgärten, Langfenster und eine freie Grundriss- und
Fassadengestaltung in seiner Architektur umgesetzt hatte.
Im zweiten Teil referierte er über die Einflüsse Le Corbusiers auf die Werke jüngerer Architekten. Lena verfolgte
den Vortrag mit Spannung, aber zwischendurch schielte
sie zu Lorenz und dachte darüber nach, wie nett es doch
war, dass sie durch Zufall einen Mann getroffen hatte, der

Architekt war. Es hatte sich gut angefühlt, sich mit ihm zu unterhalten, und nun fühlte es sich gut an, neben ihm zu sitzen. Sie genoss es, dass sie auf einmal satt war und nicht mehr an die Schokoerdnüsse in ihrer Tasche denken musste; dass es in ihrem Magen vor Spannung fast ein bisschen kribbelte. Gleichzeitig hatte sie Angst, dass sie im Anschluss an den Vortrag beide nach Hause gehen und sich nie wieder sehen würden.

Nachdem die Veranstaltung beendet und mit Applaus honoriert worden war, griff Lena nach ihrer Jacke und stand auf. Lorenz drehte sich zu ihr.

»Und, wie fandest du den Vortrag?«

»Ganz interessant. Und du?«

»Na ja, vieles war mir nicht neu, aber einige spannende Thesen waren dabei, besonders im zweiten Teil.« Er zog sich seine Jacke an. »Wo musst du jetzt hin?«

Lena schloss den Reißverschluss ihres Anoraks.

»Zur Schwebebahnhaltestelle.«

»Da muss ich auch hin. Dann können wir ja zusammen gehen.«

Lena nickte und atmete innerlich auf. Noch ein paar Minuten Fußweg, die ihr mit Lorenz blieben.

Sie gingen hinaus in die Dunkelheit. Der Weg führte an der Wupper entlang, die schwarzgesichtig neben ihnen her floss und ihrem Gespräch zu lauschen schien.

»Ich organisiere eine Studienreise nach Frankreich zu den wichtigsten Bauten Le Corbusiers. Wir wollen unter anderem das Kloster La Tourette, die Kapelle in Ronchamp, die Wohnmaschinen in Marseille, die Villa Savoye und ein paar Le Corbusier-Bauten in Paris besuchen. Vielleicht wäre das ja auch etwas für dich? Das ist nächstes Jahr im August.«

Lena verspürte ein Kribbeln, das aufgeregt ihren Körper durchströmte und der Novembernacht ihre Kälte nahm.

»Das klingt gut. Lust hätte ich auf jeden Fall, ich müsste bloß gucken, ob das mit dem Vordiplom passt.«

»Es ist noch etwas Zeit bis zum Anmeldeschluss. Kannst du dir ja überlegen.« Lorenz' Stimme klang warm und gut. Nur etwa ein halber Meter trennte sie, während sie nebeneinander hergingen. Lena sah die Schwebebahnstation schon von Weitem in ihrem Jugendstilfachwerk leuchten. Wieso konnte es nicht weiter bis zur Station sein? Sie hätte ewig mit Lorenz durch die Dunkelheit laufen können.

»In welche Richtung musst du fahren?«, fragte Lorenz, als sie die Haltestelle erreicht hatten.

»Nach Elberfeld. Und du?«

»Ich muss in die andere Richtung, aber ich gebe dir mal meine Handynummer wegen der Studienreise und vielleicht ja auch mal so?« Er reichte ihr eine Visitenkarte von dem Architekturbüro, in dem er arbeitete.

Lena nickte. »Danke. Soll ich dir auch meine Nummer geben?«

Er holte sein Handy aus der Jackentasche. »Schieß los, ich tippe sie direkt ein.«

Lena nannte ihm ihre Handy- und ihre Festnetznummer und beobachtete seinen Daumen, wie er über die Tastatur tanzte.

»Okay«, sagte er. »Nett, dich kennengelernt zu haben. Vielleicht können wir uns ja mal auf 'nen Kaffee treffen oder so. Komm gut nach Hause.«

»Ja, gerne. Komm du auch gut nach Hause.« Lena verspürte das Kribbeln noch deutlicher, als ihre Blicke sich einen Moment lang trafen. Dann drehte sie sich um und ging die alte Holztreppe hinauf zum Schwebebahnsteig.

Auf der gegenüberliegenden Seite stand Lorenz und lächelte zu ihr herüber. Sie lächelte zurück und sah sich danach die bunten Plakate an, die an der Wand auf Veranstaltungen hinwiesen. Sie wollte gleichgültig tun, nicht die ganze Zeit zu ihm hinübergucken. Der Boden der Station kündigte vibrierend eine Schwebebahn an. Lena drehte sich um und blickte zum anderen Bahnsteig. Lorenz stand da und grinste, bevor er von dem einfahrenden Zug verdeckt wurde. Er stieg ein, stellte sich ans Fenster und als die Bahn sich in Bewegung setzte, hob er kurz seine rechte Hand und sie tat es ihm gleich, ehe die Bahn ihn davontrug. Lena blickte dem Schwebebahnwagen hinterher, sah seine rote Rückleuchte in der Dunkelheit verschwinden, aber das warme, kribbelige Gefühl in ihrem Bauch blieb und trug sie euphorisch durch die Novembernacht nach Hause.

Am nächsten Tag hatten sie das Fach Baukonstruktion. Hanna belegte den Kurs ebenfalls, aber sie saß hinten, während Lena bei Rita, Britta, Anne und Serpil in der ersten Reihe Platz gefunden hatte. Für die neue Aufgabe wurden die Studenten gebeten sich zu zweit zusammenzufinden. Es sollte ein modernes Künstleratelier in einem Skulpturenpark entworfen und im Wesentlichen in Stahlbeton in gedämmter Bauweise geplant werden. Der Innenausbau durfte auch mit Holz oder anderen Materialien erfolgen.

Lena freute sich auf die neue Übung. Ihre Kommilitonen fanden sich paarweise zusammen, sie selbst blickte sich suchend um – auch Hanna war übrig geblieben. Als Nebenfachstudentin hatte sie vielleicht nicht so viel Wissen in Architektur und Lena würde aufpassen müssen, dass das ihre eigene Note nicht negativ beeinflusste, aber sie freute sich trotzdem auf die Chance, neuen Kontakt zu Hanna aufzubauen. Zudem vermochte kaum etwas Lenas euphorische Stimmung, die sie seit dem Abend zuvor begleitete, zu trüben.

Am Mittag ging sie zusammen mit Hanna in die Mensa. Hanna wählte einen Salat, Lena ein Nudelgericht. Doch Lena hatte gar keinen Hunger, das Gefühl der Gier war verschwunden – sie aß nur ein paar Nudeln und ließ mehr als die Hälfte des Essens zurückgehen. Sie unterhielten sich über die Bauko-Aufgabe, tauschten ihre Telefonnummern aus und vereinbarten ein erstes Treffen.

Lena holte ihr Handy aus der Tasche. Sie wollte Claudi schreiben, dass sie einen interessanten Typ kennengelernt hatte. Ein Blick auf das Display des Handys verriet ihr jedoch, dass sie selbst eine neue Kurzmitteilung bekommen hatte. Sie klickte sich durch und las: »Guten Morgen, Architektin, wie wär's am Samstag mit ner Tasse Kaffee und ner kleinen Plauderei über Architektur, Gott und die Welt? Meld dich mal, Lorenz.«

Wow, sie hatte zwar gehofft, dass er von sich hören lassen würde, aber so schnell? Gleich am nächsten Morgen schrieb er eine Nachricht? Was hatte das zu bedeuten? Ein bisschen auffällig fand Lena das schon. Und gleichzeitig konnte sie nicht leugnen, dass sie sich sehr über die Kurzmitteilung freute.

Sie tippte eine Antwort in ihr Handy und schickte sie ab: »Hallo Architekt, das hört sich gut an und der Samstag ist bei mir auch noch frei. Wann und wo? Liebe Grüße, Lena.«

Kurze Zeit später piepte ihr Handy wieder und sie erhielt die zweite Nachricht von Lorenz: »Lass uns nochmal telefonieren ... Kann ich dich heute Abend erreichen? Dann melde ich mich bei dir. Lorenz.«

Lena schrieb eine bejahende Kurzmitteilung zurück. Sie war jeden Abend zu erreichen und hatte auch fast jedes Wochenende Zeit. Leider. Aber das musste sie Lorenz ja nicht gleich auf die Nase binden. Und eventuell wäre sie ja schon bald wieder ausgebuchter? Sie wollte sich keine falschen Hoffnungen machen, doch seine Nachricht war so nett gewesen und es ließ sie der Gedanke nicht los, dass Lorenz vielleicht ein guter Kandidat wäre, um ihre Einsamkeit zu beenden ...

Durch das Seminar am Nachmittag begleitete Lena ein wohliges Kribbeln in der Magengegend, das sie satt machte und die Notwendigkeit zu essen überflüssig werden ließ. Das Kribbeln überdeckte die Gier, hielt sie klein und Lena war ihm unendlich dankbar, dass es das schaffte, weil es ihr selbst nie gelang. Als das Seminar zu Ende war, ging sie zu Fuß durch die Stadt nach Hause, anstatt wie sonst die vier Stationen mit der Schwebebahn zu fahren. Die kalte Endnovemberdunkelheit konnte ihr nichts anhaben, denn ihr war warm und sie fühlte sich wunderbar.

Es war schon nach 22 Uhr und Lena wartete auf den Anruf von Lorenz. Claudi hatte bereits angerufen, aber Lena hatte sie abgewürgt, schließlich wollte sie die Telefonleitung für Lorenz freihalten. Sie traute sich kaum, auf die Toilette zu gehen, weil sie Angst hatte, seinen Anruf zu verpassen. Nach dem spartanischen Mittagessen hatte sie nur noch einen Joghurt gegessen – ihr Magen war so voller Aufregung, dass gar nicht viel Platz für anderes zu sein schien. Nun starrte sie auf das Telefon und versuchte es zu beschwören. Bitte Lorenz, ruf an! Wenn er nicht mehr anrief, würde sie wahrscheinlich die ganze Nacht kein Auge zumachen. Vielleicht war ihm etwas dazwischengekommen? Oder hatte er es sich anders überlegt? Lena ging zu ihrem Traumhausmodell und sinnierte, inwiefern ihr Entwurf den »Fünf Punkten einer neuen Architektur« von Le Corbusier nachkam. Eventuell könnte sie prüfen, ob die Einhaltung dieser Punkte ihr Traumhaus besser machen würde? Sie starrte auf ihre Skizzen, aber sie wusste, dass sie sich nicht ablenken konnte und viel zu aufgeregt war, um etwas an ihrem Modell zu verändern.

Um 22.30 Uhr klingelte endlich das Telefon. Ihr Herz pochte. Als sie Lorenz' Stimme hörte, war sie erleichtert. Er fragte, wie ihr Tag gewesen sei, und Lena erzählte von der neuen Bauko-Aufgabe. Sie unterhielten sich über das Architekturstudium und den Arbeitsmarkt, er berichtete von der geplanten Le-Corbusier-Reise, dann sprachen sie über Wuppertal, über ihre Geburtsorte, über ihre Geschwister, über Musik ... Ein Thema gab dem anderen die Hand, sie redeten und redeten und Lena fühlte sich dabei so wohlig kribbelig wie lange nicht mehr. Schließlich verabredeten sie sich für Samstagabend zum Spazierengehen und anschließender Kneipeneinkehr. Sie hätten wohl noch ewig weitertelefonieren können, wenn es nicht schon nach Mitternacht gewesen wäre und beide am nächsten Tag früh aus dem Haus gemusst hätten.

Nach den zwei Stunden mit Lorenz' angenehmer Stimme am Ohr war Lena ganz durcheinander. Es schossen ihr so viele Gedanken durch den Kopf. Sie wusste nun, dass Lorenz einunddreißig Jahre alt war und in Stuttgart, Weimar und Wuppertal studiert hatte. Außerdem hatte er ein halbes Jahr in Paris gelebt und er hatte eine Zwillingsschwester, die wie seine Eltern in Kassel lebte. Er kannte Bielefeld, weil eine Tante von ihm dort wohnte. Und er hatte früher auch Klavierunterricht gehabt und das ebenso wenig gemocht wie Lena.

Sie hatte so viele Informationen über Lorenz erhalten, dass sie alles erst einmal sortieren musste. Aber wenn man mit einem Mann so lange telefonieren konnte, ohne dass einem der Gesprächsstoff ausging, dann war das schon mal ein gutes Zeichen, fand sie.

Das Einzige, was Lena beunruhigte, war ihre Figur. Hatte Lorenz wohl gesehen, welch einen dicken Hintern und was für Cellulite-Beine sie hatte? Oder hatte er nicht so darauf geachtet und würde bei ihrem Treffen enttäuscht sein? Sie hoffte, dass er sie so nehmen würde, wie sie war – schließlich konnte sie ihren Körper nicht verstecken. In den zehn Jahren Altersunterschied sah sie weniger ein Problem, nachdem sie so nett telefoniert hatten. Sie konnte kaum glauben, dass dieser Mann, den sie erst dreißig Stunden kannte, sie plötzlich so einnahm und alles auf einmal so einfach erscheinen ließ.

Vor lauter Aufregung wusste Lena gar nicht, wie sie einschlafen sollte. Sie dachte die ganze Nacht über Lorenz nach und träumte wirres Zeug, an das sie sich später nicht mehr erinnern konnte.

Die nächsten Tage war die Euphorie ihr ständiger Begleiter. Alles ging plötzlich wunderbar leicht und die Gier war verbannt. An einem Tag aß sie nur ein Roggenbrötchen mit Gouda, trank drei Tassen Tee und nahm abends einen halben Liter Apfelschorle, einen Joghurt und eine Clementine zu sich. Das war alles gewesen und Lena genoss das Gefühl, wenig zu essen.

In der Uni bot Rita ihr Süßigkeiten an. Doch plötzlich konnte man Lena mit Süßem jagen. Sie hatte auf gar nichts Appetit und das gefiel ihr. Selbst wenn ihr Magen knurrte, hatte sie nicht die geringste Lust, etwas zu essen. Dann ließ sie ihn eben knurren. Sie war so erfüllt von den Gedanken an Lorenz, dass sie kein Essen brauchte. Sie hoffte sehr, dass das so bliebe und ihren Essanfallsspeck der letzten Monate mindern würde.

Einen Tag vor dem ersehnten Treffen erreichte sie eine Kurzmitteilung von Lorenz: »Hallo Architektin, ich wünsche dir einen wundervollen Unitag und kreative Entwurfseinfälle. Bis morgen, Lorenz.«

Lena freute sich sehr, denn sie hatte schon etwas Sehnsucht nach einer Nachricht von ihm gehabt, sich jedoch nicht getraut, selbst eine zu schicken. Sie schrieb ihm zurück und nachdem sie mehrere Kurzmitteilungen mit netten Sprüchen hin- und hergeschickt hatten, fand Lena alles noch aufregender und spannender. Sie war verliebt und dieses Gefühl breitete sich auf wunderbare Weise in ihrem Körper aus und vernichtete alles Negative.

Der Samstag kam und mit ihm ein Kleiderschrankdrama. In welcher Hose sah sie am schlanksten aus? Welches Oberteil war am schönsten? Welche Schuhe sollte sie anziehen? Zum Spazierengehen wären die flachen geeigneter gewesen, aber die hohen sahen besser aus, machten sie größer und verlängerten optisch ihre Beine. Welche Frisur? Und wie stark sollte sie sich schminken? Sie verbrachte lange Zeit mit diesen Entscheidungen, aber als sie das Haus verließ, fühlte es sich immerhin richtig an.

Sie trafen sich am Hauptbahnhof an der Brücke unter dem illuminierten Schwebebahngerüst, dessen Lichter sich in der abendschwarzen Wupper spiegelten. Lorenz sah noch besser aus, als sie es in Erinnerung gehabt hatte. Seine Mundwinkel zogen sich nach oben und Lachfältchen ummalten seinen Blick.

»Und, wo gehen wir spazieren?«

Lena zuckte mit den Schultern. »Stadt ist langweilig, oder?«

»Wir könnten auf die Hardt. Warst du schon mal nachts dort?«

Sie schüttelte den Kopf.

Die Hardt war ein großer Stadtpark, der sich auf einem Bergrücken zwischen den beiden Stadtzentren Elberfeld und Barmen erstreckte. Lena war erst einmal dort gewesen, als im Sommer eine Vorlesung ausgefallen war und Rita ihr und den anderen vorgeschlagen hatte, sich auf die Hardt zu setzen.

Sie liefen durch die kriegsvernarbten, verbauten Straßen der Stadt, ließen dann die Asphaltschluchten hinter sich und nahmen den Weg hinauf zur Hardt. Sie sprachen, wie schon am Telefon, über alles Mögliche, die Themen gingen ihnen nicht aus, im Gegenteil, es kamen immer neue hinzu. Lena genoss es, so nah neben Lorenz durch die Nacht zu gehen.

Sie wählten einen Weg, der steil an einem Spielplatzhaus vorbei auf den Berg führte. Von oben konnte man den alten Steinbruch, der im Sommer als Waldbühne fungierte, im Dunkeln liegen sehen. Sie waren die Einzigen, die um diese Uhrzeit die schwach beleuchteten Parkwege zwischen den kahlen Bäumen und den in die Nacht hineinweisenden Wiesen benutzten. Der Botanische Garten war mit einem Tor verriegelt, sein Wahrzeichen, der lachsfarbene Elisenturm, schien wie die Pflanzen um ihn herum in einem Winterschlaf zu verharren. Die Nacht war kühl und Lena rieb sich ihre Hände.

»Ist dir kalt?« Lorenz blieb stehen.

»Nein, nur die Hände.«

»Darf ich?«, fragte Lorenz und nahm Lenas Hände zwischen seine. Sie waren warm und fühlten sich gut an. Ihr Herz pochte aufgeregt.

»So besser?«

Lena nickte. Lorenz wandte sich um, fasste ihre linke Hand und sie gingen an der Stadtgärtnerei vorbei auf den Bismarckturm zu. Vor dem alten Sandsteinbau blieben sie stehen.

»Genau hier ist die Grenze zwischen Elberfeld und Barmen.« Lorenz fasste Lenas Hand fester. »Warst du schon mal auf dem Turm?«

»Nein, du?«

»Ja. Man hat einen tollen Ausblick. Da musst du im Sommer echt mal hoch.«

Jetzt hätten sie sich küssen können und Lena spürte die Spannung, die zwischen ihnen lag. Sie sahen sich an und schienen beide zu wissen, dass sie an das gleiche dachten, und doch hielten sie sich nur fest an den Händen, als wollten sie den Moment hinauszögern und genossen das kribbelige Gefühl.

Lena fröstelte. »Es ist ganz schön kalt.«

»Ja, lass uns runtergehen in die Stadt und uns irgendwo aufwärmen.«

Lorenz ließ ihre Hand los und wandte sich zum Gehen. Lena steckte ihre Hände, die gar nicht losgelassen werden wollten, in die Jackentaschen. Wieso ging er jetzt wieder zögerlich neben ihr her mit einem Sicherheitsabstand von einem halben Meter, wo er sie doch gerade beinahe geküsst hatte? Und wo wäre dafür ein besserer Ort gewesen als hier oben, auf der nächtlich einsamen Hardt? Na ja, der Abend war ja noch lang und sie musste sich ja nicht schon jetzt durch negative Gedanken alles kaputtmachen.

Sie gingen an den Gebäuden der Kirchlichen Hochschule vorbei und stiegen dann hinab ins Tal. Die düster-kahlen Bäume wurden abgelöst von Gründerzeithäusern, deren Fenster teils vorweihnachtlich beleuchtet waren und deren stuckreiche Hauswände immer wieder von den Scheinwerfern vorbeifahrender Autos eingefangen wurden.

»Ich hab noch etwas Hunger. Was hältst du davon, wenn wir uns in dem Imbiss dort aufwärmen?«, fragte Lorenz und deutete auf eine grelle Neonbeleuchtung. Lena stimmte zu. Der Imbiss nahm sie auf. Innen war es warm und es roch nach Fritteusenfett. Sie waren die einzigen Gäste. Lorenz bestellte sich eine Pommes rot-weiß.

»Was nimmst du?«

»Nichts. Ich hab gar keinen Hunger.« Sie hatte nicht mal Durst und hätte auch im Leben nichts hinunterbekommen. Die Aufregung füllte sie aus und machte sie satt.

Sie stellten sich an einen Stehtisch.

»Immer noch kalte Pfoten?«

Lena nickte und Lorenz wärmte ihre Hände, bis seine Pommes fertig waren. Er bot ihr davon an, aber sie lehnte ab. Stattdessen schob sie sich ein Kaugummi in den Mund. Während er aß, erzählte Lena von ihrem Traumhausmodell, das sie immer wieder umbaute und ihrem aktuellen Geschmack anpasste.

Lorenz grinste. »Echt? Das ist ja witzig. So etwas Ähnliches habe ich auch. Allerdings ist es bei mir ein Museum für Architekturgeschichte, das ich irgendwann gerne mal bauen würde und für das ich immer Skizzen mache, wenn ich grad nichts anderes zu tun habe.«

Lena nahm einen Zahnstocher aus dem Glas in der Mitte des Tisches und schob ihn in ihrer Hand hin und her.

»Viele meiner Kommilitonen verstehen das gar nicht, wie man Entwürfe machen kann, die nur für einen selbst sind und die nicht so direkt einen Zweck haben.«

Lorenz lachte. »Da werden sich deine Kommilitonen aber noch umgucken. Was meinst du, wie viele sinnlose Entwürfe man später als Architekt macht, zu Ausschreibungen einreicht und wie verdammt wenig davon wirklich gebaut wird?«

Sie nickte und drückte die Spitze des Zahnstochers auf der Tischplatte um. »Und was machen wir gleich?«

Lorenz spießte eine Pommes auf seine Gabel und tunkte sie in den Ketchup und die Mayonnaise, die sich auf dem Boden der Pappschale miteinander vermischten. »Ich weiß nicht. Was ist denn hier in Barmen? Brauhaus oder irgendeine Kneipe? Oder, falls es dich interessiert, zeige ich dir meine Entwürfe. Ich wohne hier in der Nähe.«

»Klar, warum nicht?«, sagte Lena und spürte, wie die Aufregung in ihrem Magen leise rebellierte.

»Da sind wir.« Lorenz schloss die Wohnungstür auf, knipste das Licht an und bat sie hinein. Lena legte ihre Jacke ab und blickte sich um. An den hohen Wänden der Altbauwohnung hingen Bilder von Paris, auf weiteren Fotos erkannte sie das Kolosseum in Rom, die Akropolis in Athen und Norman Fosters Glaskuppel auf dem Berliner Reichstagsgebäude. Im Wohnzimmer zog ein knallrotes Designersofa die Blicke auf sich. Die anderen Möbel waren modern und schlicht, der Couchtisch gläsern, auf dem geschliffenen Holzfußboden lag ein runder, roter Teppich und auch ein abstraktes Bild über dem Fernseher nahm den Rotton wieder auf. Wow, für einen Mann war Lorenz ganz schön durchdacht eingerichtet. Na ja, er war ja schließlich Architekt.

»Möchtest du was trinken? Ich hätte noch Rotwein da.«

»Ja, gerne.« Hoffentlich würde sie den Wein vertragen, wo sie doch so wenig gegessen hatte.

Lorenz kam mit der Flasche und zwei Gläsern und sie setzten sich auf das Sofa. Er drückte auf die Fernbedienung der Anlage und kurz darauf begann Bono »Beautiful

Day« zu singen. Lorenz schenkte ihnen Rotwein ein, gab Lena das eine Glas in die Hand, nahm selbst das andere, prostete ihr zu, blickte ihr in die Augen und trank. Sie blieb an seinem Blick hängen, besann sich dann des Rotweins und probierte. Er schmeckte.

»Warst du schon in Rom und Athen? Ich meine, wegen der Fotos?«

»Ja, die sind alle selbst gemacht. Früher hab ich mir mal vorgenommen, dass ich bis zu meinem Lebensende sämtliche wichtigen Bauten der Architekturgeschichte persönlich gesehen haben möchte. Weiß aber nicht, ob das zu schaffen ist.«

Lena lachte. »Na, da hast du ja noch einiges vor dir. Vielleicht solltest du dir erst einmal nur die europäischen Bauwerke vornehmen. Selbst da hast du schon genug zu tun.«

»Ja, und die Frage ist auch, wer bestimmt, welche Bauten wichtig sind.« Lorenz nahm einen Schluck Wein. »Ich bin mir noch nicht sicher, nach was für einem Buch oder wessen Lehre ich da vorgehen soll. Am besten bastele ich mir meine eigene Architekturgeschichte.«

Sie sahen sich an und Lena hoffte inständig, dass sie sich das Verlangen in seinem Blick nicht nur einbildete. Die kribbelige Aufregung hatte sich inzwischen in ihrem ganzen Körper ausgebreitet. Ihr Körper erschien ihr wie ein einziges Sehnen nach Lorenz' Nähe.

Er stellte sein Weinglas ab. »Meine Architekturentwürfe sind im anderen Zimmer, wenn du die sehen willst.«

Sie nickte. »Ja, gerne.«

Lorenz stand auf und führte sie in das Nebenzimmer, das er als Arbeits- und Schlafraum zu nutzen schien. Die Wände waren in hellem Gelb gestrichen. Auf der einen Seite des Raumes befand sich ein breites Bett mit einer gelb gemusterten Überdecke und darüber hing ein posterartiges Sonnenuntergangsbild, das beinahe kitschig war. Gegenüber standen hinter einem raumteilenden Perlenvorhang mehrere schlichte Holzböcke, die drei Schreibtischplatten stemmten, auf denen in kreativer Unordnung Pläne ausgebreitet waren. In der Ecke thronte ein Macintosh. Ordner reihten sich regallos unter den Schreibtischen aneinander. Entlang der Wand zog sich eine Holzleiste, an der mit Heftzwecken verschiedene Pläne und Entwürfe aufgehängt waren.

Lorenz holte einen Ordner hervor. »Bisschen Chaos hier.«

»Ist doch normal.«

»An der Wand hängen die aktuellen Museumsentwürfe. Und hier, das war meine Diplomarbeit.«

Er reichte ihr den Ordner. Lena blätterte durch die Pläne und Fotos. Lorenz hatte ein Jugend- und Kulturzentrum für die Banlieues von Paris entworfen. Soziale Architektur mit anspruchsvoller Ästhetik zu verbinden, fand Lena nicht unbedingt einfach, aber Lorenz' Entwurf war interessant. Offensichtlich war er auch mit einer guten Note honoriert worden.

»Gefällt mir. Schade, dass wahrscheinlich kein Geld da ist, um so etwas wirklich zu bauen.«

Er demonstrierte ihr seine Museumsskizzen und zeigte ihr noch ein paar Projekte, an denen er beruflich mitgearbeitet hatte. Seine Finger fuhren über die Pläne, erklärten, und Lena fiel auf, dass er schöne, gepflegte Hände hatte. Sie sah ihn an, seine erklärenden Gesten, und dann glitt ihr Blick wieder auf die Pläne, verlor sich in Grund- und Aufrissen, während sie an Lorenz dachte und daran, was der Abend noch bringen würde.

»Das sieht voll süß aus, wie du so konzentriert in die Pläne schaust«, sagte Lorenz plötzlich.

Lena sah auf, Augenpaarblicke berührten sich fragend, verharrten und schließlich trat Lorenz auf sie zu, strich ihr eine Haarsträhne aus dem Gesicht und küsste sie. Sein Kuss schmeckte nach Rotwein und Pommes, aber für Lena schmeckte er einfach nur wunderbar und besser als alles, was sie in den letzten Monaten geschmeckt hatte.

Sie küssten sich und begannen, sich zu berühren, als wären ihre Körper fremdes Terrain, das es zu erkunden galt, um Häuser darauf zu errichten. Das fremde Terrain fühlte sich gut an und in Lenas Gedanken formierten sich Entwürfe, Pläne und Zukunftsskizzen. Lorenz' Hände ertasteten ihren Körper, ihren Hintern, ihren Bauch und für einen kurzen Moment kam ihr in den Sinn, dass beides vielleicht zu dick sei und er vor ihr zurückschrecken könnte. Aber seine Hände berührten sie mit einer behutsamen Selbstverständlichkeit, dass Lenas Selbstzweifel sich bald in Verlangen auflösten, in Verlangen nach diesem Mann, der einfach so in ihr melancholisches Leben getreten war und die Gier verdrängt hatte.

Sie küssten sich stürmisch und ertasteten die warme Haut des anderen. Ihre Körper bebten vor Aufregung, sie bewegten sich weg von den Plänen durch den raschelnden Perlenvorhang hindurch und ließen sich auf die gelb gemusterte Überdecke fallen. Das Sonnenuntergangsbild blickte von der gelben Wand auf sie herab und sah zwei Menschen, die sich kichernd immer weiter entblätterten und schließlich entkleidet und glücklich unter der Bettdecke verschwanden.

Am nächsten Morgen schlug Lena die Augen auf, sah Lorenz neben sich liegen und konnte ihr Glück kaum fassen. Sie war nicht mehr solo und würde von jetzt an mit dem wahrscheinlich attraktivsten Architekten der Stadt eine Beziehung führen. Nun würde alles gut.

Sie schloss die Augen und stellte sich schlafend, als sie merkte, dass Lorenz sich bewegte. Sie hörte, wie er sich streckte, aufstand und in seine Kleidung schlüpfte, nahm wahr, wie er das Zimmer verließ und in der Küche klapperte. Als sie ein paar Minuten später das blubbernde Geräusch der Kaffeemaschine vernahm und Kaffeeduft in ihre Nase stieg, zog sie sich an – schnell die dicken Beine in der Hose verstecken – und ging in die Küche. Lorenz saß am kleinen Küchentisch, vor sich die Zeitung vom Vortag und einen Becher Kaffee.

»Morgen.«

»Morgen. Hast du gut geschlafen? Setz dich doch. Kaffee?«

»Ja, gerne.« Sie setzte sich auf den Stuhl Lorenz gegenüber und nahm den Becher entgegen, den er ihr reichte.

»Milch? Zucker?«

Lena schüttelte den Kopf und umfasste die wärmende Tasse. »Und du? Hast du auch gut geschlafen?«

»Geht so«, brummte er.

Lena pustete auf die dampfende Kaffeeoberfläche. »Wieso geht so?«

Lorenz stellte seine Kaffeetasse ab und schob die Zeitung beiseite. »Es ist so ... Also, ich mag dich echt gerne ...«

Sie spürte, wie ein freudiges Kribbeln in ihrem Magen auf- und absprang. »Ich mag dich doch auch.«

Lorenz unterbrach sie. »Lena, ich habe eine Freundin.«

Was hatte er da gesagt? Sie sah ihn erst fragend, dann entgeistert an.

»Tut mir leid.« Er stand auf, ging zur Kaffeemaschine und goss sich Kaffee nach.

Lena spürte, wie das Kribbeln in ihr starb. Wie es plötzlich in ihr schmerzte, als hätte ihr jemand in den Bauch geboxt.

»Wie, du hast eine Freundin? Und wo ist die jetzt?«

»Auf Fortbildung«, murmelte Lorenz und setzte sich wieder hin. »Ich weiß, ich hätte dir das früher sagen sollen, aber du hast mich so angezogen und da ...«

Entsetzt sprang Lena auf. »Du bist ja ekelhaft. Machst du so was öfter?«

Lorenz antwortete nicht.

»Und was sagt deine Freundin dazu?«

Er zuckte mit den Schultern. »Sie weiß es nicht. Aber ich werde sie heiraten.«

Lenas Bauch schmerzte, in ihrem Kopf schossen die Gedanken wild durcheinander und Lorenz, der dort mit seinem dämlichen Kaffee am Küchentisch saß, erschien ihr wie im Traum.

»Das glaube ich jetzt nicht.«

»Ich weiß, ich hätte es dir vorher sagen müssen, aber ...«

»Aber was?«

Lorenz zuckte mit den Schultern und schwieg. Lena starrte ihn an, diesen Mann, den sie doch eigentlich dazu auserkoren hatte, mit ihr eine Beziehung zu führen. Schuldbewusst blickte er zu Boden, dann sah er auf.

»Aber es war doch auch so schön, oder?«

Lena schluckte. »Was willst du hören? Hätte ich vorher gewusst, dass du ...«

»Ich weiß, es war ein Fehler.«

Sie schwiegen. Lena verspürte den Reflex fluchtartig die Wohnung zu verlassen und bemühte sich, die Tränen davon abzuhalten, in ihre Augen zu schießen, solange sie diesem Reflex noch nicht nachgegeben hatte.

»Okay«, sagte sie und versuchte dabei möglichst trocken und unemotional zu klingen. »Ruf mich bitte nie wieder an und lösch meine Nummern aus deinem Handy!«

Sie ging in den Flur, nahm ihre Jacke und ihre Tasche, die sie am Abend zuvor so erwartungsvoll an die Garderobe gehängt hatte. Lorenz stand auf und stellte sich wortlos in den Türrahmen. Lena blickte sich nicht mehr nach ihm um, denn ihre Augen hatten sich bereits mit Tränen gefüllt, sie sagte nichts zum Abschied, sah nur die Wohnungstür, lief hinaus, die Stufen hinunter, nach draußen auf die Straße und wollte einfach nur weg.

Wie *Blond-und-dick* schoss es ihr durch den Kopf, als sie durch die Straßen zur nächsten Schwebebahnstation lief. Sie hatte das Gleiche getan wie *Blond-und-dick*. Mit dem Freund einer anderen geschlafen. Sie ekelte sich vor sich selbst. Nun war sie keinen Deut besser als Patricks Neue. Das war abartig! Warum hatte Lorenz ihr das nicht gesagt?

Vielleicht hätte sie ihn vorher fragen müssen, ob er überhaupt solo sei. Aber da er nichts von einer Freundin erzählt hatte und Lena gegenüber so aufgeschlossen gewesen war, war sie einfach und selbstverständlich davon ausgegangen, dass er keine Beziehung führte.

Es hätte doch alles so schön werden können. Es wäre perfekt gewesen. Der Himmel war für November ungewöhnlich blau und die sonntäglichen Kirchenglocken läuteten, als ob es etwas zu feiern gäbe. Ihr war schlecht. Nie wieder in ihrem Leben würde sie einen Bissen herunterbekommen.

Sie ekelte sich vor ihrem Körper, der am Abend zuvor so voller Verlangen gewesen war. Wie konnte etwas so schön gewesen sein und gleichzeitig so abartig?

Fragen, Trauer und Wut bohrten sich den ganzen Nachhauseweg über in Lenas Magen. Tränen waren nur wenige gekommen, richtig weinen konnte sie nicht. Sie stand in der Schwebebahn und all die Gefühle drückten gegen ihre Magenwand und fraßen sie innerlich auf.

Sie war erleichtert, als sie ihre Wohnung erreichte, ohne am Bahnhof oder an der Tankstelle haltgemacht und sich mit Essen eingedeckt zu haben.

Es erschien ihr alles wie ein Déjà-vu. Ihre Wohnung war genauso leer und leblos wie damals, als sie aus Düsseldorf von Patrick gekommen war. Sie fühlte sich genauso enttäuscht und wusste nichts mit sich und ihrem Dasein anzufangen. Und dieses Mal war es fast noch schlimmer, denn diesmal war sie die Böse, die – wenn auch unwissentlich – unrecht getan hatte. Wie *Blond-und-dick*. Als ob es nicht reichen würde, dass sie inzwischen schon so dick war wie Patricks Neue, stellte sie sich nun auch noch mit dieser Person auf eine Ebene, indem sie sich in eine Beziehung gedrängt hatte oder vielmehr zwischen zwei Menschen, die eine Beziehung führten, geraten war. Nur dass Patrick seine Beziehung für *Blond-und-dick* aufgegeben hatte, während Lorenz heiraten wollte.

Er hatte sie benutzt! Und sie war so naiv gewesen, sich darauf einzulassen. Aber es hatte doch auch alles so gut gepasst mit dem gemeinsamen Interesse für Architektur. Lena ließ sich auf ihr Bett fallen und heulte trockene Tränen in ihr Kissen. Sie nahm den Känguru-Teddy und drückte ihn. »Kändy«, flüsterte sie, »das ist einfach nicht fair! Ich war so glücklich mit Lorenz und jetzt habe ich ihn verloren.«

Kändy wusste, wie es sich anfühlte, wenn man jemanden verlor. Lena drückte das Kuscheltier fester an sich.

Sie fühlte sich benutzt, belogen und ekelte sich vor sich selbst. Ihr Körper war schuldig und sie hasste ihn dafür.

Später rief Claudi an und erzählte so aufgeregt von einem Kommilitonen, der ihr gefiel, dass Lena erst gar nicht dazu kam, ihr von der Sache mit Lorenz zu erzählen, und dann keine Lust und Kraft mehr dafür hatte. Stattdessen hörte sie sich im Anschluss an die Schwärmereien noch ein paar vorwurfsvolle Fragen an, ob sie denn wirklich nicht mit nach Gran Canaria kommen und Claudi mit den Eltern alleine fahren lassen wollte. Lena erklärte mehrmals, wie viel sie in Architektur zu tun habe und dass sie sich den Urlaub zeitlich beim besten Willen nicht leisten könne. Sie hörte Claudis Enttäuschung am anderen Ende der Leitung und fühlte sich nach dem Telefonat noch schuldiger.

Als sie kurz darauf beim Pizzaservice drei Pizzas bestellte, war Lena wie in Trance. Sie spürte auch später nichts, als sie alle drei Pizzas in sich hineinstopfte. Erst als die verschlungenen Pizzas begannen, wie gehässige Geschwüre gegen ihre Magenwand zu drücken, fühlte sie wieder etwas und es erschien ihr, als würden alle Schuld und alles Elend dieser Welt auf sie einstürzen.

Die nächsten Tage quälte Lena sich morgens aus dem Bett, schleppte sich zur Uni und versuchte sich den ganzen Tag über mit Schokolade zu betäuben. Wenn sie nachmittags durch die Innenstadt zu ihrer Wohnung lief, roch es zwischen den Weihnachtsmarktständen nach Glühwein und die süßliche Musik dröhnte hämisch aus den Lautsprechern.

An jeder Ecke grinsten sie blondgelockte Engel an, die aussahen wie kleine, blonde Mädchen. Und Lena hasste Engel. Seit ihre Mutter ihr als Kind erklärt hatte, dass Sarah ein Engel sei, der über sie wachen würde, konnte sie die himmlischen Geschöpfe nicht ausstehen. Sie fühlte sich verfolgt von den Engeln und dem ganzen Weihnachtsscheiß und war froh, wenn sie in ihre Wohnung kam, die frei von jedem Adventsschmuck war.

Auch die Schokoladenweihnachtsmänner grinsten von überall, manchmal erschien ihr die ganze Innenstadt wie ein einziges gehässiges Grinsen und zur Strafe köpfte sie regelmäßig die süßen Männer in dem roten Mantel. Und wenn sie dann mit vollem Schokoladenbauch und schlechtem Gewissen zu Hause saß, bekam sie zusätzlich vorwurfsvolle Anrufe von ihrer Mutter und ihrer Tante, die Lenas Flug noch nicht storniert und die Hoffnung immer noch nicht aufgegeben hatten, dass sie doch mit nach Gran Canaria kommen würde. Sie fühlte sich schlecht dabei, aber sie sagte immer wieder ab, stieß ihre Mutter und ihre Tante vor den Kopf und hasste sich dafür, dass sie deren Erwartungen nicht erfüllte.

Der einzige Lichtblick schien ihr das Treffen mit Hanna zu sein. Sie hatten sich für die neue Bauko-Aufgabe in Lenas Wohnung verabredet. Lena räumte daraufhin alles perfekt auf, besorgte Adventsgebäck und einen Weihnachtstee, um ihr Treffen so schön wie möglich zu machen.

Hanna kam, brachte sogar selbst noch Nervennahrung, wie sie es nannte, mit und eine CD von der Band, auf deren Konzert sie im Sommer zusammen gewesen waren. Sie hörten Musik und Lena genoss es, als sie gemeinsam Tee tranken und sich unterhielten, bevor sie sich der Aufgabe zuwandten.

»Geben die nochmal ein Konzert?«

Hanna zuckte mit den Schultern. »Bestimmt, ich sag dir Bescheid, wenn ich etwas weiß.«

Manchmal rätselte Lena noch, wieso Hanna drei Monate nicht in der Stadt gewesen war. Krank sah sie eigentlich nicht aus, vielleicht hatte sie Urlaub gemacht oder ein längeres Praktikum. Aber warum sprach sie nicht darüber? Lena fragte nicht mehr, lieber wählte sie unverfängliche Smalltalk-Themen.

»Was kannst du überhaupt beruflich machen, wenn du Architektur als Nebenfach hast?«

Hanna lachte. Sie hatte auch keine perfekte Figur, aber ihre langen Haare und die enge Strickjacke, die sie trug, machten sie schön, fand Lena.

»Ich studiere ja noch Germanistik und Kunst, ich könnte also für Architekturzeitschriften arbeiten, für Kunst- oder Ingenieursverlage. Vielleicht auch was ganz anderes. Mal sehen.«

Lena nickte, fragte und fand es gar nicht schlecht, mal etwas von anderen Fachbereichen zu hören. Hanna erzählte von Konzerten, Kneipenbesuchen, Asta-Partys, und von der Studierendengemeinde, in die sie regelmäßig ging. Außerdem belegte sie einen Italienischkurs an der Uni. Lena saß da und wünschte sich, so zu sein wie Hanna, auf Konzerte zu gehen und sich mit anderen Studenten zu treffen, anstatt immer nur alleine dazusitzen und in Selbstmitleid zu versinken.

Als sie später über Bauko sprachen, merkte sie, dass Hanna nicht so viel Ahnung von Architektur hatte und dass, wenn ihre Note nicht darunter leiden sollte, sie selbst das meiste der Aufgabe würde übernehmen müssen. Aber das war ihr egal, sie genoss es, mit jemandem zusammenzuarbeiten – und Hanna war es wahrscheinlich sogar sehr recht.

Zwei Tage später sagte Hanna ihr in der Uni, dass sie sich erkundigt und festgestellt habe, dass sie als Nebenfachstudentin den Baukokurs gar nicht machen müsse. Sie sei in ihrem Semester die Einzige, die Architektur als Nebenfach studieren würde, und die Professoren wären sich da manchmal auch nicht so sicher, was sie nun belegen müsse und was nicht. Den Bauko-Schein bräuchte sie jedenfalls nicht – und selbst, wenn es ihr leidtäte – Lena müsse die Aufgabe alleine zu Ende machen.

Ihr fiel es schwer, ihre Enttäuschung darüber zu verbergen. Natürlich war es für Lena kein Problem, die Aufgabe alleine zu bewältigen, das war ihr sogar lieber. Aber sie hätte sich gerne noch ein paar Mal mit Hanna getroffen.

Sie gingen gemeinsam in die Mensa, doch Lena traute sich nicht, Hanna zu fragen, ob sie nochmal mitkommen dürfte auf ein Punkrockkonzert oder ob sie mal zusammen in eine Kneipe gehen könnten. Dann verabschiedete sich Hanna, sie musste zu einem Seminar auf den Hauptcampus, mit anderen Studenten und neuen Möglichkeiten, ihre Freizeit zu gestalten.

Als Lena nach Hause kam, vertilgte sie das Nikolausgeschenk, das ihre Mutter ihr mit dem Hinweis geschickt hatte, es erst am Nikolaustag zu öffnen. Es war der Nachmittag des 5. Dezember.

6. Süßes Heil, lass dich umfangen

Lena hatte sich und ihr Gepäck auf den mintgrünen Vierersitzen des Regionalexpresses niedergelassen und blickte in die ungerührten Mienen der anderen Fahrgäste. Draußen vor dem Fenster verwischte die Geschwindigkeit die Landschaft, doch hier drinnen waren die Menschen reglos. Es war der Morgen des 24. Dezember, aber in diesem Zug deutete nichts auf das bevorstehende Fest hin. Auch Lena vermisste das Kribbeln in ihrem Bauch, das sie als Kind immer die ganze Adventszeit über gehabt hatte.

Die Weihnachtstage durfte sie bei ihren Großeltern in Detmold verbringen. Ihre Eltern waren wie geplant mit ihrer Tante, ihrem Onkel und Claudi nach Gran Canaria geflogen. Claudi würde schon früher wieder zurückkommen und sie wollten zusammen bei ihr in Detmold Silvester feiern. Lena hätte sich gefreut, wenn ihr Bruder wenigstens über Weihnachten nach Deutschland gekommen wäre, aber Holger blieb in Atlanta. Ihm fehlte das Geld für ein Flugticket und am Telefon hatte er ihr auch nicht den Eindruck vermittelt, seine Heimat und seine Familie sonderlich zu vermissen.

Nun würde sie also alleine bei den Großeltern feiern, aber das erschien ihr besser als eine Woche lang ihre nicht strandkompatible Figur den kritischen Blicken ihrer Familie auszusetzen. Dann lieber ein klassisches Weihnachtsfest bei den Großeltern. Ihre Großmutter würde sich enorme Mühe geben, besonders mit dem Essen. Traditionelles Weihnachtsessen. Fettig und in viel zu großen Mengen. Sie durfte gar nicht daran denken. Früher war es immer etwas Aufregendes gewesen, zu ihren Großeltern zu fahren. Lena suchte in sich nach dem Kribbeln von damals, doch sie fand nur ein unspezifisches Hungergefühl.

Mehrere Züge hatten Verspätung. Dadurch verpasste Lena ihren Anschlusszug in Hamm. Sie guckte auf die Anzeigetafel. Der nächste Zug fuhr erst in einer Stunde. Mist. Sie nahm ihr Handy und teilte ihren Großeltern mit, dass sie sich verspätete. Dann schlenderte sie durch den Bahnhof. Eine Stunde warten. Eine ganze Stunde. Was sollte sie so lange an diesem Bahnhof? Im Gang zu den Bahnsteigen duftete es nach Kräuterbonbons. An einem Stand wurden Süßigkeiten verkauft. Lena ging daran vorbei und erblickte das Drogerie- und Reisebedarfsgeschäft.

Schokolade, kam es ihr in den Sinn. Schokolade. Das war das Einzige, was ihr einfiel, um eine Stunde Langeweile mit Inhalt zu füllen. Schokolade.

Kaum hatte sie das gedacht, fand sie sich schon in der Drogerie vor den Regalen mit den Süßigkeiten wieder. Die Quadratische oder die Lilafarbene? Oder eine andere? Vielleicht lieber Schokobonbons oder Schokokekse? Nein, reine Schokolade. Sie nahm die für Kinder. Nachdem sie gezahlt hatte, musste sie sich zwingen, die Tafel zunächst in ihre Tasche zu stecken und nicht sofort an Ort und Stelle die braune Masse zu vertilgen. Ihr ganzer Körper verzehrte sich nach dieser Schokolade. Ihr gesamtes Denken war gefüllt von dem bevorstehenden süßen Geschmack, der durch ihren Mund fahren und sie für einen Moment glücklicher machen würde.

Lena trat in die Bahnhofshalle. Die war frisch renoviert, Wände und Decke waren in ihren historischen Zustand zurückversetzt worden. Die Buchhandlung, das Café, das Reisezentrum, der Brötchenverkauf, die Kurzinformation, ein großer Weihnachtsbaum, der Fahrkartenautomat, Schließfächer – Lena sah sich nach einem Sitzplatz um, an dem sie ihre Schokolade essen könnte. Doch sie konnte keine Sitzmöglichkeit entdecken. Auf dem Bahnsteig war es ihr zu kalt und im Café konnte sie unmöglich mitgebrachte Süßigkeiten verzehren. Aber sie wollte sich setzen. Da fiel ihr Blick auf die Ecke neben dem Fahrkartenautomaten.

Was soll's, dachte sie, stellte ihren Seesack und ihre alte Reisetasche dort ab und ließ sich daneben auf den hellen Fliesen nieder.

Keine zehn Sekunden später hatte sie den ersten Riegel Schokolade im Mund und zwei Minuten danach war sie bereits beim fünften. Sie musste an die Penner im Wuppertaler Hauptbahnhof denken und plötzlich überkam sie der Gedanke, dass sie keinen Deut besser war als sie.

Eine hinuntergespülte Dose Bier oder eine verschlungene Tafel Schokolade – gab es da überhaupt noch einen Unterschied?

Die Schokolade war vertilgt. Die Vorbeigehenden warfen verachtende Blicke auf Lena. Manche sahen sie auch mitleidig an. Andere guckten weg. Sie hatte das Gefühl, dass alle wussten, dass sie gerade ihre braune Sucht befriedigt hatte.

Das ist doch Einbildung, versuchte sie sich zu beruhigen und beobachtete die Leute in der Bahnhofshalle, wie sie Fahrkarten und Brötchen kauften, Gepäck und Kinder hinter sich herzogen und die Fahrpläne studierten.

Nicht weit von ihr entfernt stand der Weihnachtsbaum. Wäre er nicht gewesen, hätte es in diesem Gebäude gar keine Hinweise auf das bevorstehende Fest gegeben. Ihr Blick fiel auf die gewölbte Decke der Halle. Die cremefarbenen Wandsäulen hoben sich zwischen den hohen Fenstern empor, ummalten kleine Rundfenster und gingen anschließend in eine Kassettendecke mit einem kräftigen lachsfarbenen Untergrund über, die dem späten Barock nachempfunden war. Lena betrachtete die historisierenden Details, die Farben der Decke, die mit den Farben der Fliesen in der Mitte der Halle korrespondierten, und den kontrastierenden Serviceschalter der Bahn in moderner Aluminium-Glas-Optik. Vielleicht sollte sie ihr Skizzenbuch hervorholen?

Plötzlich stand ein älterer Herr vor ihr und sah sie an. »Weil Weihnachten ist«, nuschelte er und drückte ihr etwas in die Hand. Lena machte ihre Hand auf und sah ein Zwei-Euro-Stück in ihrer Handfläche liegen.

»Ich bin kein Penner«, wollte sie sagen, doch der alte Mann war schon weitergelaufen und das Einzige, was sie noch hinter ihm herrufen konnte, war »Danke!«.

Sie war verwirrt. Schließlich sah sie nun wirklich nicht aus wie eine Pennerin. Erst jetzt fiel ihr auf, dass ihre Klamotten nicht gerade edel aussahen und auch ihr Zopf schon etwas zerzaust und auseinandergefallen zu sein schien. Seit der Sache mit Lorenz hatte sie überhaupt nichts mehr aus sich gemacht, sich nicht einmal geschminkt. Sie musste auf den hellen Fliesen der frisch renovierten Bahnhofshalle ein seltsames Bild abgeben.

Lena stand lieber auf, bevor das Bahnhofspersonal auf die Idee käme, sie aufzufordern, die Halle zu verlassen. Sie nahm ihr Gepäck und schlenderte Richtung Anzeigetafel. Es würde noch eine Weile dauern, bis ihr Zug einfuhr. In ihrer Hand hielt sie das Geldstück. Zwei Euro. Bei den Preisen hier am Bahnhof eine Tafel Schokolade und ein kleiner Schokoriegel, überlegte sie und steuerte erneut auf den Drogeriemarkt zu.

»Nächster Halt: Detmold.« Aus dem Zugfenster erblickte Lena zuerst die Röhrenrutsche des Spaßbades, dann die Fußgängerzone mit ihren an dieser Stelle noch schlichten, etwas weiter die Straße hinunter malerischen Fachwerkhäusern, das graue Lustgartenparkhaus, die klobige Rückseite des Landestheaters und dahinter die Kuppel des Schlosses. Großelternferiengefühle stiegen in ihr auf und kurz darauf fuhr der Zug quietschend in den kleinen zweigleisigen Bahnhof ein.

Zwischen den gusseisernen Säulen, die das Bahnsteigdach stützten, stand ihr schlaksiger Großvater mit seinem grauweißen Haarkranz und brauner Strickfleece-Jacke neben ihrer Großmutter, die einen langen Wintermantel trug und ihre ausgedünnten weißen Haare zu einer burschikosen Kurzhaarfrisur geschnitten hatte, was den Blick auf ihre hohen Wangenknochen freigab. Lena winkte. Der Zug hielt, die Türen öffneten sich und sie lief auf die Großeltern zu.

»Schön, dass du da bist!« Die Großmutter schloss sie in ihre Arme. Der Großvater drückte ihr einen kratzigen Bartstoppelkuss auf die Wange und nahm ihr das Gepäck ab.

Kurze Zeit später saßen sie zu dritt in dem alten metallicbraunen Jetta und fuhren stadtauswärts.

»Soll ich dir gleich die Suppe vom Mittagessen warm machen oder hast du schon gegessen?«, fragte die Großmutter. »Ich habe für heute Nachmittag auch Kuchen und Gebäck gemacht.«

Lena lehnte dankend ab und musste an die zwei Stunden zuvor vertilgte Schokolade denken.

Der Großvater bog in die Dorfstraße ein. Sie fuhren durch einen Wald und Lena erblickte den Bach, dem sie als Kind sehnsüchtig ihre Flaschenpost anvertraut hatte, ohne jemals eine Antwort zu bekommen. Das Dorf besaß nur diese eine Straße und fast alle seine Häuser und Bauernhöfe standen auf der dem Bach zugewandten Seite. Auf der anderen Seite erstreckten sich Felder und gingen in Wald und Hügel über. Immer, wenn Lena hierherkam, hatte sie das Gefühl, die Zeit würde stillstehen, und hätten nicht moderne Autos vor den Häusern gestanden und wäre die Straße nicht asphaltiert gewesen, hätte sie vielleicht geglaubt, sich im Jahrhundert verirrt zu haben.

Der Großvater hielt vor dem kleinen Einfamilienhaus und eine Dreiviertelstunde später saßen sie in dem engen, mit Weihnachtsschmuck überladenen Esszimmer am Kaffeetisch.

»Nun nimm mal, Kind.« Die Großmutter hatte Stollen und Plätzchen gebacken und in der Mitte des Tisches thronte eine riesige Weihnachtstorte. Lena nahm.

Friedhelm stupste mit seiner Schnauze an ihren Fuß. Die Großmutter tätschelte ihren alten, überfütterten Rauhaardackel. »Na komm, Friedhelm, nun lass mal die Lena in Ruhe essen.« Sie gab dem Hund ein Schokoladenplätzchen. Der Großvater schlürfte seinen Kaffee und fragte seine Enkelin, ob sie mit in den Gottesdienst käme. Lena nickte nur, weil sie einen vollen Mund hatte. Ihr war alles recht, was sie in Weihnachtsstimmung bringen und vom Essen ablenken könnte.

Es dämmerte bereits, als der Großvater seinen Jetta am Kaiser-Wilhelm-Platz parkte. Lena betrachtete den imposanten Kirchturm der Christuskirche, der sich zwischen den winterkahlen Bäumen aus dem Park emporhob. Schon lange war sie nicht mehr in einer Kirche gewesen, obwohl es in Wuppertal unzählige davon gab. Sie steuerten auf das Eingangsportal zu, betraten das gut gefüllte Gotteshaus und suchten sich einen Platz in den hinteren Reihen.

Die Großeltern stellten sich in die Kirchenbänke und blieben andächtig stehen, bevor sie sich setzten. Lena tat es ihnen gleich. Doch was sollte sie beten? *»Ich bin klein, mein Herz ist rein, soll niemand drin wohnen als Jesus allein?«* Das hatte sie als Kind gebetet. *»Ich bin klein, mein Bauch ist mein, soll niemand drin wohnen als Essen allein«*, kam es ihr ketzerisch in den Sinn. Die Großeltern hatten sich inzwischen gesetzt und so ließ Lena sich auch nieder – ohne Gebet.

Sie betrachtete den schlichten Innenraum der Kirche im neugotischen Stil. Das Kirchenschiff präsentierte sich in reformierter Bescheidenheit mit weiß getünchten Wänden, die den hohen Kreuzrippengewölben Ausdruck verliehen.

»1908 erbaut«, flüsterte der Großvater ihr ins Ohr, während ihre Großmutter sich mit Bekannten in der Reihe vor ihnen unterhielt.

Die Orgel ertönte von der Empore, füllte die hohen Decken mit erhabenen Klängen und die Christvesper begann. Alles war sehr feierlich. Die Kinder der Singschule hielten

Kerzen in der Hand und sangen abwechselnd mit der Kantorei und der Gemeinde. Lena spürte eine wohlige Weihnachtsstimmung in sich aufkommen – sie bahnte sich ihren Weg durch das schlechte Gewissen und das viele überflüssige Essen und gab ihr ein Gefühl der Feierlichkeit.

Die Pastorin las die Weihnachtsgeschichte aus dem Lukasevangelium. *»Fürchtet euch nicht! Siehe ich verkündige euch große Freude, die allem Volk widerfahren wird; denn euch ist heute der Heiland geboren, welcher ist Christus, der Herr, in der Stadt Davids.«* Dann sprach sie von den immer wiederkehrenden Traditionen des Weihnachtsfestes und davon, dass den meisten Menschen diese Traditionen wichtig seien.

»Uns, denen es gut geht, die wir zufrieden, gesund und glücklich sind, wir brauchen diese Traditionen, möchten daran festhalten und wollen keine Erneuerung. Wir wünschen uns, dass alles so bleibt, wie es ist.

Aber es gibt hier in dieser Kirche und überall in der Welt auch Menschen, die an diesem Weihnachtsfest nicht an dem Alten festhalten möchten, Menschen, die Erneuerung wollen, ja, es gibt Menschen, die den Aufbruch wagen möchten und dabei jemanden brauchen, der ihnen sagt ›*Fürchtet euch nicht*‹.«

Lena betrachtete die großen Kirchenfenster. Ja, sie wollte auch aufbrechen. Sie wollte weg von dieser verdammten Esssucht, die sie täglich quälte. Trotzdem hielt sie etwas zurück und sie hatte niemanden, der ihr versicherte, dass sie keine Angst zu haben bräuchte. Wer sollte sie ernst nehmen und ihr Problem nachvollziehen können? Jeder würde doch glauben, das sei einzig Disziplinlosigkeit.

Das nächste Lied. Die Singschule sang wieder abwechselnd mit der Gemeinde. In der letzten Strophe hieß es: *»Süßes Heil, lass dich umfangen, lass mich dir, meine Zier, unverrückt anhangen. Du bist meines Lebens Leben, nun kann ich mich durch dich wohl zufrieden geben.«* Süßes Heil – Lena musste bei diesen Worten Paul Gerhardts sofort an Kuchen und Schokolade denken, schämte sich aber im nächsten Augenblick dafür.

Später das Vaterunser. *»Unser täglich Brot gib uns heute.«* Würde doch dieses ganze Essen endlich verschwinden. Lena überlegte. Vielleicht würde sie froh sein, mal einen Tag nichts zu essen zu haben, und ihren Magen knurren zu hören – ein ihr gänzlich fremd gewordenes Geräusch. Nein, sie könnte nicht froh sein, denn sie brauchte das Essen, wahrscheinlich würde sie ausrasten vor Gier.

Das letzte Lied. *»O du fröhliche, o du selige, gnaden-bringende Weihnachtszeit!«* Gnadenbringend? Essen-bringend. Sie musste an das bevorstehende Weihnachts-essen denken und empfand eine Mischung zwischen Ekel und Verlangen.

Der Gottesdienst war zu Ende. Am Ausgang schüttelte die Pastorin ihr die Hand, wünschte frohe Weihnachten und sah sie mit ihrem *»Fürchte-dich-nicht«*-Blick an. Lena guckte weg.

Eine gute halbe Stunde später saß sie mit ihren Großeltern unterm Weihnachtsbaum, der ungefähr die Hälfte des Wohnzimmers einnahm und neben kleinen Holzengeln die gesamte Christbaumkugelsammlung der Großeltern präsentierte.

»Der Baum ist gut gewachsen«, befand der Großvater. »Und so schön geschmückt«, fügte die Großmutter zufrieden hinzu.

Der Großvater legte eine Schallplatte auf und kurz darauf ertönte knisternd süße Weihnachtsmusik. »Schade, dass du nicht mehr Klavier spielst, Lena.«

»Komm mal zurück in deinen Sessel, dann können wir endlich Bescherung machen!«, rief die Großmutter.

»Jaaaaa, ich bin schon da!«, schrie der Großvater.

Lena seufzte. »Habt ihr eure Hörgeräte drin?«

»Was?«, fragten die Großeltern im Chor.

Später saßen sie da mit ihren ausgepackten Geschenken. Friedhelm hatte am meisten bekommen: außer einem bestickten Halsband, einer neuen Leine und Hundespielzeug so viele Hundeknochen und Leckerchen, dass er davon sicherlich mehrere Monate lang hätte leben können. Jetzt lag der Dackel zufrieden und vollgefressen unterm Weihnachtsbaum. Lena stöhnte innerlich. In spätestens einer Stunde wäre sie in einem ähnlichen Zustand; zwar läge sie wohl kaum zufrieden unterm Weihnachtsbaum, aber furchtbar vollgefressen würde sie sicherlich sein.

Die Großeltern hatten Lena Zeichenstifte, Transparentblöcke, ein dickes Baukonstruktionsnachschlagewerk, selbstgestrickte Strümpfe und einen großen »Süßen Teller« geschenkt. Holger hatte ihr einen langen Brief aus Atlanta geschrieben und ihre Eltern hatten ihr Weihnachtsgeld überwiesen, damit sie sich das kaufen konnte, was sie sich wünschte. Die Hälfte des Geldes ginge sicherlich für Architektursachen drauf; Lena befürchtete nur, dass sie den anderen Teil für Essen ausgeben würde, deshalb wäre es ihr lieber gewesen, wenn die Eltern ihr kein Geld geschenkt hätten.

Der Großvater saß in seinem Sessel und schien für den Rest des Abends mit dem Solitärspiel beschäftigt zu sein, das Lena ihm mitgebracht hatte. Die Großmutter und Lena bereiteten das Essen zu. Später saßen sie am Esstisch bei Truthahn, Bratäpfeln, Rotkohl und Klößen.

»Nun iss mal noch ein bisschen was.« Die Großmutter gab ihr mehr auf den Teller und Lena aß.

Das Telefon klingelte, der Großvater ging dran. »Gerd, du bist es. Wie geht es euch? ... Wie warm ist es bei euch? ... Also hier ist es kühl und diesig ... Lena, komm doch mal her, deine Eltern wollen dich sprechen.«

Sie stand auf und ging zum Telefon. Inzwischen war ihre Mutter am anderen Ende der Leitung. »Lena, du kannst dir gar nicht vorstellen, wie toll es hier ist! Die Strände und das Meer und alles. Und das Wetter ist überhaupt nicht weihnachtlich. Warst du mit Oma und Opa in der Kirche? Ich wünsche euch noch einen schönen Abend und grüß mir die beiden. Ach warte, Claudi will dich auch kurz sprechen.«

Lena seufzte.

»Hi, wie geht's? Du hättest echt mitkommen sollen. Es ist so unglaublich hier! Einfach traumhaft.«

Lena versuchte, ihre Stimme froh klingen zu lassen. Ja, hier war alles in Ordnung. Und ihr ging es gut. Alles bestens. Nach dem Telefonat nahm sie noch Nachschlag. Die Großmutter freute sich. Zum Nachtisch gab es Vanilleeis mit heißen Kirschen.

»Das magst du doch so gerne, Lena, oder?« Sie nickte und dachte daran, dass auf Gran Canaria richtiges Wetter für Eisdesserts war. Strandwetter. Und dass sie es von ihren Eltern eigentlich mutig fand, mit diesem Urlaub sämtliche bisherige Weihnachtstraditionen zu durchbrechen.

»Wollen wir noch Rommé spielen?«, fragte die Großmutter später. Sie gingen zurück ins Wohnzimmer. Dort stand der »Süße Teller« auf dem Tisch und starrte Lena an.

Blätterkrokant, Schokoladenkugeln, Marzipankartoffeln, Schokokränze, Lebkuchen, Kokosmakronen, Dominosteine, Minischokoladentafeln mit Engelbildern – viele von ihnen überlebten den Abend nicht.

In der Nacht wälzte Lena sich schlaflos im Bett. Immer wieder hörte sie leise Knabbergeräusche, die sie wachhielten. Wahrscheinlich nagten Mäuse an der Vertäfelung, das Haus war alt und beherbergte in seinen Nischen und Zwischenböden vermutlich genug Getier. Das Knabbern war direkt über ihrem Bett. Lena schauderte es. Würden sich die Mäuse durch die Decke fressen können? Ekel überkam sie. Stell dich nicht so an, der Dachboden ist gut ausgebaut und das Gästezimmer komfortabel – hier kommen Mäuse nicht durch die Decke. Doch das Knabbern nahm kein Ende. Die Knabbergeräusche fraßen sich in Lenas Ohren wie Tinnitus. Hier konnte sie nicht bleiben. Sie klemmte ihre Bettdecke unter den Arm, stieg die enge Treppe hinab und legte sich auf das Sofa im Wohnzimmer. Neben den Weihnachtsbaum, wo auch Friedhelm zufrieden schnarchte.

Die Holzengel am Baum schienen leise zu lachen.

Am zweiten Weihnachtstag hatte der Großvater Geburtstag. Er wurde achtzig und das wollte er mit Freunden und Verwandten feiern. Dass seine beiden Söhne und Schwiegertöchter ausgerechnet jetzt auf Gran Canaria waren, hatte zunächst zu Konflikten geführt, aber dann hatte man sich auf eine Nachfeier im Januar geeinigt. Nun freute sich der Großvater umso mehr, wenigstens eine Enkelin dabeizuhaben. Lena hatte zusammen mit der Großmutter einen riesigen Geburtstagsbrunch vorbereitet. Am Tag zuvor hatten sie fast ausschließlich gebacken. Für die Großmutter spielte es keine Rolle, dass der erste Weihnachtsfeiertag war – schließlich sollte alles frisch sein.

Lena war einerseits froh über die Arbeit in der Küche gewesen, hatte sie doch schon befürchtet, dass ihre Großeltern wieder mit ihr in die Kirche zu der *»Fürchte-dich-nicht«*-Pastorin gehen wollten. Andererseits war der Duft von frischgebackenen Plätzchen und Kuchen quälend. Es roch nach Weihnachten, Kindheit und heiler Welt – und Lena hätte sich diese heile Welt gerne einverleibt.

Während sich die Großmutter und sie einen Großteil des ersten Weihnachtstages mit den Vorbereitungen beschäftigt hatten, war der Großvater auf Mäusejagd gegangen. Er war sehr enttäuscht, als Friedhelm, der früher angeblich der beste Mäusefänger des Dorfes gewesen war, nicht mit ihm kam, sondern es vorzog, in der Küche auf eventuell herunterfallendes Essen zu spekulieren. Mäuse hatte der Großvater nicht gefunden, aber er hatte versichert, auf dem gesamten Kriechboden Mäusegift ausgelegt und Fallen aufgestellt zu haben. Lena hatte sich damit zufriedengegeben und in der vergangenen Nacht auch keine

Geräusche mehr gehört, wenngleich sie schon noch etwas ängstlich danach gelauscht hatte.

Und nun, am zweiten Weihnachtstag, standen die Großmutter und sie wieder in der Küche und bauten das Buffet auf: Lachs, kalter Braten, Käseplatte, Aufschnitt, Wurst, Brot, Brötchen, Salate, Ofensuppe, Weihnachtsgebäck, drei Obstkuchen und fünf Torten. Lena besah sich das prachtvolle Resultat ihrer Arbeit und fragte sich, wer das alles essen sollte. Und vor allen Dingen, wie sie selbst diesen ganzen Leckereien widerstehen sollte.

Die Großmutter war zufrieden. »Das haben wir gut gemacht, Lena, jetzt kann unser Besuch kommen.«

Um elf Uhr kamen die Gäste. Ein älteres Nachbarehepaar, sämtliche Großtanten und Großonkel von Lena, die Skatbrüder ihres Großvaters sowie Freunde aus dem Altenkreis der Gemeinde – insgesamt um die fünfundzwanzig Leute, die sich auf Wohnzimmer, Esszimmer und Küche verteilten.

»Ach, und das ist eure jüngste Enkelin?« »Lena, du bist ja eine richtige junge Dame geworden.« »Hallo Lena, kennst du uns nicht mehr? Wir sind Onkel Wilhelm und Tante Martha aus Mossenberg.« »Und Sie studieren Architektur? Mein Enkel studiert ja auch Architektur – hier in Detmold.« »Na, Lena, komm mal zu deinem Onkel Fritz.«

Lena rettete sich zum Buffet und setzte sich mit gefülltem Teller in eine Ecke. Die Lautstärke in den engen Räumen war unerträglich. Es klang, als hätten die meisten Anwesenden ihre Hörgeräte vergessen. Sie betäubte sich mit Essen.

»Lena? Habt ihr auch koffeinfreien Kaffee? Bring deiner Tante Käthe doch bitte mal eine Tasse.«

»Für mich ebenfalls!«, rief Tante Else hinter ihr her.

Lena ging in die Küche. Tante Käthe und Tante Else waren die größten Tratschtanten ihrer gesamten Verwandtschaft. Ihren Blicken entging nichts, sie kannten jedes Gerücht und waren selbst an den meisten Gerüchten nicht ganz unbeteiligt. Lena füllte zwei Tassen mit koffeinfreiem Kaffee und kehrte zu den Großtanten ins Esszimmer zurück. Tante Käthe nahm die Tasse entgegen und Lena stellte noch die Zuckerdose auf den Tisch, woraufhin die Tante sofort mehrere Teelöffel Zucker in ihrem Kaffee versenkte.

»Oh, danke, das ist aber reizend. Du versorgst uns ja hier wie eine Mutter ihr Kind an ihrer Brust.«

Tante Else lachte. »Na ja, Brust ist wohl etwas zu viel gesagt.«

Die beiden starrten auf Lenas Oberweite. Lena schluckte, versuchte aber diesen Kommentar zu übergehen, und blickte auf den Tisch. Die Tanten hatten sich vorsorglich jede gleich zwei bis an den Rand gefüllte Teller vom Buffet geholt. Bevor später das Beste schon weg wäre. Sicherlich hatten sie seit Heiligabend nichts mehr gegessen. Wenn sie wussten, dass sie eingeladen waren, hungerten sie in der Regel zwei Tage davor und zwei Tage danach – schließlich brachte man ja ein Geschenk mit und musste das Geld dafür wieder reinkriegen. Wahrscheinlich hatten sie trotz ihrer guten Rente dem Großvater wie immer irgendein Sonderangebot mitgebracht oder etwas weitergegeben, das sie selbst geschenkt bekommen hatten.

Lena wollte den Raum verlassen, sich aus dem Blickfeld der Großtanten stehlen, doch Tante Käthe rief sie zurück.

»Warte mal, Kind, ich habe dich ja lange nicht mehr gesehen, aber du hast ganz schön zugenommen, oder?«

»Ja, das ist mir auch schon aufgefallen, woran liegt das, Mädchen?«

»Meine Freundin Roswitha hat da ja neulich so eine Diät gemacht mit so einem neuen Produkt und die hat ganz doll abgenommen, stell dir das mal vor, Else.«

»Ja, also Lena, die Proportionen passen bei dir nicht, wenn ich das mal so direkt sagen darf, so dick und so ein kleiner Busen. Falls du von mir einen guten Rat haben willst – du solltest abnehmen, sonst findest du nie einen Mann.«

Lena verließ den Raum. Tränen schossen ihr in die Augen. Sie wischte sie weg. Es waren nur zwei alte, senile Tanten, die keine Ahnung hatten. Trotzdem fühlte es sich an, als hätten ihr die beiden mit riesigen Boxhandschuhen kräftig in den Bauch geboxt.

Sie wollte keine Tochter, keine Enkelin, keine Großnichte sein, für deren Figur man sich schämen musste.

Sie ging in die Küche. Dort begegnete sie ihrem Großonkel Gustav. »Na Lena, immer noch nicht satt?« Er lächelte verschmitzt. Sie mochte ihn und sie wusste, dass er das nicht so meinte, aber trotzdem traf es sie. Onkel Gustav verließ mit einem Teller Suppe den Raum.

Nun war Lena als Einzige in der Küche. Allein mit dem Buffet. Na wartet! Jetzt erst recht! Ihr wisst ja gar nicht, wie einfach es ist, heimlich zu essen. Ihr braucht davon ja nichts mitzukriegen ... Mit wenigen Bissen stopfte sie sich ein Stückchen Stachelbeerkuchen in den Mund. Als sie zu Ende gekaut und runtergeschluckt hatte, kam ihre Großmutter herein.

»Ist doch eine schöne Feier, oder? Was hätte ich bloß ohne deine Hilfe gemacht, Lenakind? Könntest du vielleicht mit der leeren Keksdose nach oben in den Haushaltsraum gehen und sie auffüllen? Du weißt ja, wo ich die Plätzchen hingestellt habe, oder? Du kannst sie dann auf den Tellern mit dem Gebäck verteilen.«

Lena nickte. Ihre Großmutter verließ die Küche. Lena sah sich um, nahm anschließend die Keksdose, öffnete sie und packte eilig mit der Hand ein Stück Baumkuchen, ein Stück Schwarzwälder Kirschtorte und ein Stück Möhrentorte hinein. Sie schloss den Deckel und ging die steile Treppe nach oben in den Haushaltsraum, wie die Großmutter ihn nannte. Eigentlich war der Raum ein Allzweckraum. Hier wurden Vorräte gelagert, hier wurde gebügelt, hier stand die Nähmaschine der Großmutter und noch alles mögliche andere. Zwischen den beiden Dachzimmern gab es eine Verbindungstür. Sie ging in das zweite, das Gästezimmer, und setzte sich auf ihr Bett. Unwahrscheinlich, dass jemand hierherkam – die steile Treppe erklomm niemand von den alten Herrschaften freiwillig.

Lena öffnete gierig die Dose und machte sich über den Inhalt her. Nach gar nicht langer Zeit war der Kuchen mit sämtlichen verdächtigen Krümeln verschlungen. Sie betrat den Haushaltsraum, füllte die Dose mit Gebäck – wobei natürlich nicht alle Plätzchen in die Dose wanderten, sondern auch einige in ihren Schlund – und ging damit zurück in die Küche, um ihren Auftrag zu erfüllen.

Diesmal standen mehrere Gäste am Buffet. Lena füllte neue Plätzchen auf die Gebäckteller und verzog sich ins Wohnzimmer. Ihre Tanten waren zum Glück noch im Esszimmer, deshalb setzte sie sich auf die Sofalehne neben ihren Großvater. Die Besucher, die keinen Platz auf der Polstergarnitur mehr bekommen hatten, saßen auf Stühlen vor dem pompösen Weihnachtsbaum. Friedhelm hatte sich bereits unter dem Sofa verkrochen und kam nur hervor, wenn jemandem Essen herunterfiel.

Der Großvater war sichtlich zufrieden mit seiner Feier. »Hast du denn auch schon was gegessen von den guten Speisen, Kind?«

Lena nickte. Sie dachte an Claudi und ihre Eltern, die jetzt vielleicht am Strand spazieren gingen oder am Hotelpool entspannten. Und am Abend ganz selbstverständlich vom Buffet im Hotel essen und es genießen würden. Nicht zu viel und nicht zu wenig. Ohne sich großartig Gedanken darüber zu machen.

Bald darauf fand Lena sich abermals in der Küche wieder. Sie ging am Buffet vorbei, blickte sich um und stopfte sich ein Stückchen Marmorkuchen in den Mund.

Später, als schon einige Gäste gegangen waren, bat die Großmutter sie, den Käsekuchen und die Sahnetorte doch bitte in den Haushaltsraum zu bringen, weil es da etwas kühler war. Lena tat ihr den Gefallen und ging nach oben. Dort angekommen starrten die zwei Kuchen sie aufdringlich an – die beiden hatte sie noch gar nicht probiert. Eine Viertelstunde später waren die Tortenplatten um jeweils zwei Stückchen erleichtert.

Als Lena wieder herunterkam, lief ihr die Großmutter entgegen. »Ach da bist du, Helga und Jupp wollten sich von dir verabschieden.«

»Ich hatte mich oben kurz hingelegt, weil ich etwas Kopfschmerzen hatte – ist aber schon wieder besser.« Lena schluckte – die Gier machte sie regelmäßig zur Lügnerin.

Sie sagte Helga und Jupp brav auf Wiedersehen. Die Geburtstagsgesellschaft war inzwischen so weit geschrumpft, dass alle ins Wohnzimmer passten. Nur Tante Käthe und Tante Else schlichen verdächtig um das Buffet. Lena wollte den beiden nicht begegnen, deshalb ging sie ins Bad, schloss sich ein und setzte sich auf den Badewannenrand.

Ihr war übel. Kotzübel. Sie musste bescheuert sein. Sie hatte nach Lachs, Fleisch, Brötchen, ein paar Käsehappen und Suppe sage und schreibe zwölf Stückchen Kuchen gegessen, von den Plätzchen mal ganz abgesehen. Zwölf Stückchen. Sie war total verrückt. Das war doch krank. Ihr war schlecht. Sie bekam kaum noch Luft, so viel hatte sie verschlungen. Lena hielt sich den Bauch. Sie hatte das Gefühl, gleich zu krepieren. Das Essen drückte mit aller Gewalt gegen ihre Magenwand, gegen ihre Lunge wahrscheinlich auch – so fühlte es sich zumindest an –, ihre Hose spannte und es war, als hätte sie einen zentnerschweren Steinbrocken im Körper.

Ihr Blick fiel auf die Toilette. Kotzen, kam es ihr in den Sinn. Kotzen. Sie klappte den Toilettendeckel und die Klobrille hoch und beugte sich über die Schüssel. Sie würgte. Nichts. Sie steckte sich den Finger in den Hals.

Nichts. Es funktionierte nicht. Wie viel musste sie denn noch essen, damit sie endlich kotzen konnte? Sie probierte es ein paar Mal, aber vergebens. Es ging einfach nicht. Sie musste das Essen bei sich behalten, weil ihr Magen sich weigerte, es wieder herauszugeben. Bulimie war auch keine Lösung, das wusste sie. Doch mit diesem vollen Bauch hätte sie sich so sehr gewünscht, sich übergeben zu können, anstatt sich stundenlang mit einem vollgefressenen Körper herumquälen zu müssen. Kotzen hätte ihr Erleichterung verschafft.

Frustriert stand sie auf und ging ins Wohnzimmer. Die Engel am Baum lachten. Mit dem misslungenen Kotzversuch fühlte sie sich noch schwerer und unfähiger als zuvor. Elendig saß sie auf einem Stuhl und ertrug das Seniorengeschwätz und ihr schlechtes Gewissen. Am liebsten hätte sie sich in Luft aufgelöst. Luft war wenigstens leicht.

Zwei Stunden später, als Lena gerade so weit war, dass sie wieder normal atmen konnte und ihr nicht mehr ganz so schlecht war, kam der Großvater zu ihr.

»Lena, ich hätte eine Bitte. Du hast doch nichts getrunken, oder? Könntest du vielleicht Tante Käthe und Tante Else nach Hause bringen? Das wäre lieb. Hier ist der Jetta-Schlüssel.«

Nein! Bloß das nicht. Sie wollte nicht diese beiden alten Hexen nach Hause bringen. Aber der Großvater hatte Geburtstag und anscheinend auch schon einiges getrunken, also blieb ihr nichts anderes übrig, als den Schlüssel mit einem leisen Seufzer entgegenzunehmen.

Zwanzig Minuten später – die Tanten mussten sich schließlich noch ihre mitgebrachten Tupperdosen mit Kuchen und Suppe füllen lassen – saß sie mit den beiden im Auto und fuhr die dunkle Dorfstraße Richtung Detmold. Sie drehte das Autoradio an.

»Also Kind, willst du dich etwa nicht mit uns unterhalten?« Tante Käthe, die auf dem Beifahrersitz Platz genommen hatte, stellte das Radio wieder aus. Keine Chance, dem Geplapper zu entfliehen. Lena seufzte leise und fuhr so schnell wie möglich, während sie den Redeschwall der beiden über sich ergehen ließ. »Kind, fahr vorsichtig, es könnte glatt sein!«

Die Tanten hatten selbst keinen Führerschein, dafür hatte Tante Else mehrere winterliche Unfallgeschichten auf Lager, die sie ihr vom Rücksitz aus ins Ohr quasselte.

Zum Glück dauerte die Fahrt nicht ewig und Lena konnte die beiden bald vor ihrer alten Vorort-Villa absetzen.

Ihr war, als würde eine große Last von ihr fallen, während die Tanten winkend auf dem Bürgersteig standen, sie das Radio laut aufdrehte, ein weihnachtsfeiertagskompatibles »*Feel*« von *Robbie Williams* aus dem Radio erklang und sie davonfuhr. Die andere große Last, die sich in ihrem Bauch befand, war leider nicht von ihr abgefallen und das würde wohl auch noch eine Weile dauern.

Sie nahm den Weg durch das Industriegebiet. Es war dunkel und kalt, die Sicht leicht diesig. Absolut ungemütlich. In dieser Dunkelheit leuchtete urplötzlich ein großes gelbes M. Dieses geniale Logo war stets in einer Weise positioniert, dass man es von überall her sehen konnte. Das M strahlte Lena an. Der schlichte Buchstabe übte jene magische Wirkung auf sie aus, die damals die Pyramiden im Sonnenlicht durch ihre einfache Geometrie auf die alten Ägypter ausgeübt haben mussten. Häufig hatten die Pyramiden goldene Spitzen, die das Licht reflektierten und von weither zu sehen waren. Goldene Spitzen, gelbe Buchstaben, ein Leuchten von Weitem zu erkennen ...

Ein paar Minuten später stand Lena mit dem Jetta im Drive-in und bestellte ein Eis. Das rutschte immer noch hinterher.

Sie fuhr auf den Parkplatz, schaltete den Motor aus und drehte die Musik lauter. Dann löffelte sie das mit einem zerkleinerten Schokoriegel durchmischte Eis aus dem Plastikbecher. Eis im Auto bei unter null Grad – langsam tickte sie echt durch. Der Becher war leer. Ob das mit dem Eis jetzt noch sein musste? Sie war wirklich krank im Kopf.

Lena zog den Choke und drehte den Zündschlüssel um. Ein erbärmliches Stottern. Na komm, spring an! Sie versuchte es nochmals. Nur ein Stottern. Okay, alte Autos brauchten etwas länger. Lena drehte den Zündschlüssel noch einmal. Wieder nur Stottern. Bitte, das konnte ihr das Auto doch nicht antun! Ein weiterer Versuch – der Motor stotterte. Würde ihr dieser blöde Wagen jetzt freundlicherweise den Gefallen tun und anspringen? Es dachte gar nicht daran. Sie drehte ein wieder den Schlüssel. Daraufhin gab es nicht mal mehr ein Stottern von sich. Gar nichts. Nichts. Verdammt, die Batterie. So ein Mist! Warum musste das ausgerechnet jetzt passieren?

Ihr Blick fiel auf den leeren Eisbecher, der auf dem Beifahrersitz lag. Das war die gerechte Strafe. Sie verdiente es nicht anders. *Die Strafe folgte auf den Fuß.* Warum hatte sie dieses verdammte Eis essen müssen? Das geschah ihr recht. Doch das half ihr jetzt nicht weiter.

Sie ging in das Fastfoodrestaurant. »Hat vielleicht jemand ein Überbrückungskabel?« Gemeinschaftliches Kopfschütteln. Auch die Bediensteten hinter der Theke konnten ihr nicht helfen. Scheiße.

»Wozu brauchst du das denn?«, wollte einer der Essenden wissen.

»Mein Wagen springt nicht an.«

»Soll ich mal versuchen?«, fragte der Typ freundlich.

»Gerne, aber ich glaube, ohne Überbrückungskabel läuft da gar nichts.«

Sie gingen nach draußen und der Typ gab sich alle Mühe, den Wagen zum Anspringen zu bewegen, doch der Jetta dachte gar nicht daran, auch nur den leisesten Ton von sich zu geben.

»Ist wohl wirklich die Batterie. Da kann ich dir leider nicht helfen.«

»Ist schon okay, ich nehme mir ein Taxi und hole den Wagen morgen früh. Weißt du die Nummer von einem Taxiunternehmen?«

Er nannte sie ihr. Sie bestellte sich ein Taxi, das bald darauf kam, und fünf Minuten später war sie wieder bei ihren Großeltern. Der Besuch war inzwischen weg.

»Wir haben uns schon Sorgen gemacht. Wo bleibst du denn so lange?«

Lena erzählte ihnen die Geschichte, wenn auch nur die halbe Wahrheit. »Und auf dem Rückweg dachte ich dann, dass ich mir die neue CD von der Fastfoodkette kaufen könnte, bevor sie ausverkauft ist. Die machen doch immer diese CDs, als Sonderaktion. Ich habe den Jetta auf den Parkplatz gestellt und als ich zurückkam, sprang er nicht mehr an.«

Die Großmutter legte ihr die Hand auf die Schulter. »Das ist doch nicht schlimm, Kind, Hauptsache dir ist nichts passiert.«

Der Großvater schmunzelte. »Ach, weißt du, Lena, das ist gar kein Problem, schräg gegenüber des Parkplatzes ist eine Werkstatt, die werden uns morgen früh helfen. Außerdem ist nach so einem schönen Tag wie diesem gar nichts mehr schlimm.«

Jetzt lachte auch die Großmutter. »Ja, wir hatten wirklich einen tollen Tag und überhaupt ist Weihnachten doch immer das schönste Fest im Jahr, nicht wahr, Lenakind?«

Die Engel am Baum kicherten süßlich. Lena versuchte ein Lächeln und nickte.

7. Das neue Jahr
und der Kühlschrank

»Wirklich schade, dass du nicht dabei warst. Das war so traumhaft schön – die Strände und überhaupt die ganze Landschaft. Beim nächsten Mal musst du unbedingt mitkommen.«

Lena saß in Claudis gemütlicher Altbauwohnung in der Detmolder Innenstadt und nippte von dem Schwarztee mit Marzipan-Aroma, den die Cousine ihr eingeschenkt hatte. Es war der Nachmittag des 30. Dezember und draußen waren Regen und Kälte dabei, Claudis heitere Urlaubserinnerungen wegzuspülen.

»Weihnachten in der Sonne, so was musst du echt mal erleben. Guck mal, ich bin sogar etwas braun geworden.«

Claudi zog ihren Pulloverärmel hoch und hielt ihrer Cousine ihren Unterarm vor die Nase. Lena starrte auf Arm und Gesicht. Die leichte Bräune stand Claudi. Sie sah sowieso ziemlich klasse aus. Sicherlich hatte sie mal wieder abgenommen. Wahrscheinlich wog sie inzwischen zehn bis fünfzehn Kilo weniger als Lena. War sie neidisch auf ihre Cousine? Nein, zumindest nicht missgünstig. Sie wollte gar nicht so sein wie Claudi.

»Aber nun erzähl du mal, wie war es bei Oma und Opa?«

Lena musste an die Berge von Essen denken, die in den letzten Tagen zur Freude ihrer Großmutter – dann scheint morgen auch die Sonne – in ihrem Schlund verschwunden waren.

»Es war nett.«

»Bist du denn mit Architektur vorangekommen?«

»Ja, meine Pläne und Entwürfe sind fertig.«

Claudi nahm die Kanne vom Stövchen und goss sich Tee ein. Anschließend griff sie nach dem Süßstoff und gab zwei Tabletten davon hinzu. Lena beobachtete die kleinen

Tabletten, wie sie sich – an der Teeoberfläche kreisend – langsam auflösten.

»Hast du etwas von Holger gehört?«

»Ja, er hat mir einen Brief aus Atlanta geschrieben. Ich soll dich schön grüßen.« Lena nahm einen Schluck Tee und umschloss danach mit ihren Händen die wärmende Tasse. »Sag mal, wo hat Achim eigentlich Weihnachten gefeiert? Von dem habe ich ja ewig nichts mehr gehört.«

»Keine Ahnung. Irgendwo in Münster.« Claudi zwirbelte eine ihrer Haarsträhnen, so als suche sie nach Spliss. »Ich glaube, er musste sogar über Weihnachten arbeiten. Seit er sein Examen hinter sich hat, bedient er ja fast nur noch in dieser Kneipe. Ich habe ihn auch schon länger nicht mehr zu Gesicht bekommen.«

»Und was ist mit seinem Referendariat?«

Claudi bearbeitete weiter ihre Haare, als würde es sie langweilen, über ihren Bruder zu reden. »Er wollte ja gerne nach Düsseldorf oder Köln. Doch sein Seminarort ist jetzt wohl Solingen. Eine Schule hat er noch nicht zugewiesen bekommen.«

»Echt? Solingen? Das hat mir gar keiner erzählt. Nur, dass er gerne nach Köln wollte. Aber Solingen ist ja ganz bei mir in der Nähe. Ich bin mal gespannt, wohin es Holger verschlägt, wenn er aus den USA zurück ist.«

Claudi grinste. »Wenn er zurückkommt ...«

»Klar kommt er zurück.« Lena schenkte sich Tee nach. Sie hatte noch nie an die Möglichkeit gedacht, dass ihr Bruder für immer im Ausland bleiben könnte.

»Wir haben schon komische Brüder. Süßstoff?« Claudi schob ihr den Süßstoffspender hinüber.

»Nein, danke.«

»Zucker habe ich leider nicht im Haus, du weißt ja.«

»Schon okay, ich trinke den Tee schwarz. Was machen wir eigentlich morgen? Hast du etwas geplant?«

Claudi sprang auf. »Stimmt, das habe ich ja ganz vergessen, ich wollte noch Olli anrufen wegen der Party.«

»Wer ist denn Olli? Und welche Party?«

Nervös strich Claudi sich ihre Haare hinters Ohr. »Mein Kommilitone – ich hab dir doch am Telefon von ihm erzählt. Der macht mit seinen Mitbewohnern eine Silvesterparty.«

Sie ging in den Flur, um zu telefonieren. Lena musterte ihre Cousine und deren Jeanshintern, der genau richtig war – nicht zu viel und nicht zu wenig. Ihr eigener Po war inzwischen bestimmt doppelt so breit. Sie hörte Claudi im Flur sprechen. Ihre Stimme klang süßlich und sie kicherte zwischendurch. Dieser Olli schien es ihr wirklich angetan zu haben. Als sie wieder ins Zimmer kam, begann sie von ihm zu schwärmen. Er spielte Cello und studierte wie sie Musik.

»Das Cello und die Violine – wie romantisch.«

»Nur kein Neid, Lena.« Claudi nahm ein Haargummi, das auf dem Tisch lag, und band sich ihre Haare zu einem Zopf. Ihr Gesicht kam unverdeckt zum Vorschein und es war ein glückliches Gesicht, in dessen Augen die kribbelnde Aufregung des Verliebtseins blitzte.

»Die Party wird in der WG von Olli, Birger und Jens stattfinden. Jens studiert auch Musik und Birger macht irgendeine Ausbildung. Sicher wird es ganz witzig. Jetzt habe ich nur ein Problem.« Claudi schien plötzlich betrübt.

Lena blickte auf. »Was denn?«

»Ich weiß nicht, was ich anziehen soll.«

»Ach, du wirst schon etwas finden.«

»Das sagst du so einfach. Bei meinem dicken Hintern und den Elefantenschenkeln.«

Jetzt tickte Claudi wohl völlig durch. »Du hast überhaupt keinen dicken Hintern. Red dir so etwas bitte nicht ein.«

»Doch, ich nehme immer nur oben ab. Aber das wird sich ändern, ich habe mich nämlich im Fitnessstudio angemeldet.«

»Sag mal, meinst du nicht, dass du es langsam übertreibst?«

»Nein, wieso sollte ich übertreiben? Lena, ich verstehe dich echt nicht. Warum bist du auf einmal so dagegen? Du siehst ja, wohin das führt.«

»Wie meinst du das?«

»Na, guck dich doch mal an.«

»Na und, ich bin immer noch Lena Pfannkuch.«

»Ja, im wahrsten Sinne des Wortes. Du hast nicht gerade abgenommen.«

»Das weiß ich auch.«

Musste Claudi ausgerechnet jetzt dieses Thema ansprechen? Eigentlich wollte Lena nicht darüber reden.

»Und warum machst du nichts dagegen? Ich verstehe nicht, dass du auf einmal etwas gegen Diäten hast. Noch im April haben wir zusammen diese Crash-Diät gemacht. Du fandest das doch auch gut und sahst total klasse danach aus.«

»Ja und, bin ich jetzt etwa hässlich?«

»Nein, natürlich nicht, aber dünn stand dir nun mal besser.«

Wieso konnte Claudi sie nicht einfach mit ihrer Figur in Ruhe lassen?

»Lena, du hast dich total verändert. Warum bist du nicht mehr so wie früher?«

Diese Frage warf Claudi einfach so in den Raum. Lena schluckte. Es stimmte ja, sie war nicht mehr wie früher. Aber sie konnte ihrer Cousine doch unmöglich sagen, dass sie total krank im Kopf war und fast ihr gesamtes Leben nur noch aus Essen und Gedanken an Essen bestand. Sie musste das jetzt irgendwie abbügeln und harmlos klingen lassen. »Mag sein, dass ich mich verändert habe. Liegt vielleicht an der Trennung von Patrick. Oder an der Entfernung zwischen uns. Du wohnst eben nicht wie früher nebenan, sodass man sich jeden Tag sehen kann.« Lena nahm ihre Teetasse in die Hand, als wolle sie sich daran festhalten. »Aber eins sage ich dir: Ich mache keine Diäten mehr. Das ist nicht mehr mein Ding.«

»Fehlt dir die Disziplin oder was ist los?«

»Bitte, Claudi, lass uns über etwas anderes reden.«

»Wenn du meinst. Ist ja dein Körper.«

Claudi und Lena standen im Badezimmer vorm Spiegel. Wie früher. Nur dass sie sich heute nicht mehr wie Zwillinge anzogen und sich auch nicht mehr gleich stylten. Claudi hatte doch noch etwas zum Anziehen gefunden: eine schwarze Hose und ein silber-blau-schwarzes Oberteil. Ihre langen Haare hatte sie sich geschickt hochgesteckt und sich ziemlich stark geschminkt.

Auch Lena hatte sich eine schwarze Hose angezogen, dazu ein schlichtes rotes Langarmshirt, ebenfalls eng, und – damit man nicht sofort ihr dickes Hinterteil sah – eine lange Strickjacke darüber, obwohl lange Strickjacken gar nicht mehr modern waren. Ihre Haare ließ sie hängen und schminkte sich nur wenig.

Als Lena in den Spiegel sah, fiel ihr auf, dass auch ihr Gesicht viel dicker war als Claudis. Insbesondere hatte Claudi kein Doppelkinn. Jetzt hör aber auf mit dem Vergleichen! Sie sollte es wirklich sein lassen, das war nicht fair. Schließlich war sie selbst schuld, dass sie so dick war. Schuld und auch wieder nicht schuld, denn sie hatte nicht das Gefühl, dass ihre Fressanfälle selbstbestimmt waren.

Seit dem Vortag hatten sie nicht mehr über das Thema Figur und Diät gesprochen. Doch Lena spürte, dass das Thema die ganze Zeit im Raum stand und sie nun auch aus dem Spiegel anblickte. Es erschien ihr, als würde ihre Cousine genau darauf achten, was und wie viel sie aß und trank. Sie vermutete fast, dass Claudi sogar die Kalorien mitzählte, um ihr hinterher aufzeigen zu können, warum sie so dick war.

Doch Lena hatte seit dem Vortag gegessen wie ein Spatz, weil sie sich vor der Cousine geschämt hätte, viel zu essen. Außerdem hatte sie sowieso meistens nur Fressanfälle, wenn sie alleine war.

»Bist du fertig?«, fragte Claudi, während Lena gedankenverloren vor dem Spiegel stand und ihre Haare bürstete.

»Ja, ich komme sofort!« Sie warf dem dicken Gesicht im Spiegel noch einen Blick zu. Pfannkuch. Lena Pfannkuch. Claudi hatte recht mit der Behauptung, dass sie ihrem Nachnamen alle Ehre machte.

Von Claudis Wohnung zu der WG der drei Jungs war es nicht weit. Sie gingen zu Fuß.

Der Wallgraben lag dunkel zwischen Straße und dem von Bäumen gesäumten Fußweg. Das Licht der Straßenlaternen durchbrach seine düstere Wasseroberfläche und ließ ihn Licht spiegeln. Sie bogen in die Palaisstraße und steuerten auf ein großes altes Haus zu. Nur die Fenster im Obergeschoss waren beleuchtet. Eine schwache Lampe am Hauseingang wies ihnen den Weg. Der Vorgarten war nur klein, aber er reichte aus, um die Pflanzen zu beherbergen, die das Gebäude in uriger Weise umwuchsen. Aus den Fenstern im zweiten Stock war Musik zu hören. Die Haustür stand offen. Sie gingen die Holztreppe hinauf und wurden oben freudig begrüßt.

»Hey, schön, dass ihr da seid. Kommt rein.« Das musste Olli sein, zumindest umarmte Claudi ihn überschwänglich.

»Das ist Lena, meine Cousine. Und das ist Olli.«

Er war groß, blond und reichte ihr schüchtern die Hand. »Hallo.«

»Mann, hier ist ja schon richtig Stimmung.« Claudi wollte offensichtlich nur etwas Nettes sagen, denn außer der Musik konnte Lena von Stimmung noch nicht viel vernehmen.

Olli führte die beiden Cousinen durch die Wohnung. »Fühlt euch wie zu Hause. In der Küche ist das Buffet, da könnt ihr euch bedienen. In Birgers Zimmer ist die Musik, da können wir nachher auch tanzen. Bei Jens ist Chill-Out-Room. Dort kann man sitzen und quatschen. Na ja, und mein Zimmer hat bis jetzt noch keine Funktion.« Dabei betonte Olli das »bis jetzt« und grinste Claudi an. Die kicherte albern.

Lena beschloss, die beiden alleine zu lassen und sich selbst den anderen vorzustellen. Sie ging in Birgers Zimmer, aus dem gerade »*Blue*« von *Eiffel 65* dröhnte.

Die Jungs schienen den Raum fast vollständig leergeräumt und die wenigen Schränke mit Bettlaken verdeckt zu haben. In der Mitte war genug Platz zum Tanzen. Sogar an Schwarzlicht und Discokugel hatten sie gedacht. In einer Ecke beschäftigte sich jemand mit der Anlage, ansonsten hielt sich hier noch niemand auf. Vermutlich war der DJ Birger. Lena nickte ihm kurz zu.

Dann sah sie sich den Chill-Out-Room an. Hier saßen schon etwa zehn Leute. »Hi, ich bin Lena.« Durch die Musik verstand offensichtlich kaum jemand, was sie gesagt hatte, vielleicht interessierte es auch niemanden.

Sie setzte sich auf das Sofa zu ein paar Jungs, die ihr nett erschienen, und kam bald mit dem Typen zu ihrer Rechten ins Gespräch. Er hieß Matthias, aber alle nannten ihn nur Doggy, weil er große braune Augen und einen Hundeblick hatte. Auch seine zotteligen braunen Haare erinnerten an einen herumstreunenden Straßenköter, doch trotzdem hatte er etwas Gepflegtes an sich und Lena fand, dass er gut aussah.

»Studierst du auch Musik?«, fragte er.

»Nein, Architektur. Und du?«

»Echt? Ich studiere auch Architektur. Aber ich habe dich noch nie an der Fachhochschule hier gesehen.«

Sie blickte Matthias an. »Ich bin in Wuppertal an der Uni.«

Plötzlich musste sie an Lorenz denken, schob das Bild jedoch schnell beiseite. Schließlich waren nicht alle Architekten gleich.

Sie sprachen über moderne Architektur, Matthias hatte viel Ahnung, war allerdings auch schon ein paar Semester weiter als sie selbst.

»Möchtest du etwas trinken? Soll ich dir was mitbringen?«

»Ja, ein Bier bitte.« Er tigerte los und kam mit zwei Flaschen Detmolder wieder. Sie stießen an. »Auf die Architektur!«

Lena unterhielt sich lange mit Matthias. Die anderen Gäste interessierten sie gar nicht so sehr. Und mit Gesprächen über Architektur fühlte sie sich wohl. Mit Matthias auch.

Später gingen sie zusammen zum Buffet, das aus den mitgebrachten Speisen der verschiedenen Gäste zusammengewürfelt war. Lena verspürte kaum Hunger und darüber war sie froh. Endlich ein Fest, bei dem sie normal essen konnte. Sie setzten sich mit ihren Tellern zurück aufs Sofa. Inzwischen hatte sich die Anzahl der Gäste mindestens verdoppelt. Einige tanzten auch schon.

Matthias blickte auf die Uhr.

Lena grinste. »Bis Mitternacht ist noch etwas Zeit.«

»Nee, ich guck nur, weil Julia gleich kommen müsste.«

»Julia?«

»Meine Freundin. Sie kommt später, vorher ist sie noch auf einer anderen Party.«

Lena nickte. »Ach so.« Sie hätte sich denken können, dass einer wie Matthias nicht solo war. Vor ihrem inneren Auge sah sie Lorenz grinsen. Wie konnte sie sich auch auf Fachgespräche über Architektur etwas einbilden?

Kurze Zeit später kam Julia. Sie war blond, schlank und Lena hatte das Gefühl, dass sie durch den ganzen Raum strahlte. Sofort wandte sich Matthias von ihr ab und seiner Freundin zu.

Lena stand auf und ging in die Küche. Das Buffet bot noch die ein oder andere Leckerei. Gerade als sie sich etwas nehmen wollte, kam Claudi herein.

»Und, wie findest du Olli?«

»Scheint ja ganz nett zu sein. Weißt du vielleicht, ob hier noch irgendwo Landbier ist?« Claudi sollte bloß nicht denken, dass sie in der Küche war, um sich etwas vom Buffet zu holen.

»Musst mal da unten gucken. Mensch, ich sterbe gleich vor Aufregung. Ich bin mir ganz sicher, dass das was wird mit Olli.«

»Na, dann halt dich mal ran.« Lena versuchte zu lächeln. Was dabei herauskam, war eher eine bemühte Maske, eine Grimasse.

Doch Claudi war viel zu aufgeregt, um zu bemerken, dass ihre Cousine sich nicht mit ihr freuen konnte. Dass sie da stand vor dem Buffet und innerlich gegen den Gedanken ankämpfte, davon zu essen. Dass sich irgendwo in ihr drin zu der Enttäuschung über ihr Singledasein nun auch noch Schuldgefühle wegen der Nacht bei Lorenz gesellten. Dass sie verzweifelt versuchte, normal zu sein und ihrer Cousine die Freundin zu sein, die sie immer gewesen war, während die schlechten Gefühle in ihr gegen jegliche Normalität ankämpften.

Als Claudi die Küche verlassen hatte, steckte Lena sich ein Stück Käse in den Mund und eine Scheibe Weißbrot obendrein. In diesem Moment betrat ein ebenso breiter wie breit grinsender Typ die Küche.

»Hi, ich bin Ulf und wer bist du?«

Lena musterte ihn. Nein, sie durfte keine Vorurteile gegenüber dicken Männern haben. Sie war schließlich selbst dick. Und dafür, dass er eine Brille trug, konnte er nichts. Aber er hätte sich vielleicht eine modernere aussuchen können. Sie kaute zu Ende und schluckte herunter.

»Lena.«

Ulf machte sich über das Buffet her. Er schaufelte sich seinen Teller richtig voll und ließ bereits beim Auffüllen ein paar Gurken in seinem Schlund verschwinden, sodass ihr der Appetit verging. Dann wandte er sich ihr mit vollem Mund zu.

»Lass mich raten, du spielst Oboe.«

»Wie kommst du darauf? Ich spiele kein Instrument.«

»Wie, du studierst nicht Musik? Dachte ich jetzt. Also ich spiele Klarinette und Klavier.«

»Ich spiele Häuser entwerfen.«

»Aha, eine angehende Architektin? Soso. Von Architektur habe ich ja nicht so die Ahnung, aber ich habe mal gehört, dass es viel zu viele Architekten in Deutschland gibt.«

Sollte sie sich jetzt rechtfertigen? Sie ließ es bleiben und musterte stattdessen Ulfs Aknenarben. Er schien in der Pubertät ziemlich viele Pickel gehabt zu haben. Zwar hatte sie keine Lust auf diese Unterhaltung, aber immerhin war ihr der Appetit vergangen.

»Wo studierst du denn?«

»In Wuppertal.« Lena seufzte leise. Sie wollte weg von diesem Buffet und weg von diesem Ulf.

»Ach, du bist die Cousine von Claudi?«

»Ja. Ich werde jetzt mal rüber in den Tanzraum gehen, also bis später.« Sie wandte sich von ihm ab.

»Warte, ich komme mit.« Ulf stellte seinen Teller ab, trottete hinter ihr her und platzierte sich in Birgers Zimmer demonstrativ neben ihr, während Lena krampfhaft überlegte, wie sie ihn loswerden könnte. Sie besah sich die Tanzenden. Claudi und Olli tanzten eng umschlungen. Ein paar Mädchen bewegten sich ebenfalls zur Musik. Sie waren alle dünn.

»Willst du tanzen?« Ulf lächelte.

»Nein, ich hasse tanzen.« Das war eine Lüge. Aber was sollte sie tun? Sie musste Ulf wieder loswerden, doch wie? Schließlich kam ihr eine Idee.

»Du könntest mich Birger und Jens vorstellen. Die zwei habe ich noch gar nicht kennengelernt und ich muss doch wissen, wer die Gastgeber sind.«

Ulf gehorchte, stiefelte sofort zu den beiden Jungs, die neben der Anlage standen, und stellte sie Lena vor. Jens und Birger waren zwei eher unauffällige Durchschnittstypen, wobei ihr Birgers schelmischer Blick sehr sympathisch war. Noch bevor Ulf ihr ein weiteres Gespräch aufdrängen konnte, begann sie eine Unterhaltung mit Birger und schenkte Ulf keine Beachtung mehr.

Birger war locker, unkompliziert und äußerst redefreudig. »Wir wollen gleich in Jens' Zimmer bleigießen. Machst du mit?«

Lena nickte. »Klar, gerne.«

»Ich mache auch mit«, sagte Ulf neben ihr.

Birger grinste.

Eine Viertelstunde später saßen alle in Jens' Zimmer und starrten auf die Glasschale, in die das Blei gegossen wurde und zu skurrilen Bleifiguren erstarrte. Claudi und Olli behaupteten, dass ihre beiden Gebilde zusammen ein Herz ergeben würden, und küssten sich. Dabei konnte Lena daraus beim besten Willen kein Herz erkennen.

Nach ihnen war Lena an der Reihe. Sie nahm die Kelle und goss etwas von dem erhitzten Blei ins Wasser. Es zischte. Das Gebilde, das sie kurze Zeit später in den Händen hielt, war schlauchartig und leicht gebogen.

Julia lachte. »Das sieht aus wie eine Bratwurst.«

Lena passte diese Interpretation gar nicht, aber Julia hatte recht.

»Vielleicht lernst du ja deinen nächsten Freund an einer Bratwurstbude kennen!«, unterbrach Claudi ihre Kussattacke auf Olli. Alle lachten.

»Ich finde, das ist fast ein U wie Ulf.« Ulf schien sich über seine Interpretation zu freuen. Wieder Gelächter.

»Gut, dass man das Blei nicht im Nachhinein noch stärker verbiegen kann, sonst hätte Lena jetzt ein echtes Problem.« Jens blickte zu Ulf, während er das sagte, aber der schien nicht zu merken, dass er gemeint war.

Nun prustete Birger los. »Man könnte daraus auch etwas anderes erkennen.« Er betonte dabei das Wort »anderes«.

Olli grinste. »Ich weiß ja nicht, wie der bei dir aussieht, aber meiner ist nicht leicht gebogen.«

»Haha.« Birger verschränkte gespielt beleidigt seine Arme vor der Brust.

»Also bleiben wir bei der Bratwurst und der damit verbundenen Männerbekanntschaft.« Hiermit hatte Jens das Schlusswort gesprochen und der Nächste war an der Reihe.

Lena sah sich das bratwurstförmige Gebilde in ihrer Hand an und wusste, dass es nichts mit einer Männerbekanntschaft zu tun hatte.

Bratwurst. Fettige Bratwurst. Wenn ihre Prophezeiung für das neue Jahr etwas Essbares war, dann hieß das nichts Gutes ...

Am liebsten hätte sie das Bleigebilde aus dem Fenster geschmissen. Scheiß Aberglaube!

Um halb zwölf machten sich alle auf den Weg in den nahe gelegenen Palaisgarten. Der Palaisgarten war ein alter Park hinter der Musikakademie mit großen Rasenflächen, uralten Bäumen und verwunschenen Brunnen. In der warmen Jahreszeit trafen sich hier die Studenten, und ein Haufen alternativer Teenager und Twens verbrachte kiffend und saufend seine Sommernächte.

Ulf war dazu verdonnert worden, den Sekt zu tragen. Zu Lenas Glück, denn dadurch konnte er nur schwerlich mit ihr Schritt halten. Sie lief neben Jens und Birger am Fontänenbecken vorbei, das im Winterschlaf erstarrt war. Vor ihnen gingen drei Pärchen, unter anderem Claudi und Olli, außerdem Matthias und Julia.

»Willst du dich nicht mit Ulf dazu reihen? Ich wäre auch bereit, dafür den Sekt zu tragen.«

Lena warf Birger einen bösen Blick zu.

Im dunklen Park hatten sich noch andere Gruppen eingefunden. Sie suchten sich einen baumlosen Platz, von dem aus die Feuerwerkskörper freie Bahn gen Himmel hatten, und stellten ihre Sachen ab. Sobald Ulf den Sekt auf dem Rasen positioniert hatte, klebte er ihr wieder auf der Pelle. Lena hielt sich an Jens, doch als Birger und er anfingen, mit diversen Feuerwerkskörpern herumzuhantieren, zog sie es vor, auf Abstand zu gehen. Ulf hatte eine auf die Hundertstelsekunde genaue Funkuhr dabei und so begann er bald lauthals, die Zahlen von zehn an abwärts zu zählen.

»..., drei, zwei, eins, NULL!!!«

Allgemeine Umarmungszeremonien, Jens und Birgers Raketen sausten ihnen um die Ohren, der Sekt wurde geöffnet und in die Runde gereicht.

Ulf kam an, wollte Lena umarmen, aber sie stieß ihn weg und speiste ihn mit einem verlogenen Neujahrswunsch ab.

Jemand reichte ihr Sekt. Sie nahm einen großen Schluck und musste daran denken, wie sie im Jahr zuvor mit Patrick auf einem Deich an der Nordsee angestoßen hatte.

»Mensch Lena, frohes neues Jahr!« Claudi umarmte sie.

»Dir auch.« Lena zögerte einen Moment. »Und Glückwunsch zu deinem neuen Freund und alles Gute euch beiden natürlich.« Sie biss sich auf die Lippen.

Claudi strahlte. »Danke! Ich bin ja immer noch total aufgeregt. Ich brauche gar keinen Sekt, es kribbelt auch so schon überall.«

Als alle Feuerwerkskörper verschossen und die Sektflaschen geleert waren, machten sie sich wieder auf den Weg zur WG.

Lena folgte ihnen, aber in ihr breitete sich das Gefühl aus, überhaupt keine Lust mehr auf diese Party zu haben.

»Du Claudi, ich hab etwas Kopfschmerzen und würde gerne schon mal nach Hause. Kannst du mir deinen Schlüssel geben?«

»Och Mensch, das ist ja doof.« Sie kramte in ihrer Tasche und reichte Lena einen Schlüsselbund. »Leg ihn einfach unter die Fußmatte, damit ich später reinkommen kann, okay?«

Sie nahm ihn entgegen und nickte. »Danke. Dann feiert noch schön.«

»Lena, sollen wir dir vielleicht Ulf als Begleitung mitgeben, falls du den Weg nicht alleine findest?«

Ein paar der Leute lachten. Lena drehte sich um. Langsam war Birger echt nicht mehr witzig.

Claudis Wohnung war nicht weit vom Palaisgarten entfernt. Lena schloss die Tür auf, schaltete das Licht an und ließ sich auf das Sofa fallen. Endlich allein. Länger hätte sie es auf dieser Party auch nicht mehr ausgehalten.

Sie fühlte sich leer. Absolut leer. Ein neues Jahr hatte begonnen und sie fühlte: nichts.

Eigentlich sollte man doch voller Hoffnung und Wünsche ein neues Jahr beginnen. Und so schlimm war die Party schließlich nicht gewesen, außer dass Ulf ihr auf die Nerven gegangen war. Aber die anderen hatte sie doch ganz nett gefunden. Wahrscheinlich war sie selbst einfach nicht mehr in der Lage, sich zu amüsieren und zu feiern. Vielleicht sollte sie lieber schlafen gehen, bevor sie vollends depressiv würde. Im Schlaf vergaß man so manches und am nächsten Morgen sah die Welt meistens wieder ganz anders aus.

Lena stand auf und ging ins Bad, um sich die Zähne zu putzen. Da fiel ihr Blick auf die Waage unter dem Waschbecken. Claudi wog sich jeden Morgen. Und je nachdem, ob sie ein Pfund mehr oder weniger wog, ernährte sie sich dementsprechend an dem Tag.

Früher hatte sich Lena auch täglich auf die Waage gestellt, aber inzwischen traute sie sich nicht mehr, weil sie das nur frustrieren und ihr den ganzen Tag verderben würde. Sie hatte sich schon seit Wochen oder Monaten nicht mehr gewogen. Nun sah sie die Waage dort stehen und fühlte sich auf unerklärliche Weise von ihr angezogen.

Wieg dich! Wieg dich!

Claudi hatte sie am Morgen schon dazu überreden wollen, auf die Waage zu steigen, nachdem sie stolz verkündet hatte, dass sie mit ihren 1,75 Metern nur noch 57,0 Kilogramm wog. Lena war nicht auf die Waage gestiegen, sondern hatte Claudi erklärt, dass sie ungefähr zehn Kilo mehr wog. Aber sie ahnte, dass es mehr als zehn Kilo sein mussten.

»Obwohl du sieben Zentimeter kleiner bist?«, hatte Claudi gefragt, als ob das für sie eine Unmöglichkeit und völlig unverständlich sei.

Wieg dich! Wieg dich!

Also gut. Lena zog sich aus, damit bloß kein Kleidungsstück ihr Gewicht verfälschen konnte. Dann überlegte sie sich, dass man sich eigentlich morgens wiegen sollte, weil man mit leerem Magen weniger wog. Sie trat trotzdem auf die Waage. Vorsichtig blickte sie an sich hinunter auf die Anzeige und erschrak. Sie stieg von der Waage.

Das konnte nicht sein. Sie probierte es noch einmal. Doch die Anzeige präsentierte ihr die gleichen Ziffern. Das gab es nicht. Das durfte nicht sein!

Sie wog nicht nur zehn Kilo mehr als Claudi – sie wog sehr viel mehr. Irgendwie hatte sie immer gehofft, die 70-Kilo-Grenze nicht zu überschreiten. Jetzt bewegte sie sich schon schnurstracks auf die 80 Kilo zu. 80 Kilo, 90 Kilo, 100 Kilo – danach ging wahrscheinlich alles ganz schnell. Sie hatte in einem Dreivierteljahr um die vierzehn Kilo zugenommen! Das waren eineinhalb Kilo pro Monat!

Lena bekam plötzlich Panik und zog ihre Klamotten hastig wieder an, als könnte sie dadurch ihre Kilos verdecken. Dabei hatte sie doch eigentlich ins Bett gehen wollen und außerdem war sie ja alleine und es konnte ohnehin niemand ihren Speck sehen.

Sie lief zurück ins Zimmer und setzte sich auf das Sofa. Vielleicht ging Claudis Waage falsch.

Das würde jedoch an der großen Gewichtsdifferenz zwischen ihr und Claudi nichts ändern. Sie hatte sich über Ulf lustig gemacht, dabei war sie wahrscheinlich noch fetter als er.

Kein Wunder, dass Matthias sie nur als Architektur-Gesprächspartnerin gesehen hatte und sie später, als Julia gekommen war, nicht mehr beachtet hatte.

So etwas Fettes sah ein vernünftiger Mann doch nicht als vollwertige Frau an. Wäre sie selbst ein Mann gewesen, hätte sie diese Lena auch nicht attraktiv gefunden. Die Lena zum Jahresanfang ja, aber nicht das, was seitdem aus ihr geworden war. Und sie hatte sich noch eingebildet, dass sie gar nicht so dick sei.

Scheiß Fresssucht, scheiß Party, scheiß Waage. Sie heulte. Irgendwie verspürte sie auf einmal den Wunsch, wieder in Wuppertal zu sein. Denn dort war wenigstens keine schlanke, glückliche Claudi, die ihr zeigte, wie fett und unglücklich sie war, und immerhin konnte sie sich dort in ihre Architekturentwürfe flüchten. Nein, in Wuppertal war es auch nicht besser. Das wusste sie. Wahrscheinlich war kein Ort für sie gut. Vielleicht sollte sie ...

Plötzlich fiel Lenas Blick auf Claudis Kochnische.

Auf ihren Kühlschrank.

Nein, sie konnte nichts von Claudis Sachen essen. Das durfte sie nicht tun. Lena wandte ihren Blick ab.

Nein, nein und nochmals nein. Sie durfte das nicht tun!

Doch Claudis Kühlschrank ging ihr nicht mehr aus dem Kopf. *Wer der Versuchung willig hört, der ist zur Hälfte schon betört.* Nein. Lena versuchte, sich gedanklich in die Architekturpläne ihrer letzten Entwurfsaufgabe zu flüchten. Sie könnte eine offene Küche in den großen Wohnraum setzen, das wäre kommunikativer und sie würde sich die eine Wand sparen.

Eine offene Küche. Mit Kühlschrank. Darin Essen. Viel Essen. Claudis Essen. *Verbotene Früchte sind die Süßesten.* Der Kühlschrank tanzte in ihrem Kopf.

Nur mal gucken, was Claudi in ihrem Kühlschrank aufbewahrte. Nur schauen, nichts essen.

Sie stand auf, ging zum Kühlschrank und öffnete die Tür. Wow! Wie erwartet Diätjoghurts, fettarme Milch und all so kalorienarmes Zeug. Aber nicht nur das. Butterkäse, 55% Fett, und andere zu ihrem Erstaunen nicht fettreduzierte Käsesorten, Schokoladenpudding, Mettwurst, Lachs, sogar Schokolade und vieles mehr. Im Tiefkühlfach Vanilleeis. Sie schloss das Tiefkühlfach wieder. Schokolade. Es war die Lilafarbene mit Nüssen. Schokolade. *Gelegenheit macht Diebe.*

Kurze Zeit später saß sie auf dem Sofa und vertilgte die Schokolade. Claudis Schokolade. *In andrer Leute Garten ist gut grasen.* Jetzt ist genug, dachte sie, als sie die Schokolade verschlungen und ein schlechtes Gewissen hatte. *Du siehst, wohin du siehst, nur Essbares auf Erden. Was dieser heute kauft, isst jener morgen auf.* Es dauerte nicht lange, da fand Lena sich vorm Küchenschrank wieder und aß von Claudis Honig-Mais-Flakes. Ohne Milch. Trocken, als seien es Chips. Als Nächstes kam der Butterkäse, danach etwas von dem Vanilleeis.

Sie war bescheuert. Das war Diebstahl. Das gehörte alles Claudi. Die Lebensmittel hatte Claudi sich gekauft. *Der eine pflanzt den Baum, der andere isst die Pflaum'.*

Schließlich noch Lachs und danach Schokoladenpudding, dann fand sie noch eine Tüte Chips. Ein Straußenmagen kann alles vertragen. Hinterher aß sie etwas Mettwurst und ein paar Scheiben Käse. *Käse schließt den Magen.*

Anschließend fühlte Lena sich total überfressen, ihr war kotzübel und sie hatte ein furchtbar schlechtes Gewissen. Wie sollte sie Claudi das bloß erklären?

Das würde ihre Cousine ihr nie verzeihen.

Sie war so eine Idiotin. *Reu' und guter Rat sind unnütz nach der Tat.* Vielleicht war sie wirklich nicht mehr normal.

Lena lag da auf dem Sofa, gequält von Magenschmerzen und einem schlechten Gewissen. Sie war eine Diebin. Bestahl ihre eigene Cousine. Aber eigentlich war das Mundraub. Nein, Mundraub konnte man so etwas wohl kaum noch nennen. Diebstahl. Gemeiner Diebstahl aus niederen Beweggründen. Irgendwann flüchtete sich die Diebin ins Reich der Träume.

Sie wachte auf, als Claudi gegen Mittag nach Hause kam.

»Schläfst du immer noch, Lena? Du bist doch so früh ins Bett gegangen. Ich habe bei Olli übernachtet, aber das hast du dir wahrscheinlich denken können, oder?«

Ja, ja, das hatte sie sich denken können. Lena stand auf, nahm ihre Klamotten und ging ins Bad. Sie beugte sich über das Waschbecken, ließ kaltes Wasser in ihre Hände laufen und wusch damit ihr Gesicht. Davon wurde sie wach. Als sie sich abtrocknete, fiel ihr Blick auf die Waage. Morgens wog man weniger. Aber nicht, wenn man nachts Claudis halben Kühlschrank geleert hatte.

Gleich würde sie ihren Fressanfall beichten müssen.

Als sie gerade überlegte, wie man sich am besten in Luft auflösen konnte, hörte sie es auch schon: »Lena?!?«

Die Sonne bringt es an den Tag. Sie tat so, als hätte sie nichts gehört, und steckte ihren Kopf unter den kalten Wasserhahn. Jetzt war um sie herum nur noch Wasser und sie spürte eisige Kühle. Falls Claudi an die Tür klopfen sollte, konnte sie es nicht hören. Zum Glück hatte Lena die Badezimmertür abgeschlossen, damit ihre Cousine nicht wieder versuchen würde, sie zu überreden auf die Waage zu steigen.

Irgendwann überlegte sie sich, dass sie nicht ewig Wasser über ihren Kopf laufen lassen konnte, um einer Erklärung Claudi gegenüber zu entfliehen. Sie wusch schnell ihre Haare und wickelte sie dann in ein Handtuch. Als sie kein Klopfen vernehmen konnte, war sie erleichtert. Sie putzte sich so langsam und gründlich die Zähne, wie sie es früher getan hatte, sobald ein Zahnarztbesuch anstand. Dabei fiel ihr ein, dass sie von den vielen Süßigkeiten wahrscheinlich schon ganz schlechte Zähne bekommen hatte. Wenn sie so weiter machte, bräuchte sie vielleicht mit 35 ein Gebiss.

Als Lena ihre Zähne fast weggeputzt hatte, nahm sie einen Waschlappen und wusch sich am ganzen Körper so gründlich, dass sich ihre Haut an einigen Stellen rötete.

Das wunderte sie, denn sie hatte angenommen, dass die Haut bei so viel Fettgewebe darunter gar nicht mehr empfindlich sein konnte, schließlich war sie ja gut gepolstert.

Sie hörte immer noch nichts von Claudi, also schnitt sie sich die Fußnägel. Als sie sich gerade die Beine rasieren wollte, ertönte das, worauf sie die ganze Zeit gewartet hatte.

»Sag mal Lena, was machst du denn so lange im Bad? Komm endlich mal raus!«

»Ich komme sofort!« Nun gab es keine Ausreden mehr. Schnell zog sie ihre Klamotten an und verließ das Bad.

»Sag mal, hattest du gestern Abend noch Besuch oder warum ist der Kühlschrank halbleer? Wenn du lieber mit irgendwelchen Leuten, die du von früher kennst, feiern wolltest, hättest du mir das doch sagen können, anstatt hier heimlich ne Party zu machen.« Claudi, gerade noch ihren Ich-habe-Verständnis-Blick aufgesetzt, runzelte nun ihre Stirn. »Das Essen war nämlich für heute Abend. Ich habe die Jungs aus der WG zum Essen eingeladen. Hättest du das mal vorher gesagt, dann hätten wir genug für zwei Partys eingekauft.«

Lena schluckte. »Claudi, ich muss dir etwas sagen. Ich habe keine Party gemacht. Ich … ich habe das alles …« Sie zögerte. Claudi blickte sie fragend an.

Jetzt musste sie es beichten, verdammt, es gab keine Ausrede. Sie musste die Wahrheit aussprechen und sie spürte, wie ihr Herz bis zum Hals schlug. »Ich … ich habe das alles alleine aufgegessen.«

Die Cousine lachte. »Verarschen kann ich mich selbst.«

»Claudi, ich habe das wirklich alleine gegessen. Aber ich kann dir das erklären.« Ihre Stimme war leise und zittrig.

In Claudis Blick lag Entsetzen. »Wie bitte? Sag mal Lena, bist du jetzt vollkommen durchgedreht? Kein Wunder, dass du so fett bist! Das war MEIN Essen, das ich für heute Abend gekauft habe! Wie kannst du so viel fressen? Na, auf die Erklärung bin ich ja mal gespannt.«

Claudi war laut geworden. Sie blickte ihre Cousine höhnisch an.

»Es ist nicht so, wie du denkst.« Lenas Stimme wurde immer leiser.

»Woher willst du wissen, was ich denke? Willst du wissen, was ich denke? Ich denke, dass meine Cousine, die Disziplinlosigkeit in Person, einen ziemlichen Knall hat, mitten in der Nacht meine Vorräte in sich hineinzustopfen und mir damit den Abend zu versauen. Wahrscheinlich bist du neidisch! Du wolltest wohl mein Abendessen für Olli und die anderen mit Absicht kaputtmachen?« Claudis Stimme überschlug sich.

»Ich wusste doch gar nicht, wofür die Vorräte sind. Bitte Claudi, ich kann ja verstehen, dass du wütend bist, aber bitte hör mir einen Moment zu, ich kann nämlich gar nichts dafür.«

»Du kannst nichts dafür, dass du meinen Kühlschrank halbleer gefressen hast? Willst du mir jetzt erzählen, dass du dazu gezwungen wurdest oder was hast du für eine Ausrede parat?«

Wie sollte sie ihrer Cousine, die sie gerade auf 180 gebracht hatte, offenbaren, dass sie esssüchtig war? Wie sollte sie etwas erklären, das sie selbst kaum verstand? Lena spürte, wie sie innerlich zitterte. Aber versuchen musste sie es.

»Claudi, ich habe ein echtes Problem. Ich habe eine Essstörung. Seit der Trennung von Patrick bin ich esssüchtig. Ich weiß, dass das schwer zu verstehen ist, doch das gibt es wirklich und das ist genau so ein Problem wie Magersucht oder Bulimie.«

»Du hast keine Essstörung, du hast 'nen Dachschaden. Erst isst du mir alles weg und dann willst du das Ganze mit einer angeblichen Essstörung entschuldigen!« Claudis Stimme klang empört.

»Ich wusste ja bis vor Kurzem auch nicht, dass es so etwas gibt, aber ich habe mich im Internet informiert und ganz viele Homepages darüber gefunden. Wirklich Claudi, es gibt eine dritte Essstörungsform und das ist Esssucht. Ich habe Fressanfälle wie eine Bulimikerin, nur ich erbreche danach nicht.«

»Klar, das Internet weiß ja alles. Und man sollte alles glauben, was irgendwelche Idioten im Internet behaupten. Also bildet man sich eine Essstörung ein und das ist dann der Freibrief, um anderer Leute Kühlschränke zu leeren. Tolle Erklärung!«

»Claudi, bitte!« Lena schossen Tränen in die Augen. »Versuch wenigstens, mich etwas zu verstehen. Du kennst das doch, diese Heißhungerattacken während oder nach einer Diät. Meine Essanfälle sind genauso, nur noch viel schlimmer. Du weißt doch auch, dass man in solchen Momenten nicht anders kann.«

»Natürlich kann man anders. Wenn man genug Disziplin hat. Wir waren Teenies, als wir unsere ersten Diäten gemacht haben. In dem Alter ist man noch nicht so willensstark, sodass man nach einer Diät mal ein bisschen Heißhunger bekommt. Aber wenn man diszipliniert ist, schafft man das auch ohne. Und du solltest eigentlich inzwischen so alt sein, dass du dich disziplinieren kannst! Außerdem hat man bei den Hungerattacken früher vielleicht eine Tafel Schokolade gegessen, aber nicht den halben Kühlschrank leer!«

»Das ist es ja eben, es ist viel schlimmer als die damaligen Heißhungerattacken nach einer Diät. Du kannst dir nicht vorstellen, wie das ist.«

Claudi unterbrach sie. »Ich will mir das auch gar nicht vorstellen – es interessiert mich überhaupt nicht. Also Schluss damit. Was mich vielmehr interessiert, ist, wo wir jetzt Essen für heute Abend herkriegen. Zu Fuß zur Tankstelle ist es ganz schön weit.«

»Claudi, es tut mir wirklich leid, ich wusste nicht, dass du ein Abendessen geplant hast. Ich wollte das nicht. Ich kann eine Tanke suchen, die heute geöffnet hat. Auch zu

Fuß. Ich bezahl dir alles, was ich gegessen habe, von mir aus doppelt und dreifach. Ich wünschte mir nur, dass du versuchen würdest, das mit der Esssucht zu verstehen. Ich kann dir die Internetseiten ja mal zeigen.«

»Lena, mach mich nicht noch wütender. Mich interessieren deine Internetseiten nicht. Meiner Meinung nach musst du einfach nur mal wieder abnehmen. Du bist nämlich total dick geworden und weil du das nicht wahrhaben willst, redest du dir irgendwas von Essstörungen ein. Es ist ja auch viel besser, für alles eine Entschuldigung zu haben.«

Jetzt spürte Lena, wie Wut in ihr aufstieg. »Du hast kein Recht, so etwas zu sagen. Du hast nämlich gar keine Ahnung! Es ist wissenschaftlich bewiesen, dass es diese Art von Essstörungen gibt, das steht sogar in Büchern aus der Uni-Bibliothek.«

»Ja und? In Büchern wird auch viel Unsinn geschrieben. Wenn es überhaupt stimmen sollte, was du sagst.« Claudi nahm sie gar nicht ernst.

»Und ob das stimmt. Und, falls du es noch nicht gemerkt hast, du bist doch eine absolute Marionette der Gesellschaft. Wenn die Modezeitschriften schreiben, dass du abnehmen sollst, nimmst du ab. Wenn sie sagen, dass du fit sein sollst, gehst du ins Fitnessstudio. Das ist auch nicht normal. Und nur, weil ich das ne ganze Zeit lang auch so gemacht habe, nur deshalb bin ich überhaupt in die Essstörung hineingerutscht!« Das Letzte hatte Lena richtig geschrien.

Claudi war auf einmal sehr ruhig. »Pass mal auf, Lena, ich habe keine Lust, mich den ganzen Neujahrstag mit dir zu streiten. Und beleidigen lassen muss ich mich auch nicht. Du wolltest zwar erst morgen fahren, aber ich schlage vor, dass du deine Sachen sofort packst und zum Bahnhof gehst. Um die Lebensmittel mach dir mal keine Sorgen. Ich rufe nachher Olli an, der hat ein Auto, und dann fahren wir zusammen zur Tanke. Ich werde jetzt ne Stunde Geige üben und wenn ich fertig bin, bist du hoffentlich weg.« Sie machte Anstalten zu gehen, hielt aber inne. »Ach, und noch etwas. Ich denke, es ist auch in deinem Sinne, wenn du beim Abendessen nicht dabei bist. Ich möchte ja schließlich, dass meine Gäste auch etwas von dem Essen abbekommen. Außerdem hattest du deinen Anteil ja schon letzte Nacht.«

Damit verschwand sie im Nebenzimmer und kurze Zeit später hörte Lena ein tragisches Violinkonzert.

Sie heulte. Aus Wut und weil ihre Cousine sie nicht verstehen wollte. Früher hatte Claudi sie immer verstanden. Sie war schließlich ihre beste Freundin gewesen.

Lena wusste zwar nicht viel von Musik, aber aus dem Nebenzimmer schienen nur noch Molltöne zu erklingen. Eilig packte sie ihre Sachen.

Sie wollte nur weg hier. Weg von diesem furchtbaren Geigengejammer, weg von Claudi und weg von dem Kühlschrank, der wie ein Mahnmal dort stand. Sie legte dreißig Euro auf den Tisch und verließ dann die Wohnung.

Eine halbe Stunde später wartete sie am Bahnhof. Sie hatte erst überlegt, noch ihren Großeltern ein frohes neues Jahr zu wünschen. Aber sie hatte es gelassen. Sie wollte einfach nur weg. Weg aus dieser kleinen, provinziellen Stadt, in der ständig die Augen irgendwelcher Verwandter auf ihr lasteten.

Die Essstörung an sich war schon schlimm genug, doch wenn man nicht anders konnte, als sie im Beisein von Familienmitgliedern auszuleben und sie gleichzeitig die ganze Zeit verbergen musste, dann nahm einen plötzlich der Wunsch nach Einsamkeit ein. Lena wollte endlich ihre Ruhe! Auf einmal konnte sie es kaum erwarten, wieder in Wuppertal zu sein. Ja, sie sehnte sich zurück in ihre Wohnung. Denn sie wünschte sich in diesem Augenblick nichts so sehr wie die Anonymität der Großstadt.

8. Selbsthass spiegelt sich in Schaufensterscheiben

Die Stadt hatte sie mit schlechtem Wetter und ihrer eigenwilligen Melancholie empfangen – so, wie Lena es erwartet hatte. Die Zeit kroch durch ihre Wohnung, ließ die dunklen Winterabende und die Liste der vertilgten Lebensmittel lang werden.

Am sechsten Januar wollten die Eltern sie besuchen.

»Wenn wir uns schon Weihnachten und Silvester nicht sehen«, hatte die Mutter gesagt, »dann kommen wir mal zu dir nach Wuppertal, solange dein Vater noch Schulferien hat.«

Lena wusste nicht, ob sie sich darüber freuen sollte. Einerseits hatte sie die Eltern lange nicht gesehen, andererseits hatten auch die Eltern sie lange nicht gesehen und sie schämte sich, schon wieder zugenommen zu haben.

»Du brauchst nichts vorzubereiten, wir können ja irgendwo essen gehen«, hatten sie gesagt. Lena war froh gewesen, sich nicht auch noch um Mahlzeiten Gedanken machen zu müssen.

Es reichte ihr schon, dass sie wieder einmal viel zu viel Zeit vor dem Kleiderschrank verbrachte, bis sie sich endlich für ein Outfit entschieden hatte, von dem sie glaubte, nicht ganz so dick darin auszusehen. Kleiderschrankdramen vor Verabredungen mit Personen männlichen Geschlechts fand sie normal – das gehörte eben dazu. Aber so ein Aufstand und so viele Gedanken bezüglich der Klamotten, nur weil die eigenen Eltern zu Besuch kamen?

Sie fühlte sich albern dabei und doch wusste sie, dass sie Kleidung brauchte, die sie schützte. Schützte vor den Blicken der Mutter. Sie hatte sich extra am Tag zuvor eine weite Hose und einen großzügig geschnittenen Pullover gekauft, beides in schwarz – in der Hoffnung, dass dies mehr kaschierte als ihre alte Kleidung. Denn inzwischen lagen sogar die Oberteile aus der Zeit, als weitgeschnitten noch modisch war, eng an.

Und wenn sie selbst es schon nicht war, so musste wenigstens die Wohnung perfekt aussehen, blitzsauber und aufgeräumt sein. Die Eltern sollten denken, dass sie alles unter Kontrolle hatte, dass sie die gute Architekturstudentin war, dass sie einen Grund hatten, stolz auf ihre Tochter zu sein. Wären die Möbel nicht alt und unmodern gewesen und hätten die Architekturmodelle nicht überall auf den Schränken herumgestanden (Lena brachte es nicht übers Herz, die alten Modelle, in denen so viel Arbeit steckte, wegzuwerfen), hätte ihre Wohnung nach ihrer Aufräumaktion dem dekorativen Charakter für eine »Schöner Wohnen«-Fotostrecke entsprochen.

Nun konnten die Eltern kommen – alles war perfekt, vielleicht sogar etwas zu perfekt, nur Lena selbst vermochte es nicht, ihre Figur mit Kleidung oder ihr fülliger gewordenes Gesicht mit Schminke zu überdecken.

»Mensch, du hast es dir ja richtig schön gemacht!« Die Mutter blickte sich neugierig in der Wohnung um. »Na ja, als wir das letzte Mal hier waren, warst du ja auch gerade erst eingezogen.«

Der Vater stand unentschlossen hinter seiner Frau.

»Möchtet ihr etwas trinken? Setzt euch doch.«

Die Mutter unterbrach für einen Moment die optische Abtastung von Lenas Einrichtung. »Ja, ein Wasser, wenn du hast.«

»Dann nehme ich auch eins.« Der Vater setzte sich auf das Bett.

Lena ging in die Küche und holte die Getränke. Als sie wieder den Raum betrat, hatte die Mutter ihre Einrichtung offensichtlich genug betrachtet, denn nun spürte Lena ihre Blicke auf ihrem Bauch. Die Mutter sah gar nicht mal so auffällig zu ihr hinüber, aber Lena fühlte sich trotzdem wie in der Sicherheitsschleuse am Flughafen – als würde sie mit Metalldetektoren abgetastet. Sie mochte solche Kontrollen nicht, hasste es, wenn fremde Menschen ihr zu nahe kamen. Die Mutter war ihr nicht fremd, doch ihre Röntgenaugen schienen jedes zugenommene Kilo an ihrer Tochter zu erfassen. Lena wartete nur auf die vorwurfsvolle Feststellung ihrer Gewichtszunahme, während sie den Eltern die Wassergläser hinstellte, aber die Mutter sagte nichts. Lena fühlte die stille Anschuldigung und sie war sich nicht einmal mehr sicher, ob ihr wirklich die Mutter dieses Gefühl gab oder ob sie es selbst war.

»Wir haben dir was mitgebracht.« Die Mutter reichte ihr zwei Päckchen – ein großes und ein kleines.

Der Vater beugte sich vor und stützte seine Ellenbogen auf den Knien ab. »Das Kleine ist aus Gran Canaria.«

Vorsichtig öffnete sie das Päckchen. Eine bunte Glasperlenkette kam zum Vorschein. »Danke, die ist echt schön.« Sie nahm die Kette und legte sie sich um.

»Passt«, sagte die Mutter. »Die haben wir in einer kleinen Boutique gefunden.«

Lena behielt die Kette um den Hals und wandte sich dem zweiten Geschenk zu. Es sah nach einem Buch aus, vielleicht etwas über Architektur? Sie öffnete vorsichtig das Geschenkpapier. Zum Vorschein kam ein Kochbuch: »Leichte Küche für Anfänger«. Lena schluckte. »Danke.«

Die Mutter nahm einen Schluck Wasser. »Das hab ich zufällig gefunden.«

»Na ja, meistens esse ich ja in der Mensa.«

»Aber so fürs Wochenende, dachte ich. Oder mal abends.«

Lena nickte. Der Buchtitel klang in ihren Ohren wie »Leichte Küche für dicke Töchter«. Außerdem war sie keine Anfängerin. Schließlich hatte sie sich schon mit fünfzehn Jahren zusammen mit Claudi Diätessen gekocht. Niemand wusste besser als Lena, wie man Kalorien und Fett sparte und was man essen musste, um abzunehmen.

Sie konnte es nur einfach nicht mehr umsetzen – die Gier war stärker als jedes Wissen.

»Und was machen wir mit dem angebrochenen Tag?« Der Vater riss sie aus ihren Gedanken.

Lena zuckte mit den Schultern. »Wenn das Wetter nicht so schlecht wäre, hätte man spazieren gehen können. Dann hätte ich euch ein paar schöne alte Häuser zeigen können, aber so?«

»Gibt es hier keine Museen?«

Natürlich gab es in dieser Stadt Museen und das hatte zur Folge, dass Lena sich mit ihren Eltern eine Dreiviertelstunde später vor den mineralen und fossilen Ausstellungsstücken des naturkundlichen Museums wiederfand. Sie selbst wäre lieber in das Kunstmuseum gegangen, aber die Mutter interessierte sich grundsätzlich nicht für Kunst (»Das soll Kunst sein? Was der da gemalt hat, kann ich auch.«) und der Vater als Erdkundelehrer liebte Mineralogie und Geologie. Lena starrte ins Nichts, während er begeistert von der Entstehung der Welt sprach. Jedes Mal, wenn sie ihren Vater so reden hörte und er in seiner Begeisterung für bestimmte Themen kein Ende fand, taten ihr seine Schüler leid. Der Blick der Mutter folgte ebenfalls dem Zeigefinger des Vaters, doch Lena wusste, dass auch sie ihm nicht zuhörte. Vielleicht wusste er es auch selbst, aber das schien ihn nicht zu stören. Und das Gute an der Tatsache, dass sie alle auf irgendwelches Gestein stierten, fand Lena, war die Ablenkung der Eltern von ihrer Figur.

Später saßen sie im Chinarestaurant zwischen Aquarien, Buddhastatuen und süßlich-fernöstlicher Musik.

Die Mutter klappte die Speisekarte zu und legte sie vor sich auf den Tisch. »Ich nehme das Huhn mit Gemüse, das ist nicht so fett wie die Ente. Und du, Gerd?«

Der Vater hatte seine Speisekarte bereits ein paar Minuten zuvor abgelegt und sich im Stuhl zurückgelehnt.

»Die Garnelen klingen gut.«

»Hast du dir schon etwas ausgesucht, Lena?«

Sie starrte verzweifelt in die Karte. Ente hatte sie essen wollen und richtig Lust darauf gehabt – auf eine schöne knusprige Ente in süßsaurer Soße. Aber wenn die Mutter bereits vor der Bestellung die Ente als zu fett deklarierte, würde sie sich mit dieser Wahl ja nur verdächtig machen. Doch Huhn schmeckte so fad im Gegensatz zur Ente. Und Fisch wollte sie nicht. Waren Schwein oder Rind besser als Ente? Oder etwas Vegetarisches? Die Mutter blickte sie erwartungsvoll an.

»Ich hatte überlegt, ob ich die Ente ...«

»Nimm lieber das hier, die 77, die ist mit Huhn.« Die Mutter hatte ihre Karte wieder aufgeschlagen. »Oder die 76.«

»Lass Lena doch die Ente ...«

»Ich nehme das Vegetarische«, sagte Lena schnell und schlug ihre Karte zu.

Die Mutter hielt ihre Karte noch immer aufgeklappt. »Kein Fleisch?«

Lena schüttelte den Kopf.

Nachdem die Kellnerin die Bestellung aufgenommen hatte, holte der Vater das Fossilienbuch heraus, das er sich im Museumsshop gekauft hatte, und begann, darin zu lesen. Lena sah zu ihm hinüber. Wenn Holger oder sie als Kind auf die Idee gekommen wären, im Restaurant zu lesen, hätte es mit Sicherheit Ärger gegeben.

Während die Mutter von ihrem Mineralwasser nippte, nahm Lena die kunstvoll gefaltete Serviette und versuchte durch langsames Entfalten herauszufinden, wie man so etwas kreierte.

»Wir müssen mal über dein Essen reden.«

Lena fuhr hoch und sah die Mutter entsetzt an. »Über mein Essen?«

»Ja, das kann doch so nicht weitergehen. Du wirst ja immer dicker.«

Was hatte die Mutter da gesagt? Lena krallte sich in der

Serviette fest. »Ich hatte halt eine Menge Stress in der Uni. Nur deshalb ...«

Der Vater blickte von seinem Buch hoch. »Wird dir das Studium zu viel?«

Trotzig richtete Lena sich auf. »Nein. Ihr wisst doch, dass das mein Wunschstudium ist.«

Vielleicht hätte sie ihnen sagen sollen, dass sie einsam war. Dass sie keine Freunde hatte. Vielleicht hätte sie ihnen von der Essstörung erzählen sollen. Aber mitten im China-restaurant den Eltern so etwas beichten? Nicht mal Claudi hatte ihr geglaubt und wieso sollten die Eltern sie besser verstehen?

»Ich habe mir auch schon eine Lösung überlegt.« Die Mutter klang entschlossen.

Lena traute sich nicht, ihr in die Augen zu sehen. Sie fühlte sich, als könne die Mutter die Zahl, die sie bei Clau-di auf der Waage gesehen hatte, in ihrem Blick lesen.

»Du hast doch im Februar Semesterferien. Ich wollte mit Frau Dr. Besenbruch sprechen. Vielleicht könntest du zu uns nach Bielefeld kommen und sie könnte dir helfen abzunehmen.«

»Was?« Lena fehlten die Worte. Frau Dr. Besenbruch war die Hausärztin der Familie und sie war seit Jahren nicht mehr dort gewesen.

»Sie könnte das ärztlich begleiten, einen Ernährungs-plan für dich machen und vielleicht Akupunktur zur Un-terstützung.«

»Mama, ich habe ein paar Kilo zugenommen, ja. Aber deswegen habe ich noch kein behandlungsbedürftiges Übergewicht.«

»Eben. Und damit es gar nicht erst so weit kommt ...«

»Du kannst doch nicht einfach zu Frau Dr. Besenbruch gehen und über mich sprechen. Ich bin schließlich kein kleines Kind mehr!«

»Ich muss aber doch erst mal fragen, ob die so etwas überhaupt machen würde.«

»Musst du nicht, ich würde das nämlich nicht mitmachen.«

»Du könntest es wenigstens mal versuchen.«

»Nein. Ich bleibe die Semesterferien sowieso hier. Außerdem weiß ich, wie man sich richtig ernährt.«

»Na, offensichtlich weißt du es ja nicht, Lena.«

»Aber du, oder was? Wer versucht denn seit zwanzig Jahren abzunehmen und schafft es nicht?«

»Bei mir ist das was anderes. Ich habe auch schon drei Kinder geboren.« Der Vater zuckte zusammen. Lena wusste, dass er die Zahl Drei nicht ertrug. Die Mutter schnaufte. »Aber du bist noch so jung. Da musst du dir doch nicht deine ganze Zukunft verbauen.«

Zukunft verbauen? Lena versuchte, ruhig durchzuatmen. Die Leute am Nachbartisch guckten schon. Der Vater hatte sich wieder seinem Buch zugewandt, als hätte er mit der ganzen Sache nichts zu tun.

Ja, sie hatte zugenommen. Ja, sie war dick geworden. Ja, sie litt darunter. Aber das Problem war, verdammt noch mal, nicht ihr Gewicht. Was würde es ihr bringen, abzunehmen, wenn die Sucht blieb? Vom Abnehmen gingen die Fressanfälle nicht weg – im Gegenteil, dann käme der Heißhunger erst recht. Doch so etwas konnte sie der Mutter, die seit Jahren zu- und abnahm (immer ein bisschen mehr zu als ab) nicht erzählen. Für die Mutter war das ein rein kosmetisches Problem, ein Ernährungsproblem eben.

»Dass du aber auch so stur sein musst!« Die Mutter warf ihr einen vorwurfsvollen Blick zu, stand auf und verschwand Richtung Toilette.

Lena zuckte mit den Schultern.

Der Vater klappte sein Buch zu. »Deine Mutter meint es doch nur gut. Das Thema Figur ist für sie eben ein sehr emotionales Thema.«

Lena schwieg. Was sollte sie dazu schon sagen? Als die Mutter zurück an den Tisch kam, sah Lena sofort an ihrem

Blick, dass die Angelegenheit noch nicht erledigt war, sondern sie sich in der Zwischenzeit neue Argumente überlegt hatte.

»Was willst du denn jetzt tun?«

»Wie, was will ich tun?«

»Ja, hast du eine andere Lösung parat? Wie willst du denn abnehmen?«

»Wer sagt überhaupt, dass ich abnehmen will?«

»Du kannst mir doch nicht erzählen, dass du mit der Figur glücklich bist.«

Nein, sie war nicht glücklich mit der Figur. Aber ihre Gewichtszunahme war trotzdem nicht die Ursache allen Übels. Erst war die Leere gekommen und dann die Esssucht. Nicht umgekehrt.

»Siehst du, du hast nämlich auch keine bessere Lösung parat. Also werde ich mal mit Frau Dr. Besenbruch sprechen.«

»Lass das doch, wenn sie nicht will.«

Lena warf dem Vater einen dankbaren Blick zu.

Die Mutter zuckte mit den Schultern. »Na ja, ist ja ihr Körper.« Und zu ihrer Tochter gewandt: »Aber nicht, dass du mir später mal Vorwürfe machst, weil ich dich nicht rechtzeitig gewarnt habe.«

»Vegetarisch?«, fragte die Bedienung, die plötzlich neben ihnen stand.

»Für mich bitte.«

»Huhn? Garnelen?«

Sie stellte die Gerichte auf die Warmhalteplatten und lächelte freundlich.

Lena blickte auf das Gemüse, das vor ihr dampfte. Sie hatte überhaupt keinen Hunger mehr.

»Na, dann lasst uns anfangen, bevor es kalt wird«, sagte der Vater. »Guten Appetit.«

Lena war erleichtert, als endlich die Uni wieder begann, war doch in ihrer Wohnung Essen die einzige Beschäftigung, die ihr regelmäßig in den Sinn kam. Sie hatte zu nichts mehr Lust. Nicht einmal ihr Traumhausmodell konnte sie ablenken, denn nach Träumen war ihr nicht zumute. Seit Neujahr gab es keine Telefongespräche mehr mit Claudi und mit der Mutter telefonierte sie auch nur noch ungern. Es hätte genug gegeben, was sie hätte tun können, aber da war diese zähe Langeweile, die auf ihr lastete, so stark, dass Lena mit sich selbst nichts mehr anzufangen wusste. Die Dunkelheit und das schlechte Wetter ließen alles sinnlos erscheinen, sodass das Essen ihr als einzig mögliche Beschäftigung erschien; es war der einzige Ausweg.

Also verkroch sie sich in ihrer Wohnung und fraß sich regelmäßig arbeitsunfähig. Mit vollem, drückenden Bauch und nagenden Schuldgefühlen lag sie dann auf ihrem Bett, Kändy sah sie mitleidig an und sie wünschte sich fort aus dieser Hölle.

In der Uni funktionierte sie und erbrachte meistens die gewohnt guten Leistungen.

In den Architekturgeschichtsvorlesungen saß sie häufig neben Hanna, aber es war, als hätte sie mit dem vielen Essen auch die Sprache, die es vermochte unter die Oberfläche zu dringen, erstickt. Einmal fragte Hanna sie, wie sie alleine mit der Bauko-Aufgabe zurechtgekommen sei.

Lenas Arbeit war mit einer Eins bewertet worden. Dass sie lieber eine schlechtere Note gehabt und dafür die Ausarbeitung mit jemandem zusammen gemacht hätte, sagte sie nicht. Und erst, als Hanna den Hörsaal verlassen hatte, fielen ihr die Fragen ein, die sie ihr hätte stellen können und die ihr Gespräch verlängert hätten. Und dann wurde ihr schmerzlich bewusst, dass sie gerne eine Freundin wie Hanna gehabt hätte.

Mittags in der Mensa lächelte Lena tapfer, wenn ihre Kommilitonen über ihre Unternehmungen am Wochenende sprachen. Und dann musste sie daran denken, dass sie selbst wieder einmal mehr an einem Samstagabend um

21 Uhr im Bett liegen würde, weil sie niemanden hatte, mit dem sie etwas unternehmen konnte, und ihr letztlich nichts bliebe, als von den Sachen zu träumen, die sie in der Realität nicht erlebte.

Nach einer Architekturgeschichtsvorlesung an einem kalten, aber trockenen Januartag ergab es sich, dass sie zusammen mit Hanna zur Schwebebahnstation lief. Eigentlich plante sie gedanklich schon, womit sie sich zu Hause zustopfen würde, und reagierte nur nebenbei auf die Smalltalkversuche der Kommilitonin. Wenn die Gier in ihr pochte, dann spürte sie nicht die Januarkälte und den seichten Wind, hörte nicht das Rauschen der Wupper und das Rattern der Schwebebahn, nahm an sie gerichtete Sätze nur so weit wahr, dass sie verständig nickte und keine Angriffsfläche bot.

»Darf ich dich mal etwas fragen?«, sagte Hanna plötzlich.

»Klar.«

»Geht es dir gut?«

Lena musste schlucken, dann besann sie sich. »Ja, mir geht's gut. Wieso fragst du?«

»Ich dachte nur, du wirkst in letzter Zeit so ... Können wir uns kurz setzen?« Sie deutete auf eine Bank am Wupperufer.

Lena nickte und spürte, wie ihr Herz klopfte. »Wie wirke ich denn?«

Sie setzten sich auf das kalte Metall. Lena musste an die *»Sterbeklänge von Metall«* denken, die sie irgendwann im letzten Jahr in einem von Hannas Germanistik-Gedichten gelesen hatte. Gegen diese Kälte half auch der angefressene Speck nichts.

Hanna wandte sich zu Lena und rieb sich die Hände. »Ich möchte nur sichergehen, dass es dir gut geht ... Es ist so, ich war ja letztes Jahr im Sommer eine Zeit lang weg. Ich war in einer Klinik, weil ich eine Essstörung hatte oder habe ...«

Lena schluckte. Hanna hatte eine Essstörung? Sie fühlte sich ertappt. Doch dann spürte sie, wie die Gier sie warnend anstarrte, und fing sich wieder. »Das tut mir leid«, sagte sie zu Hanna. »Das war bestimmt schlimm.«

»Na ja«, lächelte die Kommilitonin. »Vielleicht sehe ich seitdem einfach überall Gespenster. Ich hatte Angst, dass du möglicherweise auch ...«

»Ach so!«, rief Lena lachend. »Du meinst, weil ich so zugenommen habe?«

Hanna nickte.

»Das ist eine angeborene Stoffwechselstörung. Meine Mutter hat das auch. Mach dir keine Sorgen.«

Lena erschrak, mit welcher Selbstverständlichkeit diese Lüge aus ihrem Mund geschossen kam.

Die Gier applaudierte. ›Bravo, Lena! Zur Belohnung darfst du gleich so viel essen, wie du willst.‹

Hanna atmete auf. »Dann bin ich ja erleichtert. Ich dachte schon, dir ginge es vielleicht auch psychisch nicht gut.«

Lena winkte ab. »Geht es dir denn jetzt besser?«

»Viel besser, auch wenn es natürlich noch nicht ganz weg ist. Ich habe das fast niemandem erzählt, man kriegt sonst so leicht einen Stempel aufgedrückt und gilt als verrückt.«

›Siehst du!‹, schrie die Gier in Lena. ›Du willst doch nicht als Verrückte gelten. Beende höflich dieses Gespräch und hol dir zu Hause deine Belohnung dafür.‹

Freundlich lächelnd stand Lena auf. »Ich sag es nicht weiter. Und danke der Nachfrage. Leider muss ich jetzt los, ich habe noch eine Verabredung.«

›Genau!‹, forderte die Gier. ›Halte unsere Verabredung ein!‹

Hanna erhob sich ebenfalls. »Sorry, ich wollte dich nicht blöd verdächtigen. Aber nachdem ich ein Vierteljahr nur Essgestörte um mich hatte ... Ich weiß auch nicht, manchmal bin ich vielleicht noch zu sehr in dem Thema drin.«

»Schon gut«, sagte Lena versöhnlich, während sie die letzten Meter zur Schwebebahnstation gingen. In der Bahn sprachen sie nicht viel. Und Lena fragte sich, was die Kommilitonin wohl für eine Essstörung hatte. Bulimie? Sicherlich eine richtige Essstörung, die jeder kannte, sonst wäre sie damit ja nicht in eine Klinik gekommen. Hanna war zwar auch nicht mager, aber sie war um einiges dünner als Lena. Wie sollte jemand mit einer richtigen diagnostizierten Essstörung Verständnis für ihre Fresserei haben?

›Eben!‹, bestätigte die Gier. ›Das ist etwas völlig anderes, das kann man überhaupt nicht vergleichen.‹

Als die Schwebebahn in die Station einfuhr, an der sie raus musste, war Lena froh. Vielleicht befürchtete sie, dass Hanna doch noch die Gier in ihrem Nacken entdecken könnte.

»Tschüss, bis nächste Woche«, sagte sie beim Aussteigen.

Hanna lächelte. »Ja, mach's gut. Und sorry nochmal!«

Lena winkte ab und stieg aus der Bahn. ›Du hast ja recht!‹, wollte etwas in ihr schreien, aber die Gier lachte sie schallend aus, bis die Türen sich geschlossen hatten und die Schwebebahn mit Hanna davongefahren war.

Zwei Stunden später hatte die Gier sie königlich für ihr Schweigen belohnt. Lena lag auf ihrem Bett, hielt sich ihren Bauch und versuchte, sich auf die Atmung zu konzentrieren.

Als sie spürte, wie die viel zu schnell verschlungene Nahrung gegen ihre Magenwand drückte, kamen ihr Zweifel, ob es richtig gewesen war, ihre Kommilitonin so dermaßen anzulügen. Nun durfte Hanna niemals von ihren Fressanfällen erfahren, davon, neben was für einer Schwindlerin sie in den Vorlesungen saß. Und Lena würde Hanna auch nie wieder nach ihrer Essstörung fragen, das war viel zu gefährlich.

Außerdem: Was hätte das bringen sollen? Hanna hatte sicherlich keine Binge-Eating-Störung. Eine Essstörung, mit der man in eine Klinik kam, war wahrscheinlich eine ganz andere Liga. Und sollte Lena sich jemandem offenbaren, der im Gegensatz zu ihr erbrechen und vielleicht auch hungern konnte?

Sie wandte sich ihrem Känguru-Teddy zu. »Wenigstens vor dir muss ich mich nicht verstellen.«

Kändy lächelte traurig. Er selbst konnte sich schon lange nicht mehr verstellen, war ein abgenutzter, geflickter Teddy mit einem Kängurubeutel vorm Bauch und jeder sah, dass der dunkelrote Teddy in seiner Bauchtasche eigentlich nicht richtig passte.

An einem Tag Ende Januar stand Lena einfach nicht mehr auf. Sie stellte den Wecker aus und blieb im Bett. Noch nie hatte sie die Uni geschwänzt, aber plötzlich war ihr alles egal. Bauphysik und Architekturgeschichte – was sie dort lernte, konnte sie sich zur Not selbst aneignen. Wenn überhaupt. Vielleicht hatte sie auch einfach keine Lust mehr, ständig darauf zu hoffen, dass sie irgendwann Architektin und damit alles besser würde. Sie drehte sich wieder um, schlief, und als sie nicht mehr schlafen konnte, stellte sie den Fernseher an und ließ sich von dem Nachmittagsprogramm der Privatsender berieseln. Währenddessen aß sie, was sie im Küchenschrank fand und als dieser geleert war, trieb die Gier sie hinaus in den trüben Nachmittag.

Lena nahm die Fußgänger, die ihr entgegenkamen, die Autos, die an ihr vorbeifuhren, die Welt um sie herum kaum wahr. Das Stadtbild, durch das sie bis zu dem großen Supermarkt lief, schien ihr irreal. Sie dachte nur an die Lebensmittel, die in ihren Einkaufswagen wandern würden. Es war, als hätte die Gier sie mechanisch aufgezogen, und nun drehte sich ein Schlüssel auf ihrem Rücken und ließ sie vorwärtsgehen, ohne dass sie das Gefühl hatte, auf die Richtung Einfluss nehmen zu können.

Der Supermarkt hatte die größte Auswahl der Stadt. Lena schob sich durch die engen Gänge und Lebensmittel tanzten vor ihren Augen. Irgendwo in ihr hatte sich eine Kalorientabelle festgebrannt – wie ein Relikt vergangener Zeiten. Sie mahnte Lena zu kalorien- und fettarmer Kost, sorgte dafür, dass ihr Light-Produkte sofort ins Auge fielen, und verhalf ihr zu einem selektiven Blick, der die Lebensmittel in »erlaubte« und »nicht erlaubte« unterteilte. Leise Diätabsichten und die Hoffnung, vielleicht doch einfach nur mal wieder abnehmen zu müssen, schlichen sich in ihre Gedanken und ließen sie Gesundes und Lightprodukte in den Wagen packen.

Doch die Kalorientabelle war nicht die Einzige, die in ihrem Hirn rebellierte. Die Gier, die sie überhaupt erst in den Supermarkt getrieben hatte, sorgte dafür, dass Lena auch genug »nicht erlaubte« Lebensmittel in ihren Einkaufswagen packte, woraufhin die Kalorientabelle ihr sofort ein schlechtes Gewissen verschaffte, über das sich die Gier mit ihrer »Jetzt-ist-eh-alles-zu-spät-Einstellung« hinwegsetzte und Lena noch mehr verbotene Lebensmittel in den Einkaufswagen packen ließ.

»Ab Morgen Diät! Ab Morgen Diät!«, schrie die Kalorientabelle und die Gier lachte schallend.

In den Gängen der Supermarkthölle biederten sich die bunt designten Lebensmittelverpackungen an, um von Lena mitgenommen zu werden. Die Auswahl war riesig, die Gänge lang und die Regale hoch. »Kauf mich!«, schrien sie um die Wette und Lena hasste sich für jeden Griff ins Regal.

Sie starrte beschämt in die Wagen der anderen Kunden, wenn sie Gemüse oder leichte Milchprodukte an ihr vorbeischoben. Und dann sah sie sich in den verspiegelten Säulen am Ende der Gänge, sah ihr dickes, ungeschminktes, unglückliches Gesicht, und ihr wurde bewusst, dass sie gar nicht diese ganzen Lebensmittel zur Kasse schieben wollte, aber auch nicht die Kraft hatte, es nicht zu tun. Über den Kassen hingen Spiegel, damit die Kassiererinnen sehen konnten, ob die Kunden noch etwas im Einkaufswagen hatten. Lena hatte alles auf das Band gelegt und sah beschämt zu, wie die Kassiererin Packung für Packung über den Scanner zog. Sie blickte nach oben, aber als sie ihr Spiegelbild sah, wandte sie sich schnell wieder der Kasse zu und erleichterte ihr Portemonnaie um eine beträchtliche Summe. Anschließend verteilte sie die Lebensmittel auf Rucksack und Stoffbeutel, um dann sich selbst und ihre Beute nach Hause zu schleppen.

Zuhause angekommen wusste Lena nicht, was sie zuerst essen sollte. Sie hatte so viele leckere Lebensmittel auf einmal gekauft. Der frische Käse lachte sie an ebenso wie die Schokolade, das Müsli schrie nach ihr genauso wie die Chips und auch die Tiefkühlpizza und die Kekse sorgten dafür, dass ihr das Wasser im Mund zusammenlief.

Als sie gerade die Pizza in den Ofen geschoben und die Schokolade angebrochen hatte, klingelte das Telefon. Lena würgte schnell den Schokoladenriegel herunter.

»Ja?«

»Lena? Hier ist Achim.«

Achim? Hoffentlich rief ihr Cousin nicht an, um sich in den Streit zwischen Claudi und ihr einzumischen. Aber er hatte sich früher eigentlich immer aus ihren Mädchenangelegenheiten herausgehalten.

»Hi Achim, wie geht's?«

»Gut. Hast du's schon gehört?«

»Was?«

»Haben meine Mutter oder Claudi noch nicht gepetzt?«

»Nein, was denn?«

»Ich hab endlich 'ne Referendariatsstelle.«

»Glückwunsch.«

»In Wuppertal.«

»In Wuppertal?«

»Ja, da wollte ich zwar eigentlich nicht hin, aber meine Fächer passten dort so gut. Und, na ja, jetzt ist es eben so. Am ersten Februar geht's los.«

»Claudi hatte nur Silvester etwas von Solingen erzählt.«

»Ja, da hab ich das Studienseminar, aber meine Schule ist in Wuppertal.«

»Ach so. Und hast du schon eine Wohnung?«

»Ich gucke mir morgen zwei WGs an und wenn eine von denen passt, ziehe ich übermorgen ein.«

Achim in Wuppertal. Lena konnte sich das gar nicht vorstellen. Ihr Cousin in der Stadt, von der sie bisher geglaubt hatte, alles in ihrer schützenden Anonymität verbergen zu können. Womöglich Besuche von ihrer Tante und ihrem Onkel. Die dann vielleicht auch bei ihr vorbeikommen wollten. Musste das sein?

Sie hätte sich freuen können. Endlich würde es jemanden in dieser Stadt geben, den sie kannte. Aber jetzt, nach dem Streit mit ihrer Cousine, war sie sich gar nicht sicher, ob sie Claudis Bruder in ihrer Nähe haben wollte. Außerdem war Achim sechs Jahre älter und sie hatte, seit er zum Studium nach Münster gegangen war, gar nicht mehr so viel mit ihm zu tun gehabt.

»Lena, bist du noch da?«

»Ja, klar. Sorry.«

»Na ja, ich muss mich ja erst mal einrichten und gucken, wie die Schule so ist. Aber vielleicht können wir uns dann ja mal treffen.«

»Ja, bestimmt.« Lena nickte langsam, obwohl Achim das nicht sehen konnte. Sie fand das Gefühl komisch, dass plötzlich jemand aus ihrer Familie in IHRE Stadt zog. Das war so, als wenn man seine Dozentin auf der Damentoilette traf. Dann war man peinlich berührt und das Gefühl von Intimität plötzlich gebrochen.

Na ja, Achim zog ja nicht in ihre Wohnung. Er würde im Referendariat auch sicherlich viel zu tun haben. Und Wuppertal war schließlich groß – da musste man sich nicht zwangsläufig über den Weg laufen.

Was willst du?

Jetzt gibt es bald jemanden, der deine Einsamkeit durchbrechen könnte, und das ist dir auch nicht recht. Freu dich doch, sagte eine innere Stimme. Lena brachte die Stimme mithilfe der Pizza zum Schweigen.

Am nächsten Morgen kam ihr plötzlich die Idee, sich zu wiegen. In den letzten Monaten hatte sie ihre Waage aus Angst vor der Wahrheit in ihren Kleiderschrank verbannt und sich seit der Silvesternacht bei Claudi nicht mehr gewogen. Sie wusste nicht, was sie dazu trieb, die Waage ausgerechnet jetzt hervorzuholen – vielleicht wollte sie sich selbst mit der Wahrheit quälen, vielleicht hoffte sie auch auf eine Art Schocktherapie.

Sie zog sich komplett aus, damit kein Kleidungsstück in die Verlegenheit käme, ihr Gewicht noch weiter anzuheben. Doch schon das Entkleiden reichte aus, um ihre Laune in den Keller sinken zu lassen. Der Blick hinunter auf ihren Körper, auf ihren Bauch, der nicht mehr straff war, auf diese breiten Hüften und die Oberschenkel, die wabbelten, – ekelhaft fand Lena das.

Sie stieg auf die Waage, ging wieder runter, stellte sich ein zweites Mal drauf und blickte gebannt auf eine Zahl, die sofort ihren Selbsthass ansteigen ließ. Sie hatte in den vier Wochen seit Silvester viereinhalb Kilo zugenommen. Viereinhalb Kilo in einem Monat – das konnte ja wohl echt nicht sein. Klar, sie hatte viel zu viel gegessen, das wusste sie ja selbst, aber dass es so schnell gehen würde ... Sie nahm die Waage und verstaute sie wieder in ihrem Kleiderschrank. Bloß weg mit diesem Wahrheitsverkünder, Schlechtelaunemacher, Frauenquäler.

Sie war fett! Sie war so verdammt fett geworden. Angewidert sah sie an sich hinunter und schämte sich einfach nur für ihren schwabbeligen Bauch, ihre Hüften und die dicken Beine.

Es fühlte sich nicht so an, als würde das alles zu ihr gehören.

Sie war doch immer schlank gewesen. Sie spürte ihren Speck nicht, so als habe ihn jemand angeklebt. Als ließe er sich einfach wieder abreißen mit einem Handgriff. Aber sie sah, dass er real war. Ein Stück Wirklichkeit. Fest an ihrem Körper. Und das entsetzte sie.

Schnell zog sie sich an. Umhüllte diesen fetten Körper mit ihrer einzigen noch passenden Hose und einem knappen Pulli. Eigentlich wollte sie heute wieder zur Uni – sie hatte sich fest vorgenommen, nicht einen weiteren Tag zu schwänzen.

Aber konnte sie sich mit dieser Figur auf die Straße hinaustrauen? Mit ihren Klamotten, die knalleng saßen? Das sah doch schlimm aus. Und sie fühlte sich schrecklich damit. In der Uni würde sie nur wieder auf die schlanken Körper ihrer Kommilitoninnen starren und sich schlecht fühlen. Aber heute hatten sie Städtebau und da wollte sie eigentlich nicht fehlen. Aber uneigentlich?

Sie fühlte sich so furchtbar in diesem Körper, der sich mehr und mehr in einem stillen Aufbegehren gegen die Außenwelt zu wölben schien. Es kam ihr vor, als habe man sie in einen fetten Körperanzug gesteckt, in den sie nicht hineingehörte. Dieses Fett war ihr fremd.

Sie war schließlich immer normalgewichtig gewesen.

Sie, Lena, war doch kein dicker Mensch. Das passte alles nicht mehr in ihr Selbstbild. Es war falsch. Sie konnte nicht in die Uni gehen, auf gar keinen Fall – nicht mit diesem dicken Bauch.

So konnte es nicht weitergehen. Was tat sie ihrem Körper nur an? Eigentlich wollte sie das doch gar nicht.

Erst mal frühstücken, kam es ihr in den Sinn. Und zwar gesund. Es musste sich etwas ändern, sie würde jetzt ein gesundes Müsli essen und nicht gleich wieder mit der Fresserei beginnen. Sie füllte ein Schälchen zu einem Drittel mit Müsli voll, schnitt einen Apfel hinein und übergoss das Ganze mit fettarmer Milch. Es schmeckte ihr und sie versuchte, langsam zu essen. Am Ende blieb eine Milchpfütze und weil Lena es nicht mochte, die Milch alleine auszutrinken, gab sie noch etwas Müsli hinzu. Es rutschte ein bisschen zu viel Müsli in das Schälchen, deshalb musste sie auch die Milch wieder nachfüllen. *Wer nicht arbeitet, soll wenigstens richtig essen.* Und dann blieb wieder eine Pfütze und Müsli musste her und so ging es weiter – zu viel Milch, mehr Müsli, zu wenig Milch, mehr Milch und dann noch wieder etwas mehr Müsli dazu. Sie aß und aß und aß, bis Müsli und Milch vernichtet waren.

Lena saß am Küchentisch und starrte auf die leere Müslischale. Warum?

Sie ging hinüber ins Zimmer und legte sich auf ihr Bett. Ihr Magen fühlte sich so voll an, als würde er jeden Moment zerbersten. Das Müsli nahm so viel Raum ein, dass für etwas anderes kein Platz mehr war. Kein Platz für Tränen, kein Platz für Gefühle, nur die Schuld schaffte es immer wieder, auf ihren Magen zu drücken und Lena klein zu machen. Kändy guckte sie mitleidig aus dunklen Knopfaugen an.

»Was ist mit mir los?«, fragte sie den Känguru-Teddy. »Ich verstehe mich doch selbst nicht mehr. Das fühlt sich an, als ob ich ohne Betriebsanleitung vor einem Gerät stehen würde und keine Ahnung hätte, was ich mit ihm anfangen soll. Nur stehe ich nicht vor einer unbekannten Maschine, sondern vor mir selbst! Ach Kändy ...«

Lena nahm den alten Teddy und drückte ihn an sich. Sie war eine jämmerliche Kreatur. Manchmal kam sie sich vor, als würde sie in einer Warteschleife leben: »Im Moment sind alle besseren Zeiten belegt. Bitte haben Sie etwas Geduld oder versuchen Sie es zu einem späteren Zeitpunkt noch einmal.«

Der Februar kam und Achim schrieb eine Kurzmitteilung, dass das mit der WG geklappt habe und er sich melden wolle, sobald er eingerichtet sei. Lena interessierte das wenig. Sie hatte genug mit sich selbst zu tun und damit, sich zur Uni zu schleppen oder es wieder einmal sein zu lassen. Meistens schaffte sie es aber doch irgendwie, hinzugehen und in den Seminaren akzeptable Leistungen zu erbringen. Mit Hanna hielt sie weiter Smalltalk und es funktionierte: Die Kommilitonin fragte nicht mehr nach, wie es ihr ging, und die Gier triumphierte. Trotzdem: Jeder Gedanke über Architektur oder ein unverfängliches Gesprächsthema war ein guter. Das waren nämlich die wenigen Momente, in denen es ihr gelang, nicht über ihre Figur oder Essen nachzudenken.

Immerhin hatte sie sich inzwischen weitere Klamotten gekauft, sodass sie sich nicht mehr wie eine Presswurst fühlte. Trotzdem war das Kaufen der neuen Kleidungsgröße wie das Eingeständnis ihrer eigenen Unzulänglichkeit gewesen. Hätte man ihr ein Jahr zuvor gesagt, dass sie mal so viel Stoff brauchte, hätte sie das niemals geglaubt. So viel Stoff brauchte – das klang nicht nach größeren Kleidergrößen, sondern nach Junkies, dachte Lena. Was war sie? Ein Zucker-Junkie? Ein Fett-Junkie?

Jedenfalls sahen die neuen Klamotten immerhin modischer aus, als sie befürchtet hatte. Man konnte sie tragen, zumindest gab es nun keinen Grund mehr, die Uni wegen unvorteilhafter Kleidung zu schwänzen.

Von den Kommilitoninnen hatte sie sich so sehr abgegrenzt, dass die auch irgendwann damit aufhörten, ihr Fragen zu stellen oder sie mit in die Mensa zu nehmen. Es war ihr egal. Sie nahm das hin, sah es als Bestätigung, dass sie nicht liebenswert war – endlich hatte sie den Nachweis für das, was sie insgeheim schon oft geahnt hatte. Etwas an ihr war falsch, war schlecht, und auch, wenn sie sich noch so sehr anstrengte und noch so gute Leistungen erbrächte, es würde immer an ihr haften bleiben und niemals weggehen.

Lena schlenderte durch den Bahnhofstunnel. Pappnasen und Clowns kamen ihr gutgelaunt entgegen. Die närrische Zeit hatte begonnen und wem der Wuppertaler Rosensonntagszug zu kurz war, der fuhr in die Karnevalshochburgen Düsseldorf und Köln. Düsseldorf – dort hatte sie noch vor einem Jahr mit Patrick gefeiert. Zusammen waren sie von Kneipe zu Kneipe gezogen – Lena als Biene Maja und Patrick als Mönch – und sie hatten viel getrunken und Spaß gehabt.

Doch jetzt fand Lena die verkleideten und teilweise schon etwas angetrunkenen Narren, die ihr entgegenkamen, mitsamt ihrer guten Laune unerträglich. Am Ende des Bahnhofstunnels hatte sich ein älterer Mann mit Rauschebart und Mütze positioniert. Entschlossenheit lag in seinem Blick und in seiner Hand hielt er ein Schild. »Christus ist der Weg« stand darauf. »Ohne den Herrn Jesus«, schrie er, »ist ein Leben kein Leben!« Seine Stimme überschlug sich und seine Worte hallten durch den Bahnhofstunnel. Die Narren liefen an ihm vorbei und niemand interessierte sich für ihn. Bestimmt hasst auch er Karneval, dachte sie. Vielleicht ertrug er wie sie die aufgesetzte gute Laune nicht. Aber da half ihm sein Herr Jesus vermutlich nicht weiter. Lena wandte ihren Blick ab.

Die Gier hatte sie hierhergetrieben, denn der Drogeriemarkt im Bahnhof hatte sonntags geöffnet. Nun war ihr Rucksack gefüllt mit Lebensmitteln, die die Gier beruhigen konnten.

Eigentlich wollte sie zurück mit der Schwebebahn fahren, aber die Neugier und ein vorsorglicher Bewegungsdrang (in ihrem Rucksack warteten viel zu viele Kalorien auf sie) trieben sie durch die Fußgängerzone. Musketiere, Marsmännchen und Marienkäfer liefen vor ihr her und Eltern zogen ihre als Cowboys oder Prinzessinnen verkleideten Kinder zum Neumarkt, wo der Karnevalsumzug erwartet wurde. Lena ging einfach mit.

Vorbei an den Bekleidungsgeschäften, die heute geschlossen hatten, aber deren Schaufensterpuppen trotzdem gehässig auf Lena starrten und tuschelten: »Ist die fett! Und wenn sie das ganze Essen aus ihrem Rucksack frisst, wird sie noch fetter werden. Unsere Klamotten muss sie dann nicht mehr anprobieren, die passen ihr sowieso nicht.«

Sie lachten höhnisch.

Lena versuchte, sich nichts anmerken zu lassen. Wenigstens hatten die Bäckereien nicht geöffnet und konnten sie nicht mit ihrem Backwarenduft locken. Vor ihr lief eine Familie mit einem kleinen blonden Mädchen, das als Elfe verkleidet war.

»Na, komm, sonst verpassen wir noch den Zug«, sagte die Mutter. Lena beschleunigte ihren Schritt und überholte.

Am Neumarkt standen die Menschen dicht gedrängt auf beiden Seiten der Straße. Die ersten Mottowagen fuhren an ihnen vorbei. Lena stellte sich irgendwo in die Menge.

Gute Laune strahlte von den Wagen. »Wuppdiiiiiiiiiiiii...!«, rief jemand ins Mikrofon und die Menge antwortete »...ka!« »Wuppdika!«, schrie ein kleiner Junge in der ersten Reihe, hielt seine Tüte auf und sogleich flog ein Päckchen Popcorn in seine Richtung. Die Fußgruppen marschierten musizierend zwischen den Wagen. Tätäräää, Konfetti, Luftschlangen und Lachmasken überall.

Neben ihr drängten sich drei kleine Mädchen, die als blondgelockte Engel verkleidet waren, näher an den Zug heran. »Kamele!«, riefen sie. »Das heißt Kamelle!«, berichtigte der Vater. Die Mädchen kicherten.

Lena schluckte. *Das Gespenst Sarah* war überall.

Das Prinzenpaar warf Süßes auf das närrische Volk. Sie stand im Bonbonregen, aber bückte sich nicht, schließlich war ihr Rucksack voll genug. »Wuppdika!«, rief die Menge. Lena starrte auf die vorbeiziehenden Wagen.

Sie fühlte sich so falsch zwischen all dieser guten Laune.

»Kamelle!«, schrien die Engelmädchen. Lena drehte sich um und ging fort aus der Menge. Die Karnevalslaune ekelte sie an. Und überall diese kleinen zuckersüßen Mädchen. Bloß schnell nach Hause!

Sie ließ den Zug hinter sich, holte eine Packung Kekse aus ihrem Rucksack, öffnete sie und schob sich im Gehen die Kekse in den Mund. Die Schaufensterpuppen lachten: »Haben wir es doch gewusst! Kein Wunder, dass sie so fett ist!«

Lena lief durch die toten Einkaufsstraßenschluchten und ließ sich von XS-Pullovern und mageren Kunststofftorsos in Schaufensterhöhlen verspotten. »Fette Kuh! Verfressene Schlampe!« Sie kaute, sie zermalmte die Kekse und schluckte.

Die Narren, die ihr entgegenkamen, nahm sie nicht wahr. Voller Verachtung blickte sie in die Schaufensterscheiben und sah ihren fetten Körper. Sie hasste sich dafür, dass sie diese Kekse aß und dafür, dass es damit nicht genug sein würde. Als die Packung leer war, ging es mit den Schokoladenkugeln weiter.

Hoffentlich traf sie niemanden.

Aber sie kannte ja sowieso kaum jemanden in der Stadt, wem sollte es also auffallen, dass sie fressend durch die Straßen lief? Lena war bereits bei der Tüte Lakritz angelangt, als sie sich überlegte, dass sie noch bei der Bank vorbeigehen und Geld holen könnte.

Als ein paar Minuten später der Kontoauszugautomat mehr als ein Dutzend Blätter ausspuckte und auf dem letzten Blatt ein dickes »S« hinter dem dreistelligen Geldbetrag stand, traf es Lena wie ein Schlag.

Was? Sie hatte ihr Konto überzogen? Wie kam das?

Okay, die Nebenkostenabrechnung war hoch gewesen, außerdem hatte sie die Semestergebühren bezahlen müssen und neue Kleidung gekauft, aber sonst? Leider hatte sie auch sehr viel Geld für Essen ausgegeben – fast jeden Tag –, doch dass es so viel gewesen war, hatte sie nicht geahnt.

Was tat sie sich nur an? Wohin trieb sie diese verdammte Gier? Sogar das Weihnachtsgeld ihrer Eltern schien sie inzwischen restlos aufgebraucht zu haben – und sie musste sich eingestehen, dass davon nur ein geringer Teil für Architektur draufgegangen war.

Wenn sie weiter so fräße, käme sie bald an die Grenzen ihres Dispokredits (den sie ja überhaupt nur hatte, weil ihre Mutter bei der Bank arbeitete). Der Monat war noch lange nicht zu Ende, sodass sie ihr Konto weiter überziehen musste. Lena spürte, wie sich das schlechte Gewissen in ihrem Magen ausbreitete. Sie hatte immer gut mit Geld umgehen können – und jetzt das.

Was, wenn die Mutter das sehen würde? Sie traute ihr durchaus zu, dass sie ab und zu mal die Kontostände ihrer Kinder abfragte. Das kontrollierte in der Bank schließlich niemand. Oder wenn eine Kollegin zu ihrer Mutter mit dem freundlichen Hinweis käme, dass ihre Tochter kurz davor sei, ihren Dispo zu überziehen? Lena durfte gar nicht daran denken. Sie steckte die Kontoauszüge ein und schleppte sich nach Hause.

Dort angekommen vertilgte sie verzweifelt den restlichen Inhalt ihres Rucksacks. Sie hätte es für die nächsten Tage aufbewahren können, jetzt, wo sie über ihren Kontostand im Bilde war.

Aber es hatte ja doch alles keinen Sinn.

Bald waren Semesterferien. Vielleicht sollte sie sich einen Job suchen, um das Geld wieder hereinzubekommen. Aber noch einmal so einen Job wie im Sommer beim Bäcker würde sie nicht durchstehen. Nichts mit Essen, das hielte sie nicht aus. Und sie fühlte sich auch nicht in der Verfassung, sich mit ihren zugenommenen Kilos selbstbewusst irgendwo vorzustellen. Oder sie müsste die Semesterferien bei ihren Eltern verbringen. Das wäre billiger. Aber dann fräße sie ihnen ihr Essen weg und es käme erst recht zum Eklat.

Lena stopfte sich ein Stück Fertigkuchen in den Mund. Es erschien ihr alles so sinnlos. Die Mutter würde ausflippen, wenn sie Lenas Kontostand sähe. Und so was bei der Tochter einer Bankangestellten! Bei einer Tochter, die das große Glück hatte, dass ihre Eltern finanziell in der Lage waren, ihr das Studium zu finanzieren. Und dieses Geld gab sie einfach leichtfertig für zu viel Essen aus. Lena wusste genau, was ihre Mutter dazu sagen würde.

»*Sarah hätte das nicht gemacht*«, würde sie sagen. »*Sarah wäre dankbar gewesen.*« Sarah hätte nicht gefressen. Und Sarah wäre auch erst gar nicht so dick geworden. Sarah wäre mit nach Gran Canaria gekommen. Und Sarah hätte im Chinarestaurant keine Ente bestellen wollen. Sarah hätte ihre Eltern häufiger besucht. Sarah wäre so musikalisch geworden wie Claudi. Sarah wäre alles geworden, was Lena nicht war, und Sarah hätte alles besser gemacht als sie. Das war schon immer so.

Lena hasste Sarah.

Und sie hasste sich selbst. Sie hasste sich, weil sie nicht mit Geld umgehen konnte, weil sie nicht aufhörte zu fressen und weil sie im Architekturstudium nicht mal mehr ihre eigenen Ansprüche erfüllen konnte. Das hatte doch alles keinen Sinn.

Ihr Blick fiel auf das Traumhausmodell. Wie viele Stunden hatte sie damit verbracht, sich mithilfe dieses Modells ein späteres Leben zu erträumen? Wie oft hatte sie daran herumgebaut und ihre Ideen verwirklicht? Das war doch alles Illusion! Lena starrte wütend auf ihr Modell. Scheiß heile Welt! Es gab keine heile Welt. Und was sollte das mit dem Traumhaus? Sie konnte nicht einmal mit Geld umgehen und im Studium erbrachte sie auch keine Höchstleistungen mehr. Von ihrer nicht gerade karrierefördernden Figur ganz zu schweigen.

Lena spürte die Wut in ihrem vollgefressenen Bauch. Die Wut breitete sich dort ebenso aus wie die vielen Süßigkeiten es zuvor getan hatten. Verfluchte Illusion!

Sie nahm ihr Traumhausmodell und schmiss es wütend auf den Boden. Dann trat sie auf das Modell ein, hörte es knacken und zerbersten. Die Graupappenwände verbogen sich und stürzten in sich zusammen. Der liebevoll geplante und angelegte Garten ähnelte bald einem Schlachtfeld. Scheiß Traumhaus! Lena stellte sich auf ihr Modell und begann darauf herumzustampfen. Die Wut, die in ihrem Bauch brodelte, trieb sie, gab ihr eine unbändige Kraft, das Traumhaus immer stärker zu malträtieren.

»Scheiße! Scheiße verdammt!«, schrie es in ihrem Kopf.

Und als das Traumhaus so jämmerlich platt war, dass sie es nicht weiter zerstören konnte, sah sie sich nach einem neuen Opfer um. Sie trat gegen den Türrahmen, der nur einen dumpfen Laut von sich gab. Sie trat mehrmals dagegen – irgendwie musste sie sich abreagieren –, und als das Treten nicht half, schlug sie ihren Kopf mit voller Wucht gegen die Wand. Sie spürte nichts von dem Schmerz, warf sich auf ihr Bett und boxte auf die Kissen ein. Und als sie keine Kraft mehr hatte, blieb sie auf ihrem Bett liegen und wurde ruhig.

Sie hatte ihr Traumhausmodell zerstört.

Es sah aus, als wäre es von einer Bombe getroffen worden. Es gab kein Traumhaus mehr, geblieben war nur noch ein platter Haufen zerfetzter Modellbaumaterialien. Lena schossen Tränen in die Augen. Was hatte sie getan?

Ihr Kopf brummte, ihr war schlecht und der verschlungene Rucksackinhalt drückte gegen ihren Magen.

Was war sie nur für eine jämmerliche Kreatur? Sie wollte aus diesem verzweifelten Körper fliehen. Doch wohin?

9. Hey, was ist denn los?

Lena wusste nicht, ob Cousins auf die Figur ihrer Cousinen achteten. Angst vor dem Treffen hatte sie trotzdem. Sie hatte Achim schließlich monatelang nicht gesehen.

Und in den letzten Tagen war sie kaum noch draußen gewesen. Die Wintersemesterferien hatten begonnen und so fiel der Gang zur Uni weg. Der einzige Grund, die Wohnung zu verlassen, war die Notwendigkeit einzukaufen. Manchmal schaffte sie nicht einmal das und bestellte den Pizzaservice oder aß irgendwelche Sachen, die sie im Schrank fand. Trockenes Kakaopulver, Knäckebrot mit Marmelade oder sie kochte sich Nudeln, um sie mit Unmengen an Ketchup zu vertilgen.

Es war ihr alles egal.

Gleichgültigkeit hatte sich in ihr breitgemacht, sie hatte zu nichts Lust. Ihre Architekturbücher und Modelle lagen unberührt in der Ecke. Lena verkroch sich immer mehr in ihrer Wohnung und verbrachte ihre Zeit entweder mit Essen oder mit Gedanken ans Essen. Manchmal sah sie fern. Meistens lag sie mit Bauchschmerzen in ihrem Zimmer und beschwor ihren Magen, das vertilgte Essen doch bitte schneller zu verdauen.

Irgendwo in ihr gab es eine Stimme, die ihr sagte, dass es so nicht weitergehen konnte, aber die Gleichgültigkeit war stärker.

Die Gier hatte gewonnen, hatte sie vollständig eingenommen, jeden Zipfel ihres Körpers, jede Ecke ihrer Wohnung und jede Windung ihres Gehirns. Die Gier bestimmte alles, sie befahl und Lena gehorchte.

Es war einfacher, sich zu fügen, als dagegen anzukämpfen. Wenn die Uni wieder anfing, würde sie damit aufhören. Dann würde sie wieder kämpfen und vielleicht endlich abnehmen. Aber für die Semesterferien hatte sie einen Pakt mit der Gier geschlossen und es erschien ihr, als hielte die Gier ihr jeden Tag die Vertragsunterzeichnung dieses Paktes demonstrativ unter die Nase: »Friss! Du hast es versprochen! Hier, sieh selbst. Du wolltest mir gehorchen! Na los, friss! Du kannst doch gar nicht mehr ohne mich!«

Aber nun war der Abend gekommen, an dem sie mit Achim verabredet war. Sie würde ihre Wohnung ver- und die Gier zurücklassen. Es kostete sie Überwindung, mal wieder in eine Kneipe zu gehen.

Die aufbegehrenden Wölbungen ihres Körpers konnte sie nicht verbergen.

Aber sie könnte sich schminken, sich einigermaßen schick anziehen (soweit das mit der Gewichtszunahme möglich war) und sie könnte versuchen, endlich mal wieder eine normale junge Erwachsene zu sein. Vielleicht würde Achim ja gar nicht so sehr auf ihre Figur achten. Hoffentlich.

Lena sperrte die Gier in der Küche ein, zog sich ein Fassadengewand über, malte sich ein Maskengesicht und verließ ihre Wohnung.

Sie sah Achim schon von Weitem, wie er vor der zweitürmigen Kirche auf dem beleuchteten Platz stand, wo sie sich treffen wollten. Ihr Cousin hatte sich überhaupt nicht verändert. Er war groß und breitschultrig, seine braunen Haare wirkten wild und haarschnittlos wie immer und die Koteletten umrahmten sein Gesicht. Zur Begrüßung nahm Achim sie in den Arm und Lena schauderte bei dem Gedanken, dass er ihren Speck fühlen könnte.

»Du siehst irgendwie erwachsener aus.«

Sie schluckte. ›Erwachsener = so wie ihre Mutter = dick‹, hämmerte es in ihrem Hirn. Musste Achim das sagen? Wahrscheinlich meinte er es gar nicht so.

»Du nicht.« Lena grinste. »Und wo gehen wir hin?«

»Ich kenne das *Katzengold*, das *Zweistein* und das *Caribe*.«

Wow, dachte Lena. Da hatte Achim in der kurzen Zeit schon fast mehr Kneipen kennengelernt als sie in eineinhalb Jahren.

»Wir könnten ins *Luisencafé* gehen. Da war ich noch nie.«

Ihre Kommilitoninnen hatten manchmal von dem Café gesprochen. Nun sah Lena in dem Treffen mit Achim die Gelegenheit, das Café endlich auch mal kennenzulernen.

Es lag in einem Hinterhofhaus, hatte hohe Wände, eine große Ecktheke und einen angebauten Wintergarten. Sie setzten sich an einen kleinen Tisch in der Ecke. Achim bestellte sich ein Bier und Lena entschied sich für eine Cola light. Ihr Tagesbedarf an Kalorien war bereits am Nachmittag gedeckt gewesen, da wollte sie nicht noch etwas Kalorienhaltiges trinken. Lena nahm einen Bierdeckel und drehte ihn in ihrer Hand.

»Und wie ist deine WG? Hast du dich schon eingelebt?«

Achim lehnte sich in seinem Stuhl zurück.

»Der Andi, mein Mitbewohner, ist wirklich nett. Die Wohnung auch. Ich denke mal, in der Nordstadt lässt es sich aushalten. In der Schule muss ich mich erst mal zurechtfinden, aber die Kollegen scheinen alle echt okay zu sein.«

Lena musterte ihren Cousin. Er sah noch immer aus wie ein Student in seinem dunkelroten Kapuzenpulli. Als Lehrer konnte sie sich Achim gar nicht so richtig vorstellen.

»Und wie läuft es bei dir so?«

Sie zuckte mit den Schultern. »Och ja, sind ja grad Semesterferien, da ist nicht so viel los.«

»Claudi hat in letzter Zeit gar nichts von dir erzählt; ich weiß überhaupt nicht, was du so machst.«

Lena holte tief Luft. Sie hatte befürchtet, dass sie auf dieses Thema kommen würden. »Wir haben in letzter Zeit auch nicht miteinander geredet«, sagte sie leise.

»Was? Du und Claudi? Das hat sie mir gar nicht gesagt. Was ist denn passiert?«

Die Kellnerin brachte die Getränke. Lena nahm die Flasche und goss Cola in das Glas, in dem Eiswürfel und eine Zitronenscheibe schon durstig verharrten. Sie beobachtete, wie die Zitronenscheibe sprudelnd an die Oberfläche schwamm.

»Wir haben uns Neujahr ziemlich gestritten.«

Achim nahm einen Schluck von seinem Bier. »Und seitdem überhaupt keinen Kontakt? Aber ihr wart doch immer unzertrennlich.«

Lena zuckte mit den Schultern.

»Magst du nicht drüber reden?«

»Nicht so gerne.« Sie hatten sich schließlich wegen ihres Fressanfalls gestritten und sie wollte Achim ja nicht gleich von ihren Problemen erzählen.

»Na ja, musst du ja auch nicht. Ich bin nur total verwundert. Claudi und dich hat man doch nie auseinandergekriegt. Einmal haben Holger und ich 'ne Wette abgeschlossen, ob wir es schaffen, euch gegeneinander aufzuhetzen. Wir haben uns echt bemüht, aber es ist uns nicht gelungen.«

Lena musste grinsen. »Das habt ihr versucht?«

»Ja, ehrlich. Doch ihr habt euch das sofort gegenseitig erzählt, da kamen Holger und ich nicht gegen euch an.«

Sie seufzte innerlich. Claudi und sie hatten sich immer alles erzählt. Es hatte nie Geheimnisse zwischen ihnen gegeben. Bis Lena zu fressen begonnen und damit aufgehört hatte, Claudi an ihrem Leben teilhaben zu lassen.

»Hi, was machst du denn hier?«

Lena schrak aus ihren Gedanken hoch. Anne und Serpil standen plötzlich bei ihnen am Tisch.

»Ach, hallo, na, dasselbe wie ihr, nehme ich an. Die Semesterferien genießen.«

Die beiden musterten Achim.

»Das ist Achim«, sagte Lena schnell und zu ihrem Cousin gewandt: »Das sind Anne und Serpil. Kommilitoninnen von mir.«

Anne und Serpil nickten Achim zu. »Na, dann viel Spaß euch beiden. Wir warten noch auf ein paar andere Leute.«

Sie drehten sich um und suchten sich einen großen Tisch im Wintergarten.

»Nette Mädels«, sagte Achim.

Lena zuckte mit den Schultern. Sie hatte sich mit Anne und Serpil in der Uni schon ewig nicht mehr unterhalten und wunderte sich, dass sie überhaupt zu ihr gekommen waren. Vielleicht waren sie neugierig auf Achim gewesen. Sie konnten ja nicht wissen, dass er ihr Cousin war.

»Jetzt berichte du aber mal von deinem Referendariat.«

Sie wollte Achim lauschen, er sollte irgendwas erzählen, egal was. Lena wollte einfach nur dasitzen, ihm zuhören und nichts aus ihrem eigenen Leben preisgeben müssen. Sie fand es beschämend, dass sie keine Freunde hatte und so gar kein lockeres Studentenleben führte, wie Achim es bestimmt seine ganze Unizeit lang getan hatte.

Achim erzählte, sie hörte ihm mit einem Fassadenlächeln zu und stellte viele Fragen, um von sich selbst abzulenken.

»Jetzt zeige ich dir aber noch die WG, oder?«

Lena zuckte mit den Schultern. Sie standen vor dem *Luisencafé*, die Nacht war kühl und Lena schloss den Reißverschluss ihrer Jacke.

»Na komm, du musst doch wohl noch nicht ins Bett.«

»Okay, überredet.«

Eigentlich war alles gut, was den Zeitpunkt der Rückkehr in ihre Wohnung verzögerte, denn dort wartete die Gier.

Sie gingen die steile Straße, die hohe Gründerzeitbauten säumten, hinauf in die Nordstadt.

»Die Altbauten hier sind echt genial«, sagte Achim. »Die Stadt gefällt mir überhaupt ganz gut. Ein bisschen großstädtisch, aber irgendwie auch gemütlich.«

Wo nahm Achim diesen Optimismus her? Ihr selbst erschien die Stadt häufig so trostlos, wenngleich wenn sie wusste, dass es nicht die Stadt, sondern ihre eigene Trostlosigkeit war.

»So, da sind wir.« Achim schloss eine schwere hölzerne Haustür auf und führte Lena in ein unrenoviertes Gründerzeittreppenhaus, dessen Wände mit altmodischen Tapeten beklebt waren. Die abgewetzten Treppenstufen und Holzdielen knarrten, während Achim Lena in den zweiten Stock führte. An der Wohnungstür hing *Kurt Cobain* mit kajalumrandetem Depriblick. »1967–1994« stand auf dem Poster.

Achim deutete mit einer Kopfbewegung auf den Sänger. »Den hab ich jetzt auch schon überlebt. Langsam werde ich echt alt und spießig.«

Er öffnete die Tür und knipste das Licht an. »Andi ist bestimmt noch unterwegs. Dann können wir uns ja in die Küche setzen. Aber erst mal zeig ich dir die Wohnung.«

Fünf Minuten später hatte Lena alle Zimmer gesehen und blickte sich in der Küche um. Die Schränke waren aus Elementen verschiedener Stilrichtungen zusammengewürfelt, der Kühlschrank war alt und brummte. Er war beklebt mit allerlei Postkarten und Zeitungsausschnitten. Lena blieb an einem Spruch hängen: »Schokolade löst keine Probleme, aber das tut ein Apfel auch nicht.« Darunter eine Postkarte, die einen fetten Braten mit lachendem Gesicht zeigte neben einem dünnen Lauch, ebenfalls mit Augen, Nase und Mund. Unter den beiden Gestalten stand »Dick & Doof«.

»Was habt ihr denn hier alles hängen?«

»Das ist von Andi.« Achim stellte zwei Weingläser auf den Tisch. »So, jetzt trinkst du aber erst mal mit mir 'nen Rotwein. Hier gibt's nämlich keine Cola light.«

Lena setzte sich an den Küchentisch und sah zu, wie Achim die Gläser mit Wein befüllte. »Rauchst du gar nicht mehr?«

»Nee, ich sag ja, ich werde alt und spießig. Und gekifft hab ich auch schon ewig nicht mehr. Na komm, prost erst mal.«

Sie tranken.

»Claudi und du, ihr habt nie gekifft, oder?«

»Probiert haben wir, aber sonst nicht.«

»Ich fand das früher schon so unglaublich. Holger und ich haben jeden Scheiß gemacht und ihr wart immer so diszipliniert. Da haben wir manchmal ganz schön über euch gelästert.«

»Echt?«

»Klar, ihr habt euch ja ständig eingeredet, Alkohol hätte zu viele Kalorien, Rauchen wäre ungesund, Kiffen würde hungrig machen und so. Weißt du das nicht mehr?«

»Doch, aber das stimmt ja auch alles.«

»Na ja, aber man muss schließlich mal etwas Spaß haben. Ich fand euch Mädels da immer ziemlich unlocker.«

»Wir hatten ja auch so Spaß.« Lena nahm einen Schluck Wein.

Achim stand auf, holte aus dem Küchenschrank eine Tüte Chips und hielt sie hoch. »Soll ich die aufmachen?«

»Für mich nicht.«

»Aber für mich.« Achim grinste, riss die Tüte auf, legte sie in die Mitte des Küchentisches und begann, daraus zu essen. Lena stieg der würzig-fettige Geruch in die Nase. Nein, sie würde nichts davon nehmen. Wenn sie einmal damit anfinge, könnte sie nicht mehr aufhören. Lieber gar nicht.

»Na ja, mit dem Kiffen und so hab ich's auch manchmal etwas übertrieben, das gebe ich ja zu. Kannst du dich noch an die Maren erinnern? Eine Ex von mir mit so kurzen roten Haaren.« Lena überlegte. »Kann sein.« Vielleicht hatte sie die mal gesehen, aber Achim hatte schon viele Freundinnen gehabt.

»Als mit der Schluss war, da war ich ziemlich down. Da hab ich mir 'ne Zeit lang fast jeden Abend Kinofilme auf alten VHS-Kassetten reingezogen und dabei gekifft. Und je mehr ich gekifft habe, desto besser und interessanter wurden manche Filme. Seitdem ist ›Pulp Fiction‹ mein Lieblingsfilm.«

»Du hast täglich gekifft?«

»Ja, fast. Na ja, das war auch nicht gesund. Da war ich irgendwann ziemlich deprimiert von. Dann kam bald die nächste Freundin und dann hab ich damit aufgehört. Ich denke, so was hat jeder mal, dass er zu viel trinkt oder raucht oder so. Außer Claudi und dir vielleicht.«

Lena schwieg.

»Solange man das wieder alles von alleine in den Griff kriegt, ist so etwas ja auch nicht schlimm. Ich merke dann immer, dass es zur Gewohnheit wird und nicht mehr gesund sein kann. Und dann höre ich auf.«

Lena starrte auf ihr Rotweinglas. »Das hätte ich irgendwie nicht gedacht.«

»Was?«

»Na, dass du manchmal so ein Suchtmensch bist.«

Achim schenkte ihr und sich selbst Wein nach. »Suchtmensch klingt jetzt vielleicht etwas hart. Aber irgendwelche Abhängigkeiten hat doch fast jeder Mensch. Oder nicht?«

Lena zuckte mit den Schultern. Was tat sie hier eigentlich? Sie sprach mit Achim über süchtiges Verhalten, versuchte ihre Aufmerksamkeit von der Chipstüte, die vor ihr lag, abzuwenden und fürchtete sich gleichzeitig vor der Gier, die zu Hause auf sie warten würde.

»Hallo? Erde an Lena! Was ist denn los? Du wirkst so abwesend.«

»Ach, ich war nur grad in Gedanken«, sagte sie schnell.

»Hast aber ziemlich ernst dreingeblickt.«

Lena lächelte »Der Wein macht wohl etwas müde.«

›Nicht lächeln! Das ist die Gelegenheit, Achim von deinen Problemen zu erzählen. Ihr seid so nah am Thema und er hat schließlich auch schon von seinem Kiffen erzählt‹, sagte eine innere Stimme. Sogleich bäumte sich in Lena eine Gegenstimme auf: ›Aber Kiffen ist ganz normal unter Jugendlichen. Kiffen ist sogar cool. Da kannst du doch nicht mit deiner Fresserei kommen. Du hast ja gehört, dass Achim Claudi und dich für diszipliniert hält. Zerstöre ihm das Bild von seiner perfekten Cousine nicht. Tu ihm das nicht an. Er will bestimmt nichts von deinen perversen Fressorgien hören.‹

»Was ist denn los?«

Lena lächelte verlegen. »Ach, ich vertrage den Wein wohl einfach nicht mehr so gut.«

»Sag ich doch, ihr seid so diszipliniert, dass ihr noch nicht mal 'nen Gläschen Wein vertragt. Mit Claudi ist es ja genauso.«

›Ich bin nicht diszipliniert!‹, hätte Lena Achim am liebsten entgegengeschrien. Verdammt nochmal, sie war nicht mehr die Cousine, für die Achim sie hielt! Und das tat weh. Vielleicht hätte sie es ihm doch sagen sollen. Sie würde einfach noch ein Glas Wein trinken und dann Achim erzählen, wie beschissen es ihr in Wirklichkeit ging.

»N'Abend, die Herrschaften.«

Lena blickte auf. Sie war so in Gedanken gewesen, dass sie Achims Mitbewohner gar nicht hatte kommen hören.

»Hi! Lena, das ist Andi. Andi, das ist Lena.«

Sie begrüßte Andi freundlich und wusste, dass die Gier es nun geschafft hatte, ihr Geheimnis zu bleiben.

Der Freitagabend mit Achim war besser gewesen als erwartet, hatte ihr zumindest gezeigt, dass sie noch gesellschaftsfähig war und solche Kneipenabende gerne öfter gehabt hätte. Eigentlich hätte sie froh sein können, dass Achim nun in ihrer Stadt lebte und mit ihm die Chance bestand, ab und zu Kneipenbesuche zu unternehmen.

Doch als sie am späten Samstagvormittag aufwachte, gab es in ihrer Wohnung nichts als die Gier. Ihr Traumhausmodell war zerstört, die Uniaufgaben weit weg, die Architekturbücher alle gelesen – wenn sie sich in ihrer Wohnung aufhielt, erschien ihr das Essen als der einzige Sinn ihres Daseins. Sie hätte mal wieder aufräumen können, denn eigentlich war sie ein ordentlicher Mensch, aber sie schaffte es nicht einmal, ihren Müll nach unten zu bringen. Es wäre nur ein Gang gewesen, doch der erschien ihr wie eine Weltreise, die anzutreten sie nicht imstande war. Da sie sowieso keine frischen Lebensmittel aß, sondern sich mit Fertigkram zustopfte, bestand ihr Abfall zwar nur aus geruchlosen Verpackungen, aber ekelig fand sie es trotzdem. In ihrem Zimmer lagen ein paar leere Chipstüten, Keksverpackungen und Schokoladenpapier und diese Unordnung störte sie, doch sie tat einfach nichts dagegen.

Die Gier war immun gegen Unordnung, aber nicht gegen leere Küchenschränke. Deshalb trieb sie Lena hinaus, ließ sie im kleinen Lebensmittelgeschäft um die Ecke fressanfallgeeignete Nahrungsmittel einkaufen und drängte sie wieder hinein in die Wohnung, damit sie bloß keinen Geschmack am Leben draußen fände. Lena tat alles, was die Gier ihr befahl und dass es draußen ein Leben gab, bemerkte sie gar nicht.

Eine halbe Stunde später war ihr Zimmer um ein paar leere Verpackungen reicher und ihr Leben um ein weiteres Mal höllische Bauchschmerzen und nagende Schuldgefühle. Lena legte sich in ihr Bett. Sie fühlte sich so voll, dass sie das Gefühl hatte, die Luft zum Atmen würde gar nicht bis in ihre Lunge gelangen, da sich ihr bereits zuvor die vertilgten Lebensmittel in den Weg stellten. Zu erbrechen versuchte sie schon lange nicht mehr und so musste sie jedes Mal in Bewegungslosigkeit verharren, bis die fortschreitende Verdauung ihr wieder erlaubte, anderen Tätigkeiten nachzukommen. Es war, als würde das Essen von innen gegen ihre Magenwand drücken, als sei diese kurz davor zu zerbersten, es waren Schmerzen, die sie vielleicht dazu gebracht hätten, einen Arzt zu rufen, wenn sie nicht genau gewusst hätte, dass sie allein sich das zugefügt hatte.

Sie war schuld. Und diese Schuld schmerzte mit ihrem Bauch um die Wette. Lena stöhnte und schloss die Augen.

Später döste sie vor sich hin und irgendwann übermannte sie gnädig der Schlaf und trug sie in eine Traumwelt, die sie für ein paar Stunden von ihrem jämmerlichen Dasein erlöste.

Mitten in der Nacht wachte Lena auf, ging aufs Klo und anschließend in die Küche, wo sie sich die Lebensmittel, die sie für Sonntag gekauft hatte, einverleibte. Sie hatte den ganzen Tag verpasst, nun war es Nacht und eigentlich hatte sie genug gegessen.

Doch die Gier kannte kein Eigentlich, die Gier kannte nur Gehorsam.

Wieder aufgefüllt legte Lena sich zurück ins Bett und blieb lange wach liegen. Sie war überhaupt nicht müde, aber aufstehen und etwas tun konnte sie auch nicht mit ihrem überfüllten Magen. Sie wäre gerne wieder eingeschlafen, denn Schlafen war ein bisschen wie Totsein. Stattdessen wälzte sie sich mit quälend negativen Gedanken hin und her.

Du Schwein! Du verfressenes Schwein! Das ist doch kein Leben mehr! Was du hier tust, ist abartig! Dein Verhalten ist widerwärtig! Du bist krank, total krank im Kopf! Glaub ja nicht, dass irgendjemand mit dir Mitleid haben wird. Das hast du dir schließlich selbst zugefügt. Du allein hast dich in diesen Zustand gefressen. Du bist schuld!

Sogar Kändy schien inzwischen der Meinung zu sein, dass sie selbst schuld war. Wieso sonst glotzte er sie so an? »Guck weg!«, sagte Lena und drehte den Känguru-Teddy zur Wand. Niemand sollte sie in diesem Zustand sehen, auch Kändy nicht.

Sie hielt sich ihren Bauch und schloss die Augen. Es war alles ruhig in ihrem Zimmer, nicht mal die Uhr tickte, denn seit ein paar Tagen war die Batterie leer und Lena hatte sie noch nicht ersetzt. Eine einsame, quälende Stille legte sich wie eine Decke über den Raum. Und plötzlich hatte sie wieder die Stimme ihrer Mutter im Ohr: *»Sarah hätte das nicht gemacht!«*

In den ersten Morgenstunden übermannte sie endlich der erlösende Schlaf.

Lena schrak hoch. Sie hatte etwas gehört. Ein Klingeln? Sie blinzelte auf die Uhr. Es war elf. Aber wer sollte an einem Sonntagvormittag bei ihr klingeln? Bei ihr klingelte nie jemand. Nicht montags, nicht dienstags und erst recht nicht sonntags. Wieder läutete es. Sie hatte es also nicht geträumt. Doch wer sollte das sein? Lena stand auf – sie fühlte sich wie gerädert – und drückte auf den Öffnungsknopf für die Haustür. Die Sprechanlage war kaputt und wahrscheinlich war es sowieso nicht für sie. Sie ging ins Badezimmer, ließ Wasser in ihre Hände laufen und wusch sich das Gesicht. Der Badezimmerspiegel zeigte jemanden, der erbärmlich aussah. Wie nach einer durchzechten Nacht. Sie hatte Augenringe, ihre Haut war fahl und ihr Blick leer. War sie das wirklich? Was war aus ihr geworden?

Das Klopfen an der Wohnungstür riss sie aus ihren Gedanken. War das Klingeln doch für sie gewesen? Lena blickte an sich hinunter. Sie hatte nur ein langes, schlabberiges Schlaf-T-Shirt an.

»Lena?«, rief es von draußen. Das war Achims Stimme. Scheiße, was machte der denn hier? Schnell strich sie ihre zerzausten Haare etwas glatter und sprühte Deo unter ihr T-Shirt. Dann ging sie zur Wohnungstür und öffnete sie einen Spalt.

»Brötchenservice. Guten Morgen!«

»Was machst du denn hier?«

»Hast du deine Mailbox nicht abgehört? Ich hab doch gesagt, dass ich zum Frühstück vorbeikomme.«

Barfüßig stand sie im Türspalt. »Mailbox? Ups, ich glaube, ich habe seit Freitag mein Handy nicht mehr angehabt.«

»Und ich dachte, wenn ich nichts von dir höre, geht das klar. Hab ich dich jetzt geweckt?«

Lena nickte langsam.

»Willst du mich nicht reinlassen? Oder sollen wir im Flur frühstücken?«

»Ja klar, sorry, ich bin noch nicht ganz wach.«

Lena ließ Achim eintreten und musste an den Saustall denken, den er in wenigen Sekunden zu Gesicht bekäme. Sie schämte sich jetzt schon.

»Hast du gesoffen? Du siehst ja vollkommen fertig aus.«

Sie versuchte ein Lächeln.

»Wenn du mir sagst, wo deine Küche ist, mache ich Frühstück und du kannst dich in der Zeit anziehen.«

Lena deutete mit dem Kopf Richtung Küchentür. »Dort, aber bei mir sieht's grad aus wie Sau. Hätte ich gewusst, dass du kommst ...«

»Mach dir mal keinen Kopf wegen ein bisschen Unordnung.«

Achim verschwand in der Küche. Lena ging schnell in ihr Zimmer. Oh Gott, sie durfte gar nicht daran denken, welcher Blick sich Achim in der Küche bot. Das war mehr als ein bisschen Unordnung. Was hatte sie nachts alles dort liegen gelassen? Sie wusste es nicht. Ihr war schlecht. Sie würde jetzt im Leben kein Frühstück hinunterbekommen. Sie zog sich schnell eine Hose über und begann dann, die leeren Verpackungen in ihrem Zimmer einzusammeln und hastig unter ihr Bett zu schieben. Dabei fiel ihr Blick auf Kändy, dessen Gesicht immer noch zur Wand zeigte. Sorry, dachte sie und drehte den Känguru-Teddy wieder um. Und als sie seinen vertrauten Knopfaugen-Blick sah, hätte sie ihn am liebsten in den Arm genommen.

»War hier gestern Abend Party?«

Plötzlich stand Achim hinter ihr. Lena drehte sich um. Sie schaffte es nicht, ihrem Cousin in die Augen zu schauen.

In ihr war es leer.

So leer, dass ihr nicht einmal eine passende Ausrede einfiel. Scham machte sich in ihr breit. Kein Wort kam über ihre Lippen, sie kniete nur da vor ihrem Bett, sah an Achim vorbei und spürte, wie sie innerlich zitterte.

»Was ist denn los? Ich kann dir auch erst beim Aufräumen helfen, wenn du willst.«

Achims tiefe Stimme war plötzlich ruhig und sanft. Seine Stimme klang liebevoll und Lena spürte, wie ihr innerliches Zittern mit der Fassade kämpfte. Sie hätte irgendwas sagen müssen, etwas Beschwichtigendes vielleicht. Sie hätte einfach mit Achim in die Küche gehen und eine absurde Partygeschichte erfinden können. Aber sie saß nur da und brachte kein Wort heraus und dann sah sie Achim an, wie er ratlos dastand und verwirrt und besorgt zugleich auf seine Cousine blickte.

Und danach brach das Zittern aus. Die Fassade konnte es nicht mehr zurückhalten, konnte ihre perfekte Maske nicht mehr wahren. Plötzlich durchschüttelte es Lena, als würden sämtliche Gefühle, die sie in den letzten Wochen und Monaten mit Essen heruntergeschluckt hatte, auf einmal aus ihr herausbrechen. Sie zitterte und schluchzte, in ihrem Magen verkrampfte sich alles und schließlich konnte sie auch die Tränen nicht mehr zurückhalten. Sie nahm Achims Reaktion gar nicht wahr, viel zu sehr war sie damit beschäftigt, ihren Körper und ihr Schluchzen irgendwie wieder unter Kontrolle zu bringen. Aber je angestrengter sie versuchte, sich zu beruhigen, desto stärker brach es aus ihr heraus und irgendwann spürte sie nur noch Achims Arme, seine Hand, die behutsam über ihren Rücken strich, und sie hörte seine sanfte Stimme, die immer wieder vorsichtig fragte: »Hey, was ist denn los?«

Achim drückte sie fest an sich und unter all den verzweifelten Tränen wurde Lena schmerzlich bewusst, wie sehr sie sich danach gesehnt hatte, einfach nur von jemandem in den Arm genommen zu werden, die Wärme eines anderen Menschen zu spüren. Sie wusste nicht, wie lange sie Achim vollschluchzte und wie lange er beruhigend auf sie einredete, sie verlor jegliches Zeitgefühl, während alle anderen erdenklichen Gefühle sie durchschüttelten. Schließlich hatte sie keine Tränen mehr. Und keine Kraft. Sie saß da auf ihrem Bett und versuchte, ruhig zu atmen und sich zu entspannen.

»Es tut mir leid«, brachte sie leise hervor. »Ich wollte nicht so heulen vor dir.«

»Na, offensichtlich war das ja mal sehr nötig.«

Sie zuckte mit den Schultern. Achim saß neben ihr und er war einfach da. Sie schämte sich und gleichzeitig spürte sie so etwas wie Dankbarkeit für seine Anwesenheit.

»Läuft gerade alles nicht so gut, hm?«

Lena atmete tief durch. »Ehrlich gesagt läuft überhaupt nichts.« Sie zitterte innerlich, weil sie das Schluchzen davon abhalten wollte, wieder aus ihr herauszubrechen. Gedanken schossen ihr durch den Kopf – ihr furchtbares Fressen, der Streit mit Claudi, Lorenz, Patrick, die Uni, alles kam ihr unsortiert in den Sinn und sie suchte den Anfang. Was sollte sie Achim sagen?

Er saß geduldig neben ihr und Lena wunderte sich, wie er es schaffte, einfach da zu sein und vorsichtig abzuwarten, anstatt sie mit Fragen zu löchern.

»Ich schäme mich so«, brachte sie leise hervor.

Achim legte seine Hand auf ihre Schulter. Lena seufzte. Wie sagte man etwas, worüber man so lange geschwiegen hatte? Etwas, das bereits von Claudi als Einbildung abgestempelt worden war? Etwas, das sie nicht einmal auf Hannas direkte Frage hatte preisgeben können? Etwas, das von Lena monatelang heimlich praktiziert worden war, sodass ihr die richtigen Worte dafür schlichtweg fehlten?

»Ich ...«, begann sie. Es musste raus, irgendwann musste es ja doch raus. Auch, wenn es sich im Magen verstecken und bei der nächsten Gelegenheit nach neuen Fressalien schreien wollte. Jetzt gab es kein Zurück mehr. »Achim, ich ... ich habe eine Essstörung.«

Achim strich ihr über den Rücken. »Bulimie?«

Lena schluckte. »So ähnlich.« Sie holte tief Luft. »Ich kotze danach nicht. Deswegen bin ich auch so dick geworden. Das ist wie eine Sucht.«

Achim schwieg. Als er aufhörte, über ihren Rücken zu streicheln, war Lena froh. Sie ertrug jetzt keine Berührung.

»Binge Eating nennt sich das. Esssucht. Das kennt nur niemand.«

Sie musste an Claudi denken und ihre wütende Ungläubigkeit. Vorsichtig sah sie zu Achim. Glaubte er ihr? Sein Blick wirkte nicht skeptisch, fragend eher und besorgt.

Lena fixierte einen Punkt am Boden, bevor sie weitersprach. »Ich hab nur noch Fressanfälle. Das ist ganz schlimm. Ich weiß gar nicht, wie ich dir das erklären soll. Du wirst nicht glauben, was ich alles in mich hineinstopfe.«

»Und wie lange geht das schon so?« Achims Worte klangen noch immer bedacht, kein Anzeichen von Unverständnis, er legte eher etwas Achtsames in seine Stimme, das Lena das Gefühl gab, sich nicht ganz so sehr für ihre Offenbarung schämen zu müssen.

»Seit ungefähr einem Jahr. Es fing an, als Patrick sich von mir getrennt hat, aber da war es noch nicht so schlimm wie jetzt. Erst war es nur ein bisschen Zuvielessen, doch inzwischen ... Ich mache gar nichts anderes mehr, als an Essen zu denken. Oh Mann, das ist mir so peinlich.«

»Hey, das ist schon okay.« Achim machte eine Pause. »Hast du dich deshalb mit Claudi zerstritten?«

Lena nickte und blickte beschämt in ihren Schoß. »Ich habe ihre ganzen Lebensmittel aufgegessen. In der Nacht. Ich konnte einfach nicht anders. Aber sie war natürlich stinksauer ... Achim, erzähl das bitte nicht meinen Eltern und auch nicht, wie es hier bei mir aussieht.«

»Hey, deine Eltern und Claudi sind doch erst mal unwichtig. Jetzt geht es um dich. Was ist denn mit deinen Kommilitonen?«

Sie presste ihre Lippen aufeinander, aber die Tränen bahnten sich trotzdem ihren Weg und liefen über ihre Wangen. »Ich habe zu niemandem richtigen Kontakt. Ehrlich gesagt bin ich total einsam in dieser Stadt.«

»Zu gar keinem Kontakt?«

Lena schüttelte den Kopf.

»Mensch, da ist es doch kein Wunder, dass es dir so schlecht geht. Und mit dem Essen versuchst du dann ...?«

Sie wischte sich ihre Tränen aus dem Gesicht. »Alles zuzustopfen. So lange, bis ich nichts mehr spüre. Keine Gefühle mehr, nix.«

»Aber du musst doch irgendwann satt sein.«

»Ich merke das nicht mehr, wenn ich satt bin. Ich stopfe alles nur rein, bis ich Bauchschmerzen habe und das Gefühl zu platzen.«

»Und dann?«

Lena fiel es schwer, davon zu erzählen. Sie brachte die Worte nur leise und stockend hervor.

»Dann lege ich mich hin und warte, bis mein Körper so weit verdaut hat, dass ich wieder arbeitsfähig bin.«

Schweigen. Lena wünschte sich das Ticken der batterieleeren Uhr herbei, die die wortlose Zeit in kleine Abschnitte unterteilt hätte.

»Findest du mich jetzt abartig?«

»Nein, aber ich bin geschockt, dass es dir so schlecht geht und du dich niemandem anvertrauen konntest. Dabei sieht man ja eigentlich, dass du zugenommen hast.«

»Ist dir das Freitagabend auch aufgefallen?«

»Ja, schon, aber ich spreche doch keine Frau auf ihr Gewicht an. Und mit so was rechnet man ja nicht.«

»Da bist du wahrscheinlich der Einzige aus unserer Familie, der nicht über Gewicht spricht. Mama will mir ständig Diäten aufdrängen, Claudi findet mich disziplinlos, deine Mutter wirft abschätzige Blicke auf mich und Papa hält sich wie immer aus allem raus.«

»Aber es kann ja auch niemand ahnen ...«

Wieder Schweigen. Lena fühlte sich leer und erschöpft. Doch verglichen mit dem Vollgestopftsein war das nicht mal ein schlechtes Gefühl.

»Und jetzt?«

Lena zuckte mit den Schultern.

»So kann es ja nicht weitergehen, oder? Du musst was dagegen tun, das macht dich doch kaputt.«

Beschämt zeichnete sie mit dem Zeigefinger die Struktur des Stoffes ihrer Hose nach.

»Hast du schon mal über eine Therapie nachgedacht?«

Lena fuhr entsetzt hoch. »Therapie? Hältst du mich jetzt für bekloppt?«

Achims Stimme blieb ruhig. »Das hat nichts mit bekloppt zu tun. Viele Menschen machen eine Therapie. Das ist doch heute nichts Schlimmes mehr.«

»Hör mal zu, Achim, ich bin keine von deinen Hauptschülern, die aus total kaputten Familien kommen und zum Seelenklempner müssen.«

»Von denen nehmen die wenigsten psychologische Hilfe in Anspruch, selbst wenn sie es nötig hätten. Aber darum geht es auch gar nicht.«

»The-ra-pie, Psy-cho-lo-ge – allein wie das schon klingt. Ich meine, ich bin schließlich nicht doof. Ich weiß doch, dass ich ein Problem habe, ich weiß sogar, wie es heißt, dafür brauche ich keinen Psychodoc.«

»Aber Wissen bedeutet nicht, dass man auch alles umsetzen kann. Was stellst du dir denn vor, was dir helfen könnte?«

Lena zuckte mit den Schultern. »Ne neue Beziehung vielleicht. Oder eine beste Freundin. Dann würde das bestimmt von ganz alleine aufhören.« Sie musste sich eingestehen, dass sie nicht sehr überzeugend klang. Und auch wenn es ihr gelänge, ihre Einsamkeit zu besiegen, war sie sich gar nicht sicher, ob die Sucht sich nicht längst verselbstständigt hatte.

»Könnte es dir helfen, wenn wir uns in den nächsten Tagen öfter sehen?«

»Vielleicht. Aber ich kann dir nicht versprechen, dass ich sofort damit aufhöre. Ich weiß nicht, ob ich das kann.«

»Wenn du das könntest, hättest du es schon längst getan. Ich will dich auch nicht kontrollieren. Wir sind schließlich beide erwachsen. Aber du kannst ja jetzt schlecht genauso weitermachen, bis Mitte April die Uni wieder anfängt.«

Lena wusste, dass Achim recht hatte. So konnte sie nicht weitermachen. Lieber wollte sie sterben, als bis zum Ende der Semesterferien jeden Tag mit Bauchschmerzen und Schuldgefühlen in ihrer Wohnung gefangen zu sein.

»Ich muss zur Schule und habe viel zu tun, aber abends und am Wochenende kann ich mir Freiräume schaffen. Vielleicht kannst du mir ein bisschen was von der Stadt zeigen? So kommst du eventuell auch auf andere Gedanken.«

»Ich kenne ja selbst kaum etwas von der Stadt.«

»Dann entdecken wir sie eben gemeinsam. Mensch, Lena, ich kenne dich gar nicht mehr. So pessimistisch ...«

Seufzend blickte sie zu Boden. »Ich kenne mich ja selbst nicht mehr.«

»Und was ist mit der Architektur? Du konntest dich doch immer total dafür begeistern.«

Lena deutete mit ihrem Kopf in die Richtung, in der die Überreste des Traumhausmodells aufgehäuft waren. »Das ist mit Architektur.«

»Wer hat das zerstört?«

»Ich. Ich war so wütend auf mich.«

Sie schwiegen. Lena musste wieder an ihre Uhr denken. Sie hätte nicht gedacht, dass sie ihr Ticken so vermissen würde.

Plötzlich knurrte Achims Magen in die Stille hinein.

»Tschuldigung«, sagte er.

Ihre Mundwinkel zogen sich ein Stückchen nach oben. »Dafür musst du dich doch nicht entschuldigen.«

»Ich dachte nur, weil ... Frühstücken ist jetzt wohl nicht so passend, oder?«

Lena überlegte. Es war schon Mittag und zuletzt hatte sie in der Nacht gegessen. Voll fühlte sie sich nicht mehr, doch hungrig auch nicht. Eher leer und ausgelaugt. Aber eine normale Mahlzeit mit Achim? Warum eigentlich nicht? Sie könnte es wenigstens versuchen. Gar nichts zu essen ging schließlich auch nicht, denn Essen war das einzige Suchtmittel, von dem man nicht abstinent sein durfte.

»Doch, lass uns frühstücken. Aber nur, wenn wir beim Essen über etwas anderes reden.«

Achim grinste. »Das werden wir wohl noch hinkriegen. Haben wir bis zum heutigen Tag schließlich auch geschafft.«

10. Binge Eating klingt einfach blöd

Lena hatte aufgeräumt und gesaugt, ihren Müll wegge-bracht und die Küche geputzt. Nie wieder sollte sie jemand in so einer chaotischen Wohnung und mit so wenig Selbst-kontrolle vorfinden! Ihr war es immer noch peinlich, wenn sie daran dachte, wie das Bild ihrer Wohnung und sie selbst auf Achim gewirkt haben mussten. So etwas durfte nicht wieder vorkommen. Und Aufräumen war ein Anfang – vielleicht.

Sie erinnerte sich an die Zeit ein Jahr zuvor. Auch da-mals war die aufgeräumte Wohnung der Anfang gewesen. Die Ordnung in jedem Raum, die ihr keine Beschäftigung bot, sondern sie eiskalt mit der Abwesenheit Patricks kon-frontierte und sie erstmals eine Leere verspüren ließ, die sie mit Essen zu füllen versuchte.

Aber nun erhoffte sich Lena von der aufgeräumten Woh-nung, dass sie wieder Struktur bringen würde. Eine neue Regelmäßigkeit in ihr strukturloses Dasein der letzten Wochen. Bestenfalls auch in ihr Essverhalten. Doch so weit wagte sie gar nicht zu denken.

Bei seinem nächsten Besuch würde Achim eine ordent-liche Wohnung vorfinden und eine geordnete Cousine. Die Scham saß tief. Immer wieder erinnerte Lena sich daran, wie sie Achim zerzaust, nur halb angezogen und vollge-fressen die Tür geöffnet hatte. Doch obwohl es ihr peinlich war, verspürte sie auch so etwas wie Erleichterung.

Es war raus, es war endlich raus.

Vielleicht würde das ihr Essverhalten nicht ändern, aber nun musste sie ihr Geheimnis nicht mehr alleine tragen und es drückte nicht mehr ganz so schwer auf ihren Magen.

Achim würde es für sich behalten, da war sie sich si-cher. Er hatte seit dem Wochenende jeden Tag angerufen, um sich wenigstens kurz zu erkundigen, ob alles okay war. Bei jedem anderen hätte Lena diese Anrufe als Kontrolle verstanden, aber bei Achim machte es ihr nichts aus, sie fand es eher beruhigend, seine Stimme zu hören.

Natürlich fraß sie weiter. Die Gier war niemand, der sich durch ein bisschen Aufräumen und einen Cousin als Mitwisser beeindrucken ließ. Aber Lena versuchte, die Essensmengen so weit zu reduzieren, dass sie durch das Zuvielessen nicht vollkommen bewegungs- und arbeitsunfähig wurde.

Am Donnerstagabend war sie mit Achim verabredet. »Soll ich etwas kochen?«, hatte er vorsichtig gefragt. Lena hatte schnell verneint. Sie wollte lieber nach dem Abendessen kommen, schließlich wusste sie nicht, ob sie es schaffen würde, tagsüber so wenig zu essen, dass sie abends noch ein Abendessen genießen konnte. »Okay, dann kommst du einfach so zu mir«, hatte Achim gesagt und Lena war erleichtert gewesen.

Kurt Cobain starrte Lena traurig aus seiner schwarz-weißen Posterwelt an, bevor Achim ihr die Wohnungstür öffnete.

»Hey, schön, dass du da bist.« Er umarmte sie kurz und Lena war einerseits froh über diese Geste (Achim ekelte sich offensichtlich trotz seines Wissens über ihr perverses Essverhalten nicht vor ihr), andererseits war sie auch erleichtert, dass die Umarmung nur kurz andauerte und Achim ihr nicht zu nahekam (denn sie hatte Angst, trotzdem irgendwie ekelig zu sein).

Achim führte Lena diesmal ins Wohnzimmer und sie war ihm sehr dankbar dafür, weil Küchen für sie verfängliche Orte waren, denen sie nicht neutral gegenüberstehen konnte. »Setz dich. Möchtest du was trinken?«

»Ein Wasser, wenn du hast.«

Lena setzte sich auf die zerschlissene Couch. Man sah dem Wohnzimmer an, dass es nur von Männern bewohnt wurde, fand sie. Die Wände waren in einem warmen Rotton gestrichen, wirkten aber ansonsten sehr kahl, auf dem

Tisch standen neben einem Stapel alter Fernsehzeitungen Tropfkerzen in Flaschen, überdeckten deren Hälse mit ihren Wachsspuren und auf dem Regal verharrten verschiedenförmige Kerzenstummel zwischen Reihen von Schallplatten. Das einzige Poster war riesig und zeigte auf leicht beschädigtem Papier eine hübsche Frau in Sommermode von H&M – wahrscheinlich hatte es mal an einer Bushaltestelle in einem neonbeleuchteten Glaskasten gehangen. Der Fernseher war alt und klobig und schien das geistige Zentrum des Raumes zu bilden. Über ihm und der angrenzenden Regalwand hing unmotiviert eine Lichterkette. Auf der Fensterbank vegetierte eine Blume ohne Übertopf neben einer Reihe von Ü-Ei-Figuren vor sich hin.

Achim kam mit einer Flasche Wasser, einem Tetrapack Saft und zwei Gläsern wieder und schenkte ihr ein. Er nahm ein Feuerzeug, zündete die Flaschenkerzen an, die den Raum sofort in ein gemütlicheres Licht tauchten, und beugte sich dann über die CDs, die neben der Musikanlage im Regal standen.

»Sind die *Hosen* okay?«

Lena nickte und kurze Zeit später tönte *Campinos* Stimme mit »*Du lebst nur einmal*« aus den Lautsprechern. Achim setzte sich auf den Sessel Lena gegenüber.

»Ist dein Mitbewohner nicht da?«

»Nee, der ist beim Sport.« Achim schenkte sich Orangensaft aus dem Tetrapack ein. »Und wie war dein Tag?«

Lena zuckte mit den Schultern. »Na ja. Ganz okay. Und deiner?«

»Zurzeit gucke ich ja erst mal nur zu. Ich freue mich aber schon, wenn ich selbst unterrichten darf.«

Sie nahm einen Schluck Wasser. Achim deutete mit dem Kopf auf ihr Glas.

»Trinkst du eigentlich immer nur sowas wie Wasser und Cola light?«

»Ja, wieso?«

»Ist das nicht total öde?«

»Weiß nicht. Ich will halt nicht auch noch durch Getränke Kalorien zu mir nehmen. Die durchs Essen reichen schon vollkommen.«

»Ich habe mir ehrlich gesagt nie Gedanken darüber gemacht, welche Getränke wie viele Kalorien haben.«

»Dann fang auch besser gar nicht erst damit an.«

»Ich versuche ja, das zu verstehen. Aber ich kann mir das alles überhaupt nicht so richtig vorstellen. Wenn ich Hunger habe, dann esse ich einfach, was ich will, und mache mir gar keine Gedanken darüber.«

»Wahrscheinlich machen Männer sich allgemein weniger Gedanken über sowas. Ich denke den ganzen Tag an fast nichts anderes als an meine Figur und Essen.«

Nun, da Achim sowieso Bescheid wusste, fiel es Lena gar nicht mehr so schwer, darüber zu sprechen. Irgendwie hatte sie auch das Bedürfnis, es ihm zu erklären.

»Gebt mir ein neues Leben! Nehmt mein altes jetzt sofort von mir zurück!«, schrie *Campino* aus den Lautsprechern.

»Hast du mal drüber nachgedacht?«

»Worüber?«

»Über eine Therapie.«

»Nein, das heißt ja, aber ... Ich denke einfach, dass ich so was nicht nötig habe.«

»Was soll das heißen: ›nötig haben‹?«

Lena überlegte kurz. »Dass es ein Zeichen von Schwäche wäre.«

Achim seufzte. »Ich hatte mal eine Bekannte, die hatte Panikattacken. Ich fand es stark von ihr, dass sie sich Hilfe geholt hat.«

»Ja, aber das ist doch was ganz anderes.«

»Wieso?«

Lena zuckte mit den Schultern. Sie wusste keine Antwort. Sie wusste nur, dass das Wort Therapie in ihren Ohren einfach schrecklich klang und sie nicht bereit war, solche Wörter in ihren Terminkalender zu schreiben. Außerdem durfte niemand außer Achim etwas von ihrer Essstörung erfahren.

»Das geht auch gar nicht. Ich bin doch über Papa krankenversichert und glaubst du, ich will, dass er schwarz auf weiß auf der Arztrechnung lesen kann, was mit mir los ist? Ich möchte nicht, dass jemand aus unserer Familie das erfährt.«

Sie musste das irgendwie so schaffen. Wenn ihre Mutter davon Wind bekäme – Lena durfte gar nicht daran denken. Sie wollte nicht mehr so weiterleben wie zurzeit, aber eine Therapie? Nein, das konnte und wollte sie sich nicht vorstellen.

Achim stand wortlos auf und ließ Lena mit *Campino* alleine im Raum. *»Wenn du mit dir am Ende bist und du einfach nicht weiter willst, weil du dich nur noch fragst, warum und wozu und was dein Leben noch bringen soll ...«* Die Flaschenkerzen flackerten und tropften neue rote und weiße Wachsspuren. Kurze Zeit später kam Achim mit einem Prospekt zurück.

»Ich habe mich mal unter meinen Kollegen umgehört, ob die wissen, an wen man sich am besten wegen Essstörungen wenden könnte.«

»Du hast aber nicht gesagt, dass ich ...«

»Nein, ich habe gesagt, dass ich mich für eine Bekannte umhöre.«

Lena schluckte. Ihr war das ganze Thema unangenehm. Und nun sprach Achim das auch noch in seinem Kollegium an. Sie hätte es ihm vielleicht doch nicht erzählen dürfen.

»Es gibt da was. Bei der Frauenberatung. Eine offene Gruppe für Frauen mit einer Essstörung. Man muss sich nicht anmelden, sondern kann einfach unverbindlich hingehen. Am Montag ist der nächste Termin.«

»Und dann soll ich mich da mit Magersüchtigen zusammen hinsetzen und erzählen, was ich alles fresse? Vergiss es!«

Sie verschränkte die Arme vor der Brust. Eine Gruppe, nur aus Frauen, jede essgestört – das klang ja noch schlimmer als die Vorstellung, einer Therapeutin alleine gegenüberzutreten.

»Vielleicht können die dir da ja gute Tipps geben. Die kennen sich wenigstens damit aus. Im Gegensatz zu mir. Ich kann dir doch auch nicht groß helfen.«

Lena wusste, dass Achim recht hatte. Ihr würde es auf Dauer nicht helfen, einzig mit Achim oder weiterhin mit niemandem über das Thema zu reden. Trotzdem konnte sie sich einfach nicht eingestehen, dass sie, Lena Pfannkuch, bis vor kurzem noch Architekturstudentin mit Einsernoten, es nötig haben sollte, zu irgendeiner Psychogruppe zu gehen.

»Du musst das ja nicht jetzt entscheiden. Und drängen kann ich dich auch nicht, du bist schließlich erwachsen. Aber du kannst ja mal den Flyer hier mitnehmen. Da steht alles drin.«

Achim reichte ihr einen Zettel. Sie nahm ihn und hielt ihn so zum Kerzenlicht, dass sie die schwarzen Buchstaben lesen konnte. »*Hungern nach Liebe. Gieren nach Leben. Kochen vor Wut.*«, stand dort. Gieren nach Leben. Ja, das war es. Sie wollte doch eigentlich nur ganz normal leben. So wie andere Studenten auch.

»Gucke ich mir zu Hause mal in Ruhe an«, sagte Lena schnell, faltete den Flyer zusammen und legte ihn beiseite.

»Ich will dich natürlich zu nichts drängen. Es ist nur … ich war am Sonntag schon ziemlich geschockt. Ich will dir einfach nur helfen.«

»Ich weiß. Das ist ja auch okay. Ich muss mich bloß erst mal daran gewöhnen, dass du jetzt davon weißt.«

Sie schwiegen. Die Kerzen flackerten, als könnten sie damit von der Sprachlosigkeit ablenken. Das Wachs nahm seinen Lauf – die Flasche herunter, immer tiefer, unabwendbar der abgründigen Tischplatte entgegen, auf der bereits mehrere Wachsflecken erkaltet waren.

»*Steh auf, wenn du am Boden bist!*«, röhrte *Campino* aus den Lautsprechern. »*Steh auf, es wird schon irgendwie weitergeh'n.*« Lena kam in den Sinn, dass Achim die CD mit Absicht gewählt haben könnte – für sie. Aber *Die*

Toten Hosen hatte er schon immer gehört. Vielleicht war sie zurzeit auch einfach zu empfänglich für solche Liedtexte ...

»Willst du denn darüber reden oder lieber abgelenkt werden?«

Lena blickte Achim an. »Ehrlich gesagt weiß ich das selbst nicht so genau. Doch vielleicht könnten wir noch irgendwo um die Ecke in eine Kneipe gehen? Da hätte ich jetzt Lust zu.«

»Klar, können wir machen.« Achim grinste. »Aber nur, wenn du etwas anderes als Wasser oder Cola light bestellst.«

Drei Stunden später hatte Lena zwei Krefelder getrunken, eine neue Kneipe kennengelernt, sich mit Achim über Gott und die Welt (und nicht über ihre Probleme) unterhalten sowie einen gemeinsamen Zoobesuch für das Wochenende geplant und nun fiel sie froh und ohne sich von der Gier bedrängt zu fühlen ins Bett.

Der Samstag kam und Lena wartete auf Achim. Erste Märzsonnenstrahlen warfen helles Licht in ihre aufgeräumte Wohnung und sie bekam richtig Lust, hinauszugehen und etwas zu unternehmen. Als sie gerade dabei war, sich die Wimpern zu tuschen, klingelte das Telefon. Sie ging dran. Es war ihre Mutter.

»Hallo Mama.«

»Ich wollte doch mal hören, wie es dir geht.«

»Gut, Achim kommt gleich vorbei und dann gehen wir in den Zoo. Und was macht ihr?«

»Heute Nachmittag müssen wir mal den Friedhof neu bepflanzen. Und heute Abend sind wir mit Sylvia und Jürgen beim Italiener verabredet. Claudi kommt auch mit.«

»Schön.«

»Lena, du hast doch jetzt Semesterferien. Wann kommst du denn mal wieder zu uns?«

»Weiß nicht. Vielleicht Ostern.«

»Ostern ist noch so lange hin. Willst du nicht mal wieder für eine ganze Woche zu uns kommen?«

»Nein, Mama, ich muss mich bald auf das neue Semester vorbereiten.«

»Aber das kannst du doch auch hier. Langsam habe ich das Gefühl, du willst uns gar nicht mehr sehen.«

»Quatsch.« Was sollte sie dazu schon sagen? Sie hätte gerne ihre Eltern gesehen. Aber sie wollte nicht, dass ihre Eltern sie sahen.

»Am Anfang hast du uns noch viel häufiger besucht. Obwohl du einen Freund hattest. Und jetzt gar nicht mehr.«

»Das wird halt weniger mit der Zeit.«

»Ja, aber so wenig? Claudi würde dich bestimmt auch gerne mal wiedersehen.«

Schön wär's, dachte Lena. »Ja, Mama, ich hab jetzt leider gar nicht so viel Zeit, weil Achim gleich kommt.«

»Du willst mich abwimmeln.«

»Will ich nicht, aber Achim holt mich gleich ab.«

»Und wann kommst du mal zu uns? Du hast doch auch die Gran-Canaria-Fotos noch gar nicht gesehen.«

Es klingelte. »Jetzt hat es geschellt. Das wird Achim sein. Wir können ja in den nächsten Tagen nochmal telefonieren, okay?«

»Na gut, dann rufe ich dich morgen wieder an, wenn wir vom Friedhof kommen. Und grüß Achim.«

»Mache ich. Tschüss.«

Lena atmete auf, als sie endlich das Telefonat beenden und Achim die Tür öffnen konnte.

»Du siehst ja nicht begeistert aus«, sagte Achim zur Begrüßung.

»Mama hat grad angerufen und sich beschwert, dass ich sie nicht mehr besuche.«

»Und was hast du gesagt?«

»Nichts. Ich kann ihr doch schlecht sagen, dass ich wieder zugenommen habe und mich deshalb nicht zu ihnen traue.«

»Du fährst nur nicht wegen deiner Figur?«

»Ja, ich weiß schließlich jetzt schon, was da für Kommentare und Abnehmvorschläge folgen würden.«

»Aber du kannst dich nicht ewig verstecken.«

Lena zuckte mit den Schultern. Lieber alleine, aber dafür unangreifbar.

»Vielleicht können wir an einem der nächsten Wochenenden mal zusammen nach Bielefeld fahren. Und wenn die blöde Kommentare fallen lassen, dann werde ich denen mal was erzählen.«

»Das ist lieb von dir, aber ich glaube nicht, dass du mich davor schützen kannst.«

»Das werden wir dann ja sehen. Jetzt lass uns erst mal rausgehen. Das Wetter ist total schön.«

Drei Stunden später saßen sie unter alten Bäumen auf einer Bank und blickten auf den großen Teich. Sie waren bereits eine Runde durch den an einen steilen Hang gebauten Zoo gegangen, hatten von den Eisbären über die Pinguine und Großkatzen bis zu den Elefanten alles gesehen.

Lena beobachtete die Enten, die den Teich bevölkerten, und die Affen, die sich auf der Affeninsel an Seilen entlanghangelten.

»Der Zoo ist wirklich schön angelegt, aber irgendwie ist Zoo doch was für Kinder, oder?«

Achim lehnte sich zurück. »Mich begeistert das auch nicht so, mir Tiere von anderen Kontinenten in Gehegen anzusehen. Ich glaube, ich werde erst wieder in einen Zoo gehen, wenn ich selbst Nachwuchs habe. Aber immerhin waren wir jetzt mal hier.«

Es waren viele Eltern mit kleinen Kindern da, die sie an ihrer Hand oder im Buggy an den Gehegen vorbeiführten und denen sie lauthals etwas über die Tiere erzählten. Lena musste daran denken, dass sie schon einmal an der Zookasse gestanden hatte und letztlich umgekehrt war.

»Ich bin letztes Jahr mal fast hier gewesen.«

»Fast?«

»Ja, ich bin bis zur Kasse gegangen und habe es mir dann doch anders überlegt ...« Lena fuhr sich nervös durch die Haare. »Na ja, die Schlange vor dem Eingang war so lang, es war so voll.«

Ein kleines blondes Mädchen lief an ihnen vorbei, es stürmte voraus, während die Eltern in Ruhe den Kinderwagen mit dem Geschwisterchen hinterher schoben.

»Kannst du dich eigentlich an Sarah erinnern?«

»Ja, ein bisschen. Aber wie kommst du denn jetzt darauf?«

Lena deutete mit dem Kopf in Richtung der jungen Familie. »Siehst du das kleine Mädchen dort? Die erinnert mich irgendwie an das Foto von Sarah, das bei Mama und Papa auf dem Kamin steht.«

»Echt? Aber Sarah sah ganz anders aus.«

»Ich kenne ja nur Fotos.«

Achim blickte den Enten hinterher. »Ich habe schon ewig niemanden mehr über Sarah sprechen hören. Komisch, dass das jetzt ausgerechnet von dir kommt.«

»Wieso?«

»Weil du sie doch gar nicht kennengelernt hast.«

Lena zuckte mit den Schultern. Nein, sie hatte Sarah nicht kennengelernt. Der schreckliche Unfall war knapp zwei Jahre vor Lenas Geburt gewesen. Aber trotzdem war Sarah immer präsent. Vielleicht präsenter als eine lebendige Schwester es je hätte sein können.

»Dieses Bild auf dem Kamin fand ich als Kind immer unheimlich. Mama hat mir immer etwas von Engeln erzählt und dass Sarah auf uns aufpasst. Als ich klein war, habe ich gedacht, Sarah sei ein Gespenst.«

»Ehrlich gesagt fand ich es bei euch früher auch immer unheimlich.«

»Echt?«

»Ja, alles war so bedrückend, die ganze Stimmung. Und der leere Stuhl am Küchentisch, der für Sarah freigehalten wurde ... Einmal habe ich mich aus Versehen auf den Stuhl gesetzt, da ist deine Mutter total hysterisch geworden.«

»Den leeren Stuhl hasse ich heute noch.« Lena musterte ihren Cousin. Sie hätte nicht gedacht, dass jemand anderes aus ihrer Familie das genauso empfand. Und dann ausgerechnet Achim, der Älteste von allen Kindern.

»Ich habe Holger, so oft es ging, überredet, bei uns zu spielen, weil ich es bei euch so komisch fand.«

Lena war überrascht, dass Achim so etwas sagte. Sie hatte sich immer dafür geschämt, dass sie die Trauer ihrer Eltern nicht mochte. Wie sehr hatte sie all diese Rituale gehasst!

»Und ich habe Claudi und dich jedes Mal beneidet, weil ihr sonntags nicht zum Friedhof musstet.«

Ein Fischreiher flog über den Teich hinweg und ließ sich auf der Affeninsel nieder. Reiher gab es überall in der Stadt. Dieser gesellte sich zu den Enten und tat so, als würde er zu den Zootieren gehören.

»Ich hätte das nicht gedacht, dass dich das so beschäftigt hat mit Sarah. Klar, sie war deine Schwester, aber ich dachte immer Claudi und du ... na ja, dass ihr halt so ne Art ›Gnade der späten Geburt‹ hättet. Dass ihr das alles nicht so mitbekommen habt.«

»Ich denke, Claudi hat davon auch kaum etwas mitgekriegt – es war ja nur ihre Cousine und sie hat sie nicht kennengelernt. Aber ich ...«

Lena beobachtete den Fischreiher, der seine Flügel ausbreitete, von der kleinen Insel abhob, über den Teich flog und hinter den Bäumen verschwand.

»Ehrlich gesagt ... Ich hasse Sarah.«

»Aber wieso? Du hast sie doch auch nicht kennengelernt.«

»Ja eben. Es ging trotzdem immer nur um Sarah. Obwohl sie nicht mehr da war. Sie war ein Gespenst und dennoch drehte sich alles um sie. Du glaubst ja gar nicht, wie oft Mama im Streit zu mir gesagt hat, dass Sarah nicht so schlimm gewesen wäre wie ich. Sarah hätte dies besser gekonnt und jenes besser gemacht.« Lena spürte, wie ihr Tränen in die Augen schossen. Sie wischte sie mit dem Ärmel weg.

»Das hat sie gesagt?«

»Ja, sie hat mich ständig mit ihr verglichen.«

»Das wusste ich gar nicht. Ich dachte immer, bis auf die zelebrierten Friedhofsgänge und so ein paar bekloppte Rituale wie das mit Sarahs Stuhl wäre alles in Ordnung.«

Lena fixierte ihren Blick auf ein kleines Stöckchen am Boden. »Nach außen vielleicht. Aber Papa zuckt ja heute noch zusammen, wenn Mama den Namen Sarah ausspricht oder sagt, dass sie drei Kinder geboren hat. Manchmal rennt er dann hinaus, weil er nicht mit seinen Gefühlen umgehen kann.«

»Und Holger?«

»Ich habe mit Holger nie über Sarah gesprochen. Außer Mama hat sich ja eigentlich nie jemand getraut, ihren Namen in den Mund zu nehmen. Aber ich glaube, Holger ist auch aus dem Grund in Amerika, weil er einfach mal Abstand von unserer Familie haben wollte. Deshalb hat er bestimmt seinen Aufenthalt verlängert.«

»Meinst du? Ich kann irgendwie nicht glauben, dass ich das alles nicht mitgekriegt haben soll. Wir haben doch Wand an Wand gewohnt, bis ich nach dem Abi ausgezogen bin.«

»Ja, aber Papa und Holger reden nicht über ihre Gefühle und ich denke, Mama wollte immer, dass wir nach außen hin die perfekte Familie abgeben.«

»Aber eine Familie, in der ein Kind fehlt, hätte doch nicht perfekt sein müssen.«

»Aber ihr wart doch auch perfekt.«

»Waren wir das? Na ja, meine Eltern waren halt total glücklich, als Claudi endlich kam. Die waren einfach nur noch dankbar, nachdem es sechs Jahre lang nicht mit einem zweiten Kind geklappt hatte. Das kann man ja auch verstehen. Claudi war ein total herbeigesehntes Wunschkind.«

Lena schluckte. Sie konnte sich noch genau erinnern, wie ihre Tante und ihr Onkel früher immer wieder erzählt hatten, wie sehr sie sich Claudi gewünscht und wie es dann endlich auf wundersame Weise geklappt hatte. Lena hatte sich auch immer gewünscht, von ihren Eltern so eine Geschichte über sich selbst zu hören. Aber das Einzige, was es zu ihrer Entstehung zu sagen gab – wenngleich es nie jemand laut ausgesprochen hatte –, war, dass Sarah ums Leben gekommen war.

»Und ich war ein Ersatzkind«, sagte sie und starrte auf den Teich.

»Quatsch, so etwas darfst du nicht sagen.«

»Aber wenn Sarah nicht ... Dann hätten sie mich gar nicht gekriegt.«

»Lena ...«

»So ist es doch!«

»Aber deshalb lieben sie dich ja trotzdem.«

Lena spürte, wie die Kälte der Bank durch ihre Jeans drang. Sie schlug die Beine übereinander und steckte ihre Hände in die Jackentaschen.

»Wenn ich gewusst hätte, dass dich das alles so belastet ...«

Lena krallte ihre Finger in das Innenfutter ihrer Jackentaschen. »Na ja, so sehr belastet mich das ja gar nicht. Das ist mir nur grad so in den Sinn gekommen. Weil das kleine Mädchen hier vorbeilief.«

»Das klang aber eben ganz anders.«

Lena zuckte mit den Schultern. Ja, seit sie ausgezogen war, dachte sie schon manchmal über Sarah und ihre Familie nach. Doch eigentlich hatte sie es bisher immer gut geschafft, solche Gedanken wieder schnell zu vergessen und sich lieber mit ihren Architekturentwürfen zu beschäftigen. Nur in letzter Zeit gelang ihr das nicht mehr so. Aber das würde sicherlich wieder vorbeigehen.

»Und deine Essprobleme? Meinst du, dass die damit zusammenhängen?«

»Quatsch.«

»Wieso? So abwegig ist das doch nicht, oder?«

»Das mit dem Essen hat aber erst mit der Trennung von Patrick angefangen.«

»Auslöser und Ursache müssen ja nicht identisch sein.«

»Hast du das in Pädagogik gelernt?«

»Mensch, Lena, ich mache mir eben nur Gedanken.

Und dass eine Beziehung mal auseinandergeht, ist jetzt ja nicht sooooo ungewöhnlich.«

»Du weißt ja nicht alles über das Ende der Beziehung. Und danach hatte ich noch zwei ernüchternde Männerbekanntschaften. Nach der letzten ist es immer schlimmer geworden.« Lena musste an Lorenz denken und an seine betrogene Freundin. Sie hatte die ganze Zeit versucht, diese Gedanken aus ihrem Kopf zu verbannen, weil sie so sehr wehtaten. Bei dem Gedanken, von Lorenz nur benutzt worden zu sein, wurde ihr schlecht. Die Kälte kroch in sie, da half selbst ein dicker Hintern nichts, und sie zog fröstelnd die Schultern hoch.

»Na ja, das war ja auch nur so eine Idee.« Achim sah zu ihr hinüber. »Frierst du? Sollen wir noch ein bisschen durchs Zooviertel gehen und uns die Villen angucken?«

Lena nickte.

Sie standen auf und verließen den Zoo. Die Straßen des Viertels zogen sich von märzkahlen Bäumen gesäumt den Hang hinauf in den Wald. Rechts und links von ihnen präsentierten sich großzügige Jugendstil- und Gründerzeitvillen mit teilweise urig-verwunschenen Vorgärten. Das Viertel war malerisch, das musste Lena zugeben. Es hatte nichts von dem Großstadtsumpf, den sie im Winter so oft empfunden hatte. Von Weitem hörte man das Rattern der Schwebebahn und das Rauschen eines Zuges. Ein paar Vögel zwitscherten. Achim schwieg und schien seinen Gedanken nachzuhängen. Lena betrachtete die schmuckvollen Fassaden der Häuser, tastete die architektonischen und dekorativen Details mit ihren Augen ab. Ihr Blick glitt von Giebeln, Gauben und Erkern bis zu Zwiebeldachtürmchen, Rundbogenfenstern und floral ornamentierten Stuck.

Sie vermisste die Architektur, die Gedanken, die sie sich immer über Baugeschichte und ihre eigenen Entwürfe gemacht hatte – bis ihre Motivation von der Gier verdrängt worden war.

Sie musste etwas tun. Sie wollte sich wieder interessiert historischen Bauten zuwenden und voller Begeisterung in ihre Entwürfe stürzen können.

»Ich glaube, ich gehe am Montag zu der Gruppe«, sagte sie zu Achim. »Wenn ich mich traue.«

Wieder zu Hause setzte Lena sich auf ihr Bett. Sie hatte mit Achim über Sarah geredet. Es war das erste Mal gewesen, dass sie überhaupt mit jemandem über ihre verstorbene Schwester gesprochen hatte.

Ihr Känguru-Teddy blickte sie aus seinen dunklen Knopfaugen an. »Ach, Kändy«, flüsterte sie und nahm ihn auf ihren Schoß. Sie musste damals noch ziemlich jung gewesen sein, wahrscheinlich vier oder fünf, aber sie erinnerte sich genau an den Tag, an dem sie Kändy verloren hatte.

Die Mutter hatte sie zu Fuß vom Kindergarten abgeholt, sie waren durch den Park und zum Einkaufen gegangen, und zu Hause hatten sie dann festgestellt, dass Kändy weg war. Lena hatte geweint und geschrien, ihr Kändy war schließlich seit ihrer Geburt jeden Tag an ihrer Seite gewesen.

Die Mutter telefonierte, fragte im Kindergarten und im Supermarkt nach, sie liefen den Weg im Park ab und letzten Endes fanden sie Kändy auf einer Parkbank. Lena nahm ihr Kuscheltier glücklich hoch, doch da sah sie es: Kändy hatte ein abgerissenes Ohr, war am Arm verletzt und sein Babyteddy fehlte! Sie suchten den ganzen Nachmittag den Park, Gebüsche und Mülleimer nach seinem Kind ab, aber sie fanden es nicht. Lena weinte.

Die Vorstellung, dass Kändy sein Kind verloren hatte, war schrecklich. Der arme Babyteddy war jetzt ganz alleine irgendwo dort draußen. Selbst der Mutter schien das sehr leidzutun, denn sie suchten, bis es dunkel wurde, obwohl zu Hause noch so viel anderes zu tun war.

Als Kändys Baby auch in den nächsten Tagen nicht wieder auftauchte, setzte die Mutter sich an die Nähmaschine, nahm ein altes rotes Sweatshirt von Lena, das ihr zu klein geworden war, und nähte daraus ein neues Ohr für Kändy, einen Flicken auf seinen Arm und ein neues kleines Teddybaby. Ein Ersatzkind für Kändy.

Lena hatte sich damals gefreut und sich keine Gedanken mehr um das verlorene Teddybaby gemacht. Und Kändy war ihr Lieblingskuscheltier geblieben.

Jetzt holte sie den kleinen roten Teddy aus seinem Beutel und betrachtete ihn. Er war ein Ersatzkind.

Die Aufregung drückte in ihrer Magengegend. Sollte sie es wirklich wagen? Lena hoffte inständig, auf niemanden zu treffen, den sie kannte. Die Frauenberatung lag mitten in der Stadt, in der Seitenstraße eines belebten Platzes. Da konnte schon mal ein Kommilitone vorbeikommen, der auf dem Weg zum Kneipenviertel war.

Niemand durfte sehen, dass sie in diesem Gebäude verschwand. Verstohlen blickte sie sich um, bevor sie tief durchatmete und den Klingelknopf drückte. Der Türsummer ertönte und Lena schob die Tür auf. Jede einzelne Stufe des Treppenhauses war eine Überwindung.

Was machte sie da? Wollte sie wirklich zu dieser Gruppe gehen? Das Treppensteigen fiel ihr schwer – sie fühlte sich wie die Sklaven im alten Ägypten, die die tonnenschweren Steinblöcke zum Bau der Pyramiden hatten hinter sich herziehen müssen. Das, was Lena hinter sich herzog, war ebenfalls schwer und raubte ihr all ihre Kräfte. Es zog sie nach unten, als wolle es sie zum Umkehren bewegen, aber Lena überlegte, dass es vielleicht noch schwerer werden würde, wenn sie es nicht die Treppe hinauftragen würde. Und überhaupt war es an der Zeit, ein freundlich-höfliches Maskengesicht aufzusetzen und sich nicht dafür zu schämen, diese Gruppe aufzusuchen.

Sie war nicht die Erste, die mit einer Essstörung diese Treppe hinaufstieg und würde auch nicht die Letzte sein.

Sie war schließlich kein Psycho, deshalb würde sie versuchen, so normal und selbstbewusst wie möglich aufzutreten. Am Ende der Treppe wartete eine Frau in der Tür und lächelte.

»Hallo, ich wollte zu der Gruppe.«

Die Frau streckte Lena ihre Hand entgegen. »Herzlich willkommen. Sind Sie das erste Mal hier?«

Lena nickte.

»Hier vorne ist die Garderobe und dann können Sie schon mal links durchgehen in den Raum.«

»Haben Sie auch eine Toilette?«, fragte Lena leise.

Die Frau nickte freundlich. »Dort um die Ecke.«

Lena überließ der Garderobe ihre Jacke, der Toilette ein Stückchen ihrer Aufregung und ging dann in den Raum. Dort war ein Stuhlkreis aufgebaut und auf einem der Stühle saß bereits eine ältere Frau.

»Hallo.«

Die Frau blickte zu Lena auf und erwiderte leise den Gruß.

Lena lächelte die Frau an, suchte sich einen Platz und sah sich um. Der Stuhlkreis bestand aus sieben Stühlen, allzu viele wurden offensichtlich nicht erwartet. Der Raum wirkte warm und freundlich – weicher Teppichboden, helle Gardinen, die vor den neugierigen Blicken der Menschen im Gebäude gegenüber schützten und gleichzeitig noch genug Licht hereinließen, eine große Benjaminpflanze, an der Wand ein Tisch mit zwei Korbsesseln, auf ihm eine Blume und Informationsbroschüren, in der Ecke Kissen, an den Wänden eingerahmte Frauenporträts.

Lena blickte zu der Frau, die ihr gegenübersaß. Diese hatte sich einen unsichtbaren Punkt im Teppich gesucht und fixierte ihn. Die Frau sah alt aus, siebzig vielleicht, sie war dünn, ihr Haar kurz und sie trug einen Rollkragenpulli zu einem altmodischen, kniebedeckenden Rock. Lena hatte alles in dieser Gruppe erwartet, aber keine Seniorin. Irgendwie hatte sie immer gedacht, Essstörungen seien etwas für junge Leute.

Es war ruhig in dem Raum, eine peinlich berührte Stille zwischen zwei Menschen, für die es schon eine Überwindung war, überhaupt hier hergekommen zu sein, und die nun erwartungsvoll-ängstlich verharrten.

»Ich schäme mich so«, sagte die Frau plötzlich leise in die Stille hinein.

»Sind Sie zum ersten Mal hier?«

Die Frau nickte.

»Ich auch.«

Die Frau sagte nichts weiter und Lena wusste ebenso nichts zu sagen. Sie hörten, dass es klingelte und kurze Zeit später die Beraterin jemanden begrüßte.

»Hallo.« Zwei Frauen betraten den Raum. Die eine ungefähr so alt wie Lena, etwas schlanker vielleicht, aber auch mit einem dicken Hintern, die andere schätzungsweise Mitte vierzig und recht korpulent. Sie setzten sich und unterhielten sich miteinander – offensichtlich kannten sie sich schon.

Wieder ertönte die Klingel und bald darauf betrat die Beraterin mit einer sehr dünnen Frau um die dreißig den Raum.

»Ich würde sagen, wir fangen jetzt mal an.«

Alle hatten sich gesetzt, nur der Stuhl neben Lena blieb frei und verstärkte das flaue Gefühl in ihrem Magen. Sie versuchte den Stuhl nicht zu beachten und sah in die Runde.

Lenas Blick und der Blick der alten Frau trafen sich, während die Beraterin sich vorstellte und erzählte, dass die Gruppe monatlich und für alle Betroffenen offen sei. Immer wieder kämen neue Frauen zum Austausch und davon würde die Gruppe leben. Man könnte jeden Monat kommen oder nur ab und zu – das sei jedem selbst überlassen. Dann informierte sie noch über die Beratungsstelle und dass bei ihr und ihren Kolleginnen für Frauen mit einer Essstörung auch Einzelgespräche möglich seien. Zum Schluss beugte sie sich vor und blickte einmal in die Runde.

»Das Wichtigste, bevor wir eine kleine Vorstellungsrunde machen, ist, dass alles, was hier in diesem Raum besprochen wird, auch in diesem Raum bleibt. Niemand darf nach außen tragen, was hier im Vertrauen erzählt wird. Wir handhaben das außerdem so, dass wir uns mit Vornamen ansprechen und duzen, das ist anonymer. Also nochmal, alle Frauen haben hier Schweigepflicht.«

Sie blickte jede Einzelne in der Runde an. »So, dann können wir ja mit der Vorstellung beginnen. Jede kann kurz ihren Vornamen sagen, warum sie hier ist und, wenn sie möchte, was sie Besonderes auf dem Herzen hat. Wir fangen am besten mit denen an, die schon öfter hier waren. Angelika, möchtest du beginnen?«

Sie sah zu der korpulenten Frau hinüber, die Lena auf Mitte vierzig schätzte, vielleicht etwas älter. Die Frau hatte ihre Hände in den Schoß gelegt und Lena beobachtete, wie sie sie knetete, während sie in die Runde blickte.

»Ja, also ich bin Angelika und war jetzt schon ein paar Mal hier. Ich hab drei Kinder zwischen zehn und vierzehn. Mein Problem ist, dass ich immer Essanfälle habe, meistens abends, wenn die Kinder im Bett sind und mein Mann Nachtschicht hat. Mein Mann sagt mir fast jeden Tag, wie unansehnlich ich geworden bin und dass ich abnehmen soll, und mein Hausarzt schimpft auch, aber ich schaffe es nicht, wenig zu essen. Ich brauche das Essen irgendwie als Ausgleich.«

Lena schluckte. Die Beraterin bedankte sich bei Angelika und wandte sich der sehr dünnen Frau zu, die zum Schluss gekommen war.

Die Frau hatte ihre Beine übereinandergeschlagen und ihre knochigen Hände unter den Oberschenkeln verborgen. Sie warf einen kurzen Blick in die Runde und fixierte dann die Beraterin.

»Also, ich bin Sandra. Ich war schon einmal hier und hab nun auch mit Einzelgesprächen angefangen. Ich bin magersüchtig, das ist mir jedoch erst seit Kurzem klar. Mein Sohn ist jetzt vier, ich bin alleinerziehend und nach seiner Geburt habe ich einfach das Essen immer weiter reduziert. Und das hat sich dann verselbstständigt, doch ich habe das gar nicht so wahrgenommen, dachte auch früher, dass Magersucht eine Teeniekrankheit ist. Na ja, jetzt möchte ich aber versuchen, wieder zuzunehmen – für meinen Sohn –, doch ich habe totale Angst davor.«

Als Nächstes war Lena dran. Sie atmete tief durch, versuchte erst, in die Runde zu blicken, aber als sie begann zu sprechen, glitt ihr Blick automatisch nach unten. Einen kurzen Moment überlegte sie, ob sie ihren richtigen Namen nennen oder sich lieber einen Fantasienamen geben sollte.

»Ich heiße Lena und ich habe eine Binge-Eating-Störung. Oh Mann, klingt das albern.«

»Wieso albern?«, fragte die Beraterin sanft.

»Binge Eating klingt einfach blöd. Irgendwie nicht so seriös wie Magersucht und Bulimie. Kennt ja auch kein Mensch.«

»Wir kennen das hier. Bei uns wird alles ernst genommen.«

Lena versuchte, sich zu sammeln. Dann blickte sie zu Angelika. »Ich war ja gerade schon froh, dass du gesagt hast, dass du Fressanfälle hast, die habe ich nämlich auch. Seit einem Jahr. Ich bin so dick geworden und ich komme damit überhaupt nicht klar. Ich war immer ganz normal und jetzt auf einmal ... Und niemand versteht, dass das nicht einfach Disziplinlosigkeit ist, die man mit einer gewöhnlichen Diät beheben kann.«

Angelika und die Beraterin nickten. »Möchtest du noch mehr erzählen?«

Lena schüttelte den Kopf. »Erst mal nicht.«

Der Stuhl neben ihr demonstrierte hämisch seine Leere, zwei Stühle weiter saß die Beraterin und dann kam die ältere Frau, mit der Lena zu Anfang alleine im Raum gesessen hatte.

Sie blickte zu Boden. Ihre Stimme war kaum hörbar. »Ich bin Gertrud, fünfundfünfzig Jahre alt und muss mich seit vierzig Jahren übergeben.«

Lena starrte zu ihr hinüber. Sie hatte Gertrud locker fünfzehn Jahre älter geschätzt, vielleicht auch zwanzig.

Aber wenn eine Frau schon so lange unter Bulimie litt, alterte sie wohl schneller.

»Möchtest du uns noch mehr erzählen, Gertrud, oder lieber erst mal weiter zuhören?«

»Lieber zuhören.« Sie wirkte erleichtert, als sich der Blick der Beraterin von ihr ab- und ihrer Sitznachbarin zuwandte.

»So, dann bleibt uns noch Marie.«

Das Mädchen, das etwa so alt wie Lena war, erhob selbstbewusst ihre Stimme. »Ich bin Marie, ich gehe seit fast zwei Jahren ziemlich regelmäßig hier hin und bin auch noch woanders in einer Einzeltherapie. Man sieht mir das zwar nicht so an, aber ich hab alles durch: Diätenwahn, Esssucht, Hungern, Sportexzesse, Abführmittel. Na ja, und jetzt habe ich Bulimie.« Sie blickte zur Beraterin hinüber und wurde leiser. »Und ich hab noch was, also, ich möchte euch nachher noch etwas sagen.«

»Mit der Vorstellungsrunde sind wir ja durch. Dann fang doch einfach jetzt mit dem an, was du auf dem Herzen hast.«

Marie schlug die Beine übereinander, blickte einmal durch die Runde und anschließend die Beraterin an. »Also, ich werde demnächst eine Weile nicht kommen können.« Sie atmete tief durch, bevor sie weitersprach. »Mir geht es grad gar nicht gut – ich werde mein Studium unterbrechen und in eine Klinik gehen.«

Die Beraterin wirkte erstaunt. »Oh, da bin ich jetzt etwas überrascht. Was ist passiert? Ich dachte immer, du wärst ganz stabil, auch weil du hier ständig allen so gute Tipps gegeben hast.«

Marie versuchte ein Lächeln. »Ich weiß, ich habe in letzter Zeit alles perfekt überspielt. Aber ich kann diese Fassade nicht mehr aufrechterhalten. Ich musste mir eingestehen, dass ich nicht nur ein kleines Essproblem habe, sondern dass da mehr ist. Ich komme momentan überhaupt nicht klar. Mein Leben besteht nur noch aus Hungern und

Fressen, ich bin total depressiv, ich hasse meinen Körper und ... und ich verletze mich seit einiger Zeit selbst.«

Alle schwiegen und starrten betroffen auf Marie. Die Beraterin wirkte ruhig, aber Lena hatte das Gefühl, dass sie innerlich ganz schön entsetzt war, weil sie auf die Fassade hereingefallen war. Dann schien sie sich wieder ihrer Gesprächsleitungsfunktion bewusst zu werden.

»Die Klinik ist sicherlich eine gute Entscheidung.«

Marie nickte. »Ich wollte nur, dass ihr Bescheid wisst.«

Niemand wusste so richtig etwas dazu zu sagen. Alle schienen mit ihren Gedanken beschäftigt zu sein und niemand traute sich, noch etwas hinzuzufügen. Die Beraterin durchbrach die Stille.

»Das passt eigentlich ganz gut zu der Geschichte, die ich euch heute vorlesen wollte. Es geht nämlich um Therapie.«

Sie schlug ein Buch auf und las eine kurze Geschichte, in der es um eine Fliege ging, die immer wieder gegen eine gekippte Fensterscheibe flog und den Weg nach draußen nicht fand, weil sie sich nicht für einen Moment vom Licht trennen und über den dunklen Rahmen laufen wollte. Dieses Bild diente als Gleichnis für eine Therapie, bei der man sich von dem Scheinlicht, das die Krankheit einem vermittelt, trennen und in der Therapie auch mal durch dunkle Momente gehen muss, die aber letztendlich zum wahren Licht und zur Freiheit führen.

»Da ist sehr viel Wahres dran«, sagte Marie. »Es ist doch seltsam, dass einem die Essstörung und bei mir auch das Ritzen so viel geben und man sie für den Moment als positiv empfindet, obwohl sie einen immer mehr vom Leben entfernen. Ich fühle mich oft wie hinter einer Glasscheibe.«

Lena überlegte. »Hm, bei mir war es eigentlich so, dass zuerst die Glasscheibe da war und ich auf einmal keinen Freund mehr hatte und keinen Kontakt zu anderen Studenten. Und als die Essstörung begann, hat sich so eine

Glasscheibe auch zwischen mich und meine Familie ge-schoben.«

Die Beraterin nickte. »Hat sich die Glasscheibe denn selbst verschoben? Oder hat jemand sie angeschoben?«

Lena musste an das Telefongespräch mit ihrer Mutter denken. »Ich glaube, ich habe diese Glasscheibe aufge-baut. Aber nicht ohne Grund. Je mehr meine Mutter ab-wertend über meine Figur geredet hat, desto mehr habe ich mich von ihr entfernt. Und jetzt will ich sie gar nicht mehr sehen. Das heißt, ich möchte sie schon gerne sehen, aber ich will nicht wieder verletzt werden, deshalb lasse ich das.«

Die Beraterin sah Lena in die Augen. Lena wich ihrem Blick aus. »Auch für die Angehörigen ist es nicht immer einfach. Die müssen oft selbst erst durch dunkle Zeiten gehen, um sich von Schuldgefühlen frei zu machen und sich abgrenzen zu können.«

Jetzt mischte sich Angelika ein. »Mein Mann steht eher hinter so einer Scheibe, wo man nur von einer Seite rein-gucken kann. Ich sehe ihn, ich sehe die Kinder, ich trage alle Probleme, aber meine Probleme sieht niemand. Und selbst wenn er durch die Scheibe gucken könnte, würde er sich wahrscheinlich lieber hinter den Fensterrahmen stel-len, um nichts sehen zu müssen.«

»Aber du guckst bestimmt immer durch die Scheibe und wendest dich nicht einmal von ihr ab, damit du dich um dich selbst kümmern kannst, oder?« Sandra hatte An-gelika direkt angesehen und laut gesprochen, nun wurde sie etwas leiser. »So ist das bei mir ja auch. Ich sehe nur auf meinen Sohn und vergesse, mich selbst zu versorgen. Mein Sohn ist noch zu klein, um mich zu sehen, und je-mand anderen, der mich sehen könnte, gibt es nicht.«

Angelika nickte. »Ja, du hast recht. Eigentlich müsste man sich hinter dem Rahmen verstecken und mal auf sich gucken. Aber das geht ja auch nicht mit Kindern. Da rennt man dann doch wieder zur Scheibe.«

»Aber wenn die Scheibe die Essstörung ist«, wandte Marie ein, »dann frage ich mich, ob, wenn man durch diese Scheibe hindurchguckt, überhaupt eine richtige Kommunikation zwischen Betroffenen und Angehörigen stattfinden kann. Die Scheibe ist doch immer dazwischen und lässt keine wahre Nähe zu.«

Sandra schüttelte den Kopf. »Aber vielleicht ist Mutterliebe ja stärker als die Scheibe.«

Angelika nickte. »Oder die Scheibe schützt die Kinder auch vor den Problemen der Mutter.«

»Jetzt haben wir der Scheibe schon eine völlig neue Bedeutung gegeben.« Die Beraterin sprach ruhig und bedacht. »Einmal die Scheibe als die Essstörung, die Scheinlicht vermittelt, einen jedoch gefangen hält. Und einmal die Scheibe als eine Art durchsichtige Mauer zwischen Angehörigen und Betroffenen. Was aber ist mit dem Rahmen? Vielleicht wenden wir uns nochmal dem Rahmen zu.«

Eine Weile nachdenkliche Stille. Dann begann Marie zu reden.

»Wenn ich jetzt in die Klinik gehe, also über den Rahmen, dann gibt es zwei Möglichkeiten. Entweder ich packe das und finde den Weg nach draußen oder ich schaffe es nicht und lande wieder hinter der Glasscheibe.«

»Irgendwas nimmt man bestimmt immer mit.« Sandra überlegte kurz, dann lächelte sie. »Es gibt ja auch so Fenster, die mehrmals unterteilt sind, bei denen vielleicht kleine Klappen geöffnet sind und man mal rausfliegen und austesten kann, aber weiterhin den Rahmen im Rücken hat.«

»Ja, ich werde ja auch noch nach der Klinik weiter Therapie haben.«

Therapie, Therapie, Therapie – Lena wunderte sich, mit welcher Selbstverständlichkeit die anderen dieses Wort aussprachen.

»Wie sieht es denn bei euch aus mit Therapie?«, fragte die Beraterin in die Runde. »Sandra weiß ich ja, und Angelika kommt regelmäßig zur Gruppe. Was ist mit dir, Lena?«

Lena zuckte mit den Schultern.

»Ich musste mich ja schon überwinden, überhaupt hierhin zu gehen.«

»Hast du Angst vor dem dunklen Rahmen?«

Lena überlegte. Hatte sie Angst? »Nein, ich glaube, eher vor dem Wort Therapie an sich. Und ich finde es schwer, mir einzugestehen, dass ich so was nötig haben soll.«

Marie lächelte. »Das geht jedem so am Anfang. Ich hätte mir vor zwei Jahren auch nicht vorstellen können, dass ich mal in eine Klinik gehen würde.«

Lena glaubte Marie, aber in ihr selbst war die Gier gerade winzigklein und sie fühlte sich nicht schwach.

»Vielen hilft eine Therapie. Für einige ist es trotzdem nicht der richtige Weg. Und es gibt ja auch ganz unterschiedliche Formen von Therapie. Da ist es manchmal sowieso nicht so einfach, das Richtige zu finden. Und jeder sollte ohnehin erst dann eine Therapie machen, wenn für ihn der Zeitpunkt gekommen ist. Aber wenn, dann bieten wir zum Beispiel hier in der Frauenberatung Gespräche an und natürlich haben wir auch Informationen über andere Therapiemöglichkeiten in der Stadt.«

Lena nickte. »Okay, danke.«

Die Beraterin blickte zu Gertrud, die bisher kaum etwas gesagt hatte und so in sich zusammengefallen auf ihrem Stuhl saß, als wolle sie möglichst wenig Raum einnehmen.

»Und was ist mit dir, Gertrud?«

Gertrud sah zu Boden.

»Hast du schon mal eine Therapie gemacht oder darüber nachgedacht? Du musst natürlich nicht antworten, wenn du nicht willst.«

Gertrud schüttelte den Kopf. »Das geht auch nicht, wegen meines Mannes. Er denkt, ich bin grad im Nähkurs von der Volkshochschule.« Sie blickte auf die Uhr. »Deshalb muss ich jetzt gleich schnell zur VHS, da holt er mich ab.«

Die Beraterin nickte verständnisvoll. »Es wäre schön, wenn wir dich das nächste Mal wiedersehen würden.«

Lena fand, dass das mit der VHS keine schlechte Idee war. Das Gebäude der Volkshochschule war in der Parallelstraße und einen VHS-Kurs zu besuchen war schließlich etwas ganz Normales – nichts, was irgendwie verdächtig war.

Gertrud stand auf, sagte leise »Tschüss« und verließ den Raum. Die anderen sprachen noch weiter über Fensterrahmen und Therapiemöglichkeiten. Die Zeit verging schnell – so lange waren Lena die Gespräche gar nicht vorgekommen.

Die Beraterin beendete die Gruppe und die anderen gingen in den Flur, um sich ihre Jacken anzuziehen. Lena zögerte einen Moment, dann wandte sie sich an die Beraterin.

»Du hast da eben was von einer Therapeutenliste gesagt. Also ... ich meine, nur so interessehalber, falls es mir mal schlechter geht.«

»Ja, wir haben eine Liste mit Beratungsstellen und Therapeuten, die auf Essstörungen spezialisiert sind. Soll ich dir die gerade mal kopieren?«

Lena nickte dankbar.

»Du musst aber nicht warten, bis es dir noch schlechter geht. Sich Hilfe zu suchen, wäre auch jetzt schon in Ordnung. Zumal man bei den meisten Psychologen mit Wartezeiten rechnen muss.«

Die Beraterin verschwand und kam kurze Zeit später mit einer Liste zurück, die sie ihr in die Hand drückte.

»Danke«, sagte Lena. »Vielleicht komme ich nächstes Mal wieder.«

Die Beraterin lächelte. »Jederzeit gerne.«

Lena verabschiedete sich und als sie die Treppe hinunterlief, erschien es ihr fast seltsam, dass ihr der Weg hinauf so schwergefallen war.

»Na erzähl schon, wie war es?«

»Es war okay. Ganz anders als ich mir das vorgestellt hatte. Und die anderen Frauen waren auch irgendwie so ... normal.«

Lena saß mit Achim am Küchentisch. Sie war direkt von der Frauenberatung zu ihm in die WG gekommen. Achim hatte Tee gekocht und nun saßen sie vor ihren dampfenden Tassen. Aus dem Ghettoblaster, der auf dem alten Kühlschrank thronte, tönten *Die Sterne*.

»Ich kann mir vorstellen, nochmal dorthin zu gehen. Es tat ganz gut mal andere zu treffen, die das gleiche Problem haben.«

»Na, das ist doch schon mal was.«

Lena nickte und starrte in ihren Tee. *»Warst du nicht glücklich, bis auf die Beschwerlichkeiten?«*, sangen *Die Sterne. »Wo fing das an und wann? Was hat dich irritiert? Was hat dich bloß so ruiniert?«* Lena blickte zu Achim, der Zucker in seinen Tee gab und umrührte. *»Wo fing das an, was ist passiert? Hast du denn niemals richtig rebelliert? Kannst du nicht richtig laufen, oder was lief schief? Und sitzt die Wunde tief in deinem Inneren? Kannst du dich nicht erinnern? Bist du nicht immer noch Gott weiß wie privilegiert? Was hat dich bloß so ruiniert?«*

Lena seufzte leise. Musste Achim denn ständig deutsche Musik hören, wenn sie ihn besuchte? *Die Sterne* hatten recht. Eigentlich war sie doch privilegiert. Ihre Eltern hatten Holger und sie immer gefördert und in ihren Vorhaben unterstützt, nun ermöglichten sie ihr das Wunschstudium und finanzierten ihr eine geräumige Einzimmerwohnung. Und trotzdem fragte sie sich jeden Tag aufs Neue, wie sie es schaffen sollte, nicht übermäßig viel zu essen und ohne den tröstenden Geschmack von Süßem auszukommen. Und abends wurde ihr schmerzlich bewusst, dass es ihr wieder nicht gelungen war, sich wie ein normaler Mensch zu ernähren.

In ihrer Tasche lag der Zettel mit den Therapeuten. *The-ra-pie.* Lena schluckte. So etwas konnte sie doch nicht in Anspruch nehmen, schließlich war sie privilegiert und kam aus einem behüteten Elternhaus. Was sollten ihre Eltern denken, wenn sie plötzlich Therapierechnungen erhielten, wo sie doch ihrer Tochter immer alles ermöglicht hatten? Wie sollten sie verstehen, dass Lena ein ernsthaftes Problem hatte? Und überhaupt, war das Problem wirklich ernsthaft genug? Sollte sie nicht irgendwie versuchen, es alleine zu schaffen? Und diesem Zettel in ihrer Tasche keine Beachtung schenken?

»Woran denkst du?«

Achim riss Lena aus ihren Gedanken. Sie nahm einen Schluck Tee, bevor sie ihm antwortete. »Ich habe einen Zettel bekommen mit Therapiemöglichkeiten und Therapeutenadressen. Und ich habe ehrlich keine Ahnung, wie ich auch nur einen Tag normal essen soll, aber trotzdem kann ich mir das mit der Therapie nicht vorstellen. Das geht auch gar nicht.«

»Und wieso nicht?«

»Weil ich das nicht will. Und selbst wenn ich wollen würde: Es geht nicht. Mama und Papa sollen auf keinen Fall etwas davon erfahren, deshalb kann ich das nicht über die Krankenkasse laufen lassen. Stell dir mal vor, die kriegen ne Rechnung und da steht drauf, dass ich eine Essstörung habe. Die würden ja aus allen Wolken fallen. Ich müsste die Therapiestunden privat bezahlen, aber dazu fehlt mir das Geld. Also lasse ich das besser ganz. Und Therapie ist ja sowieso nichts für mich.«

»Es muss doch irgendwelche Möglichkeiten geben, eine Therapie zu machen, ohne dass es viel kostet und die Eltern davon erfahren. Und wenn nicht, musst du eben mit ihnen darüber reden.«

»Im Leben nicht. Das kannst du vergessen. Und du hältst bitte auch die Klappe.«

»Ist ja schon gut. Zeig doch mal die Liste.«

Lena öffnete ihre Tasche, holte den Zettel heraus und reichte ihn Achim. Der ließ seinen Blick prüfend über die Adressen gleiten.

»Na ja, anrufen kannst du bei den Therapeuten ja mal und fragen, wie viel es kostet, so was privat zu zahlen. Hast du gesehen, dass hier auch ein paar Beratungsstellen stehen?«

Sie schüttelte den Kopf. »Ich habe mir die Liste noch gar nicht angesehen.«

»Vielleicht ist das günstiger als bei Psychologen. Das kannst du aber nur herausfinden, wenn du dort anrufst.«

»Ich weiß nicht. Die ganze Zeit denke ich, das kann doch nicht sein, dass ich das nicht alleine in den Griff kriege. Ich bin schließlich nicht doof.« Lena nahm einen Schluck Tee und starrte an Achim vorbei auf einen Chinarestaurant-Werbekalender, der an der gegenüberliegenden Wand hing. »Aber vorhin in der Gruppe war das Gespräch eigentlich ziemlich interessant, weil wir die Dinge mal ganz anders betrachtet haben. Es ging gar nicht so sehr ums Essen, sondern auch darum, wo wir stehen und wie es zwischen uns und unseren Angehörigen aussieht. Das fand ich schon recht gut. Aber ob es in einer Therapie auch so ist?«

»Das kann ich dir nicht sagen. Ich habe noch nie eine gemacht. Was da genau abläuft und wie die finanziellen Konditionen sind, wirst du wirklich nur erfahren, wenn du den Telefonhörer zur Hand nimmst. Und danach kannst du ja immer noch entscheiden, ob du eine Therapie machen willst.«

Lena wurde ganz anders bei dem Gedanken, solche Telefonnummern anrufen zu müssen. Achim hatte leicht reden, er brauchte ja nicht mit rasendem Herzen das Telefon zur Hand zu nehmen und wildfremden Menschen von seinen Problemen zu erzählen. Aber dann musste sie an Marie aus der Gruppe denken und wie selbstverständlich die das Wort Therapie in den Mund genommen hatte. Und Marie war schließlich auch jung gewesen und Studentin, und hatte eine Essstörung gehabt, obwohl sie nicht untergewichtig gewesen war. Lena umklammerte ihre Tasse.

»Ich werde es mir überlegen. Aber vielleicht brauche ich noch ein paar Tage dazu.«

In Lenas gesamtem Bauchraum zitterte es vor Aufregung. Sie war bereits mehrmals auf der Toilette gewesen. Ruf da jetzt an, dann hast du es hinter dir, befahl sie sich selbst. Sie blickte auf ihr Telefon und schon zog die Angst sich in ihrem Magen zusammen. Sie holte Kändy vom Bett. »Du musst mir jetzt beistehen«, flüsterte sie und kam sich im selben Moment albern vor. Es war doch nur ein Anruf.

Auf dem Tisch lag die Liste mit den Therapeuten und Beratungsstellen. Sie hatte sich einige davon angestrichen, die auf den ersten Blick gut klangen und in ihrem Stadtteil ansässig waren. Informieren konnte sie sich ja mal. Und ob sie dann wirklich ... Das könnte sie danach immer noch entscheiden. Jetzt aber, die Aufregung wird schließlich nicht besser! Los, trau dich!

Lena wählte – sich immer wieder vergewissernd, dass sie die richtige Ziffernfolge eingab – die Nummer einer Psychologin, hinter deren Namen »auch Gestaltungstherapie« vermerkt war. Zwar wusste Lena nicht genau, was sie sich darunter vorzustellen hatte, aber Gestaltung klang gut und fragen konnte man ja mal. Als das Freizeichen ertönte, begann Lenas Herz laut zu pochen und sie atmete tief durch. Doch es meldete sich ein Anrufbeantworter und bat sie, auf das Band zu sprechen. Lena legte schnell auf. Sie musste sich irgendwie einen Text zurechtlegen, denn so spontan würde sie nur herumstottern. Sie nahm einen Zettel und schrieb auf: »Ja, guten Tag, Pfannkuch mein Name, ich bin auf der Suche nach einer Therapie für Essstörungen und wollte deshalb mal fragen, was es da bei Ihnen für Möglichkeiten gibt. Vielleicht können Sie mich mal zurückrufen. Meine Telefonnummer ist ...« Lena notierte sich sogar ihre eigene Telefonnummer auf den Zettel – aus Angst, sie könnte auch die vor Aufregung vergessen.

Dann wählte sie die Nummer der Psychologin ein zweites Mal, wartete den Piepton des Anrufbeantworters ab und las mit möglichst fester Stimme ihren Text vom Zettel. Das war geschafft. Nun würde sie zwar bei jedem Telefonklingeln

Herzklopfen bekommen, aus Angst, dass es die Psychologin sein könnte, aber immerhin hatte sie dort angerufen.

Die nächste Nummer wählte sie schon etwas sicherer, wenngleich natürlich ebenfalls mit starkem Herzklopfen.

»Psychologische Praxis Kramer-Michels, mein Name ist Schattenfroh, guten Tag.«

»Pfannkuch, guten Tag, ich wollte mich mal erkundigen, ob Sie freie Therapieplätze für Essstörungen haben?«

»Bei welcher Krankenkasse sind Sie?«

»Privat, aber über meine Eltern versichert und die dürfen davon nichts mitbekommen, deshalb würde ich das eventuell auch selbst zahlen. Ich wollte mich nur mal erkundigen, was es da für Möglichkeiten gibt.«

»Sie sind aber volljährig?«

»Ja.«

»Sie können zunächst bis zu fünf Probesitzungen in Anspruch nehmen, danach kann ein Therapieantrag bei der Krankenkasse gestellt werden. Die Rechnungen können wir natürlich auch an Sie persönlich schicken, aber wie Sie das dann mit der Krankenkasse regeln, dass Ihre Eltern nichts davon erfahren, müssen Sie selbst mit der PKV absprechen. Wenn Sie Selbstzahler sind, ist das alles kein Problem. Fünfzig Minuten Psychotherapie kosten bei uns 70 Euro.«

Lena schluckte. »Und das Verfahren? Machen Sie Gesprächstherapie oder was genau?«

»Frau Kramer-Michels bietet sowohl tiefenpsychologisch fundierte Therapie als auch Verhaltenstherapie an.«

»Ah, okay. Und wie sieht das aus mit Wartezeiten?«

»Ein Erstgespräch könnte ich Ihnen schon für nächste Woche anbieten. Donnerstagnachmittag hätte ich noch einen Termin, möchten Sie den?«

»Ähm, danke, aber ich wollte mich erst mal nur erkundigen. Ich melde mich eventuell später nochmal.«

»Okay, ich kann Ihnen jedoch nicht garantieren, dass der Termin bis dahin noch frei ist.«

»Macht nichts. Wiederhör'n.«

»Wiederhör'n.«

Lena atmete tief durch. 70 Euro … Wo um alles in der Welt sollte sie jede Woche oder wenigstens alle zwei Wochen 70 Euro hernehmen? Sie brauchte einen Job. Aber so etwas wie in der Bahnhofsbäckerei wollte sie auf keinen Fall mehr machen. Nichts, was mit Essbarem zu tun hatte. Oder sollte sie doch ihre Eltern einweihen und die Krankenkasse bezahlen lassen? Bei dem Gedanken zog sich in Lenas Magen alles zusammen. Nein, die Eltern sollten nicht erfahren, dass ihre Tochter eine Therapie brauchte. Vielleicht war eine andere Therapeutin ja günstiger.

Die nächste Nummer wählte Lena schon etwas routinierter. Diesmal meldete sich die Therapeutin, eine Heilpraktikerin mit psychotherapeutischer Zusatzausbildung, persönlich.

»Ich biete nur Einzeltherapie an, vorwiegend Gestalt- und Gesprächstherapie, je nachdem, mit was für Problemen und Anliegen Sie zu mir kommen. Ich rechne allerdings nur privat ab. Für fünfzig Minuten muss ich 85 Euro berechnen.«

»85 Euro?«

»Ja, 60 bis 100 Euro müssen Sie immer einkalkulieren. Günstiger bekommen Sie das nirgendwo.«

Lena bedankte sich für die Auskunft und beendete das Telefonat. 85 Euro – das wurde ja immer besser. Selbst jede Woche 60 Euro übrig zu haben, erschien ihr schon fast unmöglich.

Sie blickte auf die Liste. Vielleicht sollte sie mal bei einer Beratungsstelle anrufen. Sie wählte die Nummer vom ökumenischen psychosozialen Dienst. Die Dame am anderen Ende der Leitung war sehr nett, aber leider hatten weder die Diakonie noch die Caritas derzeit Angebote zu Essstörungen, da sich die dafür zuständige Mitarbeiterin im Erziehungsurlaub befand. Lena seufzte. Das war alles gar nicht so einfach.

Die *Beratungsstelle für Drogenprobleme* stand als Nächstes auf der Liste. Drogenberatung. Und die kümmerten sich um Menschen mit Essstörungen?

Wenn Lena an die Klientel einer Drogenberatung dachte, fielen ihr *»Die Kinder vom Bahnhof Zoo«* ein oder die Menschen, die sich am Eingang zum Bahnhofstunnel herumtrieben und die Passanten nach Geld fragten. Aber es stand dort ganz deutlich: »Beratungsstelle für Drogenprobleme – bietet auch Einzelberatungen bei Essstörungen an«. Und ihr erschien das Essen ja sowieso schon lange wie eine Droge.

In Lenas Bauch grummelte es. Sie musste an ihre Mutter denken. Wenn die wüsste, dass ihre einst wohlbehütete Tochter gerade die Nummer der Drogenberatung wählte. Das Freizeichen. Eine Frau meldete sich. Lena schielte auf den Zettel und sagte ihren Text auf.

»Ja, wir bieten Psychotherapie an. Auch längerfristig. Immer montags ist Offene Sprechstunde, da können wir kurzfristig für Sie einen Termin mit einer Mitarbeiterin machen.«

»Und was kostet das?«

»Für Sie entstehen keine Kosten.«

»Gar keine?«

»Nein, da wir eine Beratungsstelle sind, zahlen das andere.«

Lena spürte die Aufregung in ihrem Magen. Keine Kosten, das konnte sie gar nicht glauben.

»Möchten Sie einen Termin für Montag?«

Lena schluckte. Das kam jetzt so plötzlich. Damit hatte sie gar nicht gerechnet. Aber ein Erstgespräch konnte ja nicht schaden. Und wenn es ihr dort nicht gefiel, könnte sie ja immer noch überlegen, wie sie das Geld für einen Psychologen auftreiben sollte.

»Ja, Montag ist gut.«

»17.30 Uhr?«

»Okay. Ich habe es mir notiert. Danke.«

»Wir sind ganz in der Nähe des Hauptbahnhofs. Wissen Sie, wo das ist?«

»Das finde ich schon.«

»Gut, Sie müssen dann einfach klingeln. Bis Montag.«

»Tschüss.«

Lena legte den Hörer auf, nahm ihren Kalender und schrieb unter Montag: »17.30 Db«. »Db« war eine gute, unverdächtige Abkürzung für die Drogenberatung. Würde jemand zufällig einen Blick in ihren Kalender werfen, könnte er auch denken, damit meine sie die Deutsche Bahn. Aber wer sollte überhaupt in ihren Kalender gucken? Lena ließ sich auf ihr Bett fallen.

Hilfe ... das war ihr jetzt irgendwie zu schnell gegangen. Sie hatte einen Termin! Bis Montag waren es nur noch fünf Tage. Sie war doch gerade erst bei der Gruppe gewesen und schon hatte sie ein Einzelgespräch. So fix und dann sogar kostenlos. Lena wusste nicht genau, ob sie sich nun freuen und erleichtert sein oder vor Aufregung und Angst sterben sollte. Freu dich nicht zu früh, sagte sie sich, vielleicht nehmen die dich ja gar nicht ernst mit deiner Binge-Eating-Störung. Vielleicht behandeln die sowieso nur Magersucht und Bulimie oder ausschließlich Menschen mit Untergewicht. Oder vielleicht gefällt es dir dort ja auch gar nicht. Erst mal den Termin abwarten und dann würde sie weitersehen.

Lena und Achim saßen im Regionalexpress nach Bielefeld. Irgendwann musste sie ja doch mal wieder zu ihren Eltern fahren und nachdem ihre Mutter seit dem Wochenende täglich angerufen und ihre Tochter genervt hatte, hatte sie schließlich mit Achim beschlossen, von Samstag bis Sonntag der alten Heimat einen Besuch abzustatten. Claudi war an diesem Wochenende nicht bei ihren Eltern – das hatte Achim vorher in Erfahrung gebracht – und Lena war froh darüber. Die Konfrontation mit ihren Eltern reichte ihr vollkommen.

»Wenn deine Mutter wieder etwas sagt, nimm es dir bloß nicht zu Herzen. Du tust jetzt schließlich was dagegen, holst dir Hilfe und kannst ihre Ratschläge getrost ignorieren.«

»Das sagst du so einfach.«

»Wenn sie in meiner Gegenwart etwas sagt, kann ich ihr auch einen Spruch reindrücken.«

»Achim, du wirst mich nicht beschützen können. Sie ist meine Mutter und sie wird mit Adleraugen meine Rundungen abtasten und jedes zugenommene Kilo erfassen.«

»Jetzt übertreibst du aber.«

»Nee, das ist wirklich so.«

Die flache Landschaft ging über in vertraute Stadtbilder. Als der Zug in den Hauptbahnhof einfuhr und langsamer wurde, sah sie ihre Mutter bereits an der Treppe stehen. Der Zug hielt, Achim und sie nahmen ihre Rucksäcke und stiegen aus. Die Mutter lief ihnen entgegen.

Sie umarmte zuerst ihren Neffen. »Achim, schön, dich mal wiederzusehen.«

Dann sah sie ihre Tochter an, ihr Blick glitt an Lena herunter und sie nahm sie kurz in den Arm. »Hast du schon wieder zugenommen?«

Diese Frage fühlte sich für Lena an, als hätte die Mutter ihr in den Bauch geboxt. So stark, dass ihr die Luft wegblieb, um zu antworten.

Achim grinste. »Du weißt ja, Tante Christa: Der Apfel fällt nicht weit vom Stamm.«

Lena konnte kaum glauben, dass Achim sich getraut hatte, das zu sagen. Wo er doch angeblich nie Frauen auf ihr Gewicht ansprach.

»Also Achim«, empörte sich die Mutter. »Lena soll eben nicht solche Figurprobleme bekommen wie ich.«

»Na ja, von deiner Figur ist sie ja noch weit entfernt. Und so ein paar Kurven können doch nicht schaden.«

Lena wusste nicht, ob sie triumphieren oder über Achims Worte entsetzt sein sollte.

Die Mutter schnappte nach Luft. »Ich bin auch dreißig Jahre älter! Als ich so jung war ... Aber jetzt lasst uns erst mal zum Auto gehen.«

Achim zwinkerte Lena zu, als sie der Mutter durch die Bahnhofshalle zum Auto folgten. Später zu Hause nahm Lena ihn in einem unbeobachteten Moment beiseite.

»Das war eben aber etwas respektlos von dir.«

»Na und? Wie sie dich begrüßt hat, war doch auch nicht die feine englische Art, oder?«

Der Vater begrüßte sie neutral wie immer, die Tante sah pikiert an ihrer Nichte herunter, sagte aber nichts, und der Onkel kniff Lena zur Begrüßung scherzhaft in die Seite.

Später saßen sie im Wohnzimmer von Lenas Eltern und tranken Kaffee. Vom Kamin aus sah das eingerahmte Gespenst Sarah ihrer Familie zu, die sich um den Tisch gesetzt hatte (die Männer mit dem Rücken zum Kamin, die Frauen ihr zugewandt). Wie immer hatten sie den einen Stuhl für sie freigehalten. Die Mutter und die Tante hatten jede einen Kuchen gebacken und verteilten ihn – große Stücke an die Männer und kleine an die Frauen.

Lena lugte zum Kamin. »Du wärst vielleicht nicht so dick geworden wie ich, aber bestimmt auch keine Architektin«, sagte sie in Gedanken zu ihrer Schwester. Sarah ließ sich nicht beirren, sah weiter ihrer Familie beim Essen zu und Lena wandte ihren Blick ab.

Die Mutter und die Tante schwärmten von Gran Canaria. Dann musste Achim von seinem Referendariat berichten und anschließend schilderten Lena und Achim gemeinsam, wie schön der Wuppertaler Zoo angelegt war. Die Mutter erzählte daraufhin, dass Holger angerufen hatte und sie alle, besonders Lena, grüßen sollte. Dann begann Onkel Jürgen, sich über Claudis Freund Olli, den er inzwischen kennengelernt hatte, auszulassen (»Musikstudent eben, aber ein Netter«). Tante Sylvia gab noch die neuesten Ereignisse aus der näheren Verwandtschaft zum

Besten und die Mutter garnierte die Ausführungen ihrer Schwägerin mit einer Berichterstattung über den gesundheitlich völlig unbedenklichen Zustand der Großeltern. Danach war jeder über jeden im Bilde und alle saßen gesättigt und zufrieden vor ihren Tellern.

Lenas und Achims Blick trafen sich und sie schienen dasselbe zu denken. Wenn ihr wüsstet, dass eure Tochter in zwei Tagen einen Termin bei der Drogenberatung hat, dann hättet ihr jetzt noch viel mehr zu erörtern ... Aber sie würden es nicht erfahren. Und irgendwie fand Lena es auch so wunderbar normal, mit der Familie am Kaffeetisch zu sitzen und Belanglosigkeiten über die Verwandtschaft auszutauschen.

»Ich habe angefangen die Modelleisenbahn zu erweitern. Das musst du dir nachher mal ansehen.«

»Gerne, Papa.«

Als Lena später mit ihrem Vater im Keller über die Erweiterung der Modelleisenbahnlandschaft sinnierte, genoss sie diese überschaubare Miniaturwelt, in der es für jedes Problem sofort eine Lösung gab. Der Vater saß konzentriert an seinen Streckenzeichnungen, Lena vertiefte sich in seine Planungen und fühlte sich gut, weil er Wert auf ihre Meinung legte.

Der Vater war gerade in die Werkstatt gegangen, um nach einem bestimmten Schraubenzieher zu suchen, da kam Achim in den Keller. »Was hältst du davon, wenn wir nachher ins *Zweischlingen* gehen?«

Lena zuckte mit den Schultern. »Ich weiß nicht. Ich will nicht so gerne ehemalige Mitschüler treffen.«

»Wieso nicht?«

»Weil ich so zugenommen habe.«

»Ach komm, Lena. Du kannst dich doch nicht vor allen verstecken. Und wer sagt überhaupt, dass wir da jemanden treffen? Die studieren schließlich auch fast alle in anderen Städten.«

Lena überlegte. Sie hatte schon Lust, mal wieder ins *Zweischlingen* zu gehen – dort war sie lange nicht gewesen. Vielleicht wäre es sogar ganz praktisch, später mit Achim wegzugehen. Dann hätte die Mutter am Abend keine Möglichkeit, mit Lena über ihre Figur zu reden, am Sonntagmorgen würden die Eltern ohnehin auf dem Friedhof sein, nach dem Mittagessen würden Lena und Achim wieder fahren – und das Wochenende wäre überstanden.

»Also gut. Kommst du nachher rüber und holst mich ab?«
»Mache ich.«

Beim Abendessen diskutierten Lena und ihr Vater derart angeregt über die Modelleisenbahnpläne, dass die Mutter gar keine Chance hatte, ein anderes Thema einzubringen. Lena redete so viel, dass sie kaum Zeit hatte zu essen, schließlich spürte sie, wie die Mutter sie beobachtete. Später räumte Lena das Geschirr in die Spülmaschine, während die Mutter Käse und Wurst in Tupperdosen verstaute und zurück in den Kühlschrank stellte.

»Sag mal, wie viel wiegst du jetzt eigentlich?«
»Keine Ahnung. Ist das wichtig?«
»Na ja, so eine Zahl auf der Waage hat ja manchmal einen therapeutischen Effekt.«

Lena schluckte. Hatte die Mutter keine anderen Themen mehr?

»Kannst dich ja morgen früh mal bei uns auf die Waage stellen.«
»Und was soll das bringen?«
»Dann weißt du es halt.«
»Du meinst, dann weißt DU es.«
»Ach Lena, nimm doch nicht immer gleich alles so persönlich.«

Die Mutter wusch sich die Hände, trocknete sie am Frotteehandtuch ab, das neben den Geschirrhandtüchern hing, und verließ die Küche. Lena blickte ihr hinterher, die Mutter verschwand im Bad. Der Vater war direkt nach dem Abendbrot zurück in den Keller gegangen.

Lena stahl sich zum Kühlschrank, riss eine Tupperdose heraus, stopfte sich mehrere Scheiben Wurst in den Mund und würgte sie hinunter. Dann nahm sie aus der anderen Dose ein paar Scheiben Käse und schlang sie hinterher.

In Windeseile war wieder alles an seinem Platz, der Kühlschrank zu und Lena hatte die Beute verschlungen. Von der Mutter war noch nichts zu hören.

Lena machte den Vorratsschrank auf und entdeckte einen Müsliriegel, den sie sich ebenfalls einverleibte. Dann überlegte sie, lieber in den Keller zu gehen und dort weiterzufressen, weil die Lebensmittelbestände in der Küche bei der Mutter bestimmt präsenter waren als die im Keller.

Es klingelte. Achim. Lena ging zur Haustür und öffnete ihm. Sie wusste nicht, ob sie es gut oder schlecht finden sollte, dass ihr Cousin nun vor ihr stand. Einerseits hatte sie den Drang weiterzufressen, andererseits war die Gefahr, von der Mutter erwischt zu werden, groß.

Achim zog seine Augenbrauen hoch. »Was ist los?«

»Nichts. Lass uns schnell weg hier. Mama beginnt schon wieder mit ihren Gewichtsdiskussionen.«

»Okay, ich fahr dann mal das Auto aus der Garage und du kannst ja gleich kommen.«

Lena zog sich Schuhe und Jacke an, rückte vorm Spiegel ihre Haare zurecht, steckte sich ein Kaugummi in den Mund (vielleicht ließe sich die Gier davon täuschen), nahm ihre Tasche und ging aus dem Haus.

Achim wartete im Auto. Er hatte *R.E.M.* eingelegt und Michael Stipe füllte mit seiner melancholischen Stimme und »*Drive*« den Wagen. Lena stieg ein und schnallte sich an.

»Achim, ich bin echt froh, dass du da bist.«

Achim fuhr los und drehte Michael Stipe lauter, Lena blickte aus dem Fenster, sah die beleuchteten Häuserzeilen ihrer Heimatstadt an sich vorbeifliegen und mit ihnen verflog langsam die Gier.

Abspann

»Und jetzt bin ich hier.«

Die Frau nickte verständnisvoll. So ein verständnisvolles Nicken hätte Lena sich einmal von ihrer Mutter gewünscht.

»Da ist ja im letzten Jahr eine ganze Menge bei Ihnen passiert«, sagte sie ruhig und freundlich. »Da gibt es sicherlich auch – abgesehen von Ihrem Essverhalten – einiges, worüber man reden könnte.«

Lena atmete auf. Wieso hatte sie eigentlich solche Angst gehabt, nicht ernst genommen zu werden? Die Frau hatte ihr sehr aufmerksam zugehört und zwischendurch kurze Rückfragen gestellt. Erst hatte Lena Schwierigkeiten gehabt, davon zu erzählen, aber dann war auf einmal alles aus ihr herausgesprudelt, als hätte es schon lange darauf gewartet, ausgesprochen zu werden.

»Wenn Sie über das alles reden möchten und sich vorstellen können, dass wir mal dahinterschauen, wo das alles herrühren könnte – denn das Essen ist ja nur das Symptom –, können Sie wöchentlich zu mir kommen.«

»Ja, gerne.« Lenas Blick verfing sich wieder in dem Häkeldeckchen auf dem Beistelltisch und der kleinen violetten Primel. Sie konnte dem Blick der Frau nicht lange standhalten, nach all dem, was die nun von ihr wusste.

»Sie können aber auch noch meine Kollegin kennenlernen, denn es ist schon wichtig, dass man mit der Therapeutin gut klarkommt.«

Lena schob ihre Handflächen zwischen ihre übereinandergeschlagenen Beine. »Ich glaube, ich kann mir das bei Ihnen schon vorstellen.«

»Gut, dann müssen wir nur noch einen Termin finden. Wann können Sie?«

»Zurzeit kann ich immer. Wenn das neue Semester anfängt, muss ich meinen Stundenplan abwarten.«

Die Frau erhob sich, ging zu ihrem Schreibtisch, der zwischen Tür und Fenster stand, und blätterte in ihrem Terminkalender.

»Okay, dann kommen Sie erst mal donnerstags um zehn Uhr. Möchten Sie diesen Donnerstag schon kommen oder erst nächste Woche?«

»Darf ich diesen Donnerstag schon?«

»Natürlich.«

»Danke.«

Sie nahm ihre Tasche und stand auf. Die Therapeutin kam auf sie zu und reichte ihr die Hand.

»Dann sehen wir uns Donnerstag.«

Lena fragte sich, wie diese Frau es schaffte, sie so verständnisvoll warm und respektvoll distanziert zugleich anzublicken.

Sie versuchte ein Lächeln. »Ja, bis Donnerstag. Tschüss.«

Als sie kurze Zeit später auf die Straße trat, fühlte sie sich seltsam. Sie würde jetzt tatsächlich jede Woche zu einer Therapeutin gehen. Und irgendwie war sie erleichtert darüber.

Sie ging vorbei an der Berufsschule, an der Eisdiele und hinter dem Hotel eröffnete sich ihr der Blick auf die große Kreuzung. Vor den Häusern am Wupperufer fuhr eine Schwebebahn und ihr Rattern erschien Lena plötzlich vertraut. Sie überquerte die Straße, als gerade kein Auto kam, und steuerte auf die Bahnhofsdrogerie zu. Sie fühlte sich seltsam erleichtert und auf einmal so, als hätte sie sich eine Belohnung verdient.

Sobald sie fünf Minuten später an der Kasse stand und die zwei Tafeln Schokolade in ihren Rucksack steckte, fragte sie sich, warum sie die gekauft hatte. Eigentlich hatte sie gar keinen Hunger darauf. Lena schloss ihren Rucksack, verließ die Drogerie und lief die Treppe hinunter in den Bahnhofstunnel.

Sie ließ die Rolltreppe und den Obstladen hinter sich, glaubte, in dem Gesicht des alten Mannes mit der Margarinedose, der immer noch auf seinem Klappstuhl saß, einen Hauch von Lächeln zu erkennen.

Vielleicht lächelte sie auch selbst.

Am Ende des Bahnhofstunnels waren noch immer die Zeugen Jehovas platziert, der Tunnel gab Lena frei, hinaus ans Tageslicht, in die Fußgängerzone, und sie sah nicht zu den Obdachlosen, die sich unter dem Schwebebahngerüst versammelt hatten, sondern lief die Stufen hinauf und ließ sich von der gerade einfahrenden Schwebebahn nach Hause tragen.

Ihr Briefkasten war leer wie immer, aber Lena nahm das an diesem Tag nicht persönlich. Sie ging die alte Treppe hoch und war sich auf einmal sicher, dass die Gier heute nicht in ihrer Wohnung auf sie warten würde. Als sie den Schlüssel ins Schloss steckte, hörte sie plötzlich hinter sich eine Stimme.

»Hallo.«

Lena drehte sich um. Im Türrahmen der Wohnung gegenüber stand eine junge Frau mit Sommersprossen und zu einem Zopf gebändigten Locken, die vermutlich nicht viel älter war als sie selbst.

»Ich wollte mich vorstellen, ich bin am Samstag hier eingezogen. Also, ich heiße Henrike.«

»Hallo, ich bin Lena. Hab ich gar nicht mitgekriegt, dass die Wohnung wieder besetzt ist, aber ich war am Wochenende auch nicht da.«

»Am kommenden Samstag wollte ich ne kleine Einweihungsparty machen. Für die Umzugshelfer und so. Wenn du willst, kannst du auch rüberkommen.«

»Klar, gerne. Um wie viel Uhr?«

»Ab sieben, aber du hörst bestimmt, wenn es losgeht.«

»Okay, danke.«

»Ich will dich auch nicht länger aufhalten. Dann bis Samstag.«

Henrike ging zurück in ihre Wohnung und die Tür fiel hinter ihr ins Schloss. Lena öffnete ihre Wohnungstür, verschwand in ihrem Zimmer und ließ sich auf ihr Bett fallen.

Sie hatte einen Therapieplatz. Und sie hatte eine neue Nachbarin. Und eine Einladung zur Einweihungsparty.

Sie hätte Henrike noch so viel fragen müssen. Wie alt sie war, ob sie auch studierte, ob sie gerade erst hierhergezogen war oder schon vorher in der Stadt gelebt hatte. Es war alles so schnell gegangen, dass Lena diese Fragen spontan gar nicht in den Sinn gekommen waren. Na ja. Vielleicht würde sie ja am Samstag Gelegenheit haben, sie zu stellen.

Lena dachte an Achim und daran, dass sie versprochen hatte, ihm Bescheid zu geben, wenn sie wieder zurück war. Aber sie wollte dieses Gefühl noch einen Moment alleine genießen.

Sie stand auf, holte die beiden Tafeln Schokolade aus ihrem Rucksack und legte sie in die Küche. Sicherlich würden sie schneller vertilgt werden, als ihr lieb war – aber nicht jetzt.

Sie ging zurück ins Zimmer. Ihr Traumhausmodell lag immer noch zerstört und trostlos neben ihrem Schreibtisch. Wie hatte sie es nur wochenlang so stiefmütterlich behandeln können? Sie musste es wieder aufbauen. Vielleicht würde sie es neu machen. Völlig neu. Erste Entwurfsskizzen könnte sie an diesem Abend noch schaffen.

In ihrem Magen kribbelte es. Sie hatte die Architektur viel zu sehr vernachlässigt. Und jetzt spürte sie plötzlich, was sie vermisst hatte, und freute sich auf den Neubau.

Aber vorher musste sie noch etwas anderes erledigen. Lena vermisste nicht nur die Architektur.

Sie atmete tief durch, dann ging sie zum Telefon und wählte Claudis Nummer.

Quellenangaben

Die Innung: »Sommer«, Text: Claus-Peter Reidegeld.
Mit freundlicher Genehmigung vom Autor.

Die Sterne: »Was hat dich bloß so ruiniert?«, Text: Frank
Spilker. Von dem Album »Posen«, 1996. www.diesterne.de
Mit freundlicher Genehmigung vom Autor.

Die Toten Hosen: »Du lebst nur einmal«, »Schlampe«,
»Steh auf, wenn du am Boden bist«. Von dem Album
»Auswärtsspiel«, 2002. www.dietotenhosen.de
Mit freundlicher Genehmigung von JKP Jochens Kleine
Plattenfirma GmbH & Co. KG.

Georg Trakl: Zitate aus den Gedichten »Verfall« (1913)
und »In den Nachmittag geflüstert« (1912).

Die Ausführungen zur Internetrecherche im 4. Kapitel geben keine realen Zitate aus dem Internet wieder, sie spiegeln aber ungefähr das, was man Anfang der 2000er-Jahre
über Binge Eating im Internet erfahren konnte.

Die Kurzgeschichte »Die Fliege«, über die im 10. Kapitel in
der Therapiegruppe gesprochen wird, entstammt dem Buch
»Nimmersatt und Hungermatt. 36 Erzählungen über Essstörungen« von M. Jenkner, ISBN-13: 9-783-7347-7122-4
Mit freundlicher Genehmigung der Autorin.

Vorschau

Marina Mare

Hungertochter, Himmelskind

Ein Essstörungs-Roman

Lenas Geschichte geht weiter!

Die Fortsetzung von »**Giertochter, Gespensterkind**« erscheint im Herbst 2021.

Marina Mare
Hungertochter, Himmelskind
300 Seiten
Paperback
ML Books

»Lena genoss den leeren Magen, dieses Loch in ihrem Bauch. Alles war besser als das Fressen und die anschließende Scham. Das Hungern fühlte sich heilig an. Sie war eine Heilige, die schwerelos durch die Straßen lief.«

Seit Lena eine ambulante Therapie macht, hat sie ihre Essanfälle einigermaßen im Griff. Alles scheint auf einem guten Weg, doch dann beginnt sie, über ihre Schwester zu sprechen. Plötzlich dreht sich ihre Essstörung um 180 Grad: Lena hungert.
Schnell entwickeln sich magersüchtige Verhaltensweisen, doch ihr leichtes Übergewicht scheint die Lizenz zum

Hungern zu sein. Als sie schließlich in einer Klinik für Essstörungen landet, ist es an der Zeit: Sie muss sich mit dem Trauma ihrer Familie auseinandersetzen.

Foto: A. Rompa

Über die Autorin:

Marina Mare liebt Alpenflüsse ebenso wie das Meer, vielleicht lässt sie auch deshalb so viele ihrer Gedanken aufs Papier fließen. Ihre erste Geschichte schrieb sie mit acht Jahren. Seitdem sammelt sie die Ideen auf der Straße ein und – um Geld zu verdienen – die Rechtschreibfehler anderer Leute.

Auf dem Weg zum Erwachsenwerden testete sie die Grenzen ihres Körpers aus und kam viel herum in der Welt der scheinbar Verrückten.

Während ihres Literaturwissenschaftsstudiums hatte sie einen Nebenjob als Lebensgeschichten-Tipperin in einer Psychologischen Praxis.

Weil sie der festen Überzeugung ist, dass jeder etwas zu erzählen hat, schreibt sie nicht nur selbst Jugendbücher und Romane, sondern geht auch in Schulen, um als Schreibcoach die Schülerinnen und Schüler zu animieren, ihre eigenen Geschichten aufzuschreiben. Außer der Literatur mag sie rote Kinosessel in kleinen Programmkinos, ihre Geige und den Geruch von Sommer auf der Haut.

Marina Mare steht für Bücher, die so tiefgehen wie das Meer, Bücher, die sich nicht scheuen, psychosoziale Sachthemen in Romanform zu behandeln, Bücher, die Einblicke gewähren und zugleich unterhalten wollen.

instagram.com/marinamareautorin/

Außerdem bei ML Books:

Ein hautnah spürbarer Kampf ums Überleben auf einer paradiesischen Südseeinsel von dem Autor von »Die Inseln, auf denen ich strande«!

Lucien Deprijck
**Gefährtin
des Mondes**
320 Seiten
Paperback
ML Books
ISBN
978-3-7543-2772-2

Acht Menschen, einander völlig fremd, stranden auf einer abgelegenen Südseeinsel, vermeintlich nur für Tage. Doch aus den Tagen werden Wochen und Monate, aus dem Abenteuer wird ein Kampf ums Überleben.
Für den jungen Leon wird es auch ein Kampf um Anerkennung, gegen die Schatten der Vergangenheit – und um eine große Liebe. Im Zuge der Ereignisse geht für ihn letztlich ein großer Traum in Erfüllung – doch um welchen Preis!

»Gefährtin des Mondes« ist moderner Abenteuerroman, aber auch Sozialstudie, Love-Story und filmisch erzähltes

Drama. Zwischen den Zeilen behandelt das Buch die entscheidenden Fragen um Glück, Liebe und den Sinn des Lebens – den jeder für sich selbst bestimmen kann.